GOLDMANN

Buch

Hat die Bombe, die in einer Moskauer U-Bahn explodiert, dem neuen Kreml-Chef gegolten, der zur Einweihung des Streckenabschnitts erwartet wurde? Möglich – denn jeder weiß, daß der zu Reformen bereite Generalsekretär einigen Generälen der alten Garde ein Dorn im Auge ist.

Doch warum wird wenig später die hübsche Kim Lagina in ihrer Wohnung erstochen? Mußte sie etwa sterben, weil sie als Praktikantin in der Staatsanwaltschaft mehr über die Hintergründe des Attentats in der U-Bahn herausgefunden hatte, als für sie gut war?

Für den Untersuchungsrichter Turetzkij jedenfalls ist dies kein Fall wie jeder andere, und schließlich entdeckt er dank seines persönlichen Engagements eine Spur, die nach Afghanistan führt – in die »Giftküche« der Drogen-Pharmazie...

Plötzlich sieht er sich mit einer mörderischen »Bruderschaft« gedopter Kamikaze-Soldaten konfrontiert, die Tod und Zerstörung über das Land bringen soll, und er erkennt, daß von seinem Vorgehen das Schicksal des gesamten Sowjetvolkes abhängt.

Autor

Friedrich Nesnanskij, geboren 1932 in Südrußland, studierte von1950 bis 1954 Jura und arbeitete dann 32 Jahre lang als Untersuchungsrichter in verschiedenen Städten der UdSSR. In den Jahren von 1964 bis 1967 gehörte er dem Moskauer Institut zur Erforschung der Kriminalität an. 1978 emigrierte er in die USA. Heute lebt Friedrich Nesnanskij in Frankfurt/Main. Unter dem Pseudonym Alexander Nemow verfaßte er mehrere Politthriller, die zu Bestsellern wurden.

FRIEDRICH
NESNANSKIJ

DROGEN FÜR DEN KREML

Roman

Aus dem Russischen übertragen
von Susanne Lepsius

GOLDMANN VERLAG

Der Goldmann Verlag
ist ein Unternehmen der Verlagsgruppe Bertelsmann

Made in Germany · 9/90 · 1. Auflage
Lizenzausgabe mit Genehmigung des Scherz Verlages
Originaltitel: »Operacija ›Faust‹«

Einzig berechtigte Übersetzung von Susanne Lepsius
Gesamtdeutsche Rechte beim Scherz Verlag, Bern, München, Wien
Umschlaggestaltung: Design Team München
Umschlagfoto: Archiv Scherz Verlag, Bern
Druck: Elsnerdruck, Berlin
Verlagsnummer: 9334
SK · Herstellung: Heidrun Nawrot
ISBN 3-442-09334-1

I

«Genossen! In Anbetracht Ihrer Jugend, die Sie in einem friedlichen Land verbracht haben, muß ich Sie warnen: Machen Sie sich auf einen furchtbaren Anblick gefaßt. Solche Terroranschläge gab es bisher bekanntlich nur in den kapitalistischen Ländern. Lassen Sie keine Emotionen in sich aufkommen, sondern konzentrieren Sie sich auf Ihre Arbeit! Sie, Turezkij, vernehmen die Augenzeugen, Griasnow und ich werden den Tatort inspizieren.» Merkulow hielt einen Moment inne und fuhr mich dann plötzlich erregt an (obwohl ich keinen Pieps gesagt hatte): «Sie glauben mir offenbar nicht, Sascha. Sie denken, ich übertreibe. Nein, ich weiß, wovon ich rede. Ich habe noch den Großen Vaterländischen Krieg mitgemacht.»

Vor dem Eingang zur U-Bahnstation bremste unser Fahrer scharf. Wir drängten uns durch den Polizeikordon und liefen die stillstehende Rolltreppe hinunter. Auf dem Bahnsteig schlug uns Brandgeruch und noch ein anderer Gestank entgegen: wie von ätzender, atemberaubender Säure.

«Dynamit», konstatierte Merkulow.

Er brüllte die Feuerwehrleute an, die gerade dabei waren, die letzten Flammen mit ihren Spritzen zu ersticken. Aber zu spät! Das Beweismaterial lag schon gut zehn Zentimeter unter Wasser.

Oberinspektor Griasnow sprach bereits mit der Bahnpolizei,

die die Überreste des Waggons inspizierte: Die Außenseite, ehemals schön blau, war jetzt schwarz verrußt, die Türen waren verbeult und verklemmt, die Sitze geborsten. Alles schwelte und rauchte noch. Ich sah mich nach Augenzeugen um. Ringsherum luden Sanitäter Tote und zerfetzte Körperteile auf ihre Bahren. An der Bahnsteigkante kauerte eine Frau, die die Leiche ihres kleinen Sohnes in den Armen wiegte. Noch nie hatte ich einen Menschen so verzweifelt jammernd erlebt. Erschüttert preßte ich meinen Kopf an eine Marmorsäule, um meine Stirn zu kühlen. Griasnow kam mit irgendeinem Gegenstand in der Hand auf mich zu. Er war käseweiß im Gesicht, seine rötlichen Sommersprossen hoben sich scharf gegen seine Blässe ab. Wie ein trauriger Clown sah er aus.

«Hier!» krächzte er mit säurebelegter Stimme. «Selbst gebastelt.»

Ich bemerkte, daß er wie blind geradeaus starrte, um nicht auf die Verheerung blicken zu müssen, und dabei in eine Blutlache trat. Merkulow, der fußtief im Wasser der Schienen stand, rief: «Was tut denn Turezkij hier? Er soll schleunigst nach oben zur Polizeistation gehen und alle verhören, die schon dort sind.»

Dann bemerkte er, was Slawa Griasnow gefunden hatte, und kletterte unsportlich wie eh und je auf den Bahnsteig zurück. Ich stand noch immer an die Säule gelehnt, keines klaren Gedankens fähig, und beobachtete meine beiden Kollegen, die vorsichtig Teile eines altmodischen blechernen Weckers in der Hand drehten. An das Zifferblatt war ein Draht geschweißt.

«Wer tut so etwas?» stammelte ich vor mich hin, und diese Frage erinnerte mich wieder an meine Pflicht.

«. . . Ja, ich war zur Eröffnung der neuen U-Bahnlinie abgeordnet. In meiner Eigenschaft als Anführer der Bergmannsbrigade ‹Rotes Banner›. Hier ist die Einladung. Es hieß, der neue

Generalsekretär würde erwartet. Wir wurden angewiesen, unsere Helme zu tragen, so als seien wir geradewegs aus dem Bergwerk raufgekommen ... Ein Glück! Sonst wär mein Kopf zerschmettert ...»

«... Also, die Musikkapelle schmetterte gerade los, der Zug kam aus dem Tunnelschacht heraus und dann – rumms! – brach die Hölle los. Die Fenster der Waggons flogen uns um die Ohren. Die Detonation riß ein paar von den ‹Raissas› in Stücke ...»

«Was für ‹Raissas›?»

«Na, Sie wissen schon, die flotten Aktivistinnen aus der Umgebung. Wir nennen sie so, weil sie alle die Frisur von Raissa, der Frau des neuen Generalsekretärs, nachmachen.»

«... Ich kann mich nicht daran erinnern, eine Explosion gehört zu haben. Bin nämlich schwerhörig. Aber es heißt, es sei eine Bombe gewesen. Hätte ich bei uns nie im Leben für möglich gehalten ... Westliche Unsitten, wenn Sie mich fragen. 'ne Art von Terroristen ... amerikanische Gangster – oder etwa nicht? Was auf dem Bahnsteig vor sich ging? Jede Menge Menschen waren da, Polizei überall, alle starrten auf die Rolltreppe, warteten auf den Generalsekretär ... Mich hat's nicht so interessiert, ich wollte nur nach Hause.»

«... Ich hab zwar gesehen, was passiert ist, aber besonderes bemerkt hab ich nichts. Nur Leichen und Verletzte, nichts, was zur Aufklärung dienlich sein könnte. Ja, ich bin ein KGB-Beamter, aber wir sind schließlich auch nur Menschen, sozusagen ...»

«... Nein, Sie werden die Schweine nicht finden, aber ich werde sie finden, verlassen Sie sich drauf, und sie mit meinen eigenen Händen erwürgen! Mein kleiner Sohn ... Das werde ich diesen faschistischen Saukerlen nie verzeihen! Lassen Sie mich los, Sie Trottel von einem KGBler. Ihr seid alle Idioten ... So weit habt ihr's gebracht mit diesem Land ... Ach, halt's Maul!

Gefängnis oder Grab – ohne meinen Jungen ist mir alles scheißegal.»

Ich schrieb die Aussagen unzähliger Leute auf, meine Hände zitterten, ich hatte einen Kloß im Hals, meine Augen waren feucht. Am liebsten hätte ich wie die anderen geflucht und geweint – ein Bedürfnis, das mich lange nicht verlassen sollte.

Konstantin Dimitrijewitsch Merkulow, der Chef der Ermittlungsabteilung bei der Moskauer Staatsanwaltschaft, saß nicht in seinem Ledersessel, er hockte auf einem gewöhnlichen Stuhl auf der anderen Seite seines Schreibtisches, die knochigen Knie gegen das polierte Holz gestemmt. Er wählte unentwegt dieselbe Telefonnummer, und ich wurde von Minute zu Minute ungeduldiger. Zu meiner Verwunderung war die Aufklärung des Bombenanschlags meinem Kollegen Josef Greschannik übertragen worden. Dabei hatte ich während der letzten vierundzwanzig Stunden ohne eine Stunde Schlaf dreißig Zeugen und Opfer verhört, die verschiedensten Motive des Attentats in Betracht gezogen und mir einen «Schlachtplan» zurechtgelegt. Mit welchem Erfolg? Man hatte die ganze Angelegenheit plötzlich einem Mann übergeben, der noch nicht einmal am Ort des schrecklichen Geschehens gewesen war. Merkulow nahm von meiner üblen Laune keine Notiz, oder zumindest schien es mir so. Ich versuchte, in seinen Gesichtszügen zu lesen, doch da stand momentan wenig drin, und seine Finger drehten weiterhin die Nummer der Reinigung, die letzten Winter seinen Schafspelzmantel verschlampt hatte. Schließlich wandte er sich mir sarkastisch lächelnd zu.

«Nur kein Neid. Es ist ja kein angenehmer Fall, kein Sexualverbrechen. Lassen Sie auch andere mal was tun. Im übrigen ist Greschannik Sprengstoffexperte, Sie, Sascha, sind mehr für die leisen Untaten zuständig.»

«Ich und neidisch?» sagte ich mißmutig. «Nein, Kostja» –

wenn wir allein waren, durfte ich ihn beim Vornamen nennen –, «es ist nur, weil ich mich schon so reingekniet hatte. Aber meinetwegen nehmen Sie den Greschannik.»

«Da bin ich beruhigt. Ich hatte befürchtet...»

Natürlich hatte er recht. Greschannik und ich hatten uns bereits auf der Universität nicht leiden können. Und nachdem wir promoviert hatten, bewarb er sich gleich beim Kriminalamt, vermutlich, weil er gewöhnliche Polizeiarbeit seiner Intelligenz nicht für angemessen hielt. Später hatte Parkomenko, der neu ernannte stellvertretende Generalstaatsanwalt für Moskau, ihn zu uns geholt.

«Es würde mich natürlich trotzdem interessieren, Ihre Meinung über den Fall zu hören», sagte Merkulow und bot mir seinen Schreibtischstuhl an.

Ich hatte große Lust, mich stur zu stellen, aber es wäre unklug gewesen, der Versuchung nachzugeben. Ich zündete mir eine Zigarette an und ging, statt mich hinzusetzen, hinter Merkulows Rücken auf und ab. Seine leichten Drehungen des Kopfs zeigten mir, daß er mich beobachtete.

«Nun... zunächst einmal... ich meine, bevor man eine Ermittlung beginnt», stotterte ich absichtlich ein bißchen herum, «bevor man überhaupt anfängt, nach dem Täter zu fahnden, sollte man nach dem Motiv suchen. Ich bin fest davon überzeugt, daß die Frauen und Kinder, die im Waggon getötet wurden, nicht das eigentliche Ziel des oder der Terroristen waren, genausowenig die Leute, die auf dem Bahnsteig getroffen wurden. Was aber jedermann wußte, war, daß der neue Generalsekretär erwartet wurde. Meiner Meinung nach sieht es also nach einem Attentat auf den Generalsekretär aus.»

Merkulow nickte so heftig, als wäre er von meiner Theorie sehr angetan. «Ja, ja, Sascha. Irgend jemand hat mal gesagt, ein Attentat auf einen Minister erkennt man daran, daß der Chauffeur getroffen wird.»

Das war nun der blanke Hohn. Immer wenn ich glaubte, Merkulow wolle mir wohl, überzeugte er mich vom Gegenteil. Sein sporadisch auftretender, absolut unbegründeter Zweifel an meinen kriminalistischen Fähigkeiten verletzte mein Selbstgefühl jedesmal zutiefst. Sogar Greschannik erschien mir plötzlich intelligenter als ich, und ich wäre gern bereit gewesen, ihm noch mehr Fälle abzugeben, wenn ich bloß Merkulows monoton sarkastische Stimme nicht mehr zu hören brauchte.

«Und selbst der Chauffeur ist diesmal heil davongekommen», murmelte ich. «Es haben nur seine Kinder was abgekriegt.»

Plötzlich brüllte Merkulow: «Sascha, ich kann Sie kaum verstehen, wenn Sie ständig hinter meinem Rücken aufund-abmarschieren!»

Gehorsam setzte ich mich ihm gegenüber in seinen eigenen Sessel.

«Um offen zu sein, Sascha, ich selbst habe veranlaßt, daß diese Bombengeschichte Greschannik übergeben wird. An höchster Stelle wurde diskutiert, wer den Fall untersuchen soll: wir oder der KGB. Schließlich wurde beschlossen, die Sache gemeinsam zu bearbeiten. Der KGB ist verantwortlich für die Strategie, wir für die Ermittlungen.»

Merkulow nahm eine Zigarette, brach sie in der Mitte durch und steckte eine Hälfte in seine Zigarettenspitze. Er wollte dadurch erreichen, weniger zu rauchen. Soweit ich es beurteilen konnte, rauchte er jetzt doppelt soviel wie zuvor.

Er probierte wieder, die Reinigung wegen seines Schafspelzmantels anzurufen.

«Hören Sie auf, Kostja, sich um den Mantel zu bemühen. Ich werde morgen hingehen und Schadenersatz fordern. Höfliche Anfragen nutzen da nichts. Wie heißt unser oberstes Gesetz: Man kann nur etwas erreichen, wenn man die Leute einschüchtert.»

«Wenn Sie mir das wirklich abnehmen wollen, Sascha, wäre

ich Ihnen sehr verbunden. Dafür werde ich Ihnen noch ein bißchen mehr über die Sitzung des Politbüros erzählen.»

Er zog die eine Hälfte der Zigarette aus der Spitze und steckte sofort die andere hinein.

«Stellen Sie sich vor: Der Generalstaatsanwalt der Republik Rußland, der Genosse Jemeljanow, wurde vor das Politbüro zitiert, um über die U-Bahn-Bombe Bericht zu erstatten. Der neue Generalsekretär hat ein neues Verfahren eingeführt: Alle außergewöhnlichen Kriminalfälle, vor allem solche, die möglicherweise politische Motive haben, müssen mit dem Politbüro diskutiert werden. Nun, Sie kennen ja Jemeljanow, er ist immer sehr auf Rückendeckung bedacht. Was sollte er also den hohen Herren erzählen, nachdem er nicht selbst am Tatort gewesen war? Daher hat er mich ins Schlepptau genommen. Die KGB-Direktoren haben natürlich auf Teufel komm raus versucht zu beweisen, daß die Bombe von faschistischen Terroristen gelegt wurde und sie daher zuständig sind. Unser neuer Generalsekretär hingegen gestattete sich, anderer Meinung zu sein. Genauso hat er es gesagt: ‹Ich gestatte mir, auch in diesem Punkt anderer Meinung zu sein.›»

Während er dies zitierte, versuchte Merkulow trotz seiner eher hageren Züge, das runde Gesicht des Generalsekretärs zu imitieren. Es gelang ihm erstaunlich gut.

Merkulow fuhr in ebenso belehrendem wie leicht ironischem Tonfall fort: «‹Die Gegenwart unterscheidet sich in vielem von den dreißiger Jahren. Das Volk und die Partei sind jetzt eine Einheit. Aus diesem Grund wird heutzutage niemand aus dem sowjetischen Volk etwas gegen die Regierung unternehmen. Als Täter kommen somit nur ausländische Geheimagenten oder ein entflohener Irrer oder sogenannte Dissidenten in Frage. Es ist psychiatrisch erwiesen, daß auch die letzteren geisteskrank sind, und das Politbüro teilt diese Meinung.›» Merkulows Nachahmung des südlichen Akzents unseres neuen Generalsekretärs entlockte mir unwillkürlich ein Lächeln. «‹Daraus folgt: Es gibt nicht den leisesten Verdacht einer Opposition in unserem Land, von der Existenz einer Terroristengruppe ganz zu schweigen.›»

Aha, das war also die neue Richtlinie! Als ob der Bombenanschlag auf das KGB-Gebäude in Tiflis, bei dem dreißig KGB-Leute getötet wurden, oder die Explosion des Flugzeugs mit hohen Militärs an Bord während der Manöver im Kaukasus, oder die Entführung des stellvertretenden Ministers, für den ein Lösegeld von zehn Millionen Rubel gezahlt wurde, nie passiert seien. All diese Fälle wurden aufgeklärt und dabei sorgfältig vertuscht, daß eine jeweils andere Terroristengruppe, mit automatischen Waffen und Sprengstoff ausgerüstet, dahintergesteckt hatte.

«Sie wissen genau, Sascha, was wir zu tun haben», Merkulow klang irritiert, als antworte er auf eine Frage, die ich nie zu stellen gewagt hätte, «unsere Aufgabe ist es, Verbrechen aufzuklären, aber nicht, sie zu interpretieren.»

Es klopfte an der Tür, und Greschannik trat im Sturmschritt herein.

«Verzeihen Sie, Konstantin Dimitrijewitsch, wenn ich so hereinplatze, aber etwas Interessantes ist passiert. Ein Mann hat gerade beim Moskauer Kriminalamt angerufen und gesagt, daß ein gewisser ‹Faust› die Bombe in der U-Bahn gelegt habe.»

«Faust?»

«Das hat er gesagt ... Das Ende des Satzes hat der Beamte leider nicht verstanden, es krachte in der Leitung, und der Anrufer sprach im Flüsterton.»

«Wurde das Gespräch auf Band aufgenommen?»

«Natürlich, Konstantin Dimitrijewitsch, alle 02-Anrufe werden automatisch aufgezeichnet, aber es ist praktisch unmöglich, die Identität von jemand, der flüstert, festzustellen», setzte er, als er meinen schadenfrohen Ausdruck bemerkte, mehr kleinlaut als überzeugend hinzu.

«Wann war das?»

«Heute früh, acht Uhr sieben... Vor knapp drei Stunden.»

«Ich hoffe, das Band mit der Stimme unseres Goethe-Verehrers ist auf dem Weg hierher.»

«Noch nicht, aber wieso Goethe? Davon hat er gar nichts gesagt.»

«Rufen Sie sofort Oberinspektor Griasnow an. Und blicken Sie nicht so belämmert drein. Faust und Goethe, die beiden sind für einen gebildeten und einen kriminalistisch denkenden Menschen nun mal identisch.»

Man sah es Greschannik an den Stirnfalten an, daß er sich im Geiste eine Notiz machte. Dann ging er, zwar literarisch klüger, aber doch etwas enttäuscht, weil er sich von seiner Nachricht Gott weiß was erhofft hatte, in sein Büro zurück.

«Faust – Faust?» wiederholte Merkulow kopfschüttelnd. «Das klingt verdächtig nach ‹Intelligentsia›. Wer sonst käme auf die verrückte Idee, sich des Namens dieses Magiers zu bedienen?»

«Das Politbüro hat anscheinend recht: Wir sind von gefährlich gescheiten Verrückten umgeben», sagte ich.

Merkulow erhob sich ächzend. «Da steh ich nun, ich armer Tor, und bin so klug als wie zuvor», zitierte er, aber diesmal nicht den neuen Generalsekretär, sondern den alten Weimarer Minister. Und mit dem Trost: «Nochmals, tut mir leid, Sascha. Vielleicht ein andermal», entließ er mich zu meinen Wirtschaftsverbrechern und Bordelldamen mit weitreichenden Verbindungen.

2

Ich war auf dem Weg zu meinem Auto, als ich plötzlich beschloß, zu Fuß ins Büro zu gehen. Es war ein wunderschöner Morgen. Die Junisonne schimmerte auf dem Fluß, die Uferstraße war fast menschenleer. Man hatte den Eindruck, ganz Moskau hätte Ferien genommen.

Ich schlenderte bis zur Frunse-U-Bahnstation, wo sich das Bild plötzlich veränderte. Hunderte von Moskauern und Touristen drängten sich auf den Bürgersteigen, überquerten den Platz oder scharten sich um die Zeitungskioske. Und dann sah ich *sie*.

Ich gehöre nicht unbedingt zu den Typen, die Mädchen auf der Straße belästigen. Deshalb ging ich ihr nur nach, darauf bedacht, sie in der Menge nicht zu verlieren. Wäre gelacht, wenn sie mir entkäme – mir, einem gelernten Beschatter! Aber was erhoffte ich mir? Daß sie sich umdrehen würde und wenn ... was dann? Sie hatte etwas an sich, das all die anderen hübschen Mädchen um mich herum fade und uninteressant erscheinen ließ. Jetzt blieb sie vor einem Schaufenster stehen, und ich sah ihr Spiegelbild – langes blondes Haar, das ihr sonnengebräuntes Gesicht umrahmte. Sie drehte sich abrupt um, sah mich kurz an – und ging gleichgültig weiter. Die Situation war eindeutig hoffnungslos. Noch ein paar Minuten folgte ich ihrer großen, schlanken Gestalt, ihre helle Haarmähne wiegte sich im Rhythmus ihres beschwingten Gangs. Dann verschwand sie in der U-Bahnstation.

Ich überquerte den Komsomol-Prospekt und mußte unwillkürlich wieder an Faust denken. Seine magischen Kräfte hätte ich jetzt gebrauchen können.

Die Dienststelle roch so muffig wie immer, aber irgend etwas Unübliches lag in der Luft. Ich stand vor der Tür zu meinem Büro und drehte den Schlüssel bewußt langsam herum. Aus der

Protokollabteilung gegenüber ertönte aufgeregtes Gemurmel, und Türen wurden zugeschlagen. Ich setzte mich an meinen Schreibtisch und rief Moissejew an.

«Turezkij hier. Würden Sie mir bitte sagen, was da drüben vor sich geht?»

«Ich komm gleich rüber, Alexander Borissowitsch!»

«Nicht nötig, Semjon Semjonowitsch ...», aber Moissejew hatte schon aufgehängt.

Der Kriminalbeamte Semjon Semjonowitsch Moissejew schob sich seitwärts durch die halboffene Tür. Er war in voller Uniform, bestückt mit zahlreichen Orden. Er machte einen äußerst verlegenen und zugleich triumphierenden Eindruck.

«Was ist los? Etwa zum Rapport beim Chef befohlen worden?»

«Falsch geraten ...»

«Wollen Sie zum Arzt und meinen, in dieser Aufmachung werden Sie schneller drankommen?»

«Auch ich habe meine kleinen Geheimnisse, Alexander Borissowitsch.»

Mir fiel auf, daß Semjon Semjonowitsch weniger nuschelte als sonst. Er mußte sein ständig klapperndes Gebiß endlich befestigt haben. «Nichts für ungut, Sascha. Sie waren gestern nicht da, und so wissen Sie nicht das Neueste. Wir haben ein paar Mädchen zugeteilt bekommen, Praktikantinnen von der Universität.» Er zwinkerte mir zu. «Begreifen Sie jetzt?»

Er öffnete die Tür zum Flur und deutete nach draußen. Ein sehr schlankes, sehr hübsches junges Mädchen mit schrägstehenden koreanischen Augen stand vor einer Vitrine mit teilweise bereits historischen Tatwaffen. Was für ein seltsamer Tag – die Welt war plötzlich voller schöner Mädchen! Jedenfalls war mir Semjon Semjonowitschs Auftritt in Galauniform nun viel verständlicher. Er ließ es sich nicht nehmen, die Kleine hereinzubitten und mir vorzustellen.

«Kim.» Sie hielt mir eine winzige Hand hin.

«Kim ist ihr Vorname», fuhr Moissejew aufgeregt dazwischen. Seine Orden klirrten. «Ihr voller Name ist Kim Artjomowna Lagina.»

«Und Sie sind der Genosse Turezkij, nicht wahr?» fragte Kim und klapperte mit den Wimpern.

Ich verneigte mich linkisch. «Oder Sascha, wenn Ihnen das besser gefällt.»

«Sascha heißen so viele, Turezkij finde ich individueller.» Kim verzog ihren anziehenden Mund zu einem noch anziehenderen Lächeln und wandte ihr Aufmerksamkeit wieder den ausgestellten Waffen zu, wobei sie mich aus dem Augenwinkel noch weiter musterte.

«Aber wohin sind denn die anderen alle verschwunden?» fragte Moissejew aufgeregt.

«Jemand, den sie den Fürst nennen, hat alle zu einer Sitzung befohlen und mich gebeten, hier zu warten, bis Sie kommen. Aber wer ist denn dieser Fürst? Ist es der Lange, Dünne? Und warum Fürst? Weil er so intellektuell wirkt?»

Moissejew und ich brachen in Gelächter aus. Kim hatte Merkulow gut beschrieben.

«Und jetzt, Semjon Semjonowitsch, erzählen Sie mal, was Ihr Neues über diese U-Bahn-Bombe wißt.»

Neugierig wie unsereins von Berufs wegen ist, wollte ich alles über die neusten Erkenntnisse hören, aber mein verletzter Stolz verbot mir, Greschannik direkt zu fragen. Parkomenko, der stellvertretende Generalstaatsanwalt hatte Moissejew beauftragt, Greschannik zu assistieren, da auch er Spezialist für Waffen und Sprengstoffe war.

Moissejew und ich saßen uns an dem kommunikationsfeindlich breiten Arbeitstisch gegenüber, umgeben von den Porträts berühmter Kriminologen und Untersuchungsrichter. Moissejew zog ein dickes Notizbuch hervor, voller Eselsohren, hingekritzelter Notizen und Skizzen, deren Sinn nur er verstand. Er begann seinen Bericht, ohne die Blicke zu bemerken, die Kim und ich austauschten.

«Ein gewisser Iwan Swiatow wurde seinerzeit der Eisenbahnsabotage für schuldig befunden. Er sprengte einen ausgedienten Waggon in die Luft. Nur Sachschaden. Wurde für unzurechnungsfähig erklärt und in die Stolbowaja-Anstalt für kriminelle Irre gesteckt. Er entkam vor einem Jahr...»

In diesem Augenblick drängte übertrieben geräuschvoll eine Gruppe ins Büro, angeführt von Leonid Wassiljewitsch Parkomenko. Auch Greschannik war dabei. In der nächsten Sekunde konnte ich kein Wort mehr verstehen. Nicht etwa, daß ich plötzlich taub geworden sei, aber mir war, als höre ich einer fremden Sprache zu, denn *sie* befand sich unter den Neuankömmlingen – sie, die Unbekannte meiner morgendlichen Begegnung. Parkomenko sagte etwas zu mir, während die anderen sich um den Tisch setzten, doch ich hörte nur das laute Klopfen meines Herzens. Sie sah mich völlig uninteressiert an, dann hob sie leicht ihre dunklen Augenbrauen. Wie hatte Parkomenko sie doch eben vorgestellt? Swetlana Nikolajewna Belowa... Swetlana! Die Namen der anderen Praktikantinnen hatte ich nicht behalten.

«Alexander Borissowitsch, haben Sie gehört, was ich sagte?» Erst jetzt merkte ich, daß auch Merkulow mit von der Partie war. «Der Genosse Parkomenko hat für die Volontärinnen einen Arbeitsplan aufgestellt, und ich habe Mossejew angewiesen, die Einhaltung des Plans zu überwachen. Bislang, muß ich zu meinem Bedauern feststellen, haben sie sich alle einen fröhlichen Tag gemacht. Jetzt habe ich eine Informationsstunde über das U-Bahn-Attentat anberaumt. Fangen Sie an, Semjon Semjonowitsch, und bringen Sie den jungen Leuten was Vernünftiges bei.»

Die Chefs verließen den Raum, und Moissejew begann, den Fall Swiatow noch einmal von Anfang an zu erzählen.

«...Gestern hat Schura, Verzeihung, ich meine Alexandra Iwanowna Romanowa, die Leiterin der Zweiten Abteilung unseres Kriminalamts, den Burschen mit seiner ganzen Ausrüstung, Dynamit und so weiter, dingfest gemacht. Noch am Abend hat Swiatow gestanden, daß er aus Groll auf die Welt die Bombe in den U-Bahnwaggon gelegt hat.» Moissejew machte eine Pause, bevor er fortfuhr. «Natürlich müssen wir die Richtigkeit des Geständnisses überprüfen.»

«Warum das, wenn er doch gestanden hat? Wer klagt sich schon grundlos selbst an?» Swetlana sprach leise, fast beiläufig.

Greschannik runzelte die Stirn. «Beste Lana, eine Studentin im letzten Semester sollte wissen, daß die Bürde des Beweises bei der Gerichtsbarkeit liegt.»

Ich konnte nur denken: Aha, sie nennen sich schon beim Vornamen! Nein, sogar beim Kosenamen: Lana! Das wurmte mich. Deshalb sagte ich etwas lauter als beabsichtigt: «Swiatow ist nachweislich ein Neurotiker. Leute wie er bekennen sich zu jeder Missetat.»

Moissejew hüstelte hinter der vorgehaltenen Hand. Ja gewiß, ich störte nur. Warum sollte ich mir diesen Elementarunterricht auch länger mit anhören? Was gingen mich das U-Bahn-Attentat und der Fall Swiatow überhaupt an? Wie schön, daß sie den Täter bereits hatten. Meine Bordelldamen zierten sich mit ihren Geständnissen leider viel mehr als der Psychopath Swiatow. Sie waren eben nicht verrückt, und das erschwerte meine Untersuchung oft so ungemein.

«Ich habe noch zu tun», sagte ich und ging auf einen Kaffee ins Café «Romantik».

Dort überlegte ich die ganze Zeit: Hast du nun, als du schon halb durch die Tür warst, hinter dir eine Stimme vernommen, die sagte, «kein schlechter Typ, dieser Trozkij oder wie er heißt» – oder hast du nicht? Und, wenn ja, war es die Stimme von Swetlana Belowa gewesen?

Ich war mir nicht sicher.

Ins Kriminalamt zurückgekehrt, fand ich mein Zimmer leer, gähnend leer sogar, ohne Lana. Ich drückte auf die Klinke der Tür zur Protokollabteilung. Sie war verschlossen, und Moissejew ließ mich erst herein, als er meine Stimme erkannte.

Eine verdammt lustige Gesellschaft hatte sich dort versammelt: Moissejew, Greschannik, Griasnow, die Praktikantinnen und zwei niedliche Tipsen saßen um einen Tisch herum, der beladen war mit allerlei Eß- und Trinkbarem, das weiß der Teufel woher kam.

«Hurra, Turezkij ist da!» Kim klatschte in die Hände.

«Ist der unnahbare Turezkij gekommen, um sich zu uns zu gesellen oder um uns auseinanderzujagen?» fragte Lana. Ich dachte, sie hätte am Morgen ein anderes Kleid angehabt, aber sie hatte sich wohl nur die Jacke ausgezogen. Statt zu antworten, starrte ich auf ihre nackten Schultern.

«Unsinn, natürlich gesellt er sich zu uns!» rief Greschannik gut gelaunt. Ich dachte: Was meint sie wohl mit «unnahbar»?

Laut sagte ich: «Habt Ihr Serjoscha fortgeschickt, um Nachschub an Wodka zu holen?» Unser Chauffeur Serjoscha war mir auf der Treppe begegnet, das heißt, er hätte mich beinahe umgerannt, und so in Eile war er eigentlich immer nur auf dem Weg zum Alkohol.

«Nein, das haben wir nicht! Ihre detektivischen Instinkte lassen Sie mal wieder im Stich! Serjoscha holt seine Gitarre!»

«Seine Gitarre?»

«Slawa Griasnow will uns einige von seinen selbstgedichteten Volksliedern zum besten geben», erklärte Semjon Semjonowitsch.

Griasnow zuckte mit den Achseln, als wäre er zum Singen verurteilt worden. Greschannik warf mir einen schweren Korkenzieher über den Tisch und rief: «Los, Sascha, mach 'ne neue

Flasche auf!» Er war der einzige Kollege, mit dem ich mich duzte – und dem ich mißtraute.

Ich war schon nach dem ersten Glas betrunken, denn ich hatte seit dem Abend zuvor nichts gegessen. Griasnows Gesang war bald in allgemeines Gesumme übergegangen. Kim rieb unter dem Tisch unzweideutig ihr Knie an meinem. Moissejew gab sich ungeheure Mühe, die dritte Praktikantin betrunken zu machen – ein plumpes Ding mit einer Stupsnase. Sie schüttelte mehrmals seinen Arm von ihrer Schulter ab, hörte ihm aber aufmerksam zu. Er redete einen furchtbaren Quatsch. Ich lauschte mit halbem Ohr und versuchte, den Sinn zu erfassen.

«Die Hirnkapillaren sind von Atrozyten umgeben . . . Wenn der Alkohol ins Blut geht, fangen die Kapillaren an auszutrocknen. Das Vordringen der Flüssigkeit in die Atrozyten verursacht ein Ödem, das wiederum den Druck innerhalb der Gehirnschale verstärkt . . . Nachdem die Kapillaren das Gewebe mit Sauerstoff versorgen, führt ihre Dehydrierung zu Hypoxie.»

Greschannik stellte den Kassettenrekorder lauter, um nichts mehr über die üblen Folgen des Alkoholismus hören zu müssen, und Kim schnappte sich Serjoscha zum Tanzen – die Studentin und Beamtenanwärterin einen Chauffeur!

Ich saß Lana gegenüber und konnte meine Blicke nicht von ihr wenden. Mir schien, daß sie nur wenig trank, selten lächelte, aber die Runde genau beobachtete. Greschannik hatte seine Hand auf ihre Stuhllehne gelegt, doch ich fühlte instinktiv, daß er keine großen Chancen bei ihr hatte. Ich stand vorsichtig auf, um ja den Stuhl dabei nicht umzuwerfen, ging zu Lana und hielt ihr auffordernd meine Hand hin. Dann gewahrte ich eine kleine grüne Schleife in ihrem Haar; sie brachte mich beinahe um meinen Verstand.

Wir tanzten fast ohne uns zu berühren und doch ganz aufeinander konzentriert. Die Erde schrumpfte auf den engen

Raum zwischen Tisch und Aktenschrank zusammen, es gab nur noch uns zwei, jedenfalls für mich.

Unser Tanzen wurde auf die blödsinnigste Art unterbrochen. Semjon Semjonowitsch drängte sich brutal zwischen uns und plärrte:

«Beim Tanzen ist's schön,
doch besser geht's im Stehen ...»

«Moïssejew!» rief ich und griff ihm unter die Achseln, bevor er zu Boden sackte.

Ich schaffte ihn ins Fotolabor hinüber und dort, unter den roten Lampen, legte er seinen Kopf auf den Tisch. Sein schütteres, graues Haar fiel in eine Schale mit Entwicklungsflüssigkeit. Ich fand in der Notapotheke Ammoniak und zwang ihn, es mehrmals einzuatmen. Er mußte schleunigst nach Hause befördert werden. Ich gab Serjoscha ein Zeichen durch den Türspalt, und wir schleppten die Schnapsleiche über die Hintertreppe in den Hof zur Fahrbereitschaft.

Als ich ins Büro zurückkehrte, begriff ich zuerst nicht, was geschehen war. Griasnow fuchtelte nur mit den Armen herum.

«Sie sind abgehauen!»

«Wer?» fragte ich, als ob ich nicht wüßte, wen er meinte.

Lana war mit Greschannik fortgegangen, während ich Moissejew ins Auto bugsiert und Serjoscha erklärt hatte, wie er zu dessen Wohnung käme.

Ich goß mir ein Wasserglas voll Wodka und ließ mich neben Griasnow niedersinken: «Laß uns noch einen trinken!»

Die koreanische Kim leistete uns brav Gesellschaft.

Ich habe nur noch eine sehr undeutliche Vorstellung, was sich danach abspielte ... Irgendwie war ich jedenfalls in mein Büro gelangt – mit Kim. Sie setzte sich auf meinen Schreibtisch und zog mich an sich.

«Na, Turezkij», flüsterte sie. «Wie wär's?»

Mein Verstand kämpfte gegen meine Fleischeslust an und war ein klarer Verlierer in diesem ungleichen Wettstreit. Ich küßte ihre heißen Lippen, und Kim knöpfte dabei schon ihre Bluse auf.

«Na, komm schon, Untersuchungsrichter!»

Ich versuchte in meinem Innern, Einwände zu erheben, mein Unterbewußtsein sagte: Nein, nein, nicht hier! Doch Kim legte meine Hand auf ihre Brust, mein Verstand hißte die weiße Fahne, und ich dachte triumphierend: Warum eigentlich nicht? Warum zum Teufel eigentlich nicht? Wenn schon nicht die eine, dann wenigstens die andere!

3

Nicht nur bei Moissejew, auch bei mir hatte die Dehydration der Hirnkapillaren den kritischen Punkt erreicht, die gefürchtete Hypoxie hervorgerufen, und das Ödem der Atrozyten verstärkte sich mit unvorstellbarer Schnelligkeit. Ich trank drei Liter Leitungswasser, und später beugte ich mich ausgiebig über die Toilette. Diese Kur zusammen mit einem fünfzehn Minuten langen Duschbad zeitigte den gewünschten Erfolg: Ich war gut vorbereitet auf einen tiefen, erholsamen Schlaf.

Trotzdem konnte ich am nächsten Morgen meinen Wagen nicht finden. Mir fiel beim besten Willen nicht ein, wo ich ihn geparkt hatte. Vielleicht war er geklaut? Ich setzte mich auf eine Parkbank und zog mechanisch eine Zigarette heraus, aber ich brachte es einfach nicht fertig, sie anzuzünden. Tief in meiner Lunge und meinem Hirn war immer noch die Hypoxie an der Macht. Ich hatte nicht nur zuviel getrunken, sondern auch zu viel gequalmt. Also wo war denn nun mein verdammter Wagen?

Genaugenommen war es nicht mal mein Auto. Es gehörte meinem Stiefvater, dem Direktor des «Moskauer Sporthandels». Lange Zeit war er ein strammer Parteiaktivist und ebenso gewiegter Schieber gewesen, doch vor kurzem muß ihm der Boden unter den Füßen zu heiß geworden sein, und er beschloß, bis auf weiteres ein ehrlicher Mensch zu werden. Die Datscha ging an meine Mutter, den «Schiguli», den er selbst fuhr, überschrieb er seiner Tochter aus erster Ehe, und ich bekam seinen Platz auf der Warteliste für einen «Moskwitsch». Er zahlte den Kaufpreis in bar unter der Bedingung, daß ich das Auto Vollkasko versicherte. Er sagte, er vertraue mir das Auto zwar unbedenklich in meiner Eigenschaft als Kriminalist und Beamter, nicht unbedingt aber in meiner Rolle als sein Sohn an.

Ich versuchte, nicht an die Geschehnisse des gestrigen Abends zu denken. Ich hatte keine Gewissensbisse, fühlte mich weder als Verführer noch gar als Sittenstrolch. Andererseits wußte ich nicht recht, wie ich mich Kim gegenüber nun verhalten sollte. Ich glaubte, ihr Streicheln noch im Nacken zu spüren, und fuhr mir nervös über den Kopf, um das Gefühl loszuwerden. So durcheinander wie nie zuvor war ich aber nicht nur wegen Kim, sondern viel mehr aus einem anderen Grund: Gestern hatte ich ein Mädchen getroffen, das ich für mein Schicksal hielt, und sie war mit Greschannik auf und davon – einfach so. Ich steigerte mich in eine rasende Eifersucht hinein. Was sollte ich bloß machen? Zu Kim gehen und sagen: «Tut mir leid, Kim, wir hätten das lieber seinlassen sollen. Ich liebe eine andere!» oder zu Lana gehen und sagen: «Was da gestern auch zwischen dir und meinem Kollegen gewesen sein mag – ich liebe dich, und *ich* meine es ehrlich!» Das Schlimme war, daß ich das nur zu mir selbst sagen konnte, nicht zu den beiden Mädchen, ohne mich lächerlich zu machen. Wie konnte ich nur so dämlich sein und mit der Falschen pennen? Das ging über meinen Horizont . . . Bei diesem Gedanken fiel mir wenigstens ein, wo ich den Wagen geparkt hatte – vor dem «Horizont»-Kino.

Auf dem Arbeitsplan der Volontärinnen war eingetragen, daß ich mich mit Swetlana Belowa zum Wernadskij-Prospekt begeben sollte, um das Büro eines Baustellenaufsehers zu inspizieren. Der Mann saß bereits im Gefängnis, und es war nur noch meine Aufgabe, Dokumente zu beschlagnahmen. Es war für die Untersuchung nicht weiter wichtig, aber Parkomenko hatte darauf bestanden, daß die Studenten mit allen Routinearbeiten vertraut gemacht würden. In diesem Fall mit einer Beschlagnahmung.

Ich kam eine Stunde zu spät ins Büro und mußte Lana erst ausfindig machen, doch ich war zu verlegen, um in alle Zimmer zu schauen, aus Angst, Kim zu begegnen. Daher ging ich direkt in Parkomenkos Büro.

«Leonid Wassiljewitsch, entschuldigen Sie meine Verspätung . . .»

«Macht nichts, Alexander Borissowitsch, Sie haben sowieso schon zu viele Überstunden auf diese Sache verwandt.»

Der sonst so starrköpfige und muffige stellvertretende Generalstaatsanwalt wirkte plötzlich fast anziehend. Was in aller Welt sollte diese unerwartete Liebenswürdigkeit bedeuten? Dann ging mir ein Licht auf. Durch die halboffene Tür zum Gemeinschaftsraum erspähte ich Lana. Sie saß an einem kleinen Schreibtisch vor einem Aktenstapel und schrieb. Parkomenko fing meinen Blick auf: «Um die Zeit zu nutzen, habe ich Swetlana Nikolajewna gebeten, einen statistischen Bericht über die seit Beginn des Jahres gelösten Fälle anzufertigen.»

Geiler, alter Bock, dachte ich, obwohl Parkomenko erst vierzig war. Setzt sich eine Zuckerpuppe ins Nebenzimmer und schmiert mir Honig ums Maul. Das hat mir noch gefehlt, außer Greschannik auch den Generalstaatsanwalt als Rivalen zu haben! Unsere gemeinsame Exkursion würde also ins Wasser fallen, weil Lana mindestens zwei Tage für die dämliche Liste brauchte.

«Na, dann werd ich allein losschwirren, Leonid Wassiljewitsch.»

«Tun Sie das, Genosse Turezkij. Eine große Verantwortung liegt auf den Schultern eines jeden von uns.»

Lana hob ihre grünen Augen von der Arbeit – sie waren voller Spott.

Es ist sinnlos, sagte ich mir draußen auf dem Gang, heute überhaupt etwas zu arbeiten. Schlafen wäre viel konstruktiver. Ich begab mich dennoch zu Merkulow.

«Konstantin Dimitrijewitsch, ich bin auf dem Weg zum Wernadskij-Prospekt. Geben Sie mir Ihre Quittung, und ich werde mich bei der Reinigung nach Ihrem Schafspelzmantel erkundigen. Denen mach ich Dampf, darauf können Sie sich verlassen!»

«Ist was passiert, Sascha?»

«Wieso?»

«Weil Sie so durcheinander wirken. Doch nicht etwa wegen einer schlampigen Reinigungsfirma?»

«Ich und durcheinander? Keine Spur!»

«Ich weiß nicht, Sie sehen aus, als hätte man Sie gerade fristlos entlassen.»

Er kramte in seinen Taschen herum, endlich fischte er einen rosa Schein heraus und hielt ihn mir hin. «Ja, gehen Sie bei der Reinigung vorbei. Ein bißchen frische Luft wird Ihnen guttun. Und nehmen Sie ein Aspirin, das hilft . . . Im übrigen haben Sie ganz recht, wenn Sie von Ihrem Aussageverweigerungsrecht Gebrauch machen. Kann das verstehen – in *Ihrem* Zustand!»

Mein Gott, warum hatte ich ihm so plump meine Dienste angeboten? Es wäre viel ehrlicher gewesen zu sagen: Ich kann heute nicht arbeiten, habe irrsinnige Kopfschmerzen und einen furchtbaren Kater, statt dem alten Fuchs Merkulow was vorzumachen. Der roch doch Alkohol noch drei Tage nach der völligen Verdunstung.

«Haben Sie ein Aspirin?»

Er wühlte wieder in seinen Taschen und zog eine angebrochene Schachtel hervor. «Hier, nehmen Sie gleich zwei.»

«Vielen Dank, Kostja. Es tut mir leid, aber ich bin heute wirklich nicht ganz auf der Höhe.»

«Dann lassen Sie sich am besten selbst einmal durch die chemische Reinigung ziehen, wenn Sie schon da sind.»

Zwei Stunden später legte ich Merkulow triumphierend 373 Rubel Schadensersatz aus der Ladenkasse der Reinigungsfirma auf den Tisch.

«Haben Sie denen mit ‹lebenslänglich› gedroht? Ich hab den Mantel vor Jahren für dreihundert aus zweiter Hand von einem Nachbarn gekauft!»

«Machen Sie sich deswegen keine Gedanken. Ich bin sicher, die Reinigung hat das gute Stück für sechshundert an jemand anderen verhökert. Die haben also ihren Schnitt gemacht.»

«Schon gut, schon gut. So vermehrt sich das Volksvermögen. Haben Sie vielen Dank. Ach ja, was anderes, Sascha. Oberst Balakirew vom KGB war gerade hier. Seine Abteilung beschäftigt sich mit dieser U-Bahn-Explosion, und seine Leute sind im Verlauf ihrer Nachforschungen ebenfalls auf den Namen ‹Faust› gestoßen. Es gibt da eine Untergrundorganisation NUPA in Eriwan – Nationale Unabhängigkeitspartei Armeniens. Der Anführer heißt Faust Akopowitsch Geworkjan und soll ein Zirkusartist sein...»

Typisch! Die Armenier geben ihren Kindern gern klassische Namen wie Platon, Hamlet, Isolde – warum nicht auch Faust?

«Aber wie paßt dazu der Eisenbahn-Terrorist Swiatow ins Bild? Es wäre interessant zu erfahren, ob es den KGBlern gelingt, eine Verbindung zwischen ihm und ... na, wie hieß der Verein noch – NIPA? – herzustellen.»

«NUPA heißt der Verein! Den Informationen des Innenministeriums zufolge ist es dieselbe Gruppe, die letztes Jahr die Unruhen während der Oktoberrevolutionsfeiern in Eriwan organisiert hat.»

«Ja, ja, ich weiß. Sie haben Mülltonnen angezündet, und man hat die Kerle wegen Störung der öffentlichen Ordnung eingebuchtet.»

«Ich sehe schon, Sie nehmen die Sache auf die leichte Schulter.»

«O nein! Ich habe gar keine leichte Schulter.»

Und das stimmte. Vor meinem inneren Auge sah ich noch immer die verkohlten Leichen auf dem Bahnsteig ... Andererseits ist es sinnlos, mit den KGB-Leuten zu diskutieren. Sie können aus einem Nichts eine Anklage zusammenbrauen und aus Störenfrieden Massenmörder machen.

«Nun, was haben Sie denn sonst noch zu meckern? Betrachten wir die Sache doch mal objektiv, Sascha ...»

«Jedesmal, wenn wir merken, daß uns die Hände gebunden sind, reden wir über Objektivität. Aber verzeihen Sie die Unterbrechung, Kostja.»

Merkulow dachte einen Moment lang nach, dann schlug er sich plötzlich mit der flachen Hand an die Stirn. «Meine Güte, ich habe völlig vergessen, daß in Ihrem Büro diese blonde Praktikantin auf Sie wartet – Belowa oder so ähnlich.»

Lana saß mit übereinandergeschlagenen Beinen da und las die *Sozialistische Justiz*.

«Würden Sie mir einen Gefallen tun, Alexander Borissowitsch? Könnten Sie meine Zusammenfassung überfliegen, bevor ich sie dem Chef gebe. Vielleicht ist mir ein Fehler unterlaufen.»

Ich sah auf den ersten Blick, daß alles in Ordnung war. Was mich erstaunte, war, wie sie das Ganze so schnell erledigt hatte. Das Blatt knisterte in meiner Hand und verriet mein Zittern.

«Ist Ihnen nicht gut?» erkundigte sie sich.

«Nein, wieso? Ich bin frisch und munter!» sagte ich und warf einen wohl doch etwas erschrockenen Blick in das Glas des Bücherschranks, das mein Gesicht widerspiegelte.

«Wollen wir zusammen eine Kleinigkeit essen?» schlug ich mutig vor. «Danach können wir zum Wernadskij-Prospekt gehen. Ich hab da heute vormittag niemand angetroffen.» In Wahrheit hatte ich mir die Beschlagnahmung absichtlich für den Nachmittag aufgespart. Vielleicht könntest du bei dieser Gelegenheit auch gleich Lana ein wenig mit Beschlag belegen, hatte ich spekuliert.

«Ich gehe gern spazieren», sagte sie. Mir war nicht ganz klar, ob es Ernst oder Scherz war.

Das «Warschau» war so voll wie stets. Ich hatte nicht den geringsten Appetit und starrte auf die Menükarte, unfähig, die Namen der Speisen zu lesen.

«Wissen Sie, Sascha – ich darf Sie doch so nennen? –, ich möchte eigentlich nur ein Eis.»

Eis, natürlich! Das Eis war in dem Moment gebrochen, als sie mich Sascha genannt hatte. Wir tranken einen angenehm duftenden, heißen Kaffee und aßen Eis, wobei wir nur Banalitäten austauschten, aber ich bemerkte mit Freude ein Interesse in ihren grünen Augen und die kaum wahrnehmbaren Fältchen ihres Lächelns. Wie alt mochte sie sein? Fünf- bis sechsundzwanzig? Als sie ihre braungebrannte Hand auf das schneeweiße Tischtuch legte, fiel mir ein schmaler heller Streifen an ihrem Ringfinger auf – trug sie dort sonst einen Verlobungsring?

Meine Katerstimmung wich einem wundervollen Gefühl der Schwerelosigkeit. Unsere Gesprächspausen hatten nichts Peinliches, und wenn wir redeten, fand ich genau den richtigen Ton und die passenden Worte – oder zumindest schien es mir so.

Es war fast vier Uhr, als wir uns zum Wernadskij-Prospekt aufmachten. Ich hoffte, ich könnte die Beschlagnahmung in zwanzig Minuten durchführen. Aber das stellte sich als Illusion heraus. Das Büro des Baustellenaufsehers befand sich in einem verbeulten Eisenbahnwaggon, der verloren in der Mitte eines Baugeländes stand. Die Arbeiter hatten ihre Schicht beendet, und nirgends war eine Menschenseele zu sehen. Wir mußten einen halben Kilometer durch den Dreck stiefeln zum zuständigen Verwaltungsbüro, wo wir nur eine betrunkene Putzfrau antrafen.

Als wir mit Hilfe einer Axt das Vorhängeschloß des Eisenbahnwaggons aufgebrochen hatten, bekam ich einen Schock: Es gab zehnmal mehr Akten, als ich erwartet hatte.

Wir sortierten bis spät abends Rechnungen, Arbeitsstundenlisten, Lieferscheine, Kostenvoranschläge, Statistiken. Lana begriff schnell, um was es ging, und durchstöberte Regal um Regal ohne das geringste Anzeichen von Langeweile oder Mißmut. Als sie mir wieder mal ein Bündel Papiere hinhielt, umfaßte ich ihr Handgelenk und ließ es eine Weile nicht mehr los. Und wie während des Tanzes gestern schien mir, als sei auch sie erregt, obwohl sie sich schließlich aus meinem Griff sanft befreite.

Eine Stunde später fuhren wir die kurvenreiche Straße entlang, die einst Stalins Heimweg war. Das weiße Gebäude des Kunzewo-Krankenhauses, der ehemalige Wohnsitz des Generalissimus, lag hinter den Bäumen zu unserer Linken. Auf der rechten Seite führte ein Abhang zum Ufer des Setun-Flusses. Lanas prächtiges Haar flog im Luftzug, und sie hob beide Ellbogen in die Höhe, um es zu bändigen. Meine Augen blickten unwillkürlich öfter seitwärts als nach vorn. Lana runzelte leicht die Augenbrauen und zog ein Tuch aus der Handtasche, das sie um den Kopf wand und im Nacken verknotete.

Ich zog an den Zipfeln, weil ich ihr Haar wieder im Wind flattern sehen wollte. Sie stieß meine Hand mit so unerwarteter Heftigkeit fort, daß ich das Steuerrad losließ. Das Auto scherte aus, in Richtung auf den Abhang und landete, während ich auf die Bremse trat, in einem Fliederbusch.

«Sind Sie verrückt?» schrie ich und packte sie bei den Schultern.

Sie warf den Kopf zurück und brach in Lachen aus. Meine Hände glitten an ihren Brüsten entlang. Sie lehnte den Kopf gegen meinen. Ich zog sie fester an mich. Wir kämpften miteinander, erstickten uns fast in unserer Umarmung. Dies war nur das Vorspiel, und wir beide wußten es und verlängerten es instinktiv. Wir steigerten uns in eine Leidenschaft hinein, die uns buchstäblich alles vergessen ließ. Zum Schluß fanden wir uns im Gras am Flußufer wieder, unsere Kleider lagen wild verstreut am Boden. Wir mußten sie im spärlichen Mondlicht mühsam zusammensuchen.

Lana hatte versprochen, am nächsten Tag zu mir nach Hause zu kommen, und ich konnte an nichts anderes mehr denken. Ich arbeitete wie ein Besessener, und alles gelang mir. Sogar der Papierkram machte mir Spaß. Zuweilen überkam mich ein Angstgefühl: Angenommen, irgend etwas ginge schief – sagen wir, ich hätte einen Unfall oder müßte Nachtdienst machen ... oder sie würde nicht kommen ... Dann stürzte ich mich mit doppeltem Eifer in die Arbeit, und ich spornte die Zeit an, schneller zu vergehen.

«Turezkij, sind Sie sehr beschäftigt?»

Ich hatte nicht bemerkt, daß die Tür sich geöffnet hatte. Kim trat ein. Der Augenblick der Wahrheit war also gekommen. Jetzt mußte ich grausam offen mit ihr sein.

«Ich muß mit Ihnen reden, Turezkij!» Es irritierte mich wieder, daß sie meinen Nachnamen benutzte.

«Nein, nein, denken Sie bitte nicht, daß ich ...» Sie schaute mich ängstlich an.

Ich sah, wie blaß sie war. Gott im Himmel, hoffentlich hatte sie sich nicht in mich verliebt! Alle Worte, die ich mir vorgenommen hatte zu sagen, waren vergessen. Ich ging zu ihr hin und faßte sie am Arm. Sie zitterte.

«Hören Sie zu, Kim, Sie müssen verstehen ... Ich meine, wir sind doch schließlich erwachsene Menschen.» Was redete ich bloß für einen Quatsch daher? Ich fing noch mal von vorn an: «Hören Sie, Kim ...»

«Nein, hören Sie mich an, Turezkij ...»

«Nennen Sie mich nicht Turezkij, ich habe auch einen Vornamen.»

«Ja, ja natürlich ... Sascha ...»

«Genosse Turezkij, sofort zum Genossen Parkomenko!» ertönte es aus der Sprechanlage. Ich war erleichtert, allen weiteren Erklärungen auf diese Weise zu entkommen.

«Verzeihen Sie, Kim ... Wir sprechen uns später.»

«Kann ich Sie zu Hause anrufen, Turez ... Sascha?»

«Ja, rufen Sie mich an. Meine Nummer ist ...» Mir war es recht, die Sache telefonisch hinter mich bringen zu können.

Lana kam Punkt neun Uhr. Bis dahin hatte ich meine Wohnung gründlich saubergemacht und ein paar Leckerbissen besorgt.

Sie trat ein, und ich vergaß sogleich meine Vorbereitungen – ich vergaß beinahe alles um mich herum. Mir schien, als umwehte sie noch der Grasduft des gestrigen Abends. Zum Glück fiel mir wenigstens ein, daß Kim anrufen wollte, und so zog ich eilends und unauffällig das Telefon aus der Steckdose. Nach dem Imbiß verloren wir uns in den «uralten Rhythmus der Liebe, den wir neu für uns entdeckten». Ich kann es nicht anders ausdrücken als einer unserer romantischen Dichter der bürgerlichen Epoche.

Irgendein klickendes Geräusch riß mich aus dem Schlaf – oder hatte ich geträumt? Denn um mich herum herrschte tiefe Stille, die nur zuweilen von dem Zischen der Autoräder auf dem regennassen Asphalt unterbrochen wurde. Wie lange hatte ich geschlafen? Zwanzig Minuten vielleicht?

«Wieviel Uhr ist es?» flüsterte Lana.

Ich knipste das Licht an. Zu meinem Erstaunen war es nach zwei Uhr morgens.

«Ich muß gehen...»

«Warum?»

Sie lachte. «Ich will kein Bratkartoffelverhältnis eingehen.»

«Was meinst du damit?»

«Du weißt schon: Abwaschen nach dem Morgenkaffee, in geliehenen Pantoffeln durch ein unaufgeräumtes Zimmer schlurfen...»

«Ich bring dich nach Hause.»

Sie lachte wieder: «Ich wohne nur zehn Minuten zu Fuß von hier.»

Sie zog sich an. Ich hörte sie nicht einmal fortgehen. In einen zufriedenen Schlaf gesunken, träumte ich, daß ich mich angestrengt an etwas zu erinnern versuchte, an den Wortlaut eines Gesetzes oder eines Sprichworts oder an die Mahnung einer inneren Stimme. Was es auch sein mochte – in der Frühe hatte ich alles vergessen –, außer Lana natürlich.

4

Die Wasserstrahlen rieselten über mein Gesicht, meine Schultern, meine Brust. Das Vergnügen der morgendlichen Dusche wurde noch durch das Bewußtsein erhöht, daß ich nicht in Eile war. Es war sieben Uhr früh, und mein Dienst fing erst um neun Uhr an.

Dachte ich. Und schon klingelte das Telefon.

«Turezkij! Tut mir leid, Sie wecken zu müssen, aber wir brauchen Hilfe. Im Oktober-Bezirk ist ein Mord geschehen, und wir haben niemand, den wir hinschicken können, der zuständige Beamte ist noch mit einer anderen Schnapsleiche beschäftigt. Also übernehmen Sie doch mal. Meine Jungens kommen Sie gleich abholen.»

«Bin in zehn Minuten bereit, Oberstleutnant Jakowlew.»

Merkulow hatte mich mal wieder an die Abteilung für «allgemeine Verbrechen» ausgeliehen, während ich eigentlich für «Sonderfälle» zuständig war, also zum Beispiel nicht für einen gewöhnlichen Mord aus Eifersucht oder im Verlauf einer Rauferei unter Betrunkenen, sondern nur, wenn der Täter oder das Opfer oder die Hintergründe des Motivs «gesellschaftliche Verwicklungen» vermuten ließen. Das bedeutete: Es wurde von oben entschieden, ob «erschwerende Ermittlungsumstände» zu erwarten waren oder nicht. Wenn ja, bekam ich den Fall, zumindest in der Regel.

Moskau war in Dunst und Regen gehüllt. Die Junihitze hatte über Nacht ein fast herbstlicher Nieselregen abgelöst. Die Scheibenwischer kamen kaum gegen das an der Windschutzscheibe herabfließende Wasser an. Mein Telefon war doch abgeschaltet gewesen, fiel mir ein. Lana mußte es wieder angeschlossen haben. Kaum hat man eine Frau bei sich, ist man nicht mehr der Herr im Haus. Ich musterte die beiden Männer, die mich abgeholt hatten. Sie waren mir unbekannt. Da sie so brav schwiegen, hielten sie mich offenbar für ein höheres Tier, und ich ließ sie in ihrem Glauben.

Der Tatort war ein Hochhaus am Gagarin-Platz. Während wir die Treppen zum vierten Stock hinaufhasteten, berichtete der Revierwachtmeister: «Der Vater, ein Geologe, kehrte heute morgen von einer Reise zurück. Er fand seine Tochter tot auf. Die Nachbarn kamen auf seine Schreie hin herbeigeeilt, riefen die Polizeiwache beim ‹Sputnik›-Hotel an. Mehr weiß ich auch nicht, Genosse Ermittlungsbeamter. Wohnung 322 ist es.»

Eine übliche Moskauer Wohnung mit tschechischen oder jugoslawischen Möbeln. Unbeschreibliche Unordnung: vor dem Schrank Berge von Unterwäsche, Kleidern, Schals, Kopftüchern, auf dem Boden um den Schreibtisch herum zerstreute Papiere und Schulhefte, herausgezogene und geleerte Schubladen, der niedrige Tisch bedeckt mit Fotografien, daneben auf dem Boden ein zerfleddertes Fotoalbum, zwei unter dem Sofa hervorgezogene und durchwühlte Koffer, auf dem Toilettentisch ein Häufchen von Ringen, Broschen und Ketten aus einem umgestülpten Schmuckkasten ... Durch die Küchentür konnte ich die Umrisse eines weiblichen Körpers, ausgestreckt auf dem Boden, liegen sehen.

Ich berührte nichts, sondern machte erst mal einen schnellen Rundgang durch die Zimmer. Meine Blicke blieben dabei unwillkürlich an dem Fotoalbum und dem Schmuck hängen. Aber das war nur eine Art Vorgefühl; man kann nie im voraus sagen, welche Tatsachen und Gegenstände sich als wichtig erweisen werden.

Der Gerichtsmediziner hatte sich gerade über den Körper gebeugt, das leblose Handgelenk hochgehoben und wieder fallen gelassen. Der Fotograf machte verschiedene Aufnahmen, um die genaue Lage der Leiche festzuhalten. Mit einer Handbewegung bat er mich, das Gesicht der Frau freizumachen. Ich kniete mich hin und strich die schwarzen Haarsträhnen zurück.

Vor mir in einer Blutlache lag Kim.

«Nein, hören Sie mich an, Turezkij ... Ich muß mit Ihnen reden.» Ihre Stimme hallte in meinem Kopf wieder, ich sah sie vor mir stehen, zitternd, bleich – aber lebendig.

Ich tat alles, was man von einem Ermittlungsbeamten am Tatort erwartet. Ich wies das Team an, die Wohnung genau durchzukämmen, nahm zusammen mit dem Gerichtsmediziner eine oberflächliche Untersuchung des Ortes vor, kroch über den Boden und suchte nach Fußspuren des Mörders, hörte mir den Bericht des Hundeführers an. Der Hund hatte in der Nähe der Leiche eine Spur aufgenommen, sie aber auf der Straße sofort verloren. Ich befragte die Nachbarn, sammelte mögliche Beweisstücke ein...

Ich hatte zu Kim gesagt: «Sie müssen verstehen...» Und sie hatte mich unterbrochen: «Nein, Turezkij, hören Sie mich an...» Aber ich hatte sie nicht ausreden lassen.

Und jetzt hätte ich gern ihre leblose Hand genommen und gesagt: «Verzeih mir, Kim. Sag mir, was ist dir zugestoßen? Ich schwöre dir, Kim, ich werde den Mörder finden, ich werde nicht ruhen, bis ich ihn gefunden habe. Auch wenn es dir jetzt nicht mehr hilft.»

Zwar lauschte ich aufmerksam dem Bericht der verschiedenen Experten und notierte das Wesentliche, doch hatte ich die ganze Zeit über das Gefühl, ihre Stimme zu hören. Es war mir so, als würde ich meine Aufzeichnungen nach ihrem Diktat schreiben:

«Leiche der Bürgerin Kim Lagina, 23, aufgefunden auf dem Boden der Küche ihrer Wohnung, nahe der Tür, von ihrem Vater bei Heimkehr von Reise nach Wladiwostok (2. Wohnsitz), wo auch die Mutter, Koreanerin, lebt. Alibi überprüft, in Ordnung. Weitere Befragung unergiebig, noch unter Schock... Beträchtliche Blutlache unter dem Körper der L. läßt vermuten, daß der Mord an Ort und Stelle geschah. Der Tod wurde durch einen scharfen Gegenstand, der in Herznähe eindrang, verursacht. Nach der Wunde zu urteilen (ein beidseitig scharfer Einstich), war die Mordwaffe entweder ein zweischneidiges Messer oder ein Dolch. Der Angriff erfolgte mit beachtlicher Kraft von hinten. Veränderungen des Leichnams: Absinken der Körpertemperatur, Verfärbung der Haut lassen vermuten, daß der Tod ungefähr sieben bis acht Stunden vor Auffindung des Opfers eintrat, d. h. ungefähr um 24 Uhr.»

Um Mitternacht! Wo war ich, als man dir den tödlichen Stich in den Rücken versetzte? Du brauchtest vielleicht meine Hilfe, und ich zog das Telefon aus dem Stecker, blind und taub vor Leidenschaft.

«14 Spuren von Papillarabdrücken, hinterlassen von verschiedenen Teilen einer menschlichen Hand, wurden mit Spezialfilm fotografiert. Ein frischer Fingerabdruck wurde auf dem Holzrahmen des Toilettentischspiegels im Zimmer der Eltern durch Einsatz einer Jod-Sprühdose sichtbar gemacht. Hinter dem Spiegel fand sich, in den Rahmen geklemmt, ein Schwarzweiß-Foto. Es zeigt die Bürgerin Lagina und einen unbekannten, 22–23jährigen Mann. Beide stehen in Skianzügen vor einer Säulenhalle oder einem baufälligen Pavillon, geschmückt mit einem liegenden Marmorlöwen, vielleicht Teil einer antiken Ruine. Auf der Rückseite ist handschriftlich das Datum 4. Februar 1985 vermerkt.»

Der Mann hatte ein jungenhaft-sympathisches Gesicht. Schwer vorstellbar, daß er eines Mordes fähig war. Aber wer weiß? Wer hatte das Foto so sorgfältig versteckt – und warum? Kim selbst? Falls es der Mörder gesucht hatte, dann doch wohl, weil er selbst darauf abgebildet war. Was hatte Kim mir sagen wollen? Und wieso gerade mir? Warum hatte sie sich nicht an einen anderen Kollegen gewandt, zum Beispiel an Greschannik? Vor wem hatte sie Angst gehabt?

«Im Korridor wurde der Abdruck eines Männerschuhs Größe 43 entdeckt und auf die übliche Weise konserviert... Die Untersuchung fand zwischen acht Uhr und ein Uhr statt sowohl bei Tageslicht als auch bei elektrischer Beleuchtung.»

Nach der Durchsuchung und Versiegelung von Kims Wohnung fuhren mein Team und ich zum Komsomol-Platz weiter, wo man die Leiche der «Dicken Tamara», einer stadtbekannten Prostituierten, aufgefunden hatte. Sie war in der Dachkammer des Eisenbahnerklubs mit ihrer eigenen Strumpfhose erdrosselt worden. Um sieben Uhr abends waren wir in der Garage des Ministerrats, wo ein Mechaniker durch elektrischen Strom getötet worden war. Zum Schluß hatten wir es noch mit einem Selbstmord zu tun, die Frau eines ehemaligen stellvertretenden Handelsministers. Sie hatte die Schande, daß ihr Mann wegen Korruption entlassen worden war, nicht ertragen können.

Danach streckte ich mich für ein paar Stunden auf dem unbequemen Sofa im Nachtdienstraum der Protokollabteilung aus. Mein Schlaf glich dem eines Schwerkranken: unruhig, fiebrig, mit Alpträumen.

Im Dämmerzustand hörte ich Merkulow in der Frühe hereinkommen und im Flüsterton mit Griasnow reden. Der teilte ihm die ersten Resultate der Untersuchungen im Fall Kim Lagina mit und stellte Theorien auf:

«Ich bin fast sicher, Konstantin Dimitrijewitsch, daß dieser Fußabdruck der des Mörders ist. Er ist unser wichtigster Anhaltspunkt. Das Laboratorium sagt, der Kerl habe amerikanische Stiefel getragen.»

Griasnows karottenfarbiger Haarwust wippte grotesk auf und ab bei seinen Worten.

«Was ist mit den Fingerabdrücken?»

«Bislang keine weiterführenden Erkenntnisse. Fünf stammen vom Opfer selbst, vier von ihrem Vater, und die restlichen sind noch nicht identifiziert.»

«War was auf dem Spiegel?»

«Nur Kims rechter Daumen.»

«Und die Fotos?»

«Sie haben bereits mit der Durchsicht angefangen. Kims Vater hilft ihnen dabei. Zumeist sind es Schnappschüsse der Familie oder irgendwelcher Studentengruppen. Wir müssen unbedingt diesen Skifahrer ausfindig machen. Der Vater kennt ihn nicht. Das wird eine Sonderfahndung geben.»

«Soll Turezkij übernehmen.»

Das hieß, ich würde die Untersuchung leiten. Ehrensache, dachte ich, und schlief noch einmal ein.

Erst die laute Stimme von Schura Romanowa, der Leiterin der Zweiten Abteilung des Moskauer Kriminalamts, riß mich endgültig aus dem Schlaf. «Was sehen meine trüben Augen! Eure arme kleine Praktikantin ist abgemurkst worden, und ihr döst hier herum! Was, ich soll leiser sprechen? Damit der Turezkij weiterschlafen kann? Wär ja noch schöner. Gebt dem Meisterdetektiv 'nen ordentlichen Schluck Wodka, damit er wieder flott wird.»

Man konnte Schura nichts übelnehmen. Sie sprach mit jedem so, vom Streifenpolizisten bis hinauf zum Innenminister.

Ich bot ein trostloses Bild mit meinen wirren Haaren, unrasiert und hungrig, aber ich war sicher, daß wir – Merkulow, Griasnow, die Romanowa und ich – mit vereinten Kräften den Mörder «unserer Kim» schnell schnappen würden. In diesem Moment war ich ganz fest davon überzeugt.

«Wollt Ihr noch länger hier rumhängen, Genossen? Los, kommt mit in meine Abteilung. Und Sie, Turezkij, halten Sie Ihren Kopf unter kaltes Wasser und holen Sie sich in der Kantine was zu essen. Dann stoßen Sie zu uns.»

Ich verschlang gierig einen Joghurt und eine Fischsemmel, anschließend begab ich mich im Laufschritt in Schuras Abteilung. Als ich am Warteraum für Ratsuchende vorbeikam, vernahm ich die Stimme des diensthabenden Beamten: «Heute, liebe Kinder, werden keine Besucher empfangen. Kommt am Montag wieder.»

Es waren tatsächlich Kinder, die vor dem Aufseher standen, ein junger Bursche und ein sehr junges Mädchen. Sie waren beide ziemlich klein und wirkten so ratlos wie Hänsel und Gretel im Hexenwald.

«Da kommt der Ermittlungsbeamte, er wird euch das gleiche sagen . . .»

Ich musterte das Mädchen – entweder hatte ich sie schon mal gesehen, oder sie erinnerte mich nur an jemand.

«Na, warum seid ihr zwei denn hier? Warte mal, wohnst du nicht neben den Lagins?»

«Woher wissen Sie . . .?» fragte die Kleine zurück.

«Nicht schwer zu erraten. Du siehst deiner Mutter unheimlich ähnlich. Korabelnikowa, nicht wahr?»

«Ja, Ljuda Korabelnikowa. Genosse Ermittlungsbeamter, dürfen wir Sie um einen Gefallen bitten? Würden Sie uns Ihr Ehrenwort geben, unseren Eltern nicht zu verraten, daß wir hier waren?»

«Ehrlich gesagt, kann ich euch das nicht versprechen. Es hängt davon ab, warum ihr gekommen seid.»

«Nein, bitte sagen Sie nichts! Vater erlaubt mir nämlich nicht, Tolja zu sehen. Er meint, ich sei noch immer ein kleines Mädchen . . .»

«Ljuda, laß mich reden, du schleichst nur wie die Katze um den heißen Brei rum», unterbrach sie ihr Freund Tolja.

Wir gingen zur Zweiten Abteilung, wo ich auf Anhieb ein leeres Büro fand, direkt gegenüber von Schuras pompösem Zimmer. «Setzt euch, ihr beiden. Ich merke schon, Ihr habt mir was zu erzählen, etwas sehr Geheimes.»

«Es ist halt so . . . Ljuda und ich standen vorgestern im Korridor am Eingang und . . . Egal, wir standen da eben. Plötzlich hörten wir die Haustür zuklappen, und wir hatten Angst, es wären ihre Eltern. Ljudas Vater ist manchmal ganz schön gemein . . . Ich meine, so streng zu ihr. Und deshalb haben wir uns versteckt.»

Na, kommt schon raus mit der Sprache, dachte ich. «Ihr habt im Korridor geknutscht und gefürchtet, von den Eltern eins reingewürgt zu bekommen, stimmt's?»

«Verstehen Sie, die dürfen das nicht wissen.»

«Also, ich werde niemand erzählen, daß ihr euch geküßt habt. Ehrenwort! Aber nun erzählt weiter.»

Wieder ergriff Ljuda das Wort: «Nun gut, also sie kamen rein, und wir standen in einer Ecke, wo es besonders dunkel ist. Wenn man den Korridor entlang zum Fahrstuhl oder zur Treppe geht, kann man nicht sehen, ob da jemand steht. Ich hatte mich hinter Tolja versteckt und linste über seine Schulter, um zu sehen, ob es wirklich meine Eltern waren. Aber es waren zwei Männer, und sie klingelten bei den Lagins.»

«Woher wißt ihr, daß es deren Klingel war?»

«Sie ist die lauteste im ganzen Haus, weil der Lagin schwerhörig ist.»

Ljuda Korabelnikowa beantwortete jetzt präzise und schnell meine Fragen. Ich notierte ihr Aussagen in fliegender Schrift.

«Erinnert ihr euch an die Uhrzeit?»

«Ja, ganz genau. Die beiden Männer kamen Viertel nach zwölf.»

«Habt ihr denn auf die Uhr gesehen?»

«Ja, ich hab immerzu draufgeschaut», sagte Ljuda. «Ich muß immer um zwölf zu Hause sein, und ich hatte Angst, meine Eltern könnten jede Minute kommen.»

«Könnt ihr die beiden Männer beschreiben?»

«Sie sahen . . . ziemlich durchschnittlich aus. Sehr deutlich konnte ich sie nicht sehen.»

«Wie alt waren sie ungefähr?»

«Einer war nicht mehr jung, so sechs- bis achtundzwanzig.»

Da hatte ich mein Fett! Für eine Siebzehnjährige war ich mit meinen Fünfunddreißig ein Greis.

«Der andere war vielleicht zwanzig.»

«Größe?»

«Der ältere war groß, der andere so mittelgroß.»

«Haarfarbe?»

«Es klingt komisch, aber sie hatten keine Haarfarbe ... Nein, keine Glatze oder abrasiert ... Das heißt, schon abrasiert, aber vielleicht vor zwei Wochen. Sie waren beide grau, das Gesicht, die Hände – alles grau. Der ältere hatte einen Quadratschädel. Der jüngere sah ganz gut aus. Was sie trugen? Modische Sachen: Jeans, Lederjacken ... An die Farben kann ich mich nicht erinnern, wahrscheinlich war das Zeug dunkel. Sie hatten nichts in der Hand. Nein falsch, der jüngere trug einen Schirm.»

«Einen Schirm? Aber es regnete doch nicht?»

«O doch, es hatte gerade zu gießen angefangen. Der Schirm sah ausländisch aus, so mit Lederhülle. Ich glaube, er war schwarz. Die Schuhe? Was soll ich denn noch alles wissen? Ich glaube, einer von ihnen trug ziemlich klobige Schuhe. Sie polterten so. Nein, gesprochen haben sie nicht, weder miteinander, noch mit der Person, die sie in die Wohnung einließ. Die Tür wurde sofort geöffnet.»

Ich stellte eine letzte Frage: «Würdet ihr die Männer wiedererkennen?»

«Den jüngeren ja, den älteren? Da bin ich nicht ganz sicher», sagte Ljuda.

«Es war da noch was anderes», sagte Tolja nachdenklich. «Sie haben nicht sofort geklingelt, als sie oben angekommen waren, sondern ein paar Sekunden gewartet ... Erst dann drückten sie auf die Klingel. Komisch, daß die Tür sofort geöffnet wurde. Ich meine, meistens muß man doch eine Weile warten, bis jemand kommt. Und dann sagt man doch was zur Begrüßung – oder? Aber niemand hat irgend etwas gesagt.»

Also nun los, Turezkij, stell dir die Szene bildlich vor und mal dir aus, was da vor sich gegangen ist. Unter welchen Umständen läßt man jemand in die Wohnung, ohne ein einziges Wort zu sagen? Wann öffnet man schon ein, zwei Sekunden nach dem Läuten? Nun, wenn man jemand dringend erwartet hat, ungeduldig direkt hinter der Tür stehend, und man verliert bei offener Wohnungstür kein Wort, wenn es sich um einen geheimen Besuch handelt oder gar um ein «konspiratives Treffen».

Im Beisein von Griasnow, der auf der Suche nach mir ins Zimmer geschaut hatte, zeigte ich Ljuda und Tolja alle Fotografien aus dem Besitz von Kim Lagina einschließlich des Schnappschusses mit dem Skiläufer. Die zwei Lederjacken tragenden Besucher befanden sich nicht darunter. Den Skiläufer hatten Ljuda und Tolja nie zuvor gesehen.

Dann nahm Griasnow die arme Ljuda in die Zange. Er holte lange Pappstreifen aus seinem Schrank und begann mit seinen Verwandlungstricks: Er wechselte Streifen mit verschiedenen Stirnpartien, Nasen, Mündern nacheinander aus und kombinierte sie nach Ljudas «Kritik» immer aufs neue. Es dauerte eine Stunde. Dann endlich waren die Phantombilder fertig, die mehr oder weniger genau die äußerlichen Merkmale der Männer aufwiesen. Diese Porträts wurden vom Polizeilaboratorium vervielfältigt und an die verschiedenen Ermittlungsstellen verteilt. Pessimistisch, wie ich nun mal bin, halte ich nicht viel von diesem Verfahren. Neun von zehn Verbrechern, die wir fangen, haben nicht die geringste Ähnlichkeit mit diesen synthetischen Konterfeis.

Ich bedankte mich bei meinen jungen Informanten. Sie waren sichtlich stolz, daß sie mir die ersten wirklich hilfreichen Anhaltspunkte in diesem Fall gegeben hatten, und versprachen, sich telefonisch bei mir zu melden, wenn ihnen noch etwas Interessantes einfallen würde. «Und interessant ist natürlich alles, was ihr mir in Zusammenhang mit der armen Kim zu sagen habt.»

Bei der Lagebesprechung im Büro der Romanowa wurde beschlossen, als erstes zu eruieren, wer mit dem Opfer befreundet gewesen war und die Identität des Skiläufers festzustellen.

Mit ihren Phantombildern und dem Foto des Skiläufers in der Tasche schwärmten Schura Romanowas Jungens in alle Teile Moskaus aus.

Merkulow und ich blieben allein zurück. Die Gelegenheit war günstig, ihm meine Beziehung zu Kim zu beichten. Ich mußte einfach mit jemand über das sprechen, was mich bedrückte.

«So, so Sascha. Das Mädchen wollte Ihnen also etwas anvertrauen, aber Sie haben sie abgewimmelt. Und nun machen Sie sich Vorwürfe – zu Recht. Erwarten Sie keinen Trost von mir.» Er brauchte drei Streichhölzer, bevor es ihm gelang, seine Zigarette anzuzünden.

«Ich erwarte auch keinen, Kostja, aber andererseits hätte ich Ihnen die Geschichte ja nicht zu erzählen brauchen.»

«Sie haben sie mir erzählt, weil Sie wissen, daß ich ein guter Zuhörer bin – ein besserer zumindest als Sie, wie sich gezeigt hat. Das einzige, was ich nicht verstehe, ist: Warum haben Sie sie nicht angehört?»

«Ich dachte, sie wollte auf etwas anderes hinaus.»

«Auf was anderes?»

Merkulow wartete geduldig, bis ich innerlich bereit war, ein volles Geständnis abzulegen.

«Was soll ich sagen . . . Kim und ich . . . na, ja . . . Wir haben nicht nur miteinander geknutscht . . . Wir haben es, wie man so sagt, getrieben. Kostja, glauben Sie mir, es hat sich einfach so ergeben.»

Ich wußte, ich wirkte lächerlich, aber Merkulow lachte nicht. Er sah mich an, als entdecke er erst jetzt den Mann und Mensch in mir. «Verstehe», brummte er wie ein besorgter Vater, der verhindern will, daß sein Sohn gleich auf die erste Frau hereinfällt, mit der er was angefangen hat. «Sie befürchteten, daß das Mädchen von der altmodischen oder auch durchtriebenen Art ist und im Beischlaf ein Eheversprechen sehen wollte.»

«Ja, das nahm ich an. Schließlich ist sie Koreanerin. Sie wollte mich unbedingt zu Hause anrufen, aber ich war nicht da . . . Das heißt, ich war zwar da, aber ich hatte das Telefon aus dem Stecker gezogen. Aber das ist eine andere Geschichte . . .»

«Das Telefon? Warten Sie, Sascha, warten Sie eine Minute.» Merkulow drehte hastig eine Nummer. «Sonja, haben Sie mir nicht gesagt, jemand hätte mich vorgestern angerufen – vor zwei Tagen, als ich bei Tanasewitschs Abschiedsfeier war . . . Bitte, versuchen Sie, sich genau zu erinnern, was die Frauenstimme gesagt hat.» Merkulow griff zu einem Stift, um mitzuschreiben. «Sie fragte also: ‹Kann ich den Genossen Merkulow sprechen?› Ach nein? Nur: ‹Kann ich Merkulow sprechen?› Ohne Genosse? Ja, Sonja, das ist äußerst wichtig. Und um welche Zeit war das? Ungefähr um Mitternacht. Danke!»

Das war möglicherweise Kim gewesen. Sie hatte die merkwürdige Angewohnheit, alle Leute beim bloßen Nachnamen zu nennen.

«Sascha, sie hat gesagt: Ich muß mit Merkulow in einer ganz persönlichen Angelegenheit sprechen. Jedesmal, wenn mir jemand das sagt, weiß ich, daß er mit mir nicht in meiner Eigenschaft als vertrauenerweckendem alten Papa, sondern als Kriminalbeamten ‹ganz persönlich› reden will. Wenn es Kim war, dann war sie in einer Bredouille übelster Art und wußte nicht ein und aus. Sonst ruft man nicht nachts den Chef an.»

«Warum hat sie sich nicht noch mit jemand anderem in Verbindung gesetzt, als sie erfuhr, daß Sie unerreichbar sind?»

«Aus Mangel an Zeit. Vermutlich hat sie mehrfach bei Ihnen angerufen – vergeblich, und in höchster Not dann bei mir. Das war gegen null Uhr, und um Viertel nach zwölf erschienen die Lederjacken. Sie sah durchs Guckloch und ließ sie herein. Das heißt, die Besucher waren ihr bekannt, und sie witterte keine Gefahr. Andernfalls hätte sie wohl nicht aufgemacht.»

«Da ist doch ein Widerspruch drin», wandte ich ein.

Merkulow schüttelte den Kopf. «Nicht unbedingt. Ich sehe es

so: Die beiden hatten etwas mit der Gefahr zu tun, die sie spürte oder von der sie wußte. Aber sie hat diese zwei nicht verdächtigt.»

«Vergessen Sie nicht, diese Männer haben in der Wohnung wie die Wandalen gehaust, aber vermutlich nur Briefe und Notizbücher mitgenommen. Aus welchem Grund? Enthielten sie etwas, das sie geheimhalten wollten und belasten konnte? Das ist es, was wir herausfinden müssen.»

«Und zwar so schnell wie möglich. Gewissensbisse sind nicht nur ein vorzüglicher Antriebsmotor für Geständnisse, sondern in bestimmten Fällen auch für einen Fahnder, zumal am dienstfreien Wochenende», philosophierte Merkulow, und ich wußte, was ich zu tun hatte.

Weil mir bei dem Gedanken an meine eigenen vier Wände ganz jämmerlich, um nicht zu sagen, zum Kotzen zumute wurde, fuhr ich erst einmal schön langsam den Gogol-Boulevard entlang, in Richtung Kropotkin-Straße. Sechs Jahre lang hatte ich hier hinter der Filippow-Kirche in einem schäbigen kleinen Zimmer einer überbelegten Wohnung mit einem Minimum an modernem Komfort gehaust. Es schien schon eine Ewigkeit zurückzuliegen. In Wirklichkeit war es aber erst ein Jahr her, daß der Bezirkskomitee-Vorsitzende mich zu sich gerufen und feierlich erklärt hatte: «Turezkij, Sie bekommen die Ihnen längst zustehende Einzimmerwohnung. Sie liegt am Frunse-Kai.»

Mein Herz krampfte sich zusammen. Rita hatte dort mit mir gewohnt. Drei Jahre waren seit ihrem Tod vergangen, und noch lag ihr Schlüsselbund auf meinem Bücherbord. Und nun war eine neue Frau in mein Leben getreten.

Oder doch nicht? Ich hatte Lana seit mehr als vierundzwanzig Stunden nicht mehr gesehen und keine Ahnung, womit sie inzwischen beschäftigt war, über welcher Statistik sie brüten mochte. Ich dachte zwar an sie, doch sie war gewissermaßen in den Hintergrund meiner Gedanken gerückt. Den Vordergrund nahm die tote Kim ein.

Halt! Ich trat so heftig auf die Bremse, daß ich mich auf der Kreuzung fast um die eigene Achse gedreht hätte. Ich wendete verkehrswidrig und fuhr wie ein Irrer zur Wohnung von Julia und Oleg Schipig, beide waren Architekten und zwei großartige Menschen. Ich fand Oleg an seinem üblichen Platz – nämlich unter seinem Auto. Er bastelte jede freie Minute an dem Motor herum.

«Grüß dich, Sascha!» rief er und richtete sich auf. «Wart eine Sekunde.» Er packte seinen Werkzeugkasten zusammen und fuhr mit bekümmerter Stimme fort: «Ich hoffe, es ist noch eine angebrochene Flasche da, und Julia hat sicher etwas Eßbares . . .»

«Ich bin eigentlich dienstlich hier, Oleg. Ich würde gern wissen, wo sich diese Ruine befindet. Hast du nicht irgendein Nachschlagewerk über so was?» Ich zog das Foto mit dem Skifahrer hervor.

Oleg warf nur einen kurzen Blick drauf. «Das ist Zarizyno, Katharinas Palast, erbaut von Baschenow und Kasakow, geniale Baumeister alle beide. Der Bau wurde gestoppt durch ein plötzliches Edikt der unberechenbaren Katharina. Aber nun will das ‹Genie› Iljuscha Glasunow einen Teil restaurieren und ein Museum dort einrichten. Der Löwenkopf gehört zu einem verträumten kleinen Haus, das auf der Hauptinsel der Zarizyno-Teiche liegt.»

«Wie machst du das, all diese Informationen einfach aus dem Ärmel zu schütteln, Oleg?»

Er lachte. «Wenn ich dich zum Beispiel fragen würde, was, juristisch definiert, ‹Notwehr› ist, müßtest du die Antwort ja auch nicht erst nachschlagen? So, und jetzt komm und laß uns einen heben.»

«Ich hab leider keine Zeit, Oleg.»

«Oho, ist was Ernstes passiert?»

«Ich muß diesen Burschen auf dem Foto finden.»

«Und du meinst, er steht noch immer an derselben Stelle wie auf dem Bild?»

Um ehrlich zu sein, hatte ich nicht übel Lust, mit meinen Freunden ein wenig zu plaudern, außerdem schien mir ein Spaziergang um die Zarizyno-Teiche an einem Samstagnachmittag reichlich sinnlos. Wahrscheinlich wimmelte es da von Spaziergängern. Ich steckte das Foto wieder in meine Brusttasche und sagte: «Nun gut, laß uns gehen.»

Ich rief mein Büro an und gab Schipigs Nummer an, falls irgend etwas Dringendes anfiel.

«Übrigens», sagte der diensthabende Beamte, «ein Mädchen will Sie unbedingt sprechen. Nur Sie wären der richtige Mann...»

«Da hat die Dame vollkommen recht. Geben Sie ihr diese Nummer.»

Schon eine Minute später klingelte das Telefon.

«Herr Ermittlungsbeamter, hier spricht Ljuda Korabelnikowa. Ich weiß nicht, ob es Ihnen nützen kann... Gestern habe ich mir die beiden Männer noch mal ins Gedächtnis gerufen, und da fiel mir ein, daß der große ein Buch in der Hand hielt und der andere...»

«Moment Ljuda, was für eine Art Buch – ein Notizbuch?»

«Nein, ein richtiges Buch, ziemlich dick, in einem schwarzen Einband...»

Der Mörder eine Leseratte? Ich müßte Kims Wohnung wohl noch ein zweites Mal durchsuchen. Vielleicht hatte er das Buch nach der Tat vergessen, oder es gehörte Kim, und er hatte es ihr zurückgebracht.

«Nun, das war das Buch... Aber mir kam noch eine andere Idee: Ich glaube, der jüngere Mann war ein Homosexueller.»

«Wie bitte?»

«Ich weiß, es klingt blöd, aber das war mein Eindruck.»

«Ljuda, was hat Sie auf diese Idee gebracht? Lag es an seinen Bewegungen? Oder haben die zwei sich irgendwie auffällig verhalten?»

«Nein, nichts dergleichen. Ich kann Ihnen nicht sagen, warum. Ich hab es instinktiv gefühlt.» Diese Jugend von heute! Ich jedenfalls kann diese Burschen nicht «instinktiv» erkennen. Selbst auf der U-Bahnstation Sokolniki, die ein Homo-Treffpunkt ist, weiß ich nie ganz sicher, wer nun was ist. Wo mochte das junge Mädchen ihre diesbezüglichen Kenntnisse erworben haben?

«Kennen Sie welche von denen oder was?»

«Nur einen. Er ist Friseur in einem Salon am Lenin-Prospekt . . . Ich kenn ihn recht gut, weil er meine Mutter bedient.»

«Vielen Dank, Ljuda. Möglicherweise hilft uns das weiter.»

Ich gab der Protokollabteilung diese zusätzliche Information pflichtschuldigst durch, obwohl mir schien, daß die seltsame Intuition der kleinen Ljuda eher Zweifel an ihrer Glaubwürdigkeit aufkommen ließ, als daß sie uns dem Mörder näherbrachte.

Dann ließ ich mich von den Schipigs breitschlagen, über Nacht bei ihnen zu bleiben, und machte es mir in ihrem Wohnzimmer bequem. Es war schon die zweite Nacht, die ich auf einem fremden Sofa verbrachte statt im eigenen Bett. Warum? Weil ich nicht in Stimmung war, mit Lana zu sprechen, wenn sie anrufen würde. Ich hatte einfach keine Lust, bestimmte Fragen zu beantworten, aber auch nicht den Mut, die Telefonschnur wieder aus dem Stecker zu ziehen. Also blieb ich bei den Freunden, und wir sprachen über Gott und die Welt, nur nicht über den Mord, der mich beschäftigte, nicht über die Frauen im allgemeinen und Kim oder Lana im besonderen.

Ich erkannte die Zarizyno-Palastruine nach dem Bild sofort wieder, obwohl jetzt im Sommer alles anders aussah. Das Schwarzweiß-Foto war ja im Winter aufgenommen worden. Die

Wasseroberflächen der Teiche waren mit Regentropfen getüpfelt, die Ruinen zum Teil eingerüstet.

«He, junger Mann, brauchen Sie ein Boot?» Aus einem grünen Kiosk kam ein lahmer Veteran mit wirrem Bart angehumpelt.

«Nein danke, vielleicht das nächste Mal. Wissen Sie zufällig, ob es hier ein Skizentrum gibt?»

«Daß ich nicht lache!» Mitten im Juni wollen Sie Skier haben?»

«Nein, ich meine natürlich im Winter. Ich suche einen von den Angestellten.»

«Angestellte? Der einzige Angestellte bin ich. Im Sommer Boote, im Winter Skier.»

Der Lahme überprüfte meinen Ausweis, verglich mürrisch das Foto mit meiner Visage. Er nahm sich auch Zeit beim Betrachten von Kim und dem Skiläufer.

«Das koreanische Mädchen war im Winter öfters hier, der junge Mann ebenfalls. Haben die was angestellt? Die Kleine kommt, glaub ich, aus Moskau, der junge Mann aus Birjulowa. Zumindest hab ich ihn ein paarmal auf dem Bahnhof von Birjulowa in seiner Eisenbahneruniform gesehen. Haben sich sehr zurückhaltend benommen, die beiden, nur ein Küßchen hier und da...»

Bahnhof Birjulowa, Bahnhofspolizei. Der diensthabende Beamte hörte mir aufmerksam zu, dann ging er in den Schalterraum. Ich vernahm das Klicken von Dominosteinen. Er holte einen rotbäckigen Mann unbestimmten Alters, der eine Eisenbahnerjacke und Mütze trug. «Matwejew, hast du je diesen Burschen im Skianzug gesehen? Der Moskauer Ermittlungsbeamte interessiert sich für ihn.»

Matwejew hielt das Foto in Armeslänge von sich. «Klar, das ist Dubow, Alexej. War Heizer im Bahnhofsdepot draußen. Aber er arbeitet dort nicht mehr. Vor ein paar Jahren ist er zum Militär eingezogen worden. Sein alter Vater wohnt in der Eisenbahnersiedlung. Block fünf, die Wohnungsnummer hab ich vergessen, aber jeder dort kann sie Ihnen sagen.»

Ein großer Hof, Holzlauben mit Bänken und Tischen für die Dominospieler, ringsherum fünfstöckige Häuserblocks. Ich fragte die Pensionäre auf den Bänken nach der Appartementnummer von Dubow. Plötzlich Stille. «Ja, die armen Dubows!»

Kurz darauf, in der Wohnung, verstand ich, warum. In einer Ecke des Zimmers hing wie eine Ikone das Foto von Alexej mit einem Trauerflor.

«Er wurde getötet, unser Söhnchen. Vor vierzig Tagen genau», sagte der Vater.

«Und wo ist das passiert?»

Der Vater schwieg. Die Mutter, die so klein und verdorrt war, daß ich sie anfangs übersehen hatte, antwortete an seiner Stelle: «In eurem verdammten Afghanistan ist er umgekommen. Wo denn sonst? Und man hat uns nicht einmal gesagt, wo er begraben liegt. Die eigenen Muttersöhnchen schicken die hohen Herren nicht an die Front, die behalten sie schön zu Hause.»

Sie sah mich haßerfüllt an.

Es fiel mir schwer, die nächste Frage zu stellen: «Verzeihen Sie, aber kennen Sie vielleicht Kim Lagina? Es ist wichtig für mich, das zu wissen. Ihr Sohn war mit ihr bekannt...» Ich zeigte ihnen das Foto.

Die Mutter wandte sich ab und fing zu weinen an, ihr Mann schüttelte den Kopf: «Wir kennen solche Mädchen nicht.»

Dann sah auch er mich nicht mehr an, und ich verabschiedete mich, rückwärts zur Tür gehend, indem ich immer wieder «Es tut mir leid!» stammelte.

Roman Rosowskij stand bei seinen Kollegen in dem Ruf, ein Träumer zu sein. Er dagegen hielt sich für den Vertreter eines neuen Wissenschaftszweiges: Kriminalpsychologie, ein Grenzgebiet zwischen Gerichtsmedizin und Rechtsprechung. In seiner Dissertation, an der er zwanzig Jahre schrieb, versuchte er zu beweisen, daß nur ein Experte, der gleichzeitig Mediziner, Psychologe und Kriminalist ist, in der Lage sei, in einem unklaren Mordfall erfolgreich zu ermitteln. Soweit ich es beurteilen kann, waren es Rosowskijs Theorien und Empfehlungen, die die Richtung meiner nachfolgenden Ermittlungen bestimmten. Im übrigen war, wie jedermann wußte, Rosowskij ein netter Kerl, solange man seine Arbeit bewunderte, und es war mir daher ein leichtes, ihn dazu zu überreden, obwohl es Sonntag war, eine Autopsie an Kims Leiche vorzunehmen.

Um vier Uhr war alles vorbei, und wir saßen im Direktionsbüro des Leichenschauhauses. Rosowskij balancierte seine zerbrechliche Brille auf seiner Nase und sagte mit dem Pathos eines unverbesserlichen Idealisten: «Lassen Sie uns nun den Schleier des Geheimnisses lüften, der diese Angelegenheit umhüllt. Wollen Sie den Anfang machen?»

Eine Autopsie ist nie erfreulich, aber da es sich um Kim gehandelt hatte, war ich besonders deprimiert, und es fiel mir schwer, alles wiederzukauen: «Zwei Männer in Lederjacken gingen zur Wohnungstür und klingelten. Kim war schon zu Bett gegangen. Sie lief in ihrem kurzen Nachthemd zur Tür, blickte durchs Guckloch, sah zwei Personen, die sie augenscheinlich gut, vielleicht sogar intim kannte, was daraus hervorgeht, daß sie keinen Morgenrock überzog, sondern unverzüglich öffnete. Wir wissen, daß Kim sich vor jemand fürchtete, aber derjenige, dem sie die Tür öffnete, stellte für sie offenbar keine Bedrohung dar – oder zumindest schien es ihr so. Dann erst erblickte sie den zweiten Mann und rannte in die Küche...»

«Nein, das tat sie nicht!» unterbrach mich Rosowskij triumphierend. «Erinnern Sie sich an ihre Lage, als sie gefunden wurde? Sie rannte vielleicht, aber nicht in die Küche. Sie wollte vielmehr durch die Eingangstür in den Flur hinaus! Kim versuchte, sich aus dem Staube zu machen, durchs Treppenhaus ...»

Rosowskij sprang vom Stuhl hoch und blieb mit vorgestrecktem Arm stehen. «Da erhält sie den tödlichen Stich. Ein Messer oder ein Dolch dringt unter ihrem linken Schulterblatt ein und durchschlägt den Brustwirbel! Der spitze und scharfe Gegenstand traf sie aus einer Entfernung von weniger als zwei Metern. Wissen Sie, welche Geschwindigkeit und Schubkraft ein Messer, aus dieser Entfernung gestoßen, wenn nicht geworfen, haben kann? Zehn oder zwölf Meter in der Sekunde! Unsere Kleine wog nur fünfundvierzig Kilo, und der Aufprall ließ sie in die Küche schlittern. Ich meine, warum sollte sie in die Küche gelaufen sein? Sie wollte den beiden doch wohl kaum eine Tasse Tee machen.»

«Roman, das würde ja bedeuten, daß wir es mit einem Berufskiller zu tun haben.»

«Sie sagen es, Sascha, es war ein professioneller Mörder – aufs Töten dressiert. Halten Sie nach einem Jäger oder einem Zirkusartisten Ausschau und, nicht zu vergessen, nach einem – Soldaten.»

5

Kims Klassenkameradinnen, Freundinnen, Mitstudenten an der Juristischen Fakultät und die Nachbarn – sie alle kamen, einer nach dem anderen, in Griasnows Büro, wo ich seit acht Uhr früh die Zeugen vernahm. Keiner von ihnen war ein Zeuge im Sinne von Augen- oder Ohrenzeuge, aber juristisch gesehen ist jeder, der von einem Untersuchungsrichter verhört wird, ein Zeuge.

Griasnow zog mich auf. «Sascha, Sie sind wie mein Zahnarzt:

zehn Minuten bohren, zweimal ausspucken, dann der nächste bitte. Die Schlange draußen ist einen halben Kilometer lang, und alle sehen aus wie Kassenpatienten.»

Ich selbst fühlte mich wie ein aufgezogenes Spielzeug, das sein Programm abschnurrt: Frage, Antwort, Frage, Antwort, Dankeschön, das wär's. Ich hoffte immer darauf, daß der nächste Zeuge sagen würde: «Klar kenn ich die beiden Typen...» Aber sie sagten alle das gleiche, manchmal sogar mit denselben Worten. Kein Satz, bei dem ich einhaken konnte: «Halt, das ist wichtig!» Das einzige, was ich erfuhr: Kim war eine mittelmäßige Schülerin, eine mittelmäßige Studentin. Sie studierte Jura, weil sie in allen Schulfächern, zum Beispiel Mathematik, Physik, Musik und Zeichnen, ziemlich unbegabt war. Nur in einem Bereich schien sie talentiert – im sexuellen.

«Emsige Biene – sieben Liebhaber in einem Jahr», sagte Griasnow anerkennend.

«Acht», fügte ich im stillen, und reichlich irritiert, hinzu. Laut sagte ich: «Nehmen Sie die sieben genau unter die Lupe. Ich möchte Näheres über sie wissen. Im übrigen muß man sich die alte Lagina, ich meine Kims Mutter, vornehmen, natürlich mit Samthandschuhen. Sie soll heute mit dem Flugzeug aus Wladiwostok ankommen. Mütter kennen ihre Töchter besser als Väter, besonders die intimen Beziehungen. Ich werde mich jetzt in mein Büro einschließen, um nicht gestört zu werden. Ich muß alles durchsehen, was in den letzten Tagen ermittelt wurde, und dann einen Bericht für den Generalstaatsanwalt verfassen sowie einen Ermittlungsplan aufstellen.»

Aber meine Absichten wurden durchkreuzt, denn in der Staatsanwaltschaft war der Teufel los. Das Ministerium hatte eine «Routine-Überprüfung» unserer Abteilung angeordnet. Diesmal war Semjon Semjonowitsch Moissejew das Karnickel. Jemand hatte den hohen Herren hinterbracht, daß Moissejew im Büro eine Sauferei organisiert hatte.

Parkomenko zitterte vor Wut: Was würden die Folgen sein, wenn man die an sich harmlose, um nicht zu sagen routinemäßige Sauferei mit dem Tod einer der Praktikantinnen in Verbindung brächte? Das ganze Land stöhnte unter einer beispiellosen Anti-Alkoholkampagne. Partei und Regierung verlangten strenge Strafen für alle Abteilungsleiter, die Spirituosen am Arbeitsplatz duldeten.

«Alexander Borissowitsch, wer war der Veranstalter dieser schändlichen Sauferei?» fragte Parkomenko mit der Stimme eines Großinquisitors, als handle es sich um einen Anarchistenaufstand.

»Es ergab sich halt so... Wir...»

«Unsinn! Ich werde Ihnen sagen, wer dahintersteckt: der Genosse Moissejew!»

«Nie und nimmer, Leonid Wassiljewitsch. Der Genosse Moissejew ist leberkrank und trinkt schon seit langem daher keinen Alkohol mehr.»

Zweifellos würden die anderen Teilnehmer an der «Orgie» mit gleicher Strenge verhört werden. Aber eines beunruhigte mich: Würde Parkomenko Kim erwähnen? Ich konnte nur hoffen, daß von meinem Abenteuer niemand etwas mitbekommen hatte. Merkulow, da war ich sicher, würde mich nicht reinreiten.

Parkomenkos Augen funkelten kalt hinter seinen Brillengläsern. «Keine weiteren Fragen. Machen Sie sich an die Arbeit, Genosse Turezkij.»

Eine Stunde später ließ Parkomenko eine Verfügung zirkulieren, die besagte, daß die Praktikantinnen ab sofort nicht mehr unter Moissejews, sondern unter Merkulows Aufsicht stünden.

Ein Berg von Dokumenten lag auf meinem Tisch. Ich war erstaunt, so viel Material über den Fall Lagina vorzufinden, aber es war noch längst nicht genug, um den Mörder zu kriegen. Ich wußte, wir würden ihn finden, und ich wünschte, daß ich es war, der ihn zu fassen bekam. Ich glaubte es Kim schuldig zu sein. Für

In der Amtssprache bedeutete das: Kontaktaufnahme mit einem Agenten, in diesem Fall vermutlich mit Griasnows «persönlichem» Informanten. Es gab eine interne Anweisung, daß niemand außer Griasnow ihn treffen durfte, nicht einmal der Chef der Moskauer Kriminalpolizei.

«Schon gut, dann fahr ich eben selbst hin», sagte ich schroff und legte den Hörer auf.

Na so was, alle haben den Briefkasten vergessen, dachte ich und gab Vollgas. Die Mörder waren offensichtlich an irgendwelchen Papieren interessiert gewesen. Kim hatte das Foto des Skiläufers versteckt, der als Soldat in Afghanistan gefallen war. Vor mehr als einem Monat! Ein neuer Brief von Alexej Dubow hätte also nur aus dem Jenseits abgesandt worden sein können. Und trotzdem ratterte eine Stimme in mir: Es muß Post dasein, eine Nachricht aus Afghanistan. Wenn man nur wüßte, wer einem dergleichen eingibt, dann könnte man denjenigen zur Rede stellen. Er soll sich entweder deutlicher ausdrücken oder still sein.

Kim Laginas Mutter, eine kleine Koreanerin mit vor Schmerz blutleerem Gesicht, übergab mir schweigend den Schlüssel zum Briefkasten und schloß sofort wieder die Tür. Ich fand die Nummer 322 in der langen Metallkastenreihe ohne Schwierigkeiten, trotz der schwachen Treppenbeleuchtung. Aber der Schlüssel paßte nicht, soviel ich auch herumprobierte. Meine Hände wurden dabei aus irgendeinem unerklärlichen Grund schwarz. Ich zündete mein Feuerzeug an und sah Rußspuren auf der Briefkastentür. Jemand hatte also bereits versucht, sie zu öffnen, und dabei das Schloß beschädigt, dann hatte er kurzerhand ein brennendes Streichholz durch den Schlitz geworfen und den Inhalt verbrannt.

Ich ging wieder nach oben, doch diesmal zu den Korabelnikows, den Nachbarn der Lagins.

«Ach, das sind diese Punks. Sie färben sich die Haare lilarot, rauchen Haschisch und dann machen sie solchen Blödsinn. Sie halten es für ungemein witzig, die Post zu verbrennen!» Vater Korabelnikow redete sich in Wut. Er sah aus wie ein avantgardistischer Künstler der sechziger Jahre, ungepflegt und struppig, nicht unähnlich den Punks, die er kritisierte. «Es muß schon am Sonntag gewesen sein. Ich erinnere mich, daß es im Flur nach Rauch roch.»

Ich rief von den Korabelnikows aus das Büro an und hatte das Glück, Moissejew noch anzutreffen, der seine Alkohlsünden offensichtlich durch Überstunden abbüßen wollte.

Während er auf dem Weg war, ging ich zur Hausverwaltung und schnappte mir zwei Schlosser. Sie hatten schon Feierabend und waren dementsprechend besoffen.

Eine halbe Stunde später kam Semjon Semjonowitsch in einem Dienstwagen an, bis zu den Zähnen mit technischen Apparaten bewaffnet, und wir machten uns daran, die «Feuersbrunst» zu untersuchen. Als erstes schraubten wir eine starke Birne aus seinem kriminalistischen Werkzeugkasten in die Treppenbeleuchtung. Einer der Schlosser brach das Schloß mit einem Meißel auf.

Die verkohlten Papiere mit den grauen, ausgefledderten Rändern erinnerten mich an die Zukunftsdeutungen meiner Großmutter. Sie pflegte einige Seiten aus einem Schulheft zu reißen, sie zusammenzuknüllen, auf eine Porzellan-Untertasse zu legen und sie anzuzünden. Mit ihrem Finger zog sie die Schatten nach, die das verbrennende Papier auf die Wand warf. «Schau, da ist ein Soldat mit einem Tschako und einem Speer in der Hand. Siehst du, Sascha, bald wird es wieder Krieg geben.»

Was ich jetzt im Briefkasten sah, glich am ehesten einer verbrannten Fregatte, die bei der ersten Berührung zu Asche zerfallen würde – mehr war von dem Brief nicht übriggeblieben.

Wir befahlen den Schlossern, an der Haustür Wache zu halten

und niemand hereinzulassen, um zu verhindern, daß ein Windstoß das wertvolle Relikt zerstörte. Die Schlosser waren begeistert, ihren Unterdrückungsinstinkten freien Lauf lassen und jedem den Zutritt verweigern zu dürfen, während Semjon Semjonowitsch und ich mit einem Spachtel und einer Pinzette die «Papier-Fregatte» in eine mit Watte ausgepolsterte Schachtel bugsierten.

Dann rieb er Zelluloidblättchen an seinem Knie, deren elektrisch aufgeladene Oberfläche die winzigen oblatenartigen Stückchen anzog, die auf dem Boden des Briefkastens lagen. Zum Schluß holte er aus seinem Werkzeugkasten einen kleinen Gummiball mit einem Glasröhrchen, ähnlich einer Klistierspritze, und saugte damit auch noch die kleinsten Aschepartikel ab.

Er tat dies alles mit erstaunlicher Schnelligkeit und Routine, während ich vor Aufregung zitternd für die Beleuchtung unserer Safeknackerszene sorgte.

«Nur mit der Ruhe, Alexander Borissowitsch, der Patient ist zwar tot, aber die Operation war vermutlich erfolgreich», sagte Moissejew und schloß die Schachtel. «Nun kommt der schwierigste Trick, nämlich den Text auf dem verbrannten Brief lesbar zu machen. Und dafür brauchen wir Glyzerin. Gehen wir also in die nächste Apotheke.»

Er hielt gedankenverloren inne, dann schlug er vor, die Untersuchung in seiner Wohnung durchzuführen. «Natürlich nur, wenn es Ihnen recht ist. Dort hab ich alles, was wir brauchen. Und meine Jungens haben versprochen, das Abendessen zu machen. Heute vor einem Jahr starb Anna ...»

Moissejews Frau, Anna Petrowna, war unsere Bürovorsteherin gewesen, bevor sie im vergangenen Sommer an Krebs gestorben war und Semjon Semjonowitsch mit den sechzehnjährigen Zwillingen Mischa und Grischa zurückgelassen hatte. Ich hatte nichts dagegen, Moissejew zu begleiten, im Gegenteil, ich wollte unbedingt erfahren, was er aus dem verkohlten Brief noch herausholen konnte.

Während die Zwillinge den Tisch deckten, sprühte Semjon Semjonowitsch auf die Fragmente des verkohlten Papiers, die auf einer Glasplatte verstreut lagen, eine Glyzerinlösung. Die Reste wurden vor meinen Augen weich und glätteten sich. Moissejew rückte sie mit einem Spachtel zurecht und bedeckte sie mit einer zweiten Glasplatte.

«Ich hoffe nur, der Brief wurde mit Kugelschreiber geschrieben, denn nur dann kommt etwas zum Vorschein. Nun, wir werden sehen.»

Semjon Semjonowitsch führte mich in die Speisekammer, wo er sich ein privates Labor eingerichtet hatte. Er machte, nachdem er auf die Oberfläche der verbrannten Seiten eine Anzahl von Spiegeln, in verschiedenen Winkeln angeordnet, gerichtet hatte, ungefähr dreißig Infrarot-Aufnahmen.

Danach legte er den Film in ein Entwicklungsbad.

«Es dauert zwanzig Minuten, bis der Film entwickelt ist, Sascha. Lassen Sie uns in der Zwischenzeit ein Glas in Erinnerung an Anna trinken.» Er goß Wodka aus einer Kristallkaraffe ein und versicherte sich, daß die Gläser fast bis zum Rand gefüllt waren.

«Anna hat mir diese Karaffe zum Geburtstag geschenkt, einen Tag, bevor sie von ihrer Krankheit erfuhr. Sie liebte schöne Dinge, da kam ihre aristokratische Herkunft zum Vorschein. Ich dagegen stamme aus einer armen jüdischen Familie. Sie hat mir immer vorgeworfen, daß es mir völlig egal sei, was ich esse oder trinke, oder welche Farbe die Vorhänge haben.» Er wischte sich mit dem Handrücken eine Träne fort. Wir tranken schweigend, Mischa und Grischa stürzten sich auf das kalte Fleisch und den Kartoffelsalat, den sie selbst zubereitet hatten. Als sie satt waren, gingen sie ins Nebenzimmer, um sich im Fernsehen ein Fußballspiel anzusehen.

Wir tranken noch einen Wodka, dann ging Moissejew ins Labor, um den Film zu wässern und zu trocknen. Ich trat ans Fenster. Ich liebe es, an einem Sommerabend über Moskau zu blicken und den Straßenlärm zu hören. Am Frunse-Kai, wo ich wohne, ist es still um diese Zeit. Man sieht zwar die Lichter des Gorki-Parks, aber hören tut man nichts, so als ob der Fluß allen Lärm verschlucke. Hier dagegen war man in der Stadtmitte, und der Verkehr ließ erst spät abends nach. Doch ich dachte nicht weiter über dies alles nach. Ich wartete, und ich war besorgt. Ich war besorgt, daß der Film mißlang, daß der fast verbrannte Brief nichts mehr hergab; er konnte von weiß Gott wem stammen und völlig banalen Inhalts sein. Andererseits war ich voller Hoffnung. Ich hoffte, daß wir irgendeinen Hinweis bekämen, der uns weiterhelfen würde. Endlich kam Moissejew wieder herein. «Kommen Sie, Alexander Borissowitsch, ich glaube, wir haben Glück gehabt.»

Auf dem wackligen Tisch in der Speisekammer stand ein Mikroskop, der Film lief unter der Linse durch.

«Vorsicht, er ist noch nicht ganz trocken. Aber wir können es trotzdem riskieren. Schauen Sie hier durch.»

Ich blickte ins Mikroskop und sah nichts. Oder besser gesagt, ich sah einen ausgelaufenen gelben Fleck mit einem dicken braunen Punkt in der Mitte. Ich blickte Moissejew verwirrt an.

«Setzen Sie sich und schauen Sie senkrecht hinunter.»

Ich zog den wackligen Stuhl ganz nah an den kleinen Tisch heran und verstellte, Moissejews Anweisungen folgend, den Fokus des Instruments. Der braune Punkt löste sich auf in die Zeichen FP/A. Mein Herz fing laut an zu klopfen. Feldpost/Afghanistan. War es das? Oder war es vielleicht ein Brief von einem geologischen Institut, für den Vater bestimmt?

«Die Aufnahmen sind logisch geordnet, Sascha. Erst der Umschlag, oder was von ihm übriggeblieben ist, dann der Brief.»

«Alle Achtung, Semjon Semjonowitsch. Sie haben an alles gedacht», lobte ich Moissejew.

Aufnahme nach Aufnahme, Millimeter für Millimeter, sahen wir den Film durch. Mehr als anderthalb Stunden saß ich über das Mikroskop gebeugt. Ich notierte alles, was ich halbwegs entziffern konnte.

22 K. . . Lag FP/A. Mehr war vom Umschlag nicht übriggeblieben. Dann folgte der Brief:

Lie   fer   K
I   bi   Kam   eundes   ej Du
schon   tragi   Neui   vo   nem T   erhal   Er
sta   iell   Er   ung   iner Pfl   Afg
hat post   stern erh

Meine Augen fingen an zu tränen, und ich konnte nicht weiterlesen. So spannend es auch gerade war, ich mußte eine Pause einlegen. Moissejew schenkte jedem einen Wodka ein.

«Trinken wir ex, mein Freund. Auf den Erfolg vergeblicher Bemühungen!»

«Was heißt hier vergeblich?» Ich biß in eine saure Gurke, während ich über die möglichen Kombinationen der verstümmelten Worte nachdachte.

«Warum denken Sie nicht laut, Alexander Borissowitsch? Vielleicht kann ich Ihnen helfen?»

«Keine falsche Bescheidenheit, Semjon Semjonowitsch. Verglichen mit Ihnen bin ich ein Dorftrottel. Aber selbst ein Trottel kann am Anfang des Briefes das Fehlende ergänzen: ‹Liebe, ferne Kim! Ich bin ein Kamerad Ihres Freundes Alexej Dubow.› Dann kommt etwas über ein tragisches Ereignis, vermute ich, da wir das Rudiment ‹tragi› haben. Es könnte heißen: ‹Sie haben ja schon die tragische Neuigkeit von seinem Tod erhalten. Er starb offiziell in Erfüllung seiner Pflicht in Afghanistan.›»

«Hervorragend, Alexander Borissowitsch! Etwas haben wir also schon. Aber das nächste – keine Ahnung – ein Stern?»

«Vielleicht: ‹Er hat posthum den Heldenstern erhalten›? Oder geht da unsere Phantasie mit uns durch, Semjon Semjonowitsch? Lassen Sie uns sehen, wie es weitergeht.»

Und so arbeiteten wir uns vor, Buchstabe für Buchstabe.

Aber er von llenkugel getötet, son
n e and. Er te hätte Ihnen
mente ge ber die schlim Din hier
Afg sieren m den daten. Aber ej war
gen stritt danten. gte, er
Freun Mos Jura diert. Liebe Kim!
ne Lüge, daß er schüt vor
ten Sie käm sern und er
Ih Fr

Dann hätte ich fast das Mikroskop umgeworfen, denn nun konnte ich klar und deutlich das Wort «Faust» ausmachen. Ich traute meinen Augen nicht und drehte den Film zurück.

lex Faust geh ein Staa brechen. Lie
Kim! Küm Sie xejs pier Ich schrei
Ihnen wi und wer Sie aufsu Die Dokumente
müs höchs Regie Partei überg
Mit vi Grüß unbe Fr
A. Mo ow

«Jetzt wird's wirklich schwierig. Das reinste Puzzle.» Moissejew fuhr sich ratlos durchs Haar.

«Was meinen Sie mit Rätselraten? Offensichtlich wurde Alexej von einer Rebellenkugel getötet.»

«Ich glaube nicht, Alexander Borissowitsch, zwischen ‹er› und ‹durch› ist ein zu großer Abstand. Mir klingt wahrscheinlicher: «Aber er wurde *nicht* durch eine Rebellenkugel getötet, sondern starb durch Freundeshand.›»

«Oder: ‹durch eigene Hand›? Wir müssen alles aufschreiben, was in Frage kommen könnte, und dann kombinieren.»

Ich ging in den Korridor, um Luft zu schnappen, zündete mir dort aber statt dessen eine Zigarette an und setzte mich auf eine vorsintflutliche Truhe. Wieso tauchte auch hier der Name «Faust» auf? Zu viele Fausts in einer Woche! Sollte es sich um denselben Faust handeln, der angeblich die U-Bahn-Bombe gelegt hatte? Ich ließ meine Asche auf den Fußboden fallen, saß unbequem auf dem gewölbten Deckel der Truhe, und das Geschrei der Fußballfans im Nebenzimmer war für die Konzentration nicht gerade förderlich. Ich wartete, daß Moissejew mich rief, aber nach der dritten Zigarette wurde ich unruhig. Ich öffnete die Tür zur Speisekammer. Semjon Semjonowitschs grauhaariger Kopf ruhte auf dem Tisch, er schnarchte friedlich vor sich hin.

Ich nahm das von ihm vollgekritzelte Blatt zur Hand.

«Aber er wurde nicht durch eine Rebellenkugel getötet, sondern starb durch Freundeshand. Er sagte mir, er hätte Ihnen die Dokumente geschickt über die schlimmen Dinge, die hier in Afghanistan passieren mit den Soldaten. Aber Alexej war dagegen (?) und stritt mit dem Kommandanten. Alexej sagte, er habe eine Freundin in Moskau, die Jura studiert. Liebe Kim! Es ist eine Lüge, daß er sich schützend vor den Kommandanten gestellt hat. Sie kämpften mit Messern und erdolchten (?) Ihren Freund ... (Alexej?) Faust begeht ein Staatsverbrechen. Liebe Kim! Kümmern Sie sich um Alexejs Papiere. Ich schreibe Ihnen bald wieder und werde sie aufsuchen. Die Dokumente müssen der höchsten Regierungsstelle und der Partei übergeben werden. Mit vielen Grüßen Ihr unbekannter Freund A. Morosow? Molokow? Molotow?»

Ich verstaute den Film und die Notizen in meiner Aktentasche und weckte Moissejew nur auf, um ihn auf dem Weg in sein Schlafzimmer zu stützen.

Ich tigerte in meiner Wohnung auf und ab und wußte nicht, wo mir der Kopf stand. Ich durchsuchte meine ganze Wohnung nach etwas Trinkbarem und fand tatsächlich im Schränkchen unter dem Fenster eine noch halbvolle Kognakflasche. Der Kübelschrank war leer, eine einzige Tomate leuchtete aus dem sterilen Weiß. Ich ließ mich in einen bequemen Sessel fallen mit dem Kognak und der Tomate, trank in gierigen Zügen direkt aus der Flasche und biß in diese feste, eiskalte Frucht. Ich war total erschöpft, doch der Imbiß brachte meinen Verstand noch einmal auf Hochtouren. Eine Ermittlungshypothese beruht, wie jedermann weiß, auf einer *möglichen* Erklärung der in Frage stehenden Ereignisse, wobei man die Begleitumstände und alles Beweismaterial objektivierend in Betracht ziehen muß. Es liegt natürlich in der Natur einer Hypothese, die ja nur eine *denkbare* Lösung anbietet, daß sie völlig falsch sein kann. Deshalb müssen die unterschiedlichsten Hypothesen aufgestellt und überprüft werden. Am Ende mag sich zeigen, daß keine richtig war. Das spricht jedoch nicht gegen die Brauchbarkeit und Notwendigkeit von Hypothesen, sondern lediglich dafür, daß man eine zuwenig aufgestellt hat, nämlich die einzig richtige.

Also dann mal los: Es gab zwischen dem U-Bahn-Attentat und dem Mord an Kim Lagina offenbar ein Bindeglied: Ein Mann namens Faust hatte eine Bombe in der U-Bahn gelegt, und im Brief an Kim wird ein gewisser Faust erwähnt. Angenommen, Kim wußte etwas über die U-Bahn-Explosion – warum hatte sie dann im Büro der Staatsanwaltschaft niemand darüber informiert? Sie wußte von Dubows Tod und war vermutlich im Besitz seiner «Dokumente» über unerhörte Vorgänge gewesen. Den Inhalt des an sie gerichteten Briefes von Dubows Kamerad kannte sie nicht. Was hatte Afghanistan mit der U-Bahn-Explosion zu tun? Schließlich: Wie konnte die Militärzensur einen so brisanten Feldpostbrief übersehen?

Ich beleuchtete die Fakten von allen Seiten, konzentrierte mich mal auf den einen, mal auf den anderen Aspekt. Alle Bemühungen bewiesen mir nur, daß ich im Grunde verdammt wenig wußte. Einerseits wies Ljudas Beschreibung eines kurzgeschorenen jungen Mannes auf einen frisch eingezogenen Rekruten hin; andererseits hatten wir Rosowskijs Gutachten, daß der Dolchstoß von einer berufsmäßig trainierten Hand ausgeführt war, was einen jungen Rekruten eher ausschloß.

Wie auch immer, was ich tun mußte, war, die Einzelheiten zu überprüfen, und dazu gehörte wegen des Briefes aus Afghanistan auch, daß ich nicht umhin konnte, meine Nase in militärische Angelegenheiten zu stecken, mich mit dem Verteidigungsministerium und dem Büro der Politoffiziere in Verbindung zu setzen. In unserem Land gehört zu den militärischen Einheiten ja nicht nur die Armee. Es kommt noch die dem Innenministerium unterstellte Gendarmerie und der Grenzschutz des KGB hinzu.

Beim Gedanken an jede der drei Institutionen, mit denen ich Kontakt aufnehmen mußte – und bei denen ich mich zweifellos ganz schön in die Nesseln setzen würde –, nahm ich zur inneren Stärkung auch jeweils eine Einheit, das heißt, einen großen Schluck aus der Kognakflasche zu mir. Danach blieb mir nichts anderes übrig, als mich selbst schleunigst ins Bett zu bringen.

6

Um sieben Uhr früh fuhr ich zum Postamt Nr. 78. Trotz einer unruhigen Nacht war ich erstaunlich munter. Die leitende Postbeamtin streckte mir ihren gewaltigen Busen entgegen und zwitscherte mit klappernden lila Wimpern: «Ach, Genosse Turezkij, wo denken Sie hin? Wie könnten wir uns an einen einzelnen Brief erinnern? Sie wissen doch, welche Unmengen von Postsendungen durch unsere Hände gehen!»

Ich wich vor dem tiefen Ausschnitt zurück und ließ mich in einen Stuhl fallen. Die Walküre setzte sich neben mich; eine Wolke ihres durchdringenden Parfüms, vermischt mit Schweißgeruch und ohnehin verbrauchter Luft, nahm mir fast den Atem.

«Unsere sowjetischen Postämter befördern zehntausend Millionen Briefe im Jahr, das ist sechzehnmal mehr als das zaristische Rußland im Jahre 1913 aufbrachte», wurde ich belehrt.

«Bitte holen Sie mir den Briefträger, der die Post in dem genannten Häuserblock austrägt», sagte ich kurz.

Sie preßte beleidigt die Lippen zusammen und segelte mit vor Ärger wackelndem Hintern den Korridor entlang.

«Afanasjewa!» rief sie. «Der Ermittlungsbeamte Turezkij will Sie sprechen.»

Eine Minute später stand ein junges Mädchen mit unschuldigen blauen Augen im Büro der Postmeisterin.

«Afanasjewa, erinnern Sie sich, wer am vergangenen Sonnabend am Gagarin-Platz, im Haus Nummer sieben, Briefe bekommen hat?»

«An einige kann ich mich vielleicht erinnern», sagte sie ruhig und wischte sich die Handflächen an ihrem Rock ab.

«Mich interessiert die Post für die Wohnung Nr. 322.»

«Das hab ich mir schon gedacht. Ja, Kim Lagina, die Ermordete, die bekam noch einen Brief. Die Leute im Haus hatten mir erzählt, was passiert war, und ich dachte mir: Zu spät, schade ums Porto.»

«Wieso Porto? War es nicht ein gebührenfreier Feldpostbrief?»

«Nein, er war frankiert und in Moskau aufgegeben.»

«Woher wissen Sie das?»

«Auf dem Stempel stand ‹Moskau, Kasan-Bahnhof›.»

«Erinnern Sie sich an den Absender?»

«Nein, aber ein Postfach war angegeben und ein Name auch, nicht sehr deutlich geschrieben allerdings.»

«Sie haben doch einen Haufen Post auszutragen. Wie können Sie sich da an all diese Einzelheiten erinnern?»

«Die Kim Lagina», erwiderte Afanasjewa frei heraus, «war eine nette Person. Wir waren im selben Gymnastikkursus. Sie hat mich mal gebeten, ihr alle Briefe von ihrem Freund Dubow aus Afghanistan persönlich auszuhändigen und sie nicht in den Briefkasten zu werfen. Damit keiner verlorengeht. Aber seit einiger Zeit sind keine mehr von ihm gekommen.»

«Wissen Sie, daß jemand den Briefkasten der Lagins in Brand gesetzt hat?»

«Das passiert häufig. Lausbuben.»

«Sind Sie sicher?»

«Absolut. Ich kenne die Burschen. Es sind welche aus meiner ehemaligen Schule. Sie sind auf die Briefmarken scharf, und wenn sie das Schloß nicht aufkriegen können, werfen sie vor Wut brennende Streichhölzer durch den Schlitz. Wir haben eine Kopie der Anzeige. Die Polizei hat die Brandstifter am Sonntag im nächsten Hauseingang erwischt.»

Verdammte Bande, dachte ich, Beweisstücke nur so aus Jux zu vernichten. Da bricht ja ein Stück von meiner Hypothese ab. «Wenn Sie Kim kannten», fragte ich die Postbotin, «haben Sie dann vielleicht irgendeinen Verdacht, wer sie umgebracht haben könnte? Ich meine, Sie kommen doch berufsmäßig mit den unterschiedlichsten Leuten in Kontakt.»

«Das schon», war die Antwort, «aber keiner verrät mir, ob er ein Mörder ist, und ich verdächtige keinen.»

Unterhaltungen mit Kostja Merkulow sind oft ein ästhetisches Vergnügen. Unsere Gespräche fließen dann so bedachtsam dahin wie das langsame Eingießen des Biers in einer Bar. Wir wägen unsere Worte ab, suchen nach dem präzisen Ausdruck. Und allmählich ergibt sich ein klares Bild...

Die Unterhaltung jedoch, die wir an diesem Morgen führten, machte mir keine Freude, und kein klares Bild ergab sich.

Merkulow stand am Fenster, die Nase an die Scheibe gepreßt, und beobachtete, wie der Wind die Regentropfen gegen das Fensterglas trieb, an dem sie in kleinen Bächen herunterliefen. Ein Sturm braute sich zusammen.

Hin und wieder drehte sich Merkulow nach mir um, er hatte einen kleinen, dunklen Fleck auf der Nase – Staub von der Fensterscheibe. Der Streß, Chef der Ermittlungsabteilung der Moskauer Staatsanwaltschaft zu sein, hatte sein rotblondes Haar schon lange ergrauen lassen und zwei tiefe Falten von den Nasenflügeln zum Kinn eingegraben, doch seine graublauen Augen musterten die unruhige Welt noch immer mit der gleichen Mischung aus Neugierde und Verständnis. Erstattete ich Bericht, so unterbrach er mich nur selten, zumeist ein wenig tadelnd: «Wiederholen Sie das, aber bitte ohne Theorien, einfach nur die nackten Tatsachen», oder: «Sagen Sie mir, was Sie als nächstes getan haben. Ihre Vermutungen höre ich mir später an.» Was mich jedoch nicht daran hinderte, weiterhin Theorien und Vermutungen einzuflechten, denn ohne sie kämen wir nie auf einen grünen Zweig.

«Haben Sie heute schon etwas gegessen?» fragte Merkulow plötzlich, und noch bevor ich antwortete, öffnete er die Tür zum Vorzimmer. «Sonja, bringen Sie uns bitte Kaffee und belegte Brote aus der Kantine, sechs werden wohl genügen.»

«Oje, Konstantin Dimitrijewitsch, was haben Sie da auf der Nase?» fragte seine Sekretärin besorgt und zog ein parfümiertes Taschentuch und eine Puderdose aus ihrer Handtasche.

Der Fleck auf Merkulows Nase war eine willkommene Ablenkung vom Theoretisieren, und ich spürte, daß ich wirklich einen Mordshunger hatte. Merkulow kramte in seiner Schreibtischschublade, holte eine Zeitung hervor und strich einen Artikel mit seinem Fingernagel an.

«Hier, lesen Sie das – vom dritten Absatz an!»

Die Zeitung war *Der Wachhabende*, ein Moskauer Militärblatt, zwei Monate alt. Die Artikelüberschrift lautete: «Fallschirmjäger-Training». Ich fing gleich zu lesen an. Merkulow wollte es wohl so. Er blickte wieder wie gebannt zum Sturmhimmel hin.

«Die Truppe übt sich in den Techniken des Nahkampfs, aber nicht auf den Matten einer Sporthalle, sondern auf einem Asphalt, so rauh wie Sandpapier, oder unter strömendem Regen. Die Soldaten ‹stechen› mit Bajonetten, ‹schlagen› mit Gewehrkolben oder Spaten aufeinander ein. Messer blitzen. Während die Truppe übt, befühle ich eins der Messer, es ist so scharf wie eine Rasierklinge ...

‹Sie dachten wohl, wir spielen hier Theater›, sagte grinsend der Bataillonskommandeur. ‹Was muß ein junger Fallschirmjäger zuerst lernen? Seine Angst zu besiegen!›»

Merkulow hatte mir den Bericht natürlich mit einer bestimmten Absicht zu lesen gegeben. Bis jetzt war mir jedoch noch nichts Besonderes aufgefallen. Wie hieß der Reporter? Sawkin – der Name sagte mir nichts.

Die Sekretärin kam mit Kaffee und Schinkenbroten. Merkulow nahm mit kindlich zugespitzten Lippen einen Schluck heißen Kaffee, dann wandte er sich zur Tür. «Ich gehe mal schnell zum Chef, lesen Sie den Artikel weiter, während Sie was essen.»

Draußen donnerte und blitzte es, Regen prasselte auf die Straßen. Es wurde dunkel im Zimmer. Ich knipste das Licht an und setzte mich auf Merkulows Stuhl.

«Sondereinheiten mit Panzern, Artillerie und Pionieren gehören zur Fallschirmtruppe des UdSSR-Verteidigungsministeriums. Sie kommen als taktische Verbände zum Einsatz und sind daher in der Lage, ohne Unterstützung anderer Truppen zu operieren, zum Beispiel Inseln, Militäranlagen, Verwaltungszentren, Häfen und Flugplätze zu besetzen.

Der Dienst in einer ‹Spezialtruppe› verlangt selbstverständlich ein Spezialtraining. Diejenigen, die mit der Ausbildung und Führung der jungen Fallschirmjäger betraut werden, sind stets Berufssoldaten und niemals nur Dienstverpflichtete, die ‹bloß ihre Zeit absitzen› und daher nicht mit Herz und Seele bei der Sache sind. Es sind sorgfältig ausgesuchte, hochqualifizierte Soldaten wie zum Beispiel Unteroffizier Alexej Dubow...»

Mir blieb der letzte Bissen im Hals stecken. Als ich ihn mit dem Rest Kaffee hinuntergespült hatte, las ich herzklopfend weiter: «Unteroffizier Dubow ist 23 Jahre alt. Er wuchs in Birjulewa in der Nähe von Moskau als Sohn eines Bahnbeamten auf und meldete sich zu den Fallschirmjägern. Seine Einheit wurde in Afghanistan eingesetzt. Aber lassen wir ihn selbst zu Worte kommen:

‹Wir halfen den afghanischen Truppen beim Evakuieren der Verwundeten aus einem Dorf, das von Rebellen angegriffen wurde. Ich ging in ein Haus und spürte, daß jemand mich beobachtete. Ich drehte mich blitzschnell um. Ein kräftiger junger Bursche stürzte mit gezücktem Dolch auf mich. Es gelang mir, den Angriff mit dem Gewehrkolben abzuwehren, aber die Spitze des Dolchs drang in mein Handgelenk ein. Ich versetzte ihm einen Stoß, im Fallen versuchte er, mich mit dem Dolch zu durchbohren. Es gelang ihm nicht: Mein Bajonett war schneller.›

‹Können Sie sich erinnern, wie viele Zweikämpfe dieser Art Sie überstanden haben?›

‹Gewiß kann ich das, so was vergißt man nicht. Zweiundzwanzig.›»

Ich legte die Zeitung beiseite. Welcher war der für dich tödliche Zweikampf gewesen, Alexej Dubow? Der dreiundzwanzigste, der siebenundzwanzigste?

Merkulow kehrte zurück. Er musterte mit zufriedener Miene die leeren Teller und Tassen, dann zog er eine andere Zeitung aus seiner Aktentasche. Es war *Der Rote Stern*, und diesmal lautete die Schlagzeile: «Ein Schritt in die Unsterblichkeit».

«Ist das noch eine Lektion in Heldentum?» fragte ich.

«Was haben Sie gegen Heldentum?» Merkulow drohte mir, wie einem vorlauten Schüler, mit dem Finger.

«Der von Wladimir Iwonin angeführte Zug hatte den Befehl, sich in eine Stellung in der Schlucht von Kunar einzugraben, da laut Geheiminformation eine beträchtliche Anzahl von Rebellen in diese Richtung vorstießen. Der Leutnant wollte gerade die Unteroffiziere Dubow und Morosow und die Gefreiten Halilow und Smirnow auf Patrouille schicken, um den Zug vor einem plötzlichen Angriff aus dem Hinterhalt zu schützen, da eröffnete ein in den nahen Büschen verstecktes Maschinengewehr das Feuer. Unteroffizier Dubow warf sich ohne Zögern in den Kugelhagel und deckte mit seinem Körper den Kommandeur...»

Ich warf die Zeitung auf den Tisch.

Zum ersten Mal während der drei Tage seit Kims Tod beschäftigte etwas Konkreteres meinen Verstand als vage Mutmaßungen. Merkulow nannte diese Phase: «Optimistisches Nachdenken».

Angenommen, der Schreiber des Briefes an Kim war Iwonins Unteroffizier Morosow, dann könnten wir eines Augenzeugen des Todes von Dubow habhaft werden. Ferner angenommen,

Moissejew und ich hätten Morosows Brief richtig interpretiert, dann mußte man Kims Mörder im Umkreis der Kameraden oder Offiziere von Dubow suchen. Schließlich war Kim im Besitz gewisser Dokumente gewesen, die Dubow ihr geschickt hatte, und soweit ich es beurteilen konnte, wußte auch dieser Morosow, was in den Papieren stand. Die Mörder hatten offensichtlich in Kims Wohnung nach den Papieren gesucht und sie gefunden ... Wir hingegen mußten die Armeeeinheit und dann die Gruppe ausfindig machen, die Iwonin vor einigen Monaten befehligt hatte. Wir mußten in Erfahrung bringen, was nun eigentlich wirklich bei diesem Feuerüberfall in Afghanistan geschehen war. Das Ganze war ein großer und sehr verschlungener Knoten. «Durchzuhauen ist er sicherlich nur mit Hilfe des Unteroffiziers Morosow. Aber Vorsicht, Sascha! Du mußt dir alle Tatsachen einzeln vornehmen, sie von allen Seiten beleuchten, bevor du weittragende, gefährliche Schlüsse ziehst ...»

Ich hatte nicht bemerkt, daß ich laut gesprochen hatte, und dabei stand Merkulow hinter mir, während ich in seinem Stuhl große Reden schwang.

«Ich bin noch immer der Meinung, daß das Auftauchen von ‹Faust› in Greschanniks und meinen Ermittlungen kein Zufall ist», fuhr ich unbeirrt fort. «Wir müssen Balakirew bitten, uns bei der Befragung des Armeepersonals zu helfen. Der KGB kann mehr Druck auf die Militärs ausüben als wir, um herauszufinden, ob irgendeine Verbindung zwischen Iwonin und Kim bestand. Sehen Sie das auch so?»

«Wenn Sie wollen, daß die KGBler Ihnen den Fall aus der Hand nehmen, gebe ich Ihnen vollkommen recht. Sehen Sie mich nicht so empört an, Sie müssen über die mögliche Entwicklung nachdenken. Rümpfen Sie nicht die Nase. Ich meine, wir sollten uns nicht an die KGBler wenden, sondern an die Bojaren.»

«Bojaren» war der Spitzname für das Büro des Chefs der

Militärjustiz, weil es anfangs in einem ehemaligen Bojarenherrenhaus in der Kirow-Straße untergebracht gewesen war. Die Militärrichter und ihre Ermittlungsoffiziere standen sich im Hinblick auf Besoldung und Privilegien sehr viel besser als wir Zivilisten. Außerdem hatte die Militärjustiz eine gewisse Macht über den KGB, denn wenn einer von den Staatssicherheitsdienstleuten seine Kompetenzen überschritt, landete seine Akte auf dem Schreibtisch eines Militärrichters.

«Schlage vor, wir vereinigen die Fälle U-Bahn-Bombe und Kim-Lagina-Mord und starten die kombinierte Fahndung unter dem Codenamen ‹Faust›.»

«Belieben Sie zu scherzen, Kostja?»

«Warum, was gefällt Ihnen daran nicht? Prominenter, kurzer Name, und er klingt gewichtig. Abgesehen davon braucht außer Ihnen und mir niemand etwas von dieser Bezeichnung zu wissen.»

Merkulow ging zum Spiegel, zog sein Jackett glatt und zwinkerte sich selbst zu. Es sah aus, als wolle er in unserem «Faust»-Stück die Rolle des Mephistopheles übernehmen, also die dankbarste Rolle.

«Machen wir uns gleich auf den Weg zu den Bojaren», sagte er unternehmungslustig und fügte flüsternd hinzu: «Ich habe das Gefühl, wir sollten bei denen so listig wie zwei Verschwörer agieren, sonst sind wir hinterher wieder einmal so klug als wie zuvor.»

Die Audienz beim Chef der Militärjustiz schien mir so nützlich wie einem Fisch ein Regenschirm. Da saßen wir nun in der großen Halle des Militärjustizgebäudes und warteten, bis der Bojarenhäuptling geruhte, Notiz von uns zu nehmen. Alles Militär- und Verteidigungspersonal fiel unter seine Gerichtsbarkeit. Soweit ich es schätzen konnte, waren das fünfzehn Millionen Menschen. Wenn es allein nach mir gegangen wäre, hätte ich längst im Auto zum Scheremetjewo-Flughafen gesessen, um ins nächste Flugzeug nach Afghanistan zu steigen. Es schien mir viel einfacher, alles an Ort und Stelle zu klären. Aber dazu fehlte mir der Segen der Obrigkeit. Afghanistan war schließlich Ausland.

«Kostja, wie viele Soldaten haben wir Ihrer Meinung nach zur Zeit in Afghanistan? Wie groß ist das ‹begrenzte Kontingent›?»

Merkulow sah mich indigniert an. «Ich würde empfehlen, diese Frage nicht in diesen Räumen zu erörtern», flüsterte er, fuhr dann aber hinter der vorgehaltenen *Prawda* fort: «Nun, ich glaube, wir haben ständig so ungefähr zweihunderttausend Mann dort, aber wenn man den Turnus der verschiedenen Einheiten mit in Betracht zieht, müssen mehr als eine Million durch die Mühle gegangen sein. Nicht weniger als zwanzigtausend von ihnen sind gefallen, und es hat uns einen Batzen Geld gekostet, nach meiner Schätzung bisher mindestens fünfzig Milliarden Rubel. Aber diese Zahlen sind natürlich inoffiziell.»

Generaloberst Artjom Grigorjewitsch Gornij war nicht in bester Verfassung. Er hatte ein hageres, gelbliches Gesicht und dunkle Ringe unter den Augen. Mineralwasserflaschen, Pillenschachteln und Ampullen standen in Reichweite auf einem kleinen Tisch.

«Wie geht's, mein Lieber?» Gornij erhob sich schwerfällig und kam auf uns zu.

Merkulow war offensichtlich verblüfft, er hatte den Chef der Militärjustiz viel weniger jovial in Erinnerung.

«Setzt euch, Genossen, aber raucht bitte nicht, ich kann Tabakrauch nicht vertragen ... Meine Lungen ...»

Merkulow stellte mich vor, kam ohne Umschweife auf den Kern der Sache zu sprechen und verriet dabei so wenig Details wie möglich. Eigentlich sagte er nur, daß wir einen in Afghanistan stationierten Unteroffizier als Zeugen vernehmen müßten. Gornij hörte aufmerksam zu, wobei er aus einer Spraydose mehrmals irgendwas in seinen Hals sprühte und ständig Mineralwasser trank.

«Vielen Dank für die Information, Konstantin Dimitrijewitsch», sagte er zum Schluß schweratmend. «Will sehen, was ich tun kann.»

Er drückte auf einen Knopf, und ein Adjutant erschien.

«Bunin soll kommen.»

Eine Minute später betrat ein strohblonder, beinahe zwei Meter langer Offizier das Büro. Er grinste von einem Ohr zum anderen.

«Major Iwan Alexejewitsch Bunin, ein Namensvetter unseres großen Schriftstellers. Er wird mit sofortiger Wirkung der Moskauer Staatsanwaltschaft assistieren. Ist gerade vom Urlaub zurückgekommen. Werde ihn erst mal für zwei Wochen abkommandieren. Das weitere sehen wir dann.»

«Wie Sie wünschen, Genosse Generaloberst», schnarrte Bunin mit unangenehm heiserer Stimme.

«Nun, dann viel Glück! Lassen Sie sich nicht weiter aufhalten.»

Nachdem der Chef der Militärjustiz auf diese souveräne Art die Audienz beendet hatte, gingen wir im Gänsemarsch in den Korridor hinaus.

«Major Bunin, ich lasse meinen Ermittlungsbeamten in Ihrer kompetenten Obhut. Erlauben Sie, daß ich mich zurückziehe.» Nach seinem geschwollenen Tonfall zu schließen, hatte auch Merkulow den Namensvetter des großen Geschichtenerzählers nicht sofort ins Herz geschlossen.

Ich wartete, bis er sich einige Meter entfernt hatte, dann rief ich ihm nach: «Konstantin Dimitrijewitsch, einen Moment bitte!»

Ich holte ihn kurz vor dem Ausgang ein. «Warum hat er uns den Major aufgehalst? Soll er mich etwa überwachen?»

«Möglich, aber wir brauchen ihn einfach. Ohne ihn würden

wir in keine militärische Organisation vordringen. Im übrigen, Gornij wirft mir keine Knüppel zwischen die Füße. Er respektiert das Prinzip: Eine Hand wäscht die andere! Ich hab ihm vor Jahren mal seine gewaschen; jetzt ist er an der Reihe. Immerhin habe ich damals eine Anklage gegen seinen Bruder niedergeschlagen. Er hatte betrunken im Sportstadion und später auf der Polizeistation randaliert, die Beamten Faschisten genannt ...»

«Sagen Sie mal, Genosse Turezkij», krächzte Bunin, kaum daß wir in seinem Büro waren. «Sie haben doch eine Wohnung?»

«Ja, allerdings, wieso?»

«Eine abgeschlossene Wohnung?»

«Ja, ein Zimmer und ...»

«Geben Sie mir den Schlüssel. Ich hab da so eine Biene, mit der ich ungestört sein will!»

Ich war ziemlich baff, sagte aber höflich: «Natürlich, Iwan Alexejewitsch, ich gebe Ihnen gelegentlich gern den Schlüssel.»

«Irgendwann? Nein, jetzt, sofort! Sie wartet unten auf mich. Eine Urlaubsbekanntschaft. In zwei Stunden bin ich zurück. Bis dahin machen Sie es sich hier gemütlich.» Er öffnete einen Schrank, zeigte auf Flaschen, Gläser und mehrere Porno-Magazine. «Hier, das wird Ihnen die Zeit vertreiben. Verstehen Sie, morgen ist es zu spät. Sie muß zu ihrem Mann zurück. Ich weiß Ihre Gefälligkeit und Ihr Vertrauen sehr zu schätzen, Alexander Borissowitsch.»

Er bemühte sich natürlich nur deshalb so rührend um mich, weil er merkte, daß ich von seinem Vorschlag nicht unbedingt begeistert war. In Wirklichkeit dachte ich schon längst darüber nach, wie ich die Situation am besten für mich ausnutzen konnte.

Bunin knöpfte seine Uniformjacke auf, zog sein Hemd hoch und kratzte wie besessen seinen knallroten Bauch. «An meinem letzten Urlaubstag habe ich einen Sonnenbrand erwischt. Er juckt wie verrückt.»

«Und was ist mit Ihrer Stimme passiert?»

«Ach, das war das kalte Bier. Ich bin ein harter Bursche, glauben Sie mir, aber ich habe einen schwachen Hals. Eine Kleinigkeit, und schon hab ich eine Stimmbänderentzündung. Dabei mag ich Bier nicht mal besonders. Nun, wie auch immer, kann ich die Schlüssel haben, oder wollten Sie mich vom Thema ablenken?»

«Hören Sie, Major, ich habe keine Lust, hier untätig rumzusitzen. Habe 'ne Menge zu tun. Ich schlage Ihnen folgendes vor: Ich gebe Ihnen meine Schlüssel, und Sie melden mich, während ich Ihnen meine Adresse aufschreibe, bei der Abteilung für Sondergenehmigungen an.»

Bunin starrte mich ungefähr zehn Sekunden lang an, dann griff er zum Telefonhörer: «Was genau brauchen Sie?»

«Einen Passierschein zu der Spezialtruppe in Afghanistan.»

Er warf den Hörer wieder auf die Gabel und röchelte: «Wissen Sie, was Sie da verlangen? Mein Gott, Afghanistan!»

«Wir können gern noch einmal zu Generaloberst Gornij gehen. Er wird Ihnen erklären, worin Ihre Arbeit für uns besteht. Aber vergessen Sie nicht, Sie werden von einer Dame erwartet. Übrigens brauche ich noch mehr, nämlich eine zweite Sondergenehmigung für Oberinspektor Griasnow.»

Mir kam es so vor, als stünde er kurz vor einem Tränenausbruch. Doch er schneuzte sich nur ausgiebig und nickte dann.

Nachdem ich die Anordnung für die Ausstellung der Sondergenehmigungen in Empfang genommen hatte, brauste ich zur Großen Pirogowka, um noch rechtzeitig vor Büroschluß das Luftwaffenhauptquartier zu erreichen. Dort erklärte mir ein weißhaariger Veteranentyp, daß die von mir genannte Spezialtruppe nichts mit der Luftwaffe zu tun habe. Ich fragte: «Wenn nicht mit der Luftwaffe, mit wem denn sonst?» Der Alte legte den Kopf schief und sah mich aus seinen kleinen Augen verschmitzt an: «Das ist ein Staatsgeheimnis, junger Mann. Erkundigen Sie sich beim Verteidigungsministerium. Ich will Ihretwegen keinen Ärger haben.»

Nach dieser vergeblichen Liebesmüh begab ich mich zum Verteidigungsministerium. Der zweite Reinfall. Der weibliche Unteroffizier verriet mir, daß diese Spezialtruppe teils unter dem Kommando der Marine und teils unter dem der Landstreitkräfte stünde. Das Büro der Landstreitkräfte befand sich auf der Pirogowka gleich neben dem Luftwaffenhauptquartier, von dem ich gerade kam. Das Marineamt war am Roten Tor. Ich schaute auf die Uhr und fuhr zurück zur Pirogowka, weil sie näher lag. Es war schon fünf Uhr dreißig, und die Büros schlossen um sechs. Außerdem wollte mein Wagen nicht so recht. Der Motor starb mir fast bei jedem Gangwechsel ab.

Im Gebäude der Landstreitkräfte bekam ich endlich eine halbwegs klare Antwort. Ein sehr jung aussehender General lüftete das vom Luftwaffenbeamten so sorgfältig gehütete Staatsgeheimnis, indem er auch mich an eine andere Adresse verwies. Die Spezialtruppe, sagte er, sei kürzlich direkt dem Geheimdienst des Generalstabs unterstellt worden, das heißt, dem militärischen Nachrichtendienst und dessen Chef, Marschall Nikolai Arionowitsch Agarkin. Mit halsbrecherischer Geschwindigkeit fuhr ich zur Horoschewka-Straße. Der diensthabende Leutnant erklärte mir höflich, daß das Empfangsbüro bereits geschlossen sei, und Marschall Agarkin sowieso keinen unangemeldeten Besuch empfange. Um seinen Stellvertreter, General Rogow, zu sehen, müßte ich ebenfalls eine Verabredung treffen. Der Leutnant machte sich erbötig, mir zu helfen; «Ich werde Sie auf die Warteliste setzen, es wird ungefähr drei Wochen dauern, bis Sie an der Reihe sind.»

Diesmal sprang der Motor gar nicht mehr an. Ich fummelte am Vergaser und an den Zündkerzen herum. Es nützte nichts. Ich rief einen mir bekannten Mechaniker an und erklärte ihm das

Problem so technisch wie möglich. Er fluchte: «Was bringen sie euch auf der Universität überhaupt bei, wenn ihr den Vergaser nicht von der Kupplung unterscheiden könnt? Versuchen Sie es erst mal bei der nächsten Tankstelle.» Ich sagte ihm, ich hätte die Reparatur gern auf Kredit ausgeführt, weil ich momentan blank sei. Das gefiel ihm schon besser. «Gut, ich komm gleich rüber. Kostet auf Kredit aber das doppelte.»

Fürs doppelte geht auch bei uns fast alles. Der Mann arbeitete zwei Stunden lang, während ich in einem kleinen Straßencafé «Faust» las – unsere bisherigen Untersuchungsergebnisse, meine ich.

Nach der zweiten Tasse Kaffee und dem dritten Kognak wäre ich fast am Tisch eingeschlafen. Ich zahlte und schwankte zum Wagen, zog mein Schlüsselbund hervor, das sich seltsam leicht anfühlte ... Zum Teufel mit dem Major Bunin! Ich hatte total vergessen, daß ich ihm meinen Wohnungsschlüssel gegeben hatte, den er beim Pförtner des Staatsanwalts abgeben sollte. Ob sie schon dort lagen? Ich setzte mich hinters Steuer und ließ den Motor an. Er funktionierte wieder, dafür mein Kopf nicht. Ein anderes Pärchen, nicht Lana und ich, hatte sich an diesem Nachmittag in meinem Bett vergnügt. Ich legte meinen Kopf aufs Lenkrad und sah mit geschlossenen Augen Lana vor mir. Sie ging einen scheinbar endlosen Korridor entlang, ihr blondes Haar schwang bei jedem Schritt hin und her. Sie ging langsam, und ich rannte hinter ihr her, konnte sie aber nicht einholen. Mit einem Mal blieb sie abrupt stehen, und ich wäre fast mit ihr zusammengestoßen. Sie verbarg ihr Gesicht in ihren Händen und fing laut und unnatürlich zu lachen an. Doch dann bemerkte ich, daß sie nicht lachte, sondern weinte; die kleine, grüne Schleife löste sich aus ihrem Haar. Ich wollte ihre Hände von ihrem Gesicht nehmen, aber es blieb nur das grüne Schleifchen an meiner Handfläche kleben. Endlich nahm sie die Hände vom Gesicht und umarmte mich, und ich fühlte mich erleichtert und glücklich ... Bis ich bemerkte, daß es nicht Lana war, sondern Kim.

«Wachen Sie auf, Bürger, und zeigen Sie mir Ihre Papiere. Sie hupen laut genug, um ganz Moskau zu wecken ... Mein Gott, Sie sind's, Genosse Untersuchungsrichter. Tut mir leid, aber dieser Lärm ...»

Ich blickte trübe den Streifenpolizisten meines früheren Bezirks an.

«Ist Ihnen nicht gut, oder haben Sie nur ein wenig zu viel getrunken?»

«Nein, ich bin weder krank noch betrunken, Wassilij Iwanowitsch, nur todmüde. Vielen Dank, daß Sie mich aufgeweckt haben.»

«Wie lebt sich's denn in der neuen Wohnung?»

«Nicht schlecht ...»

«Was Ihre frühere Kommunalwohnung betrifft: Die Hälfte der alten Damen haben das Zeitliche gesegnet, in Ihrem kleinen Zimmer wohnt jetzt eine Pianistin. Zartes, kleines Ding, eine Nichte der verstorbenen Klawdia Petrowna. Erinnern Sie sich noch an die? Also, alles Gute.»

Der alte Streifenpolizist stapfte davon. Ich war ihm dankbar, daß er mir meine alte Wohnung und die netten Leute dort in Erinnerung gebracht hatte. Gott im Himmel, schmerzte mein Kopf. Ich sehnte mich nach Schlaf – aber nicht in dem Bett, das Major Bunin und sein Urlaubsschwarm wahrscheinlich gerade verlassen hatten.

Irka öffnete mir die Tür, die Nichte meiner ehemaligen und vor kurzem verstorbenen Nachbarin.

«Wie nett, Sie zu sehen, Alexander Borissowitsch. Ich wohne jetzt in Ihrer alten Bude. Ich habe noch einige Bücher von Ihnen gefunden. Kommen Sie sie abholen?»

«Kein Gedanke, Irka. Der Grund ist, ich stecke im Moment in

einer Klemme. Ich habe meine Schlüssel verloren. Kann ich heute nacht hier irgendwo schlafen?»

«Natürlich können Sie das. Tante Klawdias Zimmer steht noch leer. Ich werde das Bett machen ... Nein, Sie können auf meinem Sofa schlafen, ich übernachte in Tantchens Zimmer.»

«Nur keine Umstände! Es macht mir nichts aus, im Bett der Verstorbenen zu schlafen. Wir sterben schließlich alle einmal.»

Wir gingen in mein ehemaliges Zimmer, das so schmal war wie ein Lineal. Irkas Klavier nahm mehr als die Hälfte des Raumes ein.

«Ich mach Ihnen eine Tasse Tee, etwas Brot und Aufschnitt kann ich Ihnen auch anbieten.»

«Tee genügt mir völlig, vielen Dank.»

Irka ging in die Küche. Ich bemerkte, daß ihre Schuhe schiefe Absätze hatten und sie ein Kleid ihrer Tante trug, an das ich mich noch gut erinnerte.

«Wie steht's mit Ihren Finanzen, Irka?» fragte ich, als sie mit der Teekanne wieder hereinkam.

«Ich überlebe», sagte sie achselzuckend. «Ich bekomme ein kleines Stipendium und gebe Unterricht. Zweimal in der Woche gehe ich zu Lidoschka, dank Ihrer Empfehlung.»

Wer war bloß Lidoschka? dachte ich.

«Ihr Konstantin Dimitrijewitsch Merkulow ist sehr nett und seine Frau auch. Lidoschka ist allerdings mehr hübsch als talentiert, leider.»

Richtig, ich hatte Irka als Klavierlehrerin für Merkulows Enkelin vermittelt, die bei den Großeltern aufwuchs. Ich blickte in Irkas katzenartige Augen und sagte mir, daß ich wirklich ein ganz mieser Kerl war. Seit einem Jahr hatte ich es nicht für nötig gehalten, den Hörer aufzunehmen, um zu fragen, wie es ihr ging. Zu meiner Entschuldigung konnte ich nur anführen, daß ich den Verdacht hatte, daß Irka mich heimlich liebte. Nun, das ist jetzt wohl vorbei, vermutete ich.

«Und was gibt's Neues an der persönlichen Front?» Ich war nicht ganz sicher, ob ich meine Frage geschickt formuliert hatte.

«Alles klappt vorzüglich», erwiderte Irka heiter, trotzdem war mir völlig klar, daß nichts klappte – mit Ausnahme des Klavierdeckels wahrscheinlich.

7

Am nächsten Morgen drückte ich Irka einen Kuß auf die Stirn, sagte ihr tausendmal Dank, daß sie mir Obdach gewährt hatte, und verließ sie, ohne mich noch zu einem gemeinsamen Frühstück breitschlagen zu lassen.

In meinem Büro erwartete mich Griasnow und eine Überraschung auf nüchternen Magen.

«Ich habe eine gute und eine schlechte Nachricht für Sie. Sie müssen die gute zuerst hören, sonst verstehen Sie die schlechte nicht. Also Nummer eins: Ich habe Ihren Unteroffizier A. Morosow geortet. Albert Iwanowitsch heißt er mit Vornamen. Vor kurzem wurde er von seiner Einheit in Afghanistan heim in die Union zur Ausbildungsschule für Fallschirmjäger in Rjasan abkommandiert. Er sollte an einem Spezialkursus teilnehmen und war in dem zu der Schule gehörenden Wohnheim untergebracht ...»

«Wieso *war*?» unterbrach ich Griasnow.

«Das erklärt die Nachricht Nummer zwei, die schlechte: Seit gestern ist er verschwunden. Genauer gesagt, er bekam gestern nachmittag frei und ist seitdem nicht mehr gesehen worden. Der Direktor der Rjasaner Schule, ein Generalmajor Sljussar, hat Befehl gegeben, Morosow ausfindig zu machen, aber man hat ihn noch nicht aufgespürt.»

Ich spürte plötzlich keinen Hunger mehr. «Ausgerechnet gestern soll er sich auf und davon gemacht haben? Das wäre ein allzu merkwürdiger Zufall.» Ich erzählte Griasnow von unserem Besuch bei Generaloberst Gornij im Militärgericht. Wir hatten ihm den Namen des von uns gesuchten Zeugen zwar erwähnt, aber nur ganz beiläufig. Wir taten so, als wäre uns bewußt, daß der Chef sich nicht für jeden x-beliebigen Soldaten in Afghanistan interessieren könne. Uns ging es ja nur um die Ausstellung einer Sondergenehmigung, eine bürokratische Routineangelegenheit unter Kollegen. Der Gedanke, daß Gornij oder Bunin daraufhin den Zeugen Morosow unverzüglich hatte verschwinden lassen, war wirklich zu abwegig. Also doch reiner Zufall?

«Ich habe ein Rätsel für Sie, Sascha. Welche Dienststelle ist die mächtigste im Land? Sie sagen sicherlich, der KGB. Falsch! Es ist die GRU. Sljussar hat mir noch etwas erzählt: Morosow hat in Afghanistan den ‹Heldenstern› bekommen.»

GRU ist die offizielle Abkürzung für eine Institution mit der umständlichen Bezeichnung «Hauptnachrichtenverwaltung des Generalstabs der Sowjetstreitkräfte». Griasnow mochte die GRU-Leute allesamt nicht. War er eben bei ihrer Erwähnung nicht sogar blaß geworden? Jedenfalls sah er verändert aus. Ich musterte sein spitzes Kinn, und plötzlich war mir alles klar: Er hatte seinen Bart abrasiert. Ich strich mir automatisch übers Kinn. Griasnow sagte lachend: «Anspielung verstanden, Genosse. Das Bärtchen mußte gestern liquidiert werden. Ein Bart, besonders ein rotblonder, ist ein zu auffälliges Kennzeichen. Lassen Sie uns einen darauf trinken. Ich wette, Sie haben irgendwas Gutes in Reserve.»

Ich griff in den Garderobenschrank und holte einen Zehn-Liter-Kanister «reinen Alkohol» hervor. Er war ein Beweisstück in einem Schwarzmarkt-Verfahren. Die Verantwortung, die zehn Liter bei der kommenden Gerichtsverhandlung vorweisen zu können, lag bei mir. Ich hatte jedem, der an dieser lebensspendenden Quelle teilhaben wollte, strenge Bedingungen gestellt: für ein eingeschenktes Gläschen Alkohol ein zurückgegossenes Gläschen Wasser. Allmählich war der Alkoholgehalt auf angenehme fünfzig Prozent gesunken.

Wir tranken jeder einen kräftigen Schluck, dann fuhr Griasnow fort: «Und nun, Sascha, spitzen Sie die Ohren. Hier sind einige Informationen, über die es sich lohnt nachzudenken.» Er zog aus seiner Aktentasche ein Buch heraus.

Ich sprang vom Stuhl auf und riß es ihm aus der Hand. Ich wußte sofort, es war *das* Buch: zerlesen, ziemlich dick und von seltsam violettschwarzer Farbe. Vor meinem geistigen Auge sah ich Kims Mörder mit dem Buch unter dem Arm die Treppe hinaufgehen.

Sein leeres Glas in der Hand drehend, geruhte der Oberinspektor endlich zu sprechen: «Ich habe meine Jungens zusammengetrommelt, um die ‹Phantom-Bösewichter› aufzuspüren. Einer meiner Leute, Stasik, ist auf Kultur erpicht. Er will mit dem Plebs der Unterwelt nichts zu tun haben. Deshalb habe ich ihm die Überwachung der Luxuslokale übertragen. Am Sonntag machte er seine übliche Runde: Frühstück im Hotel ‹National›, Mittagessen im ‹Astor›, und später ging er ins ‹Schiguli›. Er vertrödelte jedoch nicht seine Zeit, sondern fragte Kellner, Geschäftsführer und Portiers, ob einer der Gäste unseren Phantombildern ähnlich sähe. Im ‹Schiguli› gab einer der Kellner zögernd zu, daß er einen von ihnen, den ‹Stämmigen›, wiedererkenne. Er habe mit dem Dichter und Liedermacher Derbenjew und mit Karasiew, dem Maler, zusammengesessen. Sie hätten so blitzsauber ausgesehen, als seien sie gerade aus der Badeanstalt gekommen, und zahllose Wodkas und Biere getrunken. Stasik, tüchtig, wie er ist, kapierte sofort, was los war, und ging zu Karasiews Wohnung. Er haust in einer Ruine . . .»

Ich unterbrach Griasnow nicht mit Fragen, sondern drehte nur meinen Bleistift zwischen den Fingern und blätterte in

Alexandre Dumas' Roman *Der Vicomte de Bragelonne*. Automatisch las ich mehrmals das Motto des ersten Kapitels: «Wenn man nicht mit dem einen ins Geschäft kommt, muß man mit dem anderen Geschäfte machen.» Auf der Innenseite des Buchdeckels war eine Karteikartenhülle angebracht und aufgedruckt die Nummer 12773/81. Ein Leihbüchereibuch also. Die erste Seite war leider herausgerissen. Ich öffnete das Buch auf Seite siebzehn, wo sich zumeist noch ein Leihbüchereistempel befindet – aber nein, nicht in diesem Fall.

«Nun, dieser Karasiew ist ein notorischer Säufer, aber er erinnerte sich, daß er in der Sandunij-Badeanstalt einen athletisch gebauten Mann kennengelernt hatte, der Dima hieß und dessen Handschlag einer Kneifzange glich. Ein Wodka ergab den anderen, und als der Flachmann leer war, zogen sie Arm in Arm ins ‹Schiguli›. Dort war Karasiew bekannt, und sie brauchten daher nicht nach Plätzen anzustehen. Sie blieben ungefähr drei Stunden und zischten ein gutes Dutzend tschechischer Biere, danach verabredeten sie sich für den nächsten Tag wieder im Sandunij-Bad. Den ganzen Montag über postierte ich einen Wachposten mit Dimas Beschreibung vor der Badeanstalt, aber er erschien nicht. Dann quetschte ich Derbenjew und Karasiew wie Zitronen aus und tatsächlich, etwas erfuhr ich: Der Dichter, der sich zu den beiden an den Tisch gesetzt hatte, erinnerte sich, daß Dima offenbar ein Buch in der Badeanstalt liegengelassen hatte und sich deswegen so grämte, als wäre es was Verbotenes aus dem Samisdat gewesen. Derbenjew hielt ihn für etwas bekloppt. Er verkündete wie ein Apostel, daß bald ein neues Zeitalter anbräche und dann bloß noch Übermenschen Existenzberechtigung haben würde. Später dann, als er nur mehr lallen konnte, sagte er, er würde in zwei Tagen wieder zu seiner Einheit nach Afghanistan zurückkehren.»

«Nach Afghanistan!»

«Genau. Es sieht also aus, als gehörten sie alle der gleichen

Bande an, nämlich dieser Spezialtruppe. Übrigens, den *Vicomte* habe ich im Fundsachenfach des Bademeisters gefunden und gleich darin geblättert ...»

«Ich hab eine Idee, Slawa. Wir sollten diese Künstlertype Karasiew bitten, uns aus dem Gedächtnis eine Porträtskizze von Dima anzufertigen.»

«Wenn Sie mich mit überflüssigen Ratschlägen unterbrechen, komm ich nie zum Ende meiner Geschichte. Karasiew muß gar nicht mehr zeichnen. Er hat die Angewohnheit, von jeder neuen Bekanntschaft ein kleines Bildchen zu zeichnen.»

Griasnow griff wieder in seine Aktentasche und zog ein quadratisches Stück Papier hervor: viereckiger Kopf, kurzes Haar, das nach allen Seiten zu sprießen schien, am Kinn eine Narbe, weit auseinanderstehende Augen ...

«Wir müssen das Porträt sofort der Ljuda Korabelnikowa zeigen.»

«Hab ich schon getan. Sie hat auf Anhieb gesagt: ‹Das ist er!›»

Meine Finger zitterten, ich faltete meine Hände, damit Griasnow es nicht bemerkte.

«Ich hab also in dem Buch geblättert ... Trinken Sie noch einen, Sascha, Sie sind ja ganz außer sich ... Und zwischen den Seiten habe ich ein Stück Kohlepapier gefunden. Es war benutzt. Wenn man es gegen das Licht hielt, konnte man noch etwas erkennen: Zahlen, einige Buchstaben. Ich bin ins Labor gerannt und habe denen da über die Schulter gesehen, während sie mit ihrem Apparat hantierten. Sie haben ihn gerade aus Westdeutschland bekommen, das Modernste vom Modernen ...»

«Slawa, ersparen Sie mir die technischen Details ...»

«Nun gut, das Kohlepapier wurde für Elektrizitäts- und Gasrechnungen benützt. Die Buchstaben ergaben: Wohnung 3, Block 27, Dibenko-Straße. So weit, so gut, aber in Block 27 der Moskauer Dibenko-Straße ist ein Forschungsinstitut. Da sind weder Wohnungen noch Mieter. Die Romanowa hat jemand aufgetan, der eine Liste von allen Straßen hat, die nach Helden des Bürgerkriegs benannt worden sind. Wir haben dreißig Anfragen an die Verwaltungen der Städte, in denen es eine Dibenko-Straße gibt, geschickt. Und nun warten wir auf Antwort... Letzte Information, Sascha: Die Moskauer Leihbüchereien vermissen keinen *Vicomte de Bragelonne* und führen keine Nummer 12773/81.»

«Moskau! Wir haben sicherlich eine halbe Million Leihbüchereien im Land.»

«So, mehr habe ich nicht zu berichten. Aber eines lassen Sie mich noch hinzufügen: ‹Dima› ist nicht unbedingt eine Abkürzung von Dimitrij. Es gibt noch eine Menge anderer Namen, die in Frage kommen, wie: Demjan, Vadim, Nikodemus... Na, der letzte ist vielleicht ein bißchen weit hergeholt», schloß Griasnow betrübt den Bericht und packte seine Trophäen wieder ein.

«Moment, Slawa, geben Sie mir bitte die Straßennamenliste. Ich kann natürlich nicht in alle Städte fliegen, aber ich kann sie anrufen. Ich weiß, wann die sonst antworten. Sie haben doch eine Kopie, nicht wahr?»

Er sah mich entgeistert an, als ich die Liste in vier gleiche Teile zerschnitt. Auf jedem Abschnitt standen sieben Städte.

«Wieviel Zeit können Sie erübrigen? Würden Sie diese hier übernehmen? Wann haben Sie gesagt, daß er nach Afghanistan fährt? In zwei Tagen? Von Sonntag an gerechnet wäre das heute. Vielleicht schaffen wir's noch. Gehen Sie in Merkulows Büro, er hat zwei Telefone.»

Im Korridor, die Ellbogen aufs Fensterbrett gestützt, stand Lana. Ich hatte sie, wie mir schien, ewig lange nicht gesehen, und die wenigen Male, die ich sie getroffen hatte, kamen mir inzwischen so unwirklich vor, als existierten sie nur in meiner Phantasie. Ich mußte mich davon überzeugen, daß unsere Begegnungen tatsächlich stattgefunden hatten.

«Lana!»

Sie drehte sich nicht um.

«Warte auf mich, ich bin gleich zurück.»

Ich vermutete, daß sie darauf sagte: «Gut, gut», hörte es aber nicht. Sie sprach mehr aus dem Fenster heraus, so als antworte sie nicht mir, sondern einem Passanten.

«Ein toll aussehendes Mädchen», flüsterte Griasnow, «aber ein bißchen unterkühlt.»

«Unterkühlt? Ich würde eher sagen: wohlweislich zurückhaltend.»

Merkulow hörte sich meine knappe Zusammenfassung von Griasnows Bericht an.

«Gemacht», sagte er und griff nach der Liste. «Wir teilen das untereinander auf. Ich werde auch Parkomenko einspannen.»

«Ich dachte eher an Greschannik. Unsere beiden Fälle laufen ja nun parallel.»

«Nein, nicht Greschannik. Rufen Sie Leonid Wassiljewitsch an. Er wird froh sein, endlich mal von seinem administrativen Kram loszukommen und wieder an einer Blitzaktion teilzunehmen», sagte Merkulow grinsend.

Ich wußte, warum Merkulow lieber Parkomenko einschaltete als Greschannik. Er wollte unsere Erkundigungen geheimhalten. Parkomenko war ein ausgemachter Geheimniskrämer, der niemand in seine Karten gucken ließ, während Greschanniks Büro eher einem Bahnhof glich, einer Gerüchtebörse. Und ausgerechnet bei Greschannik hatte Bunin meinen Wohnungsschlüssel abgegeben! Auch der Major war mir trotz seiner Heiserkeit allzu gesprächig vorgekommen. Es schien mir durchaus möglich, daß er im Verlauf einer Unterhaltung mit Greschannik erwähnt hatte, daß ich hinter einem Unteroffizier Morosow von der Spezialtruppe in Afghanistan her war. Hatte etwa mein Intimfeind Greschannik jemand zu Morosow geschickt? Aber warum sollte er das tun?

Ich küßte ihre kühlen Lippen und verlor fast den Verstand. Lana drehte den Schlüssel im Schloß um. Wir waren in meinem Büro, wo alles angefangen hatte: das Besäufnis, die Sache mit Kim ...

«Sascha!» Lana trat einige Schritte zurück. Sie spürte, daß ich deprimiert war.

«Kommst du heute abend zu mir? Ich weiß bloß noch nicht, wann ich mich freimachen kann.» Für Lana hätte ich allerhand zum Teufel geschickt, aber nicht den Fall Kim.

«Gib mir deinen Wohnungsschlüssel. Ich werde dort auf dich warten.»

«Ich weiß nicht, ob es dort sehr ordentlich aussieht.»

«Das ist mir egal.»

Ich hatte Glück. Drei von sieben Städten fielen sofort aus. Die Dibenko-Straßen hatten keine Wohnhäuser oder keinen Block 27. In der vierten Straße hatte die Straße kein Gas, und so kamen Gasrechnungen nicht in Frage. Ich sprach gerade mit Karaganda, wo der Chef der Meldebehörde ein Vollidiot war, der sich weigerte, telefonisch Auskunft zu geben, als Parkomenko hereinkam. Er legte einen Zettel, bedeckt mit seiner kleinen, säuberlichen Handschrift auf meinen Schreibtisch und ging wieder.

«Wikulow, Igor Trofimowitsch, geb. 1941, wohnhaft in Krasnodar, Dibenko-Straße, Block 27, Wohnung 3; dort von 1958 bis 1984. Gasanschluß im Haus. Gas- und Elektrizitätsrechnungen werden mit Durchschlag ausgeschrieben. Verzog Ende letzten Jahres nach Moskau. Arbeitet im Ministerium für Landwirtschaft, Abteilung Maschinen. Jetzige Adresse ...»

Ich stürzte in Parkomenkos Büro. «Vielen Dank, Leonid Wassiljewitsch!»

Parkomenko schrieb gerade wieder irgendwas auf, den Telefonhörer gegen die Schulter geklemmt: «Verstehe, Genosse, der Block hat kein Gas ... Ach, da sind Sie ja, Alexander

Borissowitsch. Seither das einzige positive Resultat, wodurch sich die Chancen erhöhen, daß es sich um den Gesuchten handelt.»

Wenn sich der Staatsanwalt damit begnügt hätte, ein Ermittlungsbeamter zu bleiben, wäre er für den Staat sicherlich von unschätzbarem Wert gewesen. Die Stellung, die er jetzt innehatte, überstieg seine Fähigkeiten – ein bei uns verbreitetes Phänomen: der Aufstieg in die falsche Etage. Er würde bis zu seiner Pensionierung an dem Posten kleben, seinen Status mit Händen und Füßen verteidigen und nichts Bemerkenswertes leisten.

Der Portier nannte mir die Nummer von Wikulows Wohnung, und ich fuhr in den siebzehnten Stock hinauf. Der Experte für landwirtschaftliche Maschinen war ein dicker, jovialer Mann und von meinen Ausweisen völlig unbeeindruckt. Er gab ohne weiteres zu, daß er vergangenes Jahr den Dumas-Roman aus der Sanatoriumsbibliothek in Kislowodsk aus Versehen nicht zurückgegeben habe. Wie das Kohlepapier zwischen die Buchseiten gekommen sei, wisse er nicht, vielleicht als Lesezeichen-Ersatz.

«Und wo haben Sie ihn gefunden?»

«Wen?»

«Den Band.»

«Das wollte ich gerade Sie fragen, Igor Trofimowitsch. Wie gelangte das Buch in die Hände eines gewissen Dima?»

Wikulow kannte niemand, der Dima hieß, und konnte sich nicht daran erinnern, wie ihm das Buch abhanden gekommen war. Vor ein paar Tagen habe es noch auf dem Teetisch gelegen. Jetzt zeigte ich ihm Karasiews Porträtskizze, und er rief begeistert aus: «Das ist doch Wowtschik! Prima getroffen! Nun weiß ich, was passiert ist, Genosse Ermittlungsbeamter . . .»

«Wo find ich diesen Wowtschik?»

Wikulow rieb sich die Nase, bis sie so rot wie eine Runkelrübe war. «Die Sache ist ein wenig delikat, aber ich bin sicher, Sie haben einen guten Grund, nach ihm zu fahnden. Haben Sie einen Wagen? Gut, dann mal los. Kennen Sie das Künstlertheater an der Jermolow-Straße? Nein? Das macht nichts, ich werde es Ihnen zeigen.»

Nach sechs Minuten südlichen Redeflusses wußte ich alles über Wowtschik-Dima.

Vor einer Woche war Wikulows Herzensdame, eine ausgesprochen lebensfrohe Schauspielerin des Künstlertheaters, die unglücklicherweise – oder glücklicherweise? – verheiratet war, in Wikulows Wohnung aufgetaucht mit ihrer Kollegin Lala, die wiederum den athletischen, jungen Wowtschik im Schlepptau hatte. Sie plauderten bei einem Punsch, den Wowtschik schnell zusammengebraut hatte, und hörten sich Platten an. Lala und Wowtschik gingen gegen elf Uhr. Am anderen Morgen stellte Wikulow fest, daß sein silbernes Feuerzeug und Zigarettenetui fehlten, beides hatte er auf den Schreibtisch gelegt, genau neben den Dumas-Roman. Wikulows Freundin stellte Lala zur Rede und warf ihr vor, einen Dieb mitgebracht zu haben. Lala wies die Anschuldigung empört zurück, und die beiden Schauspielerinnen lagen sich seitdem in den Haaren.

«Sind Sie sicher ...» versuchte ich zu unterbrechen.

«Ganz sicher, alle diese Dinge lagen zusammen ...»

«Das meine ich nicht, Igor Trofimowitsch. Ich möchte wissen, ob Sie sicher sind, daß er wirklich Wowtschik hieß?»

«So nannte er sich jedenfalls. Im ganzen ist er ein bißchen einfältig, er hat immer versucht, uns zu beweisen, daß die Probleme der Menschheit von der Überbevölkerung kommen. Man müsse die Schwachen ausrotten und nur die Wertvollen am Leben erhalten, faselte er. Es war klar, daß er sich zur letzteren Kategorie zählte, woraufhin ich ihm antwortete, daß ich diese Theorie schon vor fünfzig Jahren gehört und keineswegs in guter Erinnerung hätte. Alles weitere müssen Sie Lala fragen.»

«Habe gar nicht gewußt, daß Polizisten so zivil aussehen können.» Lala gab mir lässig die Hand.

«Ich bin kein Polizist, sondern von der Staatsanwaltschaft.»

«Das ändert die Sache natürlich von Grund auf.» Lala lächelte ironisch.

Mir war nicht nach Scherzen zumute. Die Schauspielerin hörte mir aufmerksam zu und schüttelte den Kopf. «Ich schwöre bei Gott, ich habe ihn erst an diesem Tag kennengelernt. Das war vorigen Sonnabend. Nach der Probe ging ich ins Café einen Kaffee trinken ...»

«In welches Café?»

«Ins Gartencafé der ‹Ermitage›. Und da saßen die beiden ...»

«Die beiden?»

«Sie müssen wissen, ich bin sehr kurzsichtig. Man mag das gegenüber gutaussehenden Männern aber nicht gern zugeben. Daher ziehe ich es vor, keine Brille zu tragen, sondern lieber zu blinzeln. Neben Wowtschik saß ein junger Mann, und ich habe ihm mal so zugezwinkert, aus Gewohnheit. Aber er hat gar nicht darauf reagiert. Also irgendwie war da etwas Merkwürdiges an ihm. Vielleicht stand er mehr auf Männer. Wenn ich an die allzu engen Jeans denke ... Ich bin mir natürlich nicht sicher. Dann ist der junge Mann irgendwohin verschwunden, und dieser Wowtschik hat sich ganz frech zu mir gesetzt.»

Ich zeigte ihr das Phantombild.

«Ja ... ja ... sehr ähnlich. Der Bürstenschnitt stimmt. Ich würde aber nicht meine Hand dafür ins Feuer legen, daß er es wirklich ist ... Die Zeichnung ist so kunstvoll. Aber wenn ich ihn auf einem Foto sehen würde, ich glaube, ich würde ihn sofort wiedererkennen.»

«Wie waren die Männer gekleidet?»

«Sie trugen schwarze Lederjacken. Daran erinnere ich mich genau.»

Am Tag nach Kims Ermordung hatten die beiden Bösewichte

also gegenüber dem Moskauer Kriminalamt Kaffee getrunken. Diesen Gangstern ging wirklich jeglicher Sinn für Scham und Selbsterhaltungstrieb ab. Statt sich irgendwo zu verstecken, schlenderten sie in der Stadt herum und machten sich an Frauen heran . . .

Mehr konnte Lala Wikulows Geschichte nicht hinzufügen. Sie hatte sich weder nach Wowtschiks Nachnamen erkundigt, noch ihn wiedergesehen. Er hatte ihr nicht erzählt, wo er wohne, auch nicht, womit er seinen Lebensunterhalt verdiene. Nach der Party bei Wikulow hätte er sie nach Hause gebracht, aber nicht mal versucht, sie zu küssen.

Ich stellte noch mehrere Fragen, aber die Antworten waren unbefriedigend, außer ganz zum Schluß. «Beim Abschied sagte er: ‹Wissen Sie, Lala, es geht mir wie Aschenbrödel – genau um Mitternacht muß ich an den Toren sein.› Ich fragte ihn: ‹Haben Sie es weit, Wolodja?› . . . Was ist los, Alexander Borissowitsch? Warum schlagen Sie sich an den Kopf?»

Ich hirnverbrannter Idiot! Natürlich: Wowtschik – Wolodja – Wladimir – Dima! Das war sozusagen die Metamorphose seiner Namen.

«Schon gut! Fahren Sie fort. Sie sagten also: ‹Haben Sie es weit, Wolodja?›»

«Ja, denn es war schon halb zwölf. ‹Nein›, sagte er, ‹nur fünfzehn Minuten mit dem Bus, und in fünf Minuten kommt einer.› Das war alles!»

«Wo wohnen Sie, Lala?»

«Baku-Kommissare-Straße, gleich neben der U-Bahnstation Südwest.»

«Haben Sie Telefon?»

Ich wählte 02, gab das Kennwort des Tages für vertrauliche Auskünfte – «Flügel der Sowjets» – und bekam innerhalb von ein paar Sekunden die Antwort: Sonnabend um 23 Uhr 36 fuhr der Bus 258 von der U-Bahnstation Südwest ab und kam nach fünfzehn Minuten beim Lehrgangsgebäude des Verteidigungsministeriums an.

Ich wollte dem dicken Wikulow und der schönen Schauspielerin Lala Istomina nur zu gern trauen. Und tat es eigentlich auch. Ich war fast sicher, sie würden nicht, kaum hatte ich die Tür geschlossen, zum Telefon laufen und diesen Dima-Wolodja anrufen. Aber ich hatte nicht das Recht, die beiden in Versuchung zu führen, und so sagte ich: «Es tut mir leid, aber Sie müssen mich zu dem Schulungsgelände begleiten.»

Der Spezialist für landwirtschaftliche Maschinen schien das Ganze als ein willkommenes Abenteuer zu betrachten, die Schauspielerin zuckte bloß die Achseln und sagte: «Mir scheint, Aschenbrödel hat wohl noch mehr gestohlen als nur ein silbernes Feuerzeug.»

Die Dinge entwickelten sich anders, als ich erwartet hatte. Ich dachte: Du erscheinst dort unangemeldet, fragst nach dem Ausbildungsleiter und stellst ihm so ganz auf die diskrete Tour einige Fragen über diesen Dima-Wolodja-Wowtschik-Wladimir. So als sei ich schon sicher, daß eine Verwechslung vorliege. Danach würde ich Romanowas Jungens um Unterstützung bitten und leise, leise, ohne viel Aufsehen diesen Halunken festnehmen lassen und ihn des Mordes an Kim Lagina bezichtigen. Und er würde gestehen! Ich würde ihm so zusetzen, daß er in spätestens zehn Minuten plaudern würde.

Im Lehrgangsgebäude wurde ich von einem Unteroffizier empfangen, der seinerseits den Hauptmann vom Dienst herbeiholte. Der führte meine Begleiter in den Aufenthaltsraum, wo Zeitschriften auslagen, und mich über den Hof zum Hauptquartier. Oberst Dragunskij kratzte seine angehende Glatze und blätterte in irgendwelchen dicken Stammrollen. Er hörte sich meine Geschichte an, runzelte die Stirn, nahm die Brille ab und sagte: «Wladimir? Mehr wissen Sie nicht? Der da auf der

Skizze? Hm, da muten Sie uns ein bißchen viel zu. Wir haben hier Hunderte von Offizieren. Wenn Sie seinen Familiennamen oder seine Einheit wüßten, wäre die Sache einfacher.»

«Wenn ich seinen Familiennamen oder seine Einheit wüßte, brauchte ich Ihre Hilfe nicht, Genosse Oberst.»

Er nickte verständnisvoll und rief die Seminarleiter an.

Sie betraten einer nach dem anderen das Hauptquartier und nahmen die Skizze des Zeichners in die Hand. Endlich sagte so ein geschniegelter Karrieristentyp: «Genosse Oberst, das ist Leutnant Iwonin, oder vielmehr Oberleutnant seit neuestem – und Held der Sowjetunion! Er hat bei mir in der Unterkunft 15 gewohnt, kam aus Afghanistan nach Moskau, um seinen ‹Heldenstern› im Kreml in Empfang zu nehmen. Sie haben doch bestimmt von den ‹sieben Helden› gehört. Andrej Andrejewitsch Gromyko hat ihnen den Orden persönlich überreicht. Sie waren alle hier bei uns, außer Dubow. Der konnte nur noch posthum geehrt werden...»

Mein Herz setzte einen Schlag aus.

«Wo ist er jetzt, dieser Oberleutnant Iwonin? In der Unterkunft oder in der Stadt?»

«Er ist heute früh nach Afghanistan zurück.»

«Es war mir eine Freude, Ihnen dienen zu können», sagte Oberst Dragunskij und schüttelte mir zum Abschied sichtlich erleichtert die Hand.

Ich öffnete die Tür und vermeinte in der falschen Wohnung zu sein. Es war überall saubergemacht und alles irgendwie anders arrangiert. Meine Mutter putzte die Wohnung gelegentlich, schrubbte die Toilette und taute den Kühlschrank ab. Aber das war nicht Mutters Werk, denn sie war nicht besonders ordentlich, und mein Stiefvater mußte ständig Wischlappen und Staubsaugerbürsten vom Bücherschrank oder Sofa auflesen, was er ohne zu murren tat, weil er wußte, daß die Einstellung «Alles hat seinen bestimmten Platz» meiner Mutter fernlag. In dieser Hinsicht bin ich ganz ihr Sohn: Meine Schuhe lasse ich zumeist im Badezimmer stehen, meine Krawatten hänge ich über die Türklinken, und meine frischgewaschenen Hemden stapeln sich auf dem Schreibtisch ... Und all diese Sachen befanden sich jetzt, wie durch Zauberhand geordnet, in Schränken und Kommoden.

Ich hörte das Plätschern der Dusche. O Gott, hatte etwa Lana dies alles fertiggebracht? Ich linste vorsichtig durch die nur angelehnte Badezimmertür – hinter dem durchsichtigen Plastikvorhang unter einem Wasserkegel stand Lana mit einem Handtuchturban und erhobenen Armen, als verrichte sie ein orientalisches Gebet. Ich starrte wie gebannt auf die Vollkommenheit ihres nackten Körpers. Sie schien das ganz normal zu finden und fragte nur erstaunt: «Warum hast du gesagt, in deiner Wohnung sei es vielleicht etwas unordentlich? Es ist die ordentlichste, die ich je gesehen habe.»

Dann begriff ich erst, wer dieses Werk vollbracht hatte: Bunins Urlaubsbekanntschaft.

«Warum lachst du?»

«Oh, einfach so, weil ich mich freue, daß du hier bist.» Es war nicht ganz die Wahrheit. Ich lachte, weil die Idee mich amüsierte, daß Bunins Mädchen sich offensichtlich nicht nur im Bett, sondern auch im Haushalt als sehr tüchtig erwiesen hatte.

Lana verharrte noch immer in ihrer orientalischen Gebetsstellung, ihre Augen waren geschlossen, ihr Körper war gebräunt, kräftig und graziös. Ich stellte die Dusche ab, und sie, ohne die Augen zu öffnen, legte ihre Hände auf meine Schultern ...

8

Ich ging blödsinnig früh zur Arbeit. Überdies war es auch noch schiere Zeitvergeudung, denn Merkulow, der mich zu nachtschlafender Zeit aufgeweckt hatte, war noch nicht da. Ich stieg nicht hinauf in mein Büro, sondern beschloß, vor dem Eingang auf meinen Chef zu warten und in der frischen Luft eine Zigarette zu rauchen. Nach ein paar Minuten fuhr eine von diesen tollen Limousinen vor, die nur hohen Tieren, Ministern und Politbüromitgliedern zugestanden werden, und herausstieg ein etwas genierter Merkulow. Die dunkle Scheibe des Rücksitzes wurde heruntergekurbelt, und der mächtige Schädel des Chefs der Militärjustiz wurde sichtbar.

«Guten Morgen, Kollege! Sie müssen entschuldigen, daß ich Konstantin Dimitrijewitsch aufgehalten habe, aber wir sind in einen furchtbaren Verkehrsstau geraten. Sogar wir kamen nicht durch.»

«Macht nichts, Artjom Grigorjewitsch», sagte ich herablassend, woraufhin er mir gnädig zuwinkte und die schwarze Luxuskalesche sich wieder in Bewegung setzte.

«Ich mußte den ganzen gestrigen Abend in Gornijs Datscha vertrödeln», erklärte Merkulow, ohne meine neugierige Frage abzuwarten. «Er hat mir sein Herz ausgeschüttet über irgendeine Intrige gegen ihn. Nun, als Gegenleistung habe ich ihm die Erlaubnis abgerungen, diesen mörderischen Helden Iwonin verhaften zu dürfen. Und nun sind Sie an der Reihe. Gehen Sie sofort in die Horoschewka-Straße zur GRU-Dienststelle. Bunin erwartet Sie um neun Uhr am Eingang.»

Ich parkte meinen Wagen im Parkverbotsbereich, klebte das Polizeietikett auf die Windschutzscheibe und legte einen gestreiften Polizeiknüppel auf den Rücksitz. Um nicht von der Menge umgerannt zu werden, postierte ich mich zehn Meter vor der Tür des modernen Glas- und Zementbaus, allgemein «das

Aquarium» genannt, und suchte die wogende Menschenmasse nach Bunin ab: undurchdringliche, wohlgenährte, glattrasierte, ja sogar selbstzufriedene Gesichter – zumeist höhere Offiziere, hin und wieder einige hübsche Mädchen und teuer gekleidete Frauen, zweifellos Sekretärinnen oder Dolmetscherinnen.

«Tut mir leid, mein Bester», krächzte Bunin hinter mir. «Zu Hause geht alles drunter und drüber. Mein Sohn hat die Grippe, mein Schwiegervater ist von 'ner Sauftour noch nicht zurück, und meine Schwiegermutter haben sie, ohne uns zu warnen, aus der Klapsmühle entlassen.»

Bunin lächelte gequält. Man sah ihm an, daß ihm nicht nach Scherzen zumute war. Außerdem war seine Uniform total zerknittert, sein Kragen fettig, und seine Schuhe waren ungeputzt. Offensichtlich suchte er bei fremden Frauen Entspannung, weil daheim das Chaos herrschte.

Wir brauchten im Empfangsbüro nicht lange zu warten, mein Passierschein war bereits ausgefertigt. Der Hauptmann warf mir einen mißtrauischen Blick zu und prüfte mürrisch meinen Dienstausweis. Vermutlich war es sein größter Ehrgeiz, einmal im Leben im «Aquarium» einen Spion zu erwischen.

«Rogow will Sie kurz sehen», flüsterte Bunin und wies auf eine Tür, die halb offenstand.

Ich las das Namensschild «A. S. Rogow» und sah den breiten Rücken des Generalobersten. Er stand vor einem offenen Safe, in den er etwas hineinlegte, bevor er sich uns zuwendete: eine imponierende Erscheinung, völlig kahl mit einer schwarzen Augenklappe über dem linken Auge. Ich wußte über ihn eigentlich nur, daß er einer der Stellvertreter von Marschall Agarkin war, dem Chef des Militärischen Nachrichtendienstes GRU, und daß ihm die Sektion 5 unterstand, zu der auch die Spezialtruppe gehörte.

«Ich höre, Sie wollen unsere Soldaten in Afghanistan besuchen? Haben Sie keine Angst? Die Jungens dort spielen nicht

Fußball mit den Moslems. Diese hirnverbrannten Rebellen zielen verdammt gut, jeder einzelne ist ein Scharfschütze.»

Im stillen dachte ich, daß nicht nur die Afghanen mit Gewehren und Messern umzugehen verstehen, laut sagte ich: «In Zeiten wie diesen, Genosse Rogow, weiß man nie, wo es sicherer ist, in Afghanistan oder im guten alten Moskau.»

«Lebt man auch bei uns unsicher?» Rogow brach in ein scheinbar unbekümmertes, aber deutlich nervöses Lachen aus. «Wir leben hier so abgeschieden wie in einem Kloster. Wir wissen nicht mal, was an der nächsten Ecke geschieht.»

Wir setzten uns, und die Unterhaltung begann, eine durchaus nützliche Unterhaltung. Rogow kniff die Augen zusammen und sagte ohne Umschweife, daß Afghanistan ein Dampfkessel sei mit einem fest geschlossenen Deckel. Dieser Dampf müsse unvermeidlich immer wieder explosionsartig entweichen. «Marschall Agarkin ist daher auf die Idee gekommen, eine Spezialeinheit für Sondereinsätze aus Verbänden der Luftwaffe, der Marine und des Heeres zu bilden. Diese Einheit untersteht direkt dem Zentralkomitee und dem Politbüro, wird aber vom GRU-Chef befehligt. Aufgabe dieser Truppe ist es, den feindlichen Untergrundbewegungen den Garaus zu machen. Gibt den jungen Leuten schöne Gelegenheit, ihre Tapferkeit zu beweisen! Die Einheit wurde aus lauter Sportlern gebildet, selbst der Kommandeur, Generalmajor Serij, ist ein namhafter Athlet . . . So, und nun werde ich mit Hilfe der zuständigen Abteilung nach allen Regeln der militärischen Kunst Ihre Reise organisieren: Sondergenehmigungen, Fahrtausweise, Einführungsschreiben usw.»

Das waren natürlich alles sehr nützliche Papiere, aber was wir wollten, war Rogows Genehmigung, Oberleutnant Iwonin zu verhaften. Ich besaß bereits die Autorisationen vom stellvertretenden Generalstaatsanwalt Parkomenko und vom Chef der Militärjustiz, aber diese hatten keine Gültigkeit auf afghanischem Gebiet.

«Genosse Generaloberst», sagte ich, «ich hoffe, man hat Sie über unsere Absichten bereits informiert: Wir wollen in Afghanistan einen gewissen Wladimir Iwonin festnehmen. Er ist ein gefährlicher Verbrecher, ein Mörder. Wir brauchen dazu Ihre schriftliche Genehmigung.»

«Oberleutnant Iwonin?» Rogows Backe zuckte, als hätte er soeben einen Schlaganfall erlitten. In seinen Augen glimmten Verachtung und Zorn. «Eine Genehmigung, Iwonin zu verhaften? Sind Sie von allen guten Geistern verlassen? Iwonin! Ein Held der Sowjetunion! Ausgerechnet Sie, Genosse Zivilist, wollen einen unserer Elitesoldaten ins Gefängnis stecken?»

Was soll man dazu sagen? Ich hatte schon die ganze Zeit über den Verdacht, daß Rogows Rolle als Freund und Helfer nur gespielt war. Diese militärischen Typen jagten mir immer wieder Angst ein. Seit meiner zweijährigen Soldatenzeit konnte mir die ganze Armee gestohlen bleiben.

«Wer hat Sie überhaupt auf die dusselige Idee gebracht, eine solche Genehmigung zu verlangen?» schrie Rogow.

Bunin wischte sich mit einem schmutzigen Taschentuch die Schweißtropfen von der Stirn.

Ich setzte zu einer eiskalten Antwort an: «Diesen Tonfall können Sie . . .» – als das Telefon rot aufblitzte.

Rogow nahm den Hörer ab, und ich sah, wie er sich steif aufrichtete. Er sagte nicht viel mehr als «ja» und «selbstverständlich», aber ich hatte das Gefühl, daß der Anruf mit uns zu tun hatte. Der Generaloberst legte übertrieben behutsam den Hörer wieder auf, und vor mir saß plötzlich der biedere Offizier bäuerlicher Herkunft, der er im Grunde genommen wohl war. Jetzt konnte ich auch sein nervöses, joviales Lachen verstehen. Er sah reichlich betreten aus und schlug einen versöhnlichen Tonfall an: «Tut mir leid, daß ich so aufgebraust bin, aber seit diesem grausamen Krieg da unten reagiere ich jedesmal allergisch, wenn einem unserer besten Jungens was passiert.»

Er griff wieder zum Hörer, verlangte einen Oberst Nesnij und wies ihn an, die Dokumente für unseren Besuch bei der 40. Armee, Spezialtruppen-Regiment 17 und seinem Kommandeur, Generalmajor Serij, auszustellen. Dann zog er aus seiner Schublade das Formular für einen Haftbefehl hervor.

Merkulow fuhr mit seinen schmalen Fingern an den Rändern der Aktendeckel entlang, die sich auf seinem Schreibtisch häuften, und schob seine Zigarette von einem Mundwinkel in den anderen. Ich hatte ihn noch nie so kribbelig gesehen.

«Das Flugzeug startet also um zweiundzwanzig Uhr, landet in Taschkent um zwei Uhr früh, und am Morgen sind wir in Kabul», beendete ich gutgelaunt meinen Bericht, als würde ich mich auf eine Urlaubs-Kreuzfahrt durchs Schwarze Meer statt in ein Kriegsgebiet begeben. «Und machen Sie sich keine Sorgen, Kostja, wir haben die wichtigsten Leute auf unserer Seite.»

Merkulow ließ die Aktendeckel in Ruhe und drückte seine Zigarette aus, dann sagte er, anscheinend ohne auf meinen Bericht einzugehen: «Die Zeiten, wo ein greiser Generalsekretär nach dem anderen starb, sind vorbei. Und offen gesagt, ich weiß nicht, ob das erfreulich ist. Vielleicht gibt es seitdem mehr Wurstsorten, mehr modische Schuhe in den Läden. Und das ist natürlich begrüßenswert. Aber was die wachsende Militarisierung angeht – das erschreckt mich. Geheime Sondereinheiten unter komplizierter, fast undurchschaubarer Befehlsgewalt... Das liegt nicht auf der Linie von Glasnost – Glasnost bedeutet Durchsichtigkeit, Information der Öffentlichkeit.»

«Kostja, ich habe Ihnen die ‹Faust›-Akte mitgebracht, schließen Sie sie bitte in Ihren Safe ein. Einige notwendige Kopien nehme ich nach Afghanistan mit.» Ich schwenkte meine pralle Aktentasche.

Merkulow legte die Akte in den Safe, kam auf mich zu und küßte mich symbolisch und linkisch auf beide Wangen. «Kommen Sie so schnell wie möglich zurück, Sascha ... Und setzen Sie sich keiner unnötigen Gefahr aus. Das ganze Leben liegt sozusagen noch vor Ihnen. Viel Erfolg!»

9

Kaum erschien die Leuchtschrift-Anweisung «Bitte anschnallen und das Rauchen einstellen», legte sich das aufgeregte Hinundher. Die Gesichter der Passagiere nahmen einen lammfrommen, fast dösenden Ausdruck an, so als ließen sie alle Ängste, Mißerfolge oder Erfolge hinter sich. Ich warf einen Blick auf Griasnow; sein blasses, sommersprossiges Gesicht war angespannt.

«Während der nächsten sieben Stunden nehme ich vor Angst fünf Kilo ab.»

«Übertreiben Sie nicht ein wenig?» Mir fiel es schwer, Slawa zu glauben, da ich wußte, wie todesmutig er sich bei einer Anzahl hochgefährlicher Unternehmen gezeigt hatte.

«Nein, Ehrenwort, ich habe Angst. Erinnern Sie sich noch an Schenja Schukow? Ein wirklich furchtloser Mann, aber im Flugzeug zitterten ihm die Knie.»

Er lehnte sich im Sitz zurück, schloß die Augen, öffnete sie aber gleich wieder. «Mein Gott, wie konnte ich das vergessen! Schenja ist ja in Kabul, er baut dort eine Moschee. Vor einiger Zeit war er auf Urlaub in Moskau und erzählte uns grauenvolle Geschichten von da unten.»

Der wagemutige und einfallsreiche Jewjenij Schukow war eine legendäre Figur bei der Moskauer Kriminalpolizei. Merkulow trauerte ihm noch immer nach. Es mußte etwa zwei Jahre her sein, daß Schukow – und darüber gab es eben leider keinerlei

Zweifel – im Zustand der Volltrunkenheit eine Aktentasche mit Geheimdokumenten bei einer Rauferei verloren hatte. Er wurde fristlos entlassen. Monatelang ging er auf Arbeitssuche, begann seinen Tag mit Gewichtheben und lief anschließend im Dauerlauf ums Stadion der Jungen Pioniere, um sich fit zu halten. Aber alle seine Bemühungen, eine Anstellung zu bekommen, blieben erfolglos, da ihm der Ruf eines Trunkenbolds vorausging.

Am 1. September, seinem Geburtstag, kaufte er mit seinen letzten Rubeln eine Torte und eine Flasche Wodka. Als er nach Hause kam, stellte er fest, daß seine Frau ihn verlassen hatte. Er trank die Flasche Wodka daher allein aus und ließ am nächsten Morgen den Dauerlauf ausfallen. Statt dessen fischte er aus irgendeiner Schublade das längst vergessene Abschlußzeugnis einer Technischen Hochschule heraus und kriegte damit einen Job bei einer Baufirma...

Aber daß Schukow in Kabul an einer Moschee baute, war mir neu.

«Was hat er denn erzählt, Slawa?» Ich fragte nur aus Höflichkeit, dachte aber: Schade, daß ich nicht gewußt habe, daß Schukow in Afghanistan ist. Ich hätte mir sonst seine Adresse beschafft.

«Er hat sich da in die Nesseln gesetzt. Unsere Leute haben sich mit ein paar Afghanen angelegt – es gab eine Messerstecherei. Und Schenja mischte sich ein...»

«Waren das Rebellen?»

«Keine Spur, afghanische Regierungssoldaten. Ein paar verwegene Typen von unserer ominösen Spezialeinheit hatten irgendein schauerliches Gebräu getrunken, oder es sich sogar injiziert...»

Griasnow hielt plötzlich inne, zündete sich eine Zigarette an und sagte heiser: «Verdammt noch mal, ich Esel, jetzt fällt's mir wieder ein... Schenja nannte das Zeug schlichtweg ‹Faust›.»

«Schlafmütze!» sagte ich so beherrscht wie möglich. «Wieso fällt Ihnen das erst jetzt ein?»

«Wir suchen doch nach einer Person namens Faust und nicht nach einer Droge. Erst eben kommt es mir wieder in den Sinn, daß Schenja dieses angebliche Stärkungsmittel so bezeichnete. Er sagte, glaube ich, daß es den Kerlen sogar zur Pflicht gemacht wird, es zu nehmen. Dieses Elixier ‹Faust› soll Hemmungen abbauen, wagemutig machen. Verrückt, ja. Aber ich schwör Ihnen, ich denk mir das nicht aus!»

«Slawa!» Ich ergriff ihn am Ärmel seines neuen, schicken Anzugs und schüttelte ihn. «Sind Sie ganz sicher? Es würde unseren Fall vielleicht auf den Kopf stellen.»

Bunin, der woanders saß, erschien mit einer Flasche Kognak in der Hand. «Ich konnte es kaum erwarten, den Sicherheitsgurt loszuwerden. Haben Sie was zum Reinfüllen?»

Griasnow und ich nahmen einen kräftigen Schluck aus unseren Plastikbechern. Die vertraute Flüssigkeit brannte angenehm in unseren Eingeweiden. Ich trat Griasnow auf seine Sandalen, um ihn zu warnen. Er sollte in Bunins Gegenwart keinesfalls «Faust» erwähnen.

Sobald Bunin wieder an seinem Platz war, flüsterte Griasnow mir zu: «Als erstes müssen wir in Kabul Schenja finden. Wissen Sie eigentlich, daß er als Junge sieben Jahre dort gelebt hat? Sein Vater war dort Botschaftssekretär. Schenja spricht ziemlich gut die Landessprache. Das vom afghanischen Innenministerium aufgebaute Agentennetz funktioniere viel besser als das des KGB, hat er gesagt.»

Bunin beobachtete uns eifersüchtig von einem Ecksitz zwei Reihen vor uns.

Während Griasnow jetzt dösend vor sich hin zitterte oder zitternd vor sich hin döste, versuchte ich, den Text des verbrannten Briefes von Unteroffizier Morosow zu vervollständigen: «... Aber er (Alexej) wurde nicht von einer Rebellenkugel getötet, sondern starb durch Freundeshand. Er sagte mir, er hätte Ihnen (die) Dokumente geschickt über die schlimmen Dinge, die hier in Afghanistan passieren mit den Soldaten...»

Vielleicht sollte das im Klartext heißen, daß Alexej gegen die «schlimmen Dinge» protestiert und es abgelehnt hatte, sich die «Elixier-Faust»-Injektionen verabreichen zu lassen?

Ja, natürlich: Elixier Faust! Moissejew meinte ganz richtig, daß Alexej Faust keinen Sinn ergebe. Morosow wußte wohl nicht genau, wie man Elixier schreibt, und wir hatten nur die Buchstabenfolge «lex». «Sie (die Injektionen) heißen Elixier Faust. Damit begehen sie ein Staatsverbrechen...»

Das Flugzeug hatte die zerklüfteten, kahlen Gebirgszüge überflogen und setzte jetzt zum Anflug auf Kabul an. Erst jetzt spürte ich die ganze Fremdheit des Landes: Unter uns lag eine sonnenverdorrte Landschaft. Alles war gelb: ein schmutzig-gelber Fluß, gelbe Felsen, gelbe Staubwolken und überall nackte Erde, gelb-schwarz, kahl gebrannt.

«Das Land der verbrannten Erde. Mein Gott, wo hat es uns hinverschlagen, Sascha!» Auch Griasnow starrte verwirrt aus dem Fenster.

Das Flugzeug kreiste ein paarmal über dem Flughafen. Inzwischen starrten alle nach unten, wo ein Tankwagen mitten auf der Landebahn lichterloh brannte. Halbnackte Männer standen mit Sandstrahlsprühern im Kreis um ihn herum.

«Die Rebellen haben wohl mal wieder brennende Kanister von den Berghängen rollen lassen.»

«Ich wette, das waren unsere Leute oder die Regierungstruppen.»

Dieses Gespräch hinter uns fand zwischen zwei Soldaten statt, die aus dem Urlaub zurückkehrten. Ein dunkelhäutiger Obergefreiter mit mongolischen Gesichtszügen und ein blonder Unteroffizier.

«Bist du verrückt, Kunaz? Wenn Serij dich so reden hörte!»

Sie waren also von der Sondereinheit. Rogow hatte erwähnt, daß Serij der Kommandeur des 17. Regiments dieser Truppe sei.

Endlich konnte unsere Maschine landen. Glühende Hitze schlug uns entgegen. Die Erde war rissig und ausgedorrt, die Sonne brannte unbarmherzig, kein Wölkchen war zu sehen, und dennoch war der Himmel nicht blau, sondern kupfergelb, und eine dünne kupferfarbene Staubschicht lag auf den Gesichtern der Soldaten und dem Hubschrauber, mit dem wir zur 40. Armee fliegen sollten.

«Haben Sie je eine automatische Waffe abgefeuert?» fragte ein sonnenverbrannter Major mit von der Sonne gebleichtem Haar, der uns am Flughafen erwartet hatte.

«Natürlich», erwiderte ich, «ungefähr vor sieben Jahren. Warum?»

«Schon gut», sagte der Major resigniert, «Genosse Bunin bekommt die Maschinenpistole und Sie die Handgranate.»

Ich versuchte, die Handgranate in meine Hosentasche zu stopfen, aber sie paßte nicht rein.

«Seien Sie vorsichtig mit dem Ding. Im Notfall ziehen Sie an diesem Stift hier, und werfen die Granate mitten in die Angreifer.»

Er blickte mich an und machte eine einladende Handbewegung, mich umzusehen: Krater und Einschläge überall.

Bei der Landung hatte Griasnow mir schnell noch zugeflüstert: «Ich verdrücke mich klammheimlich, um Schenja zu suchen. Bis später. Ich finde Sie schon...»

Selbst Bunin war Griasnows Verschwinden bisher nicht aufgefallen, und als er es bemerkte, war es zu spät, ihn zurückzuholen. Wir standen bereits im Büro des Rechtsoffiziers.

Slawomir Wassiljewitsch Bodak, der Rechtsoffizier der 40. Armee, ein knabenhaft schlanker Mann, legte mir die Personalakte Wladimir Iwonin vor. Ein vollkommen anderes Gesicht, als ich nach dem Phantombild und Karasiews Skizze erwartet hatte, blickte mir aus dem Foto entgegen. Glatt zurückgekämmtes Haar statt Bürstenschnitt, niedrige Stirn, Hakennase, schmale Lippen. Dem alten Lombroso, dem Vater der Theorie vom «geborenen Verbrecher», hätte solch eine Visage Spaß gemacht. Sie wies alle Anzeichen für Verstocktheit und angeborene kriminelle Eigenschaften auf. Ich überflog die Angaben: Vater – Schriftsteller; Mutter abgebrochenes Gesangsstudium. Sie hatten sich scheiden lassen, als Wladimir zehn Jahre alt war. Er blieb bei der Mutter. Sie nahm eine Stellung in der Kurzwarenabteilung eines Kaufhauses an. Beurteilung durch den Lehrer bei Schulabgang: «Rechtschreibung schwach, gutes Gedächtnis, mathematische Fähigkeiten, Betragen gelegentlich rücksichtslos und anmaßend, körperliche Entwicklung schwach, wenig Interesse an Sport.»

Iwonin trat in die Leningrader Suworow-Militärakademie ein. Urteil seines Instrukteurs: «Iwonin hat in allen militärischen Fächern gut abgeschnitten und sich als Sportler bewährt. Oft aggressiv und arrogant gegenüber seinen Kameraden, höflich zu den Lehrern. Keinerlei Verbindung zur Mutter; verbringt seine Freizeit bei der Familie seines Onkels, Leiter des örtlichen Parteibüros in Repino bei Leningrad.»

1979 trat Iwonin in die Kirow-Offiziersakademie ein. Nach der Abschlußprüfung wurde er auf eigenen Wunsch dem begrenzten Kontingent der sowjetischen Streitkräfte auf dem Gebiet der Demokratischen Republik von Afghanistan zugeteilt. Seit 1983 Mitglied der KPdSU.

Beurteilung des Kommandeurs des 17. Regiments, Generalmajor Serij: «Iwonin ist ein ausgezeichneter Soldat. Ich kann ihn als Ermittlungsoffizier für militärische Vergehen in dem von mir befehligten Regiment nur wärmstens empfehlen.»

Siehe da: Iwonin ein Ermittlungsoffizier – der Bock als Gärtner! Ich las seine Akte mehrmals durch und wägte im stillen die Gegensätzlichkeiten der verschiedenen Beurteilungen sorgfältig ab. Aber sie widersprachen sich nur auf den ersten Blick. Kriminologisch betrachtet, gab Iwonin keine großen Rätsel auf. Alle Voraussetzungen für eine soziale Schizophrenie waren gegeben: Der Vater ein Intellektueller, Mutter wird Verkäuferin wegen der diversen Vorteile. Diebin natürlich! Wladimir trennt sich von seiner Familie. Klarer Fall, er denkt, man könnte die Bürde seiner Vergangenheit so einfach abwerfen. Er weiß noch nicht, daß er niemals das erreichen kann, was er sein wollte: der Beschützer seiner Mutter. Er wollte seinem betrunkenen Vater, als dieser seine Mutter verprügelte, an die Gurgel. Aber dazu war er damals zu schwach. Jetzt war er stark – er vermochte eigenhändig eine Frau umzubringen!

Das alles war nicht auf meinem psychologischen Mist gewachsen. Es gibt Hunderte von Beispielen dafür in M. B. Singals epochaler Dissertation. In der Gerichtsmedizin spricht man daher vom Singal-Syndrom.

Der Rechtsoffizier Bodak nickte verständnisvoll.

«Ich habe Männer getroffen, die man beinahe als Kosmonauten ausgewählt hätte. Aber nachdem sie sich bereit erklärten, selbst die eigene Kompanie mit dem Maschinengewehr niederzumähen, wenn es sein müßte, haben die Experten gesagt: ‹Total psychopathisch, schon seit frühester Kindheit!›»

«Vielleicht konnte er nicht anders?» warf Bunin plötzlich ein. «Ein Soldat muß Befehle ausführen. Wie kann er sonst hoffen, eines schönen Tages ‹Held der Sowjetunion› zu werden?»

Ich sah Bunin an, als sei er ein Vollidiot.

«Was für einen Befehl? Welcher Kommandeur hätte den Befehl gegeben, Kim zu töten? Hm?»

Bunin starrte trotzig auf den Schreibtisch.

Ich war plötzlich so deprimiert, als sei ich auf einer Beerdigung. Ich war in ein fremdes Land geflogen, wo die Füchse sich gute Nacht sagen, um Kims Mörder zu verhaften, und nun hatte ich das Gefühl, ich würde einer ganz anderen Sache nachgehen, einer, über die ich kaum etwas wußte, und dadurch von meiner eigentlichen Aufgabe abgelenkt werden.

«Die Sache sieht folgendermaßen aus, Genosse Turezkij», der Rechtsoffizier Bodak sah mich ernst an. «Um vier Uhr hat Saizew, der Oberbefehlshaber der vierzigsten Armee, die Stabsoffiziere in den Bunker eingeladen, um die Helden von Afghanistan zu ehren. Iwonin, der den ‹Heldenstern in Gold› bekommen hat, ist sicher dort. Ich bin auch eingeladen. Ich kann Sie und den Major als Gäste mitbringen. Ich werde gleich beim Stab anrufen und um Erlaubnis bitten. Ist Ihnen das recht?»

«Sehr recht», erwiderte ich.

Es war ein Uhr mittags. Draußen war es glühend heiß, hier drinnen weniger glühend als stickig. Ich blickte aus dem Fenster: schmale, staubige Straßen und ein langer Beton-Häuserblock sieben Stockwerke hoch, ein paar verkrüppelte Büsche ...

Wir fuhren in einem Geländewagen durch eine trostlose Gegend. Verbeulte Taxis kamen uns entgegengebraust, altersschwache Busse mit Papierblumen geschmückt rumpelten vor uns. Der Rechtsoffizier gab uns inmitten gelber Staubwolken abgehackte Auskünfte: «Da drüben die Sowjetische Botschaft ... in einer Festung. Die Rebellen beschießen das Stadtzentrum und die afghanischen Regierungsgebäude alle paar Tage mit amerikanischen Raketen, manchmal kriegen auch wir eine ab ...»

Er räusperte sich des öfteren und spuckte aus dem Fenster, auch mein Mund war voller Sand, der zwischen den Zähnen knirschte.

«Im Juni haben die Terroristen sechs Überfälle gestartet. Am dreizehnten haben sie eine Granate auf eine Patrouille geworfen, fünf Mann wurden in Stücke gerissen. Am vierzehnten ging ein Lkw mit Sprengstoff in der Nähe des Hauptquartiers in die Luft, großer Sachschaden. Sie hatten es auf Saizew abgesehen. Zum

Glück war er gerade auf dem Stützpunkt in Schindal... Vor zwei Tagen haben sie einen Hubschrauber mit einem Zeitungskorrespondenten namens Sawkin abgeschossen, alle tot natürlich...»

Wir fuhren durch das Geschäftsviertel der Stadt. Schmale Straßen voller Buden und fliegender Händler. Was sie nicht alles anzubieten hatten! Die neuesten japanischen Radios, riesige Stoffballen, bunte chinesische Schirme... Ich sollte vielleicht für Lana einen kaufen – doch wie könnte ich erklären, woher ich ihn hatte? Niemand im Büro der Staatsanwaltschaft wußte von meinem Ausflug nach Kabul, ausgenommen Merkulow und Parkomenko natürlich... Stände mit Rosinen, getrockneten Aprikosen, gerösteten Nüssen.

Korrespondent Sawkin... Er hatte den Artikel über Dubow geschrieben, den Merkulow und ich gelesen hatten. Verdammtes Pech! Ich hatte ihm Fragen stellen wollen über Dubow, Morosow, Iwonin...

In Kabul fand man also jeden Morgen Leichen von afghanischen Regierungsbeamten und HAD-Leuten, also Geheimdienstlern. Zum Teufel mit ihnen, viel schlimmer war, daß es auch viele von den Unsrigen erwischte. Vor kurzem waren sogar zwei unserer Generäle getötet worden, mitten im Zentrum von Kabul, beim Verlassen ihres Wagens.

Die lange Reihe von Buden endete so abrupt, wie sie begonnen hatte. Wir bogen in eine asphaltierte Chaussee ein. Der Rechtsoffizier nahm seine Mütze ab und rieb sich mit der Hand über seinen schweißfeuchten Nacken.

«Wir haben eine Menge Sorgen: schlechte Stimmung unter den Soldaten, denen das Klima zusetzt, eintönige Kost und Krankheiten wie Gelbsucht und Magenleiden.»

«Vermutlich gibt es auch ein Drogenproblem», fügte Bunin hinzu.

«Eine Katastrophe!» sagte der Rechtsoffizier, «anders kann

man's nicht nennen. Und als Konsequenz Mord und Vergewaltigungen, Messerstechereien und Totschlag, Feindschaft zwischen unseren eigenen Leuten. Das ist vielleicht das schlimmste. Dazu die ständigen Reibereien zwischen der Armee und den Geheimdiensten, zwischen KGB und der Spezialtruppe. Die Infanteristen weigern sich, mit den Fallschirmjägern der Sondereinheit gemeinsame Operationen zu unternehmen. Sie behaupten: ‹Die schießen uns in den Rücken.› Gornij behält die erfahrenen Juristen bei sich in Moskau. Dabei muß hier dringend Ordnung geschafft werden, sonst nimmt es ein böses Ende. Besonders wenn die ‹Spezialen› in eine kritische Situation geraten. Mit Beschwerden sind die schnell bei der Hand, egal, wo sie sich befinden. Sie haben direkten Kontakt mit Moskau und einen guten Freund bei Gericht. Marschall Agarkin läßt nichts auf sie kommen, er steht hundertprozentig hinter ihnen. Sie könnten ebensogut zu einer Mauer reden. Ja, so sehen die Dinge hier aus.»

Der Bunker war ein Betonklotz von unübertrefflich bedrohlicher Scheußlichkeit. Eine Stahltür führte zu einer rauhen Zementtreppe. Auf ihr abwärts gehend, erreichten wir einen engen, spärlich beleuchteten Tunnel. Unsere Schritte hallten wie in einem Gruselfilm wider. Der unterirdische Gang war in regelmäßigen Abständen von Türen unterbrochen, die sich vor uns automatisch öffneten und hinter uns sogleich wieder schlossen. Ich möchte denjenigen sehen, der aus diesem Labyrinth ohne Führer wieder herausfindet!

Wir stiegen in einen Fahrstuhl und fuhren noch tiefer hinunter. Ich versuchte, die Stockwerke zu zählen, an denen wir vorbeisausten, aber ich verlor den Überblick. Schließlich blieb der Lift stehen. Der Rechtsoffizier sagte etwas ins Mikrofon, und eine Tür wie zu einem altmodischen Safe öffnete sich. Jetzt befanden wir uns offenbar in der Befehlszentrale. Es war ein großer, nicht gerade heller Raum mit polierten Holzmöbeln, Teppichen und Farbfernseher. Eine Gruppe junger Offiziere in blauer Paradeuniform, geschmückt mit dem Heldenstern der Sowjetunion, stand rauchend um einen überdimensionalen Aschenbecher herum, der auf einem mächtigen Bronzesockel ruhte.

Und dann sah ich – mehrere Iwonins. Fünf, sogar sechs. Sie hatten alle runde Schädel mit Bürstenschnitt und merkwürdig glänzende Augen. Alle grinsten zwanghaft mit geschlossenen Lippen, und alle sahen grau aus.

Wie hatte Ljuda Korabelnikowa gesagt? «Sie sahen ganz grau aus.»

In dem Moment flammten die Deckenlampen auf, und das Rätsel war gelöst. Bei schlechter Beleuchtung sehen sonnenverbrannte Gesichter grau aus. Kims Mörder hatte grau ausgesehen, weil der Hausflur nur von einer einzigen schmutzigen Vierzig-Watt-Birne beleuchtet gewesen war.

Und dann entdeckte ich plötzlich den richtigen Iwonin.

Was ich jetzt hätte sagen müssen, lautete der Vorschrift nach: «Ich verhafte Sie unter dem Verdacht, in der Nacht vom dreizehnten zum vierzehnten Juni dieses Jahres in Moskau Kim Lagina ermordet zu haben.» Aber ich brachte es nicht heraus. Iwonin stand in einer Gruppe Gleichaussehender und starrte mich unverfroren an, dann wandte er seinen Blick Bunin zu, sagte etwas zu seinen Kameraden und zog einen Kamm aus der Brusttasche, um sich damit durch seine Unfrisur zu fahren. Schließlich kam er lässig auf uns zu. Die anderen fünf folgten ihm.

«Verdammt, ich habe meine Maschinenpistole im Auto gelassen», hörte ich Bunin leise sagen.

Ich musterte Bunin, und mir kamen beträchtliche Zweifel, ob er fähig sei, sie auch nur in Anschlag zu bringen. Sein Gesicht war kreideweiß, und der Schweiß rann ihm über die teigigen

Backen. Vermutlich sah ich auch nicht sehr imposant aus in meinem Moskauer Straßenanzug von der Stange und der prallen Aktentasche in der Hand.

«Nun, wie ist das Wetter in Moskau?» begann Iwonin betont ungezwungen die Unterhaltung. «Schön warm haben wir es hier, nicht wahr? Ich höre, Sie wollen mit mir reden. Mein Name ist Wladimir Iwonin. Also raus mit der Sprache. Nur keine Förmlichkeiten!»

Er sah uns kühl und spöttisch an, als wollte er sagen: «Was ist los, warum seht ihr Bleichgesichter so verzagt aus?» Irgend jemand mußte ihn über unser Kommen informiert haben, aber er schien in keiner Weise beunruhigt.

«Oberleutnant Iwonin, wir müssen ein ernstes Wort mit Ihnen reden. Sie werden uns ins Büro des Rechtsoffiziers zum Verhör begleiten», rasselte Bunin seinen Text herunter. Er hatte wunderbarerweise im entscheidenden Moment seine normale Stimme wiedergefunden.

Eins rauf für Bunin! Ich öffnete meine Aktentasche und holte den Haftbefehl hervor. Iwonin blickte übertrieben erstaunt seine schweigenden Waffenbrüder an und grinste von einem Ohr zum anderen.

«Willkommen, Major, in unserem Quartier! Ich kann jetzt nicht weg. Sie werden gleich mitkriegen, warum nicht, aber wir können uns ja auch hier unterhalten.» Iwonin tat so, als habe er keine Ahnung, um was es gehen könnte.

«Ich fordere alle Offiziere auf, sich in die Halle zu begeben. Oberleutnant Iwonin und die anderen neuen Ordensträger werden gebeten, auf dem Podium Aufstellung zu nehmen», ertönte jetzt die Stentorstimme eines untersetzten Obersten. Uns blieb nichts anderes übrig, als gemeinsam mit Iwonins Gruppe im Fahrstuhl zum nächsten Stockwerk hinaufzufahren, wo der korpulente Armeechef, General Saizew, würdevoll in der Mitte der Halle in einem Ledersessel thronte.

Iwonin und die Offiziere gingen uns voran, drehten sich aber um und zwinkerten uns zu, als seien wir die besten Freunde. Bunin und ich standen dumm herum, bis der untersetzte Oberst uns aufforderte, Platz zu nehmen.

Saizew sah die Anwesenden aufmerksam an: «Kameraden, wir haben keine Zeit für lange Reden. Jeder von euch hat eine Menge Arbeit. Wir werden daher ohne Umschweife auf den Hauptpunkt dieser Zusammenkunft zu sprechen kommen: Zuerst jedoch möchte ich erwähnen, daß sieben Männern der Spezialtruppe der ehrenvolle Titel ‹Held der Sowjetunion› verliehen worden ist. Sechs von ihnen sind anwesend, dem siebten ist die Ehre leider nur posthum zuteil geworden, dem Unteroffizier Dubow . . .»

Saizew rieb sich mit dicklichen Fingern sein Doppelkinn und fuhr fort: «Ich bitte alle Anwesenden, mit einer Schweigeminute das Andenken an den Kameraden Alexej Dubow zu ehren. Er starb für das Vaterland.»

Als sich alle wieder gesetzt hatten, fuhr der Armeechef fort: «In Weiterentwicklung des Marxismus-Leninismus unter neuen historischen Gegebenheiten hat das Politbüro eine neue Taktik entwickelt, um der kommunistischen Idee neue Impulse . . .»

Mir war nicht vergönnt zu erfahren, an welche Art von Impulsen da gedacht war, denn ich sah, wie der dicke Oberst mir von der Tür her zuwinkte, und sprang von meinem Stuhl auf.

«Sie werden am Telefon verlangt, Genosse Turezkij.»

Er führte mich ins Dienstzimmer. «Sascha, hier ist alles in Ordnung», brüllte Griasnow in den Apparat. Es hörte sich wie eine Siegesmeldung an. «Schenja ist hier, und auch die Stiefel sind da.»

«Welche Stiefel?»

«Die amerikanischen, die die Abdrücke in Kims Flur hinterlassen haben! Wohin sollen Schenja und ich kommen? Die Transportmittel in diesem Land sind einfach grauenvoll. Wir sind im

Moment auf der Kabuler Polizeistation. Sollen wir hier auf euch warten?»

«Slawa, kommen Sie umgehend hierher, ganz egal, wie – auf einem Kamel, wenn's sein muß!»

«Was? Ich hab nicht verstanden. Karamel?»

«Ein Kamel, Griasnow! Aber nehmen Sie sich doch besser ein Taxi! Beeilen Sie sich!»

Ich kehrte erheblich besserer Laune in den Saal zurück und spähte durch die halboffene Tür. Iwonin stand auf dem Podium, ich hörte, wie er sagte: «Sie haben uns in Heizkesseln von Lokomotiven gekocht, sie haben uns bei lebendigem Leib bis zum Hals vergraben, sie füllten unsere Münder mit Blei und Zinn ... ‹Widerrufe!› brüllten sie. Aber aus unseren brennenden Kehlen kamen nur die Worte: ‹Lang lebe der Kommunismus!›»

Ich hatte begriffen. Iwonin rezitierte Majakowskij.

Ich schloß die Tür leise hinter mir zu, ging den Korridor entlang, der, wie sich herausstellte, in eine Kantine führte. Bunin und der Rechtsoffizier Bodak saßen an einem der Tische und tranken Wodka.

«Wo waren Sie? Ich bin Ihnen nachgerannt, aber Sie waren nirgends zu sehen. Und so haben wir beschlossen ...» Bunin schnippte mit den Fingernägeln gegen die Flasche. «Setzen Sie sich, Sascha, und kippen Sie einen, wird Ihnen guttun. Wissen Sie eigentlich, wo wir sind?»

«Im Bunker des Oberbefehlshabers.»

«Im Hauptquartier des endgültigen Sieges der Sowjetmacht! Wissen Sie, daß sich hier in diesem Schacht Raketen befinden? Wenn General Saizew den Befehl gibt, dann wird sein Team die Raketen abschießen, wohin er will, zum Beispiel auf NATO-Stützpunkte. Dies hier ist eine Abschußbasis für Atomwaffen ...»

«Griasnow wird bald hier sein mit einem – Kriminalinspektor.» Ich hatte beschlossen, Schukow vorübergehend seinen früheren Rang zurückzugeben. Es war völlig unnötig, daß Bunin alle bedauerlichen Einzelheiten von Schukows verpaßter Karriere erfuhr.

«Ausgezeichnet. Dann mal her mit der nächsten Wodkaflasche.»

«Major, wir müssen einen Verbrecher verhaften.»

Bunin starrte mich entgeistert an. «Worüber reden Sie, Sascha! Sind Sie von Sinnen? Niemand hier würde seine Verhaftung zulassen. Soll er zur Hölle fahren, dieser Iwonin! Meinen Sie etwa, ich will dieses Kerls wegen meine Pension aufs Spiel setzen?»

Der Kellner brachte einen Imbiß. Ich aß ein Stück Hering.

«Nun gut, dann werde ich ihn eben allein verhaften.»

«Alexander Borissowitsch», sagte der Rechtsoffizier ernsthaft. «Auch ich bin der Meinung, daß es unter den gegebenen Umständen nicht ratsam wäre...»

«Ich weiß, daß es nicht ratsam ist», unterbrach ich ihn nicht sehr höflich und bemerkte, daß ich seinen Vornamen nicht mehr wußte. «Verzeihen Sie, aber wie darf ich Sie anreden?»

«Slawomir Wassiljewitsch.»

«Also gut, Slawomir Wassiljewitsch. Ich habe im Auftrag der Staatsanwaltschaft der UdSSR mit dem Burschen eine Rechnung zu begleichen, und ich pfeife auf Ihre ‹gegebenen Umstände›.»

«Das einzige, was ich für Sie tun kann, ist, Iwonin aufzufordern, mit Ihnen unter vier Augen zu reden. Schließlich ist er nicht nur ein Oberleutnant der Spezialtruppe und Held der Sowjetunion, sondern auch Ermittlungsoffizier. Ich werde ihm sagen, daß Sie seine Hilfe brauchen. Soll ich das für Sie tun? Sagen wir, weil Sie mir persönlich sympathisch sind.»

Mir war völlig klar, daß er keinerlei persönliche Sympathie für mich empfand, eher eine berufliche Solidarität. Ich nahm sein Angebot an.

«In der Nacht vom dreizehnten auf den vierzehnten Juni dieses Jahres haben Sie, Iwonin, Wladimir Alexejewitsch, geboren 1959 in Moskau, keine Vorstrafen, Offizier der Sowjetarmee...»

Die Zementwände des Bunkers warfen meine Stimme verzerrt zurück, während Iwonin in einem bequemen Drehstuhl saß und sich für mein Gerede augenscheinlich wenig interessierte. Immerhin schaukelte er im Takt meiner Worte vor und zurück. Das Geschaukle irritierte mich. Ein Verhör ist immer ein zweischneidiges Schwert. Der Ankläger versucht, Druck auf den Verdächtigen auszuüben – und umgekehrt.

«... Ein Dolch oder Messer wurde in lebenswichtige Organe der Studentin Lagina, Kim Artjomowna gestoßen, die am Tatort ihren Wunden erlag...»

Die kleinen, glänzend wasserblauen Augen sahen mich mit frecher Herausforderung und voller Verachtung an. Er nahm mich offensichtlich nicht ernst. «Verlieren Sie sich nicht in Kleinigkeiten», hätte Merkulow in diesem Moment gesagt, «halten Sie sich an die Hauptpunkte.» Aber ich bin nicht Merkulow. Iwonins Haltung ging mir auf die Nerven.

«... Um es kurz zu machen. Sie werden des vorsätzlichen Mordes bezichtigt. Erklären Sie sich schuldig?»

«Was soll das Ganze? Wie kommen Sie auf diesen Blödsinn?» fragte Iwonin erstaunt und schaukelte weiter vor und zurück.

«Wo waren Sie in der Nacht vom dreizehnten zum vierzehnten Juni, von Donnerstag zu Freitag?»

«Daran kann ich mich doch jetzt nicht mehr erinnern.»

«Versuchen Sie es. Waren Sie in Moskau oder hier?»

«In Moskau.»

Ich kramte in meiner Aktentasche nach den Zeugenaussagen der Schauspielerin Lala Istomina, des Ingenieurs Wikulow und der Offiziere des Wohnheims für Lehrgangsteilnehmer. Ich nannte ihm die Namen. Iwonin zuckte nur die Achseln. Ich las ihm die Aussagen vor. Er blieb stur. «Sie haben mich offenbar nicht verstanden, Genosse Ermittlungsbeamter. Ich kenne niemand von den Leuten.»

Er schaukelte weiter.

«Wer war die Person, die Sie an dem Tag, als Kim Lagina ermordet wurde, begleitete? Ein junger Mann. Wie hieß er? Man hat sie zusammen gesehen, mehrfach!»

Er hörte plötzlich zu schaukeln auf und trommelte mit den Fingern auf die Armlehne. Dann fing er wieder zu kippeln an, aber diesmal bemerkte ich eine gewisse Unruhe.

«Am Tag nach Kim Laginas Ermordung saßen Sie mit ihm im Gartencafé der ‹Ermitage›. Wer ist er? Ein Soldat? Auch einer von hier?»

Ich hatte offensichtlich eine empfindliche Stelle getroffen. Iwonin schnaubte mit geschlossenem Mund durch die Nase, seine seltsam rollenden Augen funkelten vor Wut. Ich steckte meine Zeugenaussagen in die Aktentasche zurück, meine Finger berührten dabei einen runden Metallgegenstand – die Handgranate. Ich hatte sie beim Verlassen des Wagens dort hineingesteckt.

Iwonin brüllte: «Raus mit Ihnen! Fliegen Sie zurück in Ihre Zentrale! Wenn nicht, werden meine Jungens Ihnen den Kopf abreißen, Sie Scheißer! Hier gilt, was ich sage, verstanden?»

Ruhig, ganz ruhig fing ich noch einmal zu sprechen an, ohne über den Sinn meiner Worte nachzudenken: «Die Sie betreffende Ermittlung, Oberleutnant Iwonin, steht noch am Anfang...» (von Iwonin zu mir mußten es ungefähr drei Meter sein), «...und wir werden noch öfters Zeit haben, uns zu unterhalten.» (Die Tür zum Korridor lag ungefähr einen Meter entfernt zu meiner Linken, aus dem Augenwinkel sah ich, daß sie einen Spalt offenstand.) «Eines jedoch möchte ich Ihnen jetzt schon sagen: Sie sollten Ihrer Sache nicht zu sicher sein.» (Ich tat so, als suchte ich in meiner Aktentasche nach Papieren.) «Ich habe einen Haftbefehl für Sie ...» (die Wände hier waren undurchdringlich, ich würde, wenn er aufspringt, in den Korridor rennen – und später sagen, er hätte mich tätlich angegriffen), «... und wenn das Gericht Sie zur Höchststrafe verurteilen sollte ...» (ich brauchte nur den Stift herauszuziehen und die Granate in die Richtung zu werfen, wo Iwonin saß oder stand), «... dann – »

Ich hatte jedoch keine Gelegenheit, es zu tun, denn die Tür wurde heftig aufgestoßen und General Saizew stand auf der Schwelle: «Pardon, aber ich brauche Oberleutnant Iwonin dringend. Was haben Sie eigentlich mit ihm vor, Genosse Ermittlungsbeamter?»

Ich griff, automatisch oder aus Verlegenheit, was weiß ich, zu meiner Handgranaten-Aktentasche, woraus Saizew schloß, daß ich die Besprechung ohnehin gerade beenden und mich verabschieden wollte.

«Kommen Sie gut in die Hauptstadt zurück, und grüßen Sie mir die schöne Heimat!»

Wenn es schon eine verlorene Schlacht war, so verließ ich den Kampfplatz wenigstens nicht kleinlaut, sondern völlig wortlos. Ohne Saizew oder Iwonin noch eines Blickes zu würdigen, drückte ich mich neben dem General durch den Türrahmen und ging in Richtung Kantine.

«Iwan Alexejewitsch, fast hätte ich gerade einen Menschen getötet – oder sogar zwei.»

«Red keinen Unsinn, Turezkij.» Bunin war total betrunken. «Trinken Sie erst mal einen, das beruhigt.»

«Ich wollte Iwonin töten. Wenn ich nicht gestört worden wäre, hätte ich's getan – in Notwehr gewissermaßen.»

«Erzähl keine Märchen! Wie denn? Da hättest du schon deine Granate werfen müssen.»

«Genau das wollte ich tun...» Ich öffnete meine Aktentasche. Bunin steckte seine Nase rein und wurde von dem Anblick beinahe nüchtern.

«Sascha, ich war inzwischen nicht untätig. Ich habe herausgefunden, die stehen hier alle füreinander ein. Sie würden uns Iwonin nie herausgeben. Es muß uns was anderes einfallen. Am besten, wir rufen Generaloberst Gornij an. Das ist ein schlauer alter Fuchs. Der wird schon...»

«Alexander Borissowitsch», ich hörte die Stimme des Rechtsoffiziers hinter mir. «Ich würde Ihnen raten, sich möglichst schnell aus dem Staub zu machen. Iwonin ist hier sicher – Sie sind es nicht!»

Saizews Adjutant ging langsam an unserem Tisch vorbei, und es war offensichtlich, daß er die Ohren spitzte.

Slawomir Wassiljewitsch flüsterte mir zu: «Wir wollen die Unterhaltung lieber in meinem Büro fortsetzen, hier stören wir nur. Stehen Sie auf und tun Sie so, als seien Sie genauso besoffen wie der Major. Dann schleppe ich Sie beide bis zum Lift. Die Kerle stehen an den Türen und auch dort drüben. Aber sie werden nicht wagen, über uns herzufallen, solange der Adjutant in der Nähe ist.»

Nichts passierte, und nichts hatten wir erreicht. Man ließ uns ungeschoren aus dem Bunker raus, und auch unser Wagen flog nicht in die Luft.

Im Büro des Rechtsoffiziers schlief Bunin sofort ein, obwohl er nur auf einem Schemel saß. Slawomir Wassiljewitsch brachte uns in eine Art Gästehaus, damit wir uns ein bißchen frischmachen konnten. Hitze und Alkohol, das war für uns eine ziemlich unbekannte Kombination; ihre Auswirkung war absolut nicht zu vergleichen mit der von Kälte und Alkohol.

Ich versuchte, zwei Stunden zu schlafen, aber Bunins mächtiges Schnarchen erschütterte die gesamte hölzerne Unterkunft. Mir waren die Zigaretten ausgegangen, und ich rauchte eine

Havanna, das Geschenk des Rechtsoffiziers.

Der Major war zu lang für das Bett, also streckte er seine Beine über den schmalen Gang hinweg bis auf mein Bett aus.

«Sie machen mich wahnsinnig, Iwan Alexejewitsch!!»

Er war sofort wach. «Ich habe nur meine Pflicht getan», stammelte er.

«Seit wann ist es Ihre Pflicht, so laut zu schnarchen und Ihre Füße in das Bett anderer Leute zu stecken?»

«Ach, Sie sind's nur.» Er atmete hörbar auf und drehte sich auf die andere Seite, um weiterzuschlafen.

Wo Griasnow wohl herumirren mag, fragte ich mich. Hoffentlich haben sie ihn in dem Bunker nicht statt meiner hoppgenommen. Ich hätte ihn nicht dorthin bestellen sollen. Wenn ihm das gleiche Schicksal wie Kim widerfährt, habe ich quasi ein zweites Leben auf dem Gewissen.

10

Ich wachte völlig verdurstet auf; mein Mund war ausgedörrt, die Zunge klebte am Gaumen. Jemand schluchzte herzzerbrechend. Ich hob meinen Kopf vom Kissen, undurchdringliche Finsternis umgab mich. Ich lauschte angespannt. War es Bunin? Hatte er einen bösen Traum? Ich war im Begriff, ihn zu wecken, als ich seine Stimme vernahm, die dem Schluchzenden Trost zusprach: «Nehmen Sie es sich nicht so zu Herzen, es wird uns schon etwas einfallen. Ich werde meinen Kollegen aufwecken, und ein weiterer Kollege von uns wird bald hier sein. Er ist schon auf dem Weg...»

«Sie kriegen ihn nie zu fassen. General Serij deckt ihn», schniefte der Unbekannte.

Ich tastete nach dem Schalter der Nachttischlampe.

«Sie schlafen wie die Sau im Stroh, Turezkij. Das hier ist der Kamerad Mansur Mansurow.»

Bunin saß auf seiner Bettkante in seinem Unterzeug, neben ihm ein junger Leutnant, der ein Handtuch vom Waschbeckenrand nahm, sich schneuzte und gleichzeitig hustete. Er hatte sich etwas beruhigt und sprach jetzt in einem entschuldigenden Tonfall: «Verzeihen Sie, ich weiß, Sie haben selbst Probleme. Aber ich schwöre Ihnen bei Allah, ich werde es diesem Iwonin heimzahlen...»

«Diese Drohungen helfen Ihnen nicht weiter, Mansur. Erzählen Sie Turezkij alle Einzelheiten... Übrigens, können Sie irgend was zu trinken beschaffen? Meine ganzen Eingeweide brennen.»

«Das Leitungswasser in Kabul ist lausig. Sie bekommen todsicher Durchfall davon. Ich hol Ihnen Mineralwasser.»

«Sachen passieren hier – unglaublich!» sagte Bunin, als Leutnant Mansur Mansurow hinausgegangen war. «Während Sie wie ein Murmeltier geschlafen haben, hat der arme Bursche angeklopft und sich dann an meiner Schulter ausgeweint.»

Meine Eingeweide brannten nicht weniger als Bunins, ich konnte an nichts anderes als an ein Glas eisgekühltes Mineralwasser denken. «Was ist ihm zugestoßen?» brachte ich mühsam hervor.

«Nicht ihm, seinem Bruder. Es war so: Die Soldaten der Garnison Baglan haben wegen des miesen Essens gemeutert. Die Spezialtruppe bekommt Extrarationen. Die leben wie im Kremlsanatorium, das Beste ist gerade gut genug. Aber die gewöhnliche Truppe muß Scheiße fressen. Ein junges Bürschlein ist plötzlich durchgedreht in der Kantine. Er hat den Spezialen gesagt, was er von ihnen hält. Er schrie, sie bekämen für jede Leiche eine Kaviardose. Einer von den Offizieren hat ihn angebrüllt. Der junge Rekrut nannte den Offizier einen Mörder.

Der erschoß ihn daraufhin. Die Kameraden des Toten fielen über die anwesenden Spezialen her, zuerst nur mit Fäusten, aber es endete mit einer Schießerei. Die Soldaten, das heißt, diejenigen, die überlebt haben, versteckten sich im Dorf. Nun wurde Iwonin geholt. Und der ließ eine Kanone auffahren und das ganze Dorf in Schutt und Asche legen.»

«Halt, nicht so schnell, Major. Ist das wirklich denkbar? Unsere Leute hätten die gesamte Zivilbevölkerung eines Dorfes niedergemetzelt – Frauen, Kinder und Greise?»

Bunin runzelte die Stirn, als hätte ich ihm eine überflüssige Frage gestellt.

«Die Spezialtruppe hat bei notwendigen Strafexpeditionen völlig freie Hand. Sooft die Regierungssoldaten ein paar ‹Geister› abknallen, rächen sich diese an unseren Jungens, und die wiederum machen dann kurzen Prozeß mit der ganzen Sippschaft, mit ganzen Dörfern.»

«Was sind denn das für ‹Geister›?»

«So nennen sie hier die Rebellen.»

Mansurow stand mit zwei Flaschen in der Tür. Er hatte sein Äußeres wieder in Ordnung gebracht, seine Uniformjacke war zugeknöpft, sein glänzendes, schwarzes Haar gescheitelt. Er sah unwahrscheinlich gut aus, wie ein Titelbild des *Ogonjok* mit der Unterschrift: «Ein Held in Afghanistan». Er hielt uns die zwei Flaschen hin; seine Nägel waren abgeknabbert.

«So mitten in der Nacht können wir nicht nach Baglan. Dazu braucht man einen Hubschrauber. Aber ich werde meinen Bruder rächen! Ich will Sie beide nicht in die Sache hereinziehen, ich kann genausogut mit einem Messer umgehen wie jeder Speziale.»

«Immer mit der Ruhe!» Bunin versuchte, Mansurs hitziges, asiatisches Temperament zu zügeln. «Wie wollen Sie denn an Iwonin herankommen? Man wird Sie schon vorher abmurksen.»

«Ich schnappe mir diesen Hurensohn, und wenn ich durch ganz Afghanistan zu Fuß gehen muß», erwiderte der Leutnant trotzig.

«Der meint es im Ernst», sagte Bunin ratlos zu mir.

«Leutnant Mansurow, wir begleiten Sie. Ich habe auch eine Rechnung mit Iwonin zu begleichen, eine ganz offizielle zudem», erklärte ich dem Unglücklichen.

«Ich weiß, der Major hat mir erzählt, der Iwonin hätte Ihre Freundin erdolcht. Aber Sie brauchen sich an dem nicht die Hände schmutzig zu machen, ich werde die Sache für uns alle erledigen.»

«Apropos erledigen», sagte Bunin. «Wir müssen vor allem verhindern, daß Iwonin Gelegenheit findet, Griasnow abzufangen und zu erledigen. Bringen Sie mich zu einer Telefonzelle, Mansurow. Wir müssen herumtelefonieren, um unserem verlorenen Sohn auf die Spur zu kommen und ihn zu warnen.»

Ich saß auf einer Bank in der Nähe der Offiziersunterkunft, wartete auf die Rückkehr von Bunin, natürlich auch auf Griasnow, und blickte zu dem samtenen Himmel mit seinen hellen Sternen auf. Wunderbare Stille umgab mich. Die afghanische Sonne hatte sich offensichtlich zum Ziel gesetzt, das Gehirn der Ungläubigen zum Kochen zu bringen und es in einen formlosen Pudding zu verwandeln; die afghanische Nacht hingegen war voller Milde und Süße, sie verströmte Blütendüfte, und ihr fahler Mond versilberte die Berghöhen. Das afghanische Firmament war so dekorativ wie ein afghanischer Teppich. Es heißt, daß an einem mittelgroßen afghanischen Teppich mehrere Frauen zwei Jahre lang weben . . .

Es war der letzte Gedanke, an den ich mich später zu erinnern vermochte. Denn während ich noch die afghanische Nachtruhe genoß, mußte jemand meinen Schädel als Gong benutzt haben.

Das erste, was ich sah, waren meine eigenen Knie – mein Kinn berührte sie fast. Ich versuchte, meine Lippen zu bewegen, aber sie waren mit Heftpflaster verklebt. Ich wollte es abziehen, aber meine Hände waren auf dem Rücken zusammengebunden. Ein harter Aufprall stieß mein Kinn gegen meine Knie. Ich hockte auf einem Lastwagen. Mühsam drehte ich meinen Kopf zur Seite. Soldaten in Tarnanzügen saßen auf den Bänken. Sie strichen zärtlich über den Lauf ihrer Maschinenpistolen und unterhielten sich leise. Als der Lastwagen stoppte, wurde ich von der Bremswucht an die Wand gedrückt. Getrampel von Stiefeln und ein Befehl: «Absteigen!»

Jemand griff mir unter die Achselhöhlen und zerrte mich runter, schleifte mich über den Boden zu einer Art Baracke.

«Sie sind also Turezkij?» fragte eine männliche Stimme.

Der Mann war barfüßig, trug Shorts und ein Unterhemd mit dem Wappen des «Dynamo»-Sportklubs. Als man das helle Licht einer Tischlampe auf mich richtete, sah er mir höhnisch in die Augen.

Ich schwieg. Der Mann machte eine Bewegung mit seinem grauen, kurzhaarigen Kopf, und die Soldaten nahmen das Heftpflaster von meinem Mund.

«W... wer s... sind Sie?» fragte ich stotternd.

«Ich habe hier das Kommando.»

«W-was für ein Kommando?» fragte ich noch immer leicht stotternd. Meine Lippen taten mir weh. «Regierung oder Rebellen?»

«Hören Sie endlich auf, den Idioten zu spielen.»

Das Gesicht des Mannes war mit tiefen Falten durchzogen, er mußte mindestens fünfzig sein, aber seine kräftigen Hände und Arme verrieten einen durchtrainierten, noch immer aktiven Sportsmann – ein Athlet oder Akrobat? Andererseits erinnerte mich sein asketischer Gesichtsausdruck an Iwan den Schrecklichen, wie man ihn von dem berühmten Gemälde Repins kennt.

«Binden Sie seine Arme los!» befahl er, und sagte dann, zu mir gewandt: «Setzen Sie sich!»

Ich sank auf den mir angebotenen Schemel.

«Die Sache ist ganz einfach. Wir haben Sie hierhergebracht, damit es Ihnen leichter fällt, sich zu entschließen. Entweder wir schaffen Sie beiseite, und keiner wird Sie wiedersehen, oder Sie spielen mit...»

«Sie haben einen Fehler gemacht, Genosse Serij! Meine Freunde werden schnell dahinterkommen, daß die Spezialtruppe mich entführt hat.»

«Aha, Sie haben erraten, wer ich bin! Sie kommen also zur Besinnung. Wie wär's, wenn wir ein Glas miteinander trinken würden?» Serij nahm eine von Kälte beschlagene Wodkaflasche aus einer Kühlbox, und ein Teller mit Wurst, Käsebroten, Gürkchen stand schon bereit. Er stellte alles vor mich auf einen Klapptisch und goß Wodka in zwei Becher. Mir schob er auch noch Mineralwasser hin.

«Trinken Sie!»

Nachdem ich zu beidem gegriffen hatte, fuhr er fort: «Ich kann schon an der Art, wie jemand Wodka trinkt, erkennen, ob er ein Spion aus der Fremde ist oder aus der Heimat. Ein Ausländer spült ihn nicht mit Mineralwasser herunter wie wir Russen.»

Serij sah mich prüfend an. Er hatte seltsame Augen – wässrig, als stünden sie voll Tränen.

Ich sagte: «Ich hatte nicht erwartet, unter solchen Umständen in Afghanistan Wodka zu trinken. Wenn ich das in Moskau erzähle, wird es mir keiner glauben.»

«Irgendwie hab ich das Gefühl, daß Sie es nicht erzählen werden. Aber, wer weiß, wenn wir uns einigen, ist es durchaus möglich, daß Sie in Moskau über Generalmajor Serijs Gastfreundschaft berichten können.»

«Und wenn wir uns nicht einigen?»

«Dann fürchte ich, werden Ihre Knochen in afghanischer Erde verrotten.»

«Drohen Sie das allen Ihren Gästen an?»

«Ich drohe Ihnen nicht, ich sage Ihnen schlicht die Wahrheit. Aber kommen wir zur Sache. Warum sind Sie nach Afghanistan gekommen?»

«Sie kennen den Grund. Um einen von Ihren Untergebenen zu verhaften und nach Moskau ins Gefängnis zu überführen.»

«Wen?»

«Auch das wissen Sie zweifellos. Iwonin.»

Er runzelte die Stirn. «Und was soll er verbrochen haben?»

«Ich stelle Ermittlungen an über den Mord an einer Mitarbeiterin der Moskauer Staatsanwaltschaft.» Ich beschloß, die Wichtigkeit meiner Mission höher einzustufen. «Die Untersuchung ist auf besonderen Wunsch des Zentralkomitees der Partei forciert worden, und ich habe den Auftrag, den Fall schnellstens zu klären.»

«Und wie soll das geschehen?»

«Ich bin im Besitz von Beweisen, daß Iwonin die Frau getötet hat, als er in Moskau war, um seine Auszeichnung in Empfang zu nehmen. Laut Gesetz bin ich verpflichtet, ihn den Zeugen zur Identifizierung gegenüberzustellen.»

«Können Sie sich nicht irren? Ich meine, es wäre nicht das erste Mal, daß jemand exekutiert wurde, und hinterher hat sich herausgestellt, daß der Betreffende unschuldig war.»

«Die Beweislage ist eindeutig.»

«Haben Sie einen Haftbefehl?»

«Ja.»

«Wo ist er?»

«In meiner Jackentasche.» Ich gab ihm das inzwischen arg zerknitterte Papier.

Serij rauchte nervös, als er die Unterschriften von Merkulow, Gornij und Rogow prüfte wie ein Graphologe.

«Was bedeutet Paragraph neunzig?»

Ich rasselte meine Antwort herunter, als legte ich noch einmal meine mündliche Prüfung ab: «Ein Untersuchungsrichter ist berechtigt, einen Verdächtigen zehn Tage in Haft zu behalten. Wenn er innerhalb dieser Zeit genügend Beweise gesammelt hat, stellt er den Verdächtigen unter Anklage, und dieser bleibt bis zur Gerichtsverhandlung im Gefängnis.»

«Und wenn der Richter nicht genügend Beweise gesammelt hat?» sagte Serij schnell.

«Dann ist er verpflichtet, den Verdächtigen wieder freizulassen.»

«Da haben wir's ja!» Der Generalmajor war entzückt. «Wenn ich Sie recht verstanden habe, beabsichtigen Sie, einen der besten Offiziere der Spezialtruppe zu verhaften. Ein Ritter ohne Furcht und Tadel sozusagen. Und Ihre Beweise? Wo sind die? Zeugen, Gegenüberstellungen . . . So ein Quatsch! Zeugen können den größten Unsinn beschwören. Hier, ich brauch nur meinen Jungens zu sagen, sie sollen beschwören, nie einen Mann namens Turezkij gesehen zu haben – und die tun's sofort!»

Serij warf einen Blick auf seine Uhr, dann fuhr er hastig fort: »Also gut, lassen wir das. Sagen Sie mir etwas anderes. Wie viele Mordfälle klärt ihr in Moskau auf – in Prozenten, meine ich.»

War das eine Fangfrage? Auf was wollte er hinaus? «Im Durchschnitt ist die Aufklärungsquote achtzig Prozent, bei vorsätzlichem Mord fünfundachtzig . . .»

«Von zehn Schuldigen kommen also zwei frei. Ausgezeichnet!»

«Was ist daran ausgezeichnet?»

«Das Ausgezeichnete daran ist, daß Sie Iwonin in Ihre zwanzig Prozent einschließen werden», sagte Serij barsch. «Oder Sie kommen hier nicht heraus.»

«Versuchen Sie, mir Angst einzujagen?»

«Nein, ich versuche, Sie für uns zu gewinnen.»

Ich stellte mich naiv. «Dem Personal der Staatsanwaltschaft ist es nicht gestattet, für andere Dienststellen zu arbeiten. Sogar für den KGB nicht.»

Serij trat auf mich zu, nahm mein Kinn in seine kräftige Hand und bog meinen Kopf gewaltsam nach hinten, dabei sagte er langsam und klar: «Für den KGB vielleicht nicht, für die Partei ja! Die Spezialtruppe untersteht direkt dem Zentralkomitee der Partei. Sie wechseln also, genaugenommen, nicht einmal in ein anderes Lager über...»

«Sie kommen damit nicht durch», widersprach ich. «Ihr Plan entbehrt der Logik. Es genügt nicht, mit mir ein Abkommen zu treffen. Sie müssen noch fünf anderen den Mund verbieten. Und die sind nicht alle hier, einige befinden sich in Moskau.»

«Das ist nicht Ihre Sorge. Das wird in Moskau geregelt. Meine Aufgabe ist es, Sie zum Schweigen zu bringen, Turezkij. So lautet mein Befehl.»

«Wessen Befehl denn?»

Er antwortete nicht, sondern ging zu einem Schrank und nahm ein Paket heraus: «Hören Sie mir gut zu, Turezkij. Ich denke, wir werden gemeinsam einen Weg finden, den Fall Iwonin ad acta zu legen. Ich werde Ihnen zunächst einmal Geld geben, eine beträchtliche Summe, zehntausend Rubel. Und Sie werden das Geld vor Zeugen annehmen und mir eine Quittung ausstellen – mit der Bestätigung, daß der Untersuchungsrichter Turezkij sich verpflichtet, die Mordanklage gegen Iwonin, Wladimir, fallenzulassen.»

Er stellte sich dicht vor mich, öffnete das Paket und legte ein dickes Bündel Banknoten auf meine Knie.

Es fiel, indem ich die Beine breitmachte, zu Boden. «Ich lasse mich nicht bestechen. Und ich verachte Ihre schmutzigen Geschäfte.»

Serij nahm die von mir verschmähten Banknoten wieder an sich. «Tut mir leid, aber wenn Sie Schwierigkeiten machen, darf ich Sie nicht gehen lassen, obwohl Sie mir persönlich ganz sympathisch sind.»

Er wandte sich an seine Männer: «Führt ihn in die Zelle!» Dann sah er mich durchdringend an. «Ich gebe Ihnen zwei Stunden Zeit, Turezkij. Aber nur zwei Stunden. Dann heißt es entweder – oder.»

In der «Zelle», einem Klo mit vergittertem Fenster, ließ ich mir das Gespräch mit Serij noch einmal durch den Kopf gehen. Ich hätte ihm natürlich jede wie auch immer lautende Erklärung unterschreiben können. Merkulow würde mir ohne weiteres glauben, daß mir, unter Todesandrohung, keine andere Wahl geblieben war, und so hätte ich mit einem Federstrich mein Leben gerettet. Auch würde Merkulow sich dank seiner Beziehungen unverzüglich direkt an die Oberbonzen wenden und die ganze Sache in Ordnung bringen. Den alten Serij zum Schein zufriedenzustellen, war wirklich kein Problem. Ich war auf mich selbst wütend, daß ich es nicht bereits getan hatte. Aber noch war nicht alles verloren. Serij hatte mir zwei Stunden Bedenkzeit gegeben, und das Resultat würde völlig nach Wunsch sein: «Ich habe das Pro und Contra abgewogen und bin zu dem Schluß gekommen, daß es sinnlos wäre, für eine Bagatelle zu sterben. Behaltet euren Iwonin, ich habe ihn nie gesehen.»

Aber ich war in meinem eigenen Netz gefangen. Ich hatte von Anfang an gewußt, daß ich in dieser Sache, wie sie sich auch entwickeln mochte, nicht kompromißbereit sein konnte. Kim hatte meine Hilfe gebraucht, und ich hatte sie abgewiesen. Jetzt aber, jetzt sollte mich nichts mehr daran hindern, keine persönliche Rücksicht dazu verleiten lassen, Kims Mörder dingfest zu machen, und wenn es mein Leben kostete. «Ich schwör's dir, Kim!» sagte ich feierlich vor mich hin. Um ehrlich zu sein: Es war kein wirklich lebensgefährlicher Schwur. Ich konnte mir nicht vorstellen, daß sie mich umbringen würden. Sie hätten dadurch nichts gewonnen. Ich war ja nicht der einzige Arm des Gesetzes. Iwonin war offensichtlich ein Kamikaze-Typ, aber Serij schien mir ein gescheiter Mann zu sein. Er mußte wissen, daß man ihn für das Verschwindenlassen eines Ermittlungsbeamten der Moskauer Staatsanwaltschaft unerbittlich zur Rechenschaft ziehen würde.

Jemand betrat meine dunkle Zelle, ein Wachsoldat, dachte ich, der mich zu Serij führen soll. Die zwei Stunden waren um.

«Stalen hat mich beauftragt, Sie nach Ihrer Entscheidung zu fragen.»

Vor mir stand Iwonin. Diesmal trug er ein Hemd ohne den Heldenstern. Er machte einen anderen Eindruck als zuvor im Bunker, wirkte normaler, disziplinierter.

«Wer ist Stalen?»

«Generalmajor Serij, Stalen Josefowitsch.»

Serijs Vorname war also Stalen – Stalin und Lenin vereint in einem Namen. Ein wenig zu viel des Guten.

«Sie können ihm sagen: keine Kompromisse, kein Lagerwechsel.» Ich dreht mich zur Wand, zum Zeichen, daß ich keine weitere Diskussion wünschte.

«Was sagen Sie da, Turezkij? Ich glaube, wir sollten uns ein wenig unterhalten.»

Eine seltsame Beklemmung packte mich bei diesen fast freundlich geäußerten Worten. Es war, als spräche eine Hyäne plötzlich mit einer menschlichen Stimme.

«Warum sollten wir das? Noch dazu in dieser Umgebung!»

«Weil es keine andere Gelegenheit mehr geben wird. Ich will jetzt und hier mit Ihnen reden.»

Es klang weder drohend noch herausfordernd, eher sanft, obwohl er im Augenblick alle Vorteile auf seiner Seite hatte. Es wäre ein leichtes für ihn gewesen, auch mir sein Messer in den

Leib zu stoßen, oder mir eine Kugel in den Kopf zu jagen. Statt dessen sah er mich an wie ein Novize, der seinem ahnungslosen Freund das Erlebnis seiner Berufung anvertrauen will.

«Ich versteh nicht recht, über was Sie mit mir reden möchten.»

«Über den Mord. Das junge Mädchen, wie hieß sie noch? Kim? Ja, ich hab sie umgebracht. Ihr Verdacht ist völlig berechtigt. Sie haben Ihren Fall praktisch gelöst.»

«Ach, wirklich?» Ich war auf vieles gefaßt gewesen, aber nicht auf dieses Geständnis. Es kam zu plötzlich, ich atmete nicht einmal auf. Routinemäßig fragte ich: «Und warum haben Sie es getan?»

Iwonin setzte sich auf den Pritschenrand und hielt mir eine Schachtel Zigaretten und ein Feuerzeug hin. «Das Statut», sagte er.

«Was soll das heißen?» Ich zündete mir eine Zigarette an, die Zigarette eines Mörders! Auf seinem Feuerzeug waren im Licht der Flamme die Initialen I. W. zu erkennen. Iwonin Wladimir? Nein, Igor Wikulow! Es war das silberne Feuerzeug, das er dem Ingenieur gestohlen hatte.

«So geht es halt in meinem Beruf», sagte Iwonin seufzend. «Ich bin Soldat, ich führe Befehle aus, ich halte mich an das Statut. Es ist unsere Bibel: ‹Das Statut der Afghanischen Bruderschaft›. Ich weiß genau, was es besagt, ich habe ein ausgezeichnetes Gedächtnis: Die Zeit der Greise an der Macht ist vorbei. Die Herren von morgen werden ausgewählt junge Menschen sein! Zuerst muß die Gesellschaft reformiert, der hemmende Ballast unserer Umwelt abgeworfen werden. Danach kommt die Ausweitung und Neuformung des Lebensraums und die Beseitigung der unerwünschten Elemente in der Bevölkerung ... Um die moralische Reinheit des Volkes zu bewahren, ist es notwendig, die Unwürdigen auszumerzen und ein Auswahlsystem einzuführen ... Die totale Ausrottung feindlicher Prinzipien garantiert die Erreichung des edlen Ziels ... Es gibt keine verächtlichere Tätigkeit als die des Intellektuellen und keine noblere als die des Soldaten. Der Denkende ist der Sklave der Theorie, während der Soldat der Herr des Lebens ist ... Das Schicksal des Menschen wird bestimmt durch seine Kraft und Zucht. Und so müssen wir, damit unser Volk nicht degeneriert, nicht zu Robotern wird, den gesunden Kult zu neuem Leben erwecken und ihn erhalten – den Kult, der zur wahren Unsterblichkeit führt, den Kult des Soldaten, der durch das Feuer und das Schwert in Afghanistan gestählt wurde. Mit diesem Ziel wurde die ‹Afghanische Bruderschaft› gegründet ...»

Dieser wortreiche Irrsinn brachte mich in Rage, ich brüllte: «Aber all das haben wir doch schon mal gehabt: Ganz Europa wird uns zu Füßen liegen. Wir sind die Herrenrasse! Fort mit den Juden, den Zigeunern, den Slawen, dem ganzen Rest der Menschheit!»

«Nein», erwiderte er sehr ruhig. «Nie hat es etwas Vergleichbares gegeben. Unsere Bruderschaft hat beschlossen, den schlechten Teil auch unserer eigenen Bevölkerung auszurotten, damit der brauchbare Teil um so besser gedeiht.»

«Und wie viele gedenken Sie auszurotten?» fragte ich den Wahnsinnigen beklommen.

«Siebzig Prozent, vielleicht achtzig. Warum soll man den Pöbel leben lassen? Der Pöbel hat sich selbst gerichtet. Er hat sich so vermehrt, daß man sich auf der Erde bald nicht mehr rühren kann. Überbevölkerung! Die besten Ideen werden durch die Dummheit des Pöbels zunichte gemacht. Der demokratische Pöbel bringt Regierungen hervor, die so minderwertig sind wie er selbst. Und solche Regierungen schlagen Reformen vor! Das sind in Wahrheit Bankrotterklärungen. Aber keine Regierung darf sich von den Massen beeinflussen lassen. Das ist einer Regierung unwürdig. Und eine unwürdige Regierung muß hinweggefegt werden.»

«Und wie? Wollen Sie die Regierung mit Messern zerstükkeln?»

«Mit Messern?» rief Iwonin empört. «Das würde viel zu lange dauern. Natürlich mit Bakterien, Verstrahlung, chemischen Waffen ...»

«Ich verstehe nicht recht, wie Sie das bewerkstelligen wollen: eine kleine Gruppe von Soldaten!»

«Mit Hilfe eines großen, genialen Feldherrn. Der Tag wird kommen, an dem Stalin den Befehl gibt: ‹Macht euch bereit!›»

«Welcher Stalin? Meinen Sie Ihren Stalen Serij?»

«Nein, ein neuer Stalin wird erstehen. Alles muß wieder so werden, wie es einst war. Wissen Sie, wie viele Atomkraftwerke wir haben? Über fünfzig. Wir werden sie in Besitz nehmen, eins nach dem andern. Und wenn man uns daran hindert ... Peng! Die Explosion selbst wird nicht viele töten – aber die Verstrahlung ... Wir haben schon mal die Reaktion der Öffentlichkeit getestet, in kleinem Maßstab: In Moskau haben wir eine U-Bahn hochgehen lassen und in Wolgodonsk eine Stromanlage. Von der U-Bahn-Bombe haben Sie bestimmt gehört. Von Wolgodonsk haben nur ein paar Eingeweihte erfahren – und jene, die jetzt schon im Paradies sind. Sie können es nachprüfen, wenn Sie wollen.»

Ich hörte ihm mit wachsendem Entsetzen zu. Es fiel mir schwer, diesem Verrückten Glauben zu schenken.

«Und was hatte Kim, das junge Ding, mit all dem zu tun? Inwiefern stand sie Ihrer Bruderschaft im Wege?»

Ein sarkastisches Lächeln spielte um seine Lippen. «Sie stand uns sehr im Wege. Bilden Sie sich Ihr eigenes Urteil, Turezkij: Dubow hatte Unterlagen über die Bruderschaft an sie geschickt – Geheimpläne. Er hat uns verraten und zu Recht dafür mit dem Leben bezahlt. Kim, das kleine Biest, war renitent und wollte die Sache unbedingt publik machen.»

Ich konnte es nicht ertragen, daß er so abfällig von Kim

sprach. Ich drückte die Zigarette aus, die er mir angeboten hatte. Sie schmeckte auf einmal zum Kotzen.

«Aus all Ihren hehren Plänen wird nichts werden. Sie rechnen sich selbst zur Elite und stehlen doch silberne Feuerzeuge wie ein Vorstadtdieb. Sie werden sich für eine Dose Kaviar gegenseitig die Kehlen durchschneiden.»

Ich dachte, er würde mich zusammenschlagen, statt dessen lachte er – wie in der Kantine –, amüsiert prustend, mit geschlossenem Mund.

«Und Ihr Kumpan, jener, der Sie begleitet hat, als Sie Kim töteten, ist der auch ein Soldat? Hält er sich hier auf oder in Moskau?»

Er starrte auf die Brusttasche meines Hemdes, als ziele er auf mein Herz.

«Das werden Sie nie erfahren.»

«Und warum nicht?»

«Weil Ihnen der Tod bevorsteht, Turezkij. In fünf Minuten wird Zegojew hier erscheinen und Sie zurichten wie das Opfer eines Rebellenüberfalls. Ihre Angehörigen werden benachrichtigt werden, daß der Goldjunge fürs Vaterland gefallen ist. Vielleicht bekommen Sie posthum den Heldenstern – so wie Dubow.»

Und wieder befand ich mich auf dem Weg durch die afghanische Nacht; diesmal nicht auf einem Lkw, sondern in einem Geländewagen. Aber wieder mit verklebtem Mund. Iwonin chauffierte, Zegojew, ein vulgärer, unrasierter Kerl, saß eng an mich gepreßt und blies mir seinen nach Knoblauch stinkenden Atem ins Gesicht.

«Noch ein paar Minuten, Freundchen!» Er entblößte seine gelben Vorderzähne, vermutlich war es seine Art zu lächeln.

Ich hatte diese häßliche Fratze mit den kleinen seelenlosen und brutalen Augen erst kürzlich irgendwo gesehen. Ich versuchte krampfhaft, mich zu erinnern, wann; als ob mein Leben und meine Rettung davon abhingen. Ich musterte sein Gesicht, die ersten Sonnenstrahlen fielen auf ihn, und seine dunkelgrauen Augen nahmen eine durchsichtig grüne Farbe an. Und dann erinnerte ich mich: Er war einer von Saizews Leibwächtern gewesen und hatte hinter dem General gestanden, als dieser in das Besprechungszimmer gekommen war und Iwonin herausgeholt hatte.

«Wir werden bald im Nachtigallenhain sein», sagte Zegojew. Als er merkte, daß mir dieser Name nichts sagte, fügte er hinzu: «Ein ziemlich gefährlicher Ort, dort fliegen die Kugeln herum wie liebestrunkene Nachtigallen.»

Als anschauliche Bestätigung seiner Worte sah ich einen ausgebrannten Bus schräg in einem Graben liegen und rotbraune Blutflecken auf dem Asphalt. Ich starrte in das Gestrüpp ... Wenn doch bloß die Rebellen uns angreifen würden, dann hätte ich vielleicht eine Chance.

Das Gelände stieg jetzt mit jedem Meter steiler an. Die Straße, elastisch wie Gummi, wurde immer schmaler; sie wand sich am äußersten Rand einer Schlucht entlang unter überhängenden Felsen hindurch. Die Bergluft war frisch, es war bedrückend still um uns. Ich wünschte, die Ruhe würde von dem Lärm eines Rettungskommandos unterbrochen werden. Trübe Gedanken schossen mir durch den Kopf: Wenn sie mich tatsächlich umbrächten und meinen Tod den Rebellen anlasten würden, kämen meine Mörder vielleicht ungestraft davon, und auch Kims Tod bliebe ungerächt. Ich konnte nur auf ein Wunder hoffen, aber ich wußte auch nur zu gut, daß Wunder in dieser Welt viel zu selten geschehen. Meine Lage war hoffnungslos ...

Zegojew und Iwonin zerrten mich aus dem Geländewagen und führten mich ins Unterholz. Wir gingen ziemlich weit, wie es mir schien, unerträglich weit. Aber ich hatte das Gefühl für Zeit und Entfernung nicht mehr so unter Kontrolle wie sonst.

«Hier», sagte Iwonin, drückte mich gegen eine Zypresse und bog meinen Kopf zurück. Ein himbeerfarbener Sonnenaufgang erhellte die Baumspitzen; der Himmel war voller kleiner Wolken wie daheim in Moskau. Jemand schluchzte – es klang wie neben mir. Ich war es selbst. Mein Gott, weinte ich wirklich?

«Nimm ihm das Heftpflaster vom Mund, er soll noch mal frische Luft schnappen», sagte Iwonin.

«Lieber nicht, sonst fängt er noch zu schreien an. Wir nehmen es ihm hinterher ab», sagte Zegojew und fuchtelte mit einer riesigen Faust, in der er wohl einen Schlagring hielt, vor meinem Gesicht herum.

Das ist das Ende, dachte ich – wartete es aber nicht ab, sondern versetzte Zegojew einen Schlag mit dem Ellbogen: meine eigene Kreation, wie damals auf der Matte des Sportpalastes, bei den Moskauer Judo-Meisterschaften. Es war das erste und letzte Mal, daß ich Mittelgewichtsmeister der Hauptstadt wurde, weil ich den unbesiegbaren Rodinow bezwungen hatte. Es war ein, zugegeben etwas tückischer, Überraschungsschlag gewesen. Mein Trainer hatte sich vergeblich bemüht, ihn mir wieder abzugewöhnen. Er sei wider die Wettkampfregeln, befürchtete er. Aber das Schiedsrichter-Komitee hatte ihn anerkannt. Die Wucht und die Plötzlichkeit meiner Attacke waren ausschlaggebend, damals wie jetzt. Volltreffer in die Magengrube. Zegojew sackte zu Boden und rang nach Luft. Als sich Iwonin auf mich stürzen wollte, duckte ich mich kurz und haute ihm dann mit einer wuchtigen Kopfbewegung aufwärts genau unters Kinn. Er taumelte, und ich bohrte ihm meinen Fuß zwischen die Leisten. Aber Iwonin war auch Kampfsportler, nicht zufällig gehörte er zur Spezialtruppe. Im Fallen versetzte er mir noch einen Tritt gegen das Zwerchfell. Ich krümmte mich vor Schmerz, fiel jedoch nicht hin, sondern warf mich mit aller Kraft auf den liegenden Iwonin. Meine Attacke war mehr verzweifelt als mutig, so wie im Moskauer Sportpalast. Präziser gesagt, ich wollte mich mit meinem ganzen Gewicht auf ihn fallen lassen und sein Rückgrat brechen . . .

Ich war im Absprung, als mir jemand einen Stoß in den Rücken versetzte. Ich flog in hohem Bogen durch die Luft. Zegojew, das Mistvieh, war wieder zu sich gekommen . . .

Ich lag am Boden, mit dem Gesicht, dem verklebten Mund, im Gestrüpp. Zegojew stand über mir und stieß mit seiner eisenbeschlagenen Stiefelspitze zwischen meine Rippen und ins Kreuz, schaukelte mich auf diese Weise zwischen den Baumwurzeln und Dornen hin und her. Ich konnte nur innerlich schreien und bekam durch die Nase allein nicht genug Luft in meine Lungen, ich war am Ersticken . . .

Zegojew, mein Scharfrichter, riß mir die Kleider vom Leib, die Hemdknöpfe flogen mir um die Ohren.

«Ich schneide den Saukerl in tausend Stücke», brüllte er, und ich sah mit einem Auge den Dolch in seiner Hand.

«Los, mach ihn schon fertig!» brüllte Iwonin. «Schnell, bevor jemand kommt.»

«Nei-ei-n», flehte mein letzter Schluchzer.

Er stieß nicht zu, er *warf* das Messer, und es prallte dicht an meinem Ohr vorbei gegen einen Ast.

«Laß, Zegojew», schrie Iwonin. «Ich erledige die Sache selbst. Jetzt hat deine letzte Stunde geschlagen, Juristenschwein!»

Iwonin stand etwa drei Meter von mir entfernt. Er schoß – ein-, zwei-, dreimal . . . Und ich sank in eine andere, eine bessere Welt, eine Welt, in der ich nicht unterlag, sondern siegte. Iwonin lief auf mich zu, stürzte jedoch im Laufen, verrenkte sich seltsam und schrie: «Es lebe die Afghanische Bru-»

Dann bäumte er sich auf und brach zusammen. Ich war frei! Denn auch Zegojew war anscheinend nicht mehr auf den Beinen. Er lag ein paar Schritte von mir entfernt. Mein Mund war noch immer verschlossen, aber ich bekam wieder Luft. Ich erhob mich torkelnd, begriff nicht, was geschehen war, stützte mich gegen einen Baum. Ich war im Jenseits, und mein Freund Griasnow lief auf mich zu, um mich zu begrüßen. Er sah in seinem gestreiften Gewand mit einem windschiefen Turban wie ein afghanischer Rebell aus. Alles drehte sich vor meinen Augen, mein Kopf zersprang vor Schmerzen. Mir wurde klar, daß ich nicht tot war. Im Jenseits hat man keine Kopfschmerzen. Meine Augen nahmen die Umgebung nur verschwommen wahr, aber ich hörte Griasnows vertraute Stimme: «Keine Angst, Sascha. Es ist noch mal gutgegangen. Wir müssen von hier verschwinden. Die Wiedersehensfreude heben wir uns lieber für später auf», sagte er. Und wir machten uns davon.

Ich stellte fest, daß ich ohne Mühe voran kam und auch wieder Laute von mir geben konnte – wenn auch keine sehr artikulierten. Nur mein Kopf war nicht dort, wo er hingehörte, er schwankte irgendwo in der Luft. Und dann dämmerte mir, daß ich mich nicht auf eigenen Füßen bewegte, sondern Bunin mich auf seinen Schultern trug. Ich protestierte heftig, aber er hielt mit seinen schaufelgroßen Händen eisern meine Beine fest.

Ich drehte meinen Kopf mit großer Mühe von links nach rechts, von rechts nach links. Unsere kleine Gruppe marschierte durch eine Senke entlang eines schmalen Pfads auf ein Dorf zu. Bunin atmete schwer, sein Rücken hob und senkte sich unter der Last meines Körpers.

«Iwan Alexejewitsch, setzen Sie Sascha ab, vielleicht kann er jetzt allein gehen», sagte eine weitere mir bekannte Stimme. Als Bunin mich vorsichtig auf die Füße stellte, sah ich, daß es Schenja Schukow war; er trug wie Griasnow einen afghanischen Turban. Ich konnte mit den andern nicht Schritt halten, und als sie es merkten, verlangsamten sie ihr Tempo. Ich fühlte keine Schmerzen, aber mir war übel, und die Häuser tanzten vor meinen Augen. Um uns herum standen quadratische, kahle Behausungen mit Schießscharten. Es wirkte wie eine leere Bühnendekoration oder ein Geisterdorf. Jemand redete sehr schnell in einer mir unbekannten Sprache. Wir wurden von zwei Afghanen mit automatischen Waffen begleitet.

«Was hat er gesagt?» frage Griasnow.

«Das Dorf wurde zerstört, aber er weiß nicht, wer es getan hat», übersetzte Schukow.

Nach einigen Schritten hinter einer Biegung kamen schneebedeckte Berge in Sicht, die sich über ein kahles, gelbbraunes Tal erhoben. In der Nähe eines Flusses stand ein Hubschrauber. War es der, den Bunin organisieren wollte, um dem weinenden Manussow oder so ähnlich zu seinem verwundeten oder toten Bruder gelangen zu lassen?

«Wir machen hier Rast, und wenn wir uns etwas verpustet haben, starten wir. Vergeßt nicht, Sascha hat einen schweren Schock erlitten. Er darf unter keinen Umständen einschlafen. Haltet ihn wach! Hören Sie, Sascha? Singen, fluchen, schimpfen Sie, aber bitte bleiben Sie wach!»

Ich hörte Griasnow halb betäubt zu und sah Bunin, der Grimassen schnitt, um mich zum Lachen zu bringen, verglast an. Ich beobachtete den schwarzbärtigen Afghanen, der mit Schukow flüsterte, aber mein Verstand – der allmächtige Herrscher über den Körper – war mehr oder weniger abgeschaltet, er registrierte, ohne analysieren zu können. Ich wollte weder singen noch fluchen noch schimpfen, ich wollte nicht einmal wissen, wie sie meinem Hinrichtungskommando auf die Spur gekommen waren und ob Iwonin und Zegojew wirklich tot waren, nur eins wollte ich – schlafen.

Griasnow übte Manöverkritik: «Also Jungens, das ist uns nicht sehr gut gelungen. Wir hätten sie lebendig erwischen sollen. Anfangs lief alles wie am Schnürchen, aber am Ende haben wir Mist gebaut.»

«Wenn ich diesem Zegojew nicht eine Kugel verpaßt hätte, wäre unser Sascha jetzt Hackfleisch», krächzte Bunin. Seine Stimme war wieder ganz im Eimer.

«Allah weiß, daß ich nicht anders handeln konnte! Iwonin hat meinen Bruder getötet. Es war meine Pflicht, ihn zu rächen, Kameraden.» Das war Mansurows Bekenntnis.

Einer von Kims Mördern war also tot – zum Glück für mich als Privatmensch und Geisel dieses Verbrechers, aber zum Ärger für mich als Diener der Gerechtigkeit.

Griasnow wandte sich an mich. «Um ein Uhr fliegt eine Sondermaschine von Kabul ab; sie befördert eine Gruppe von Schmugglern und Schwarzhändlern zur Aburteilung in die Sowjetunion. Wir nehmen dieselbe Maschine, ich habe das bereits arrangiert. Wir müssen so schnell wie möglich weg von hier, sonst ist Sense. Wir werden Schukow mitnehmen. Es ist für ihn auch besser, wenn er sich absetzt.»

Jemand ergriff mich und trug mich zum Hubschrauber.

«He, Genosse, hast du eine Spucktüte an Bord? Mein Kollege fühlt sich nicht so gut», fragte Griasnow den Piloten, der wortlos nickte.

Jemand brachte mir Tee, und ich verbrannte mir die Zunge daran. Meine Zähne klapperten. Ich hatte noch immer Angst und war mir, während wir lärmend durch die Lüfte schaukelten, keineswegs ganz sicher, ob ich wirklich noch lebte. Tränen liefen mir über die Backe und fielen in den Tee.

«Beruhigen Sie sich, Sascha, bald sind wir aus der Scheiße raus. Während die Jungens sich ausruhen, bringen wir Sie zum Arzt und dann adieu Afghanistan. Sehen Sie, jetzt lächeln Sie schon wieder.»

Schukow sah mich mit seinen tiefblauen Augen an. Es fiel mir auf, daß er sich während der zwei Jahre in Afghanistan kaum verändert hatte, außer daß er von der Sonne beinahe schwarz verbrannt war und sein rotes Haar eine von der Sonne gebleichte, weiße Strähne durchzog. Er sah auf die Uhr. «Ist es eigentlich noch zu früh für Wodka?»

«Haben Sie welchen?»

«Immer.»

«Gern, Schenja, sonst klappe ich zusammen.»

«Sie machen mir Spaß, Sascha. Sie *waren* zusammengeklappt. Jetzt ist alles überstanden, so müssen Sie denken!»

Wir tranken fast reinen Alkohol und lutschten an einer mir unbekannten Frucht mit einer rauhen Schale. Mein ganzer Körper schmerzte, mein Rücken tat mir weh, ich spürte noch Zegojews Stiefelabdruck auf meinem Zwerchfell, und mein Kopf brummte mit dem Motor um die Wette. Ich lehnte ihn gegen das vibrierende Fenster. Der gleichmäßige Rhythmus wirkte wie ein Schlafmittel.

«Nein, Sascha, schlafen wäre nicht gut. Sie müssen geistig in Bewegung bleiben. Reden wir über irgendwas.»

Ich versuchte mit äußerster Anstrengung, meine Augenlider offenzuhalten und mich zu erinnern, was ich Schukow schon lange fragen wollte. War es nicht etwas ungemein Wichtiges? Er brachte mich von selbst darauf. «Griasnow hat mir von Ihrem Rätselraten erzählt, was ‹Faust› betrifft. Also, die Sache ist folgende...»

Natürlich, Faust!

«Ich habe eine gute Bekannte, die ist Ärztin im Kabuler Zentralkrankenhaus. Und von ihr habe ich erfahren, daß sie dort eine geschlossene Abteilung haben, wo sie Soldaten unterbringen, die unter Halluzinationen leiden. Das Unerhörte ist, daß diese Halluzinationen künstlich erzeugt werden, anscheinend durch Injektionen eines Mittels (Schukow fischte einen Zettel aus seiner Tasche), das sie als Phenol-Alkaloid-Ultra-Stabilisator bezeichnen. Können Sie mir folgen? Setzen wir für Phenol F, für Alkaloid A, für Ultra U, für den Stabilisator ST – so kommt FAUST heraus. Das Zeug wirkt in etwa wie dieses Jugendelixier, das Doktor Faust in Goethes Werk durch Mephisto erhält. Alle diese Experimente haben natürlich höchste Geheimstufe. Griasnow und ich, wir haben einen kühnen Plan ausgeheckt, wie man auf die Schnelle diese Geheimabteilung heimlich inspizieren könnte...»

Ich winkte ab. «Ich würde es vorerst lieber offiziell probieren. Könnte ich nicht Ihre Bekannte interviewen?»

Schukow blickte auf seine Uhr. «In einer halben Stunde sollte sie im Dienst sein. Wenn Sie bis dahin Paschto gelernt haben oder Englisch, steht einem Gespräch mit ihr nichts im Wege.»

«Sie ist Afghanin?»

Er nickte. «Ich will ja ohnehin mit Ihnen ins Krankenhaus. Sie soll Ihren Kopf und Ihr Rückgrat untersuchen. Die Burschen haben Sie ganz schön zugerichtet.» Schukow öffnete den gestreiften Umhang, den man mir um den nackten Oberkörper geschlungen hatte. «Blutergüsse von oben bis unten.»

Was soll's, dachte ich. Hauptsache, ich lebe. Aber ein Jugendelixier könnte nicht schaden. Wodka allein tut's nicht. Ich muß Kraft sammeln für den zweiten Akt dieser afghanischen Räuberpistole. Moment, was hatte Griasnow gesagt: Wir würden stehenden Fußes nach Moskau zurückfliegen? Oder hatte ich das geträumt?

«Schenja, wenn ich recht verstanden habe, wollt ihr noch heute von hier abhauen. Tut mir leid, aber ich werde nicht mit von der Partie sein.»

«Was? Sie sind nicht bei Trost, Sascha. *Wir* fliegen mit Ihnen nach Moskau, nicht Sie mit uns. *Sie* sind es, der hier dringend verschwinden muß.»

«Aber ich habe meine Ermittlungen in Afghanistan noch nicht beendet. Es ist meine Aufgabe, die Todesursache von Dubow herauszufinden. Ich habe noch die Namen Smirnow und Halilow auf meiner Liste. Mit denen muß ich reden, durch sie kann ich möglicherweise den Namen von Kims zweitem Mörder herausfinden. Ich weiß, daß es ihn gibt, Schenja. Er ist vielleicht sogar wichtiger als Iwonin. Kim kannte ihn, sie hat *ihm* die Tür aufgemacht. Iwonin hat wahrscheinlich nicht gelogen – er hat Kim bei der Tat zum ersten Mal gesehen.»

«Kann sein. Aber wenn Sie nicht sofort von hier verschwinden, weiß ich nicht, wer Sie vor General Serijs bösen Buben beschützen soll. Und was Smirnow und Halilow betrifft, so haben Griasnow und ich bereits eine Liste von Iwonins Einheit durchgesehen. Seit Dubow getötet wurde, sind drei von ihnen zu Lehrgängen abkommandiert worden, sieben andere umgekommen, oder um genauer zu sein, seit heute neun. Der Rest ist im Krankenhaus.»

«Verwundet?»

«Ja, da fängt's an, schwierig zu werden. Alle unsere Verwundeten kommen ins Zentralkrankenhaus, in den Feldlazaretten bleiben sie nie länger als vierundzwanzig Stunden. Aber niemand aus Iwonins Einheit erscheint auf der Verwundetenliste. Anait vermutet, daß sie in der Geheimabteilung sind.»

«Wer ist Anait?»

«Das ist meine Bekannte, die Ärztin.»

Schukow zog ein Blatt Papier aus seiner Jacke, faltete es auseinander und gab es mir. Es war ein Schreiben der Obersten Medizinischen Behörde des Verteidigungsministeriums der UdSSR.

An den Chef des Zentralkrankenhauses
der Stadt Kabul (Afghanistan)
Genosse Valojat Habibi
Generalmajor des Medizinischen Corps

Sehr geehrter Genosse Habibi!
Die Genossen Klochkow, Viktor Petrowitsch, Major des Medizinischen Corps, ein hervorragender Mikrobiologe, und Osipow, Boris Iljitsch, Doktor der Medizin, Psychiater in der Taschkenter Filiale des Zentralinstituts für Neurologie, haben

den Auftrag erhalten, bei Ihnen die Züchtung des Virus merobius zu studieren.

Ich möchte Sie bitten, den beiden Genossen alles nötige Studienmaterial (z. B. die Krankengeschichten der Patienten, die in der Abteilung AB Ihres Krankenhauses behandelt werden) zur Verfügung zu stellen und ihnen ebenfalls den Kontakt mit den auf der beiliegenden Liste angeführten Patienten zu ermöglichen.

Der Chef der Obersten Medizinischen
Behörde der UdSSR
Generaloberst des Medizinischen Corps
(Unterschrift)

«Und wer sind die Genossen Klochkow und Osipow?» fragte ich Schukow.

«Der Mikrobiologe, habe ich mir vorgestellt, sind Sie, und ich trete als Psychiater auf. Immer mit der Ruhe, Sascha! Sagen Sie nur nicht, Sie hätten den Brief als Fälschung erkannt. Der Briefkopf ist eine tadellose Fotokopie. Anait hat sie mir angefertigt. Den Brieftext haben Griasnow und ich gestern zusammengebraut. Wir wollten dann sofort mit Ihnen in das Krankenhaus, aber Sie waren ja zu Ihrer Hinrichtung unterwegs. Wir verfolgten den Lkw und später den Geländewagen mit dem Hubschrauber. Jetzt geht es darum: Lassen wir die Sache sausen und fliegen nach Moskau, oder bleiben wir hier und spielen die medizinischen Forscher? Anait konnte übrigens nur *eine* Militärarztuniform vom Quartiermeister klauen, ich muß also Zivil tragen.»

«Moment, Schenja, wie soll ich denn den Mikrobiologen spielen? Ich kenne nicht einen einzigen Fachausdruck, und dazu habe ich noch ein blaues Auge.»

«Das werden wir irgendwie kaschieren. Und was die technischen Ausdrücke betrifft, so brauchen Sie nur in jedem Satz einmal Virus merobius unterzubringen. Die Diätexpertin Klopowa hat heute Informationsdienst, sie ist die Frau vom Chefchirurgen. Sie weiß über Mikrobiologie soviel wie Sie und über Psychiatrie weniger als ich.»

«Hören Sie, dieser Moskito oder Nairobius – gibt's den überhaupt?»

«Durchaus möglich», erwiderte Schukow achselzuckend. «Übrigens, eine Bedingung stelle ich noch: Zuerst untersucht Anait Ihre Birne und das Rückgrat. Offiziell sind Sie beim Aussteigen aus der Maschine unglücklich gestolpert, Sie Tolpatsch.»

«Also gut. Bei dieser Gelegenheit kann ich unsere konspirative Ärztin gleich etwas aushorchen über die Verhältnisse in der Geheimabteilung. Und je nachdem, was dabei herauskommt, entscheiden wir uns, ob wir noch tiefer in die Mikrobiologie und die Psychiatrie einsteigen oder lieber die Finger davon lassen.»

«Abgemacht», brummte Schukow. Gerade setzte der Helikopter zur Landung an, fast so senkrecht wie ein Fahrstuhl, und nicht auf einem Flugplatz, sondern auf einem Fußballplatz am Rande von Kabul.

Damit ich nicht wirklich aus der Maschine herausstolperte, packten mich Bunin und Griasnow an Schultern und Beinen und setzten mich wie Sperrgut auf den Boden.

Der Pilot hatte über Funk ein Taxi bestellt. Wir fuhren zu Schukows Wohnung, wo die Militärarztuniform bereitlag. Sie paßte mir zwar nicht gerade wie angegossen, aber das war mir angesichts der Hitze und der vielen Druckstellen am Körper ganz angenehm. Es war noch Zeit, um mir den afghanischen Waldboden abzuduschen, dann drängte Schenja schon wieder zur Eile. Bunin und Griasnow wünschten uns Glück und tranken auf unser Wohl einige Wodkas. Schukow und ich mußten nüchtern bleiben.

Der Psychiater aus Taschkent meinte: «Besoffen können wir

doch keine Halluzinationen untersuchen! Das verstieße gegen den hippokratischen Eid...»

«... den ein Mikrobiologe nicht zu schwören braucht», stellte ich klar und genehmigte mir wenigstens ein halbes Gläschen.

Ich wollte unbedingt tapfer wirken in Gegenwart dieser umwerfend schönen Frau und biß unter ihrer sanften Berührung die Zähne zusammen, um nicht einmal zu zucken. Doch mein Stoizismus machte nicht den geringsten Eindruck auf Anait. Sie blickte Schenja Schukow über meine Schulter an, und er erwiderte ihren Blick, als seien sie allein im Raum. Ihre Augen waren so blau, daß ich nicht verstehen konnte, wie eine Frau, die Anait Seddik hieß, zu so nordischen Augen gekommen war.

Sie sagte etwas zu Schukow, und er übersetzte es: «Sie müssen sich röntgen lassen, den Schädel und die Wirbelsäule. Und sie bittet Sie, ihr nichts vorzumachen, weil es das klinische Bild verwirrt.»

«Wie könnte ich einer so tiefblickenden Frau etwas vormachen?»

Anait lachte, und ein finsterer Verdacht stieg in mir auf. Ich sagte: «Sie sprechen russisch, nicht wahr?»

«Natürlich. Ich habe im Medizinischen Institut in Moskau studiert. Aber ich habe einen scheußlichen Akzent...»

Ich drohte Schukow mit der Faust. Er hatte nur deshalb behauptet, sie spreche kein Russisch, damit ich gar nicht erst den Versuch machte, mit ihr anzubändeln.

«Können wir uns das Röntgen nicht ersparen?»

«Nein, keinesfalls.»

«Sind Sie Chirurgin?» Aus irgendeinem Grund interessierte mich die Frau.

«Nein, Neurologin. Ich habe mein Praktikum am Burdenko-Institut absolviert.»

Bei diesen Worten wechselten sie und Schukow bedeutungsvolle Blicke, und ich erriet, daß sie sich dort kennengelernt hatten. Schenja hatte vor zweieinhalb Jahren drei Monate lang in dem Institut einen Fall bearbeitet. Ich erriet ferner, daß seine Flucht nach Afghanistan nicht allein mit seinen Kenntnissen der Landessprache zu erklären war.

«Es dauert nicht lange», sagte Anait, während sie am Röntgenapparat herumhantierte. Dann führte sie mich in eine kleine Kabine.

In diesem stillen Kämmerlein hörte ich von weither jemand zur Gitarre singen. Die Melodie kam mir bekannt vor, aber die Worte hörte ich zum ersten Mal:

Der Wind zerstreut die Wolken über Kabul.
Das Mädchen, das einst zu warten versprach,
geht mit einem anderen durch die Straßen.
Der schmelzende Schnee hat meinen Namen getilgt . . .

«Sie können sich wieder anziehen», sagte Anait zehn Minuten später. «Bedrückt Sie etwas?»

«N . . . nein . . . Kann ich sehen, wer da singt?»

«Gefällt es Ihnen? Sie singen hübsch, nicht wahr? Zumeist allerdings traurige Lieder.»

Anait öffnete die Tür zum Krankensaal, dort saßen sie auf den Betten, fast noch Knaben, mit bandagierten Armen und Köpfen, und sangen wie am Lagerfeuer.

«Hallo», sagte ich mit etwas zu lauter Stimme.

Anait sah mich erstaunt an. Ich konnte ihr schwer erklären, daß ich die jungen Männer hatte sehen müssen, weil es mir so vorgekommen war, als sängen Tote.

«Sie können von Glück sagen. Nur eine leichte Gehirnerschütterung. Alle Wirbel und Rippen intakt, auch der Schädel ist soweit heil geblieben . . . Sie müssen aber mindestens für drei Monate, wenn nicht länger, jegliche Anstrengung des Kopfes vermeiden.»

Klopowa, die diensthabende Ärztin, winkte uns mit ihrer plumpen Hand zu und sagte sehnsüchtig: «Was tut sich in Moskau? Erzählen Sie. Hier ist es so provinziell.»

Ich vermutete, daß die biedere Klopowa höchstens mal einige Tage in Moskau verbracht hatte, nickte aber verständnisvoll und sagte dann mit fester Stimme: «Verzeihen Sie, Genossin Klopowa, wir haben nur wenig Zeit, da die Expansion des Merobius anscheinend bedrohliche Formen annimmt. Wir würden uns aber sehr freuen, mit Ihnen zu plaudern, sobald wir unsere Arbeit erledigt haben.»

«Ja, ja, natürlich Genossen, folgen Sie mir.»

«Wir möchten darum bitten, daß die Genossin Seddik uns begleitet», fügte Schukow hinzu. «Wir brauchen ihre Hilfe nicht nur als Ärztin, sondern auch als Dolmetscherin.»

«Ich verstehe vollkommen.»

Was sie so vollkommen verstand, blieb ihr Geheimnis. Zum Glück war Madame Klopowa so dumm wie Bohnenstroh.

Der Verwaltungs-Unteroffizier nahm Haltung an und grüßte mich zackig. Ich hatte mir absichtlich keinen weißen Kittel angezogen, damit man meine Majorsepauletten sah. Er las aufmerksam den Brief des Ministeriums und wandte sich nach einem kurzen Blick auf unsere Gesichter an Schukow: «Sie stammen auch aus Taschkent! Ich wohne dort in der Hospitalstraße und Sie, Genosse Osipow?»

Ich hielt den Atem an, aber nur eine Sekunde lang, denn Schukow schlug dem Unteroffizier fröhlich auf die Schulter: «In der Gegend habe ich oft meine Tante besucht.»

«Und jetzt bin ich schon drei Jahre in Afghanistan . . . Aber ich will Sie nicht aufhalten. Folgen Sie mir, ich werde Ihnen alles zeigen. Nur die Unterlagen, die Sie interessieren könnten, die sind im Safe des Genossen Habibi. Sie müssen auf ihn warten, aber er wird bald hier sein.»

«Wo ist das Büro des Genossen Habibi?»

«Im Erdgeschoß.»

«Gut zu wissen», raunte mir Schukow zu.

Auf ein Klopfzeichen des Unteroffiziers öffnete ein Soldat in afghanischer Uniform vorsichtig die Tür mit dem Schild «AB-Abteilung». Dahinter ein typischer Krankenhauskorridor, ganz weiß gehalten und wie vollgepumpt mit dem Gestank von Desinfektionsmitteln. Am anderen Ende ein Tisch, vor dem eine zierliche Krankenschwester saß. Um seinem Landsmann zu imponieren, schlug der Unteroffizier ihr gegenüber einen barschen Ton an. «Olga, geben Sie mir die Liste der Patienten.»

«Von allen?» fragte Olga beunruhigt.

«Sind es denn so viele?» erkundigte ich mich.

«Ungefähr zweihundert.»

Schukow und ich sahen die Listen durch. Ich entdeckte sofort einen Smirnow; dann auf der nächsten Seite wieder einen und auf der übernächsten... Mir fiel ein alter Kinderreim ein: «Smirnows gibt es wie Sand am Meer, nur von den Iwanows gibt es noch mehr.» Doch Halilow gab es zum Glück nur einen.

«Wir fangen auf Zimmer vier an», entschied Schukow. «Sie können jetzt alle Ihrer Arbeit nachgehen mit Ausnahme von Doktor... Verzeihen Sie, ich habe Ihren Namen vergessen.»

«Seddik, Herr Kollege», flüsterte Anait kaum hörbar und ohne zu lachen über diese Schauspielerei.

In Zimmer 4 lagen zwei Patienten. An jedem Bettende hing ein Schild mit den Namen und einer unlesbaren Diagnose. Einer von ihnen war Bulat Halilow. Er machte mit den Händen flatternde Bewegungen, als er uns sah, und steckte seinen Kopf unter die Decke. Anait nahm die Krankengeschichte zur Hand. «Das Bewußtsein ist labil. Amnesie.»

«Können Sie ihn durch irgendein Mittel in die Wirklichkeit zurückholen?»

«Das ist nicht ungefährlich. Ich kann ihm eine Injektion geben, aber sie hält nicht länger als fünf Minuten an.»

Mit einer schnellen Bewegung schlug Anait die Decke zurück und hob Halilows schlaffen Arm. Der junge Mann reagierte auf den Einstich nicht, aber sein Gesicht nahm schon nach wenigen Minuten einen halbwegs normalen Ausdruck an. Er blieb jedoch verängstigt.

«Hallo, Bulat! Erzählen Sie mir, was mit ihrem Kameraden Dubow passiert ist. Alexej Dubow. Erinnern Sie sich an ihn?» fragte ich.

«Aljoscha, Aljoscha? Ich erinnere mich. Er starb, er starb.»

Ich hatte Bulat Halilows Stimme nie zuvor gehört, aber sie klang für mich, als wäre es nicht die seine. Schukow verließ auf Zehenspitzen den Raum, in der Hand die Patientenliste.

«Wie starb er, Bulat?»

«Messer.»

«Wer erstach ihn mit dem Messer?»

«Der Kommandeur.»

«Wie heißt der Kommandeur?»

«Leutnant Iwonin.»

«Warum tat der Leutnant das, Bulat?»

«Aljoscha hat ihn beschimpft. Er war sehr böse auf den Kommandeur.»

«Warum war er böse auf ihn? Warum hat Aljoscha den Kommandeur beschimpft?»

«Aljoscha wollte die Spritze nicht haben, er wollte, daß keiner von uns noch mal die Spritze bekommt.»

«Wer gab Ihnen die Spritze?»

«Ich weiß nicht den Namen. Irgendein gemeiner Doktor. Sagte, wir würden davon mutig.»

«Ein russischer oder ein afghanischer Doktor?»

«Russischer.»

«Wer sonst sah noch, daß der Kommandeur Aljoscha umbrachte?»

«Der Unteroffizier. Weiß aber niemand, daß er es sah.»

«Wie heißt der Unteroffizier?»

«Morosow. Er schrieb einen Brief nach Moskau. Morosow sagte zu mir: ‹Schweig, Bulat, oder sie bringen uns um!»

Halilow hielt inne, dann stimmte er ein tartarisches Lied an.

«Bulat, hören Sie auf zu singen. Wir wollen uns doch miteinander unterhalten. War Smirnow nicht auch dabei? Der Gefreite Smirnow?»

Der ängstliche Ausdruck in Halilows Gesicht verstärkte sich noch. Er ruderte mit den Armen, als wollte er sich in die Luft erheben.

«Mehr bekommen Sie nicht aus ihm heraus», sagte Anait.

Ich hatte das Phantombild des zweiten Mörders in der Hand. Griasnows Kopie. Meine war mit allen anderen Akten in der Tasche, die Generalmajor Serij konfisziert hatte. Es war sinnlos, Halilow das Bild zu zeigen. Er war bereits wieder in der Welt des «Faust».

Ein Smirnow lag auf Zimmer 2. Glücklicherweise (für mich wie für all die anderen Smirnows) war zufällig gleich der erste Smirnow derjenige aus Iwonins Einheit. Er wußte jedoch nichts Näheres über Alexej Dubows Tod. Das heißt, er kannte nur die offizielle Version. «Nein», sagte er, als ich ihm das Phantombild zeigte, «so jemand kenne ich nicht.» – «Und wer gab die Spritzen?» – «Die Galowka.»

Anait fügte leise hinzu: «Sinaida Pawlowna Galowka.»

Ob er wisse, warum er die Spritzen bekomme. «Damit ich nie mehr Angst habe.»

Ich hielt es nicht länger in dieser Abteilung AB aus, das Mitleid mit den blutjungen Männern zerriß mir das Herz. Wir gingen in den Krankensaal, in denen die «gewöhnlichen» Verwundeten lagen. Ich zeigte ihnen das Phantombild von Iwonins Begleiter, aber niemand erkannte den darauf Abgebildeten wieder.

«Sascha, wir müssen uns verdrücken – schnell!» flüsterte

Schukow von der Tür her. «Habibi ist angekommen.» Zu Anait sagte er etwas in Paschto und umarmte sie. Wir gingen einen Korridor entlang, der zur gegenüberliegenden Seite des Gebäudes führte. Schukow drehte sich ständig um. Wir erreichten eine Treppe. Er blieb noch einmal stehen und starrte sekundenlang unbeweglich zum Ende des Korridors, wo die zierliche Figur von Anait Seddik zu sehen war.

«Meinst du, sie könnte unseretwegen Schwierigkeiten bekommen, Schenja?»

«Nein, wir haben uns eine todsichere Ausrede zurechtgelegt. Sie wird das schon hinkriegen. Wir müssen runter in den Keller, von dort gibt es einen Ausgang in eine Seitenstraße.»

Wir fuhren zu Schukows Wohnung zurück. Bunin und Griasnow saßen auf einer schattigen Bank im Hof des Blocks. Sie sahen frischgewaschen und gekämmt aus, fertig für die Heimreise. Ihre Mienen waren dennoch finster, hellten sich jedoch bei unserem Anblick auf. Ich trug noch immer die Uniform eines Majors und fühlte mich nach dem guten Abschluß dieses Abenteuers sogar wie ein General. Schukow wirkte, aus naheliegenden Gründen, weniger erleichtert. Wer Anait gesehen hatte, mußte ihn verstehen. Wir begaben uns unter die Dusche und zogen uns um. Bunin und Griasnow hatten Schukows Kühlschrank geplündert und ein Frühstück zusammengestellt, gegen das sogar die verwöhntesten Parteibonzen nicht viel hätten einwenden können.

So gestärkt, brüllte Schukow ins Telefon: «Ich muß auf einen Sprung nach Moskau, mehr Geld für unser Objekt lockermachen. Vertreten Sie mich, Arkadij Abramowitsch, und vergessen Sie nicht, die Lohnanweisungen für den nächsten Monat zu unterschreiben, sonst kriegen sie von den Leuten wieder Prügel. Schicken Sie in einer halben Stunde einen Wagen. Halten Sie die Bauarbeiter bei Laune! Ich bring Ihnen auch was Gutes mit – nein, nicht den Bauarbeitern, Ihnen persönlich!»

Und zum Fenster gewandt, sagte er seufzend: «Und ich lasse was Gutes, was noch viel Besseres, Unvergleichliches hier zurück.»

II

«Bürger Passagiere», sagte die Stewardeß im Rang eines Unteroffiziers über den Lautsprecher, «unsere Maschine befindet sich auf einem Sonderflug nach Moskau mit einer Zwischenlandung in Taschkent. Bitte schnallen Sie sich an, das Rauchen ist während des ganzen Fluges untersagt.»

«Die dort brauchen sich nicht mehr anzuschnallen», sagte Bunin und versetzte mir einen leichten Stoß in die nach wie vor schmerzenden Rippen. «Sie sind schon festgebunden – an ihre Begleiter.»

Ich sah zu ihnen hinüber. Tatsächlich, jeder Passagier war mit einer Handschelle an den für ihn verantwortlichen Wächter gekettet.

Bunin grinste und sagte: «Die Staatsanwaltschaft hat einen fetten Fang gemacht – man munkelt von dreißig Millionen Handelswert. Diese Kerle sind Schwarzhändler, teilweise hohe Tiere in der Verwaltung beim Zoll und so weiter. Zusammen mit afghanischen Schiebern haben sie Heroin und japanische Fotoapparate in Zinnsärgen eingeführt, sozusagen als Leichen getarnt. Die Dokumente waren auf die Namen von gefallenen Offizieren ausgestellt. Und von Moskau nach Afghanistan haben sie Gold, Diamanten und Uhren geschickt, als Medikamente und Versorgungsgüter deklariert. Keine schlechte Idee, was? Sehen Sie den Dicken dort in der ersten Reihe? Er heißt Rajanow, ehemaliger Justizminister in Tadschikistan, danach

Erster Sekretär an unserer Botschaft in Kabul. Er hat haarsträubende Dinger gedreht, zum Beispiel Gold aus verschiedenen Ländern bezogen und überteuert als angebliche Kapitalanlage an afghanische Geschäftsleute weiterverkauft, die ihrerseits Waffen für die Rebellen davon bezahlt haben. Beim Zoll wurde ein verdächtiges Päckchen aus Saudiarabien, an ihn adressiert, geöffnet. Es enthielt Goldbarren. Jetzt wissen Sie, Sascha, mit was für ehrenwerten Leuten Sie im selben Flugzeug sitzen.»

Ich hörte ihm nur mit halbem Ohr zu, da ich mehr an einer Spucktüte interessiert war. Endlich fand ich sie unter dem Sitz.

«Ist Ihnen übel?» fragte Bunin.

«Ziemlich.»

Vor uns saßen Griasnow und Schukow. Griasnow schrieb eifrig, über seinen Klapptisch gebeugt, während Schukow mit geschlossenen Augen in seinem Sitz zurücklehnte und ihm leise diktierte.

«Was schreiben Sie denn, Slawa?» fragte ich.

«Jetzt dürfen Sie endlich schlafen, Sascha. Was ich schreibe, erfahren Sie noch früh genug.» Griasnow zwinkerte mir zu.

Bunin stieß mich wieder in die Rippen. «Auch der Kabuler Rechtsoffizier, der Bodak, hat davon gehört, daß sie in Afghanistan eine neue Art von Droge ausprobieren.»

«Wer ist ‹sie›?»

«Na, die Ärzte vermutlich. Sie haben das Zeug an jungen Offizieren ausprobiert. Es kostet verdammt viel – paar hundert Rubel pro Spritze, ein Luxus, den sie sich für die einfachen Soldaten nicht leisten. Nachdem man die Injektion bekommen hat, ist man bar jeder Furcht und führt jeden Befehl aus. Der wichtigste Bestandteil ist ein Stabilisator, er gleicht den Effekt der Narkotika-Bestandteile aus, so daß keine bleibenden Nachwirkungen entstehen. Die einzige Nebenerscheinung ist eine Störung der Sehschärfe. Sie nennen es umgekehrten Astigmatismus.»

Ich wußte, worüber Bunin sprach. Über «Faust». «Sie» hatten es aber auch an den Mannschaften ausprobiert – in einer vereinfachten Form, nämlich ohne Stabilisator. Und diese Soldaten, 250 Mann, lagen jetzt im Zentralkrankenhaus mit unheilbaren Gehirnschäden. Die Offiziere Iwonin und Co. hatten nur den Astigmatismus abbekommen: Ihre Augen glänzten und rollten unnatürlich hin und her, das war mir bereits aufgefallen.

«Das Ganze ist himmelschreiend. Warum hat der Rechtsoffizier Ihnen nicht aufgetragen, die Sache den höchsten Stellen zu berichten?»

«Bodak hatte nicht genug Beweise in der Hand, aber er hat mir Material für Gornij ausgehändigt, während Schukow und Sie sich im Krankenhaus umgeschaut haben ... Sascha, Sie können ja Ihre Augen nicht offenhalten, schlafen Sie ein wenig.»

«Major, Wanja ... Ich wollte Ihnen danken ...»

«Für was denn, um Himmels willen?»

«Sie haben mein Leben gerettet.»

«Seien Sie doch nicht kindisch. Sie hätten an meiner Stelle zweifellos das gleiche getan.»

Ich fiel in einen tiefen, traumlosen Schlaf und öffnete erst wieder die Augen, als wir in Taschkent landeten. Wir vier waren allein im Flugzeug. Die Verbrecher hatten sie abgeführt, und durch das Fenster sah ich, daß eine grüne Minna vorfuhr. Griasnow saß jetzt neben mir, während Bunin in der vorderen Reihe schnarchte, sein Kopf rollte auf Schukows Schulter hin und her.

«Nun, gut geschlafen? Hier, lesen Sie zu Ihrer Unterhaltung eine kleine Detektivgeschichte.» Er hielt mir einige Papierbogen hin, bedeckt mit seiner mir wohlbekannten Handschrift.

Höchste Geheimstufe!
Nur ein Original!
Nicht zu den Akten!

An den Chef der Ermittlungsabteilung
Moskauer Staatsanwaltschaft
K. D. Merkulow
sowie den
Untersuchungsrichter der Moskauer Staatsanwaltschaft
A. B. Turezkij

Ich, Oberinspektor W. I. Griasnow von der Moskauer Polizei, habe unter Mitwirkung von E. I. Schukow, ehemaliger Kriminalkommissar der Moskauer Polizei, jetziger Chef der Baugemeinschaft Nr. 1 (Spezialausführungen) in Kabul, eine Agentenoperation in der Demokratischen Republik Afghanistan durchgeführt, um festzustellen, welche Personen die in Moskau tot aufgefundene Kim Lagina ermordeten, und um Zeugen zu befragen, die eventuell im Besitz von wertvollen Informationen betreffs dieses Verbrechens sind.
Meine Nachforschungen haben das Folgende ergeben:
Ewgenij Schukow verfügt über wichtige Kontakte zur afghanischen Polizei in Kabul. Einige seiner Gewährsleute sind in hohe Regierungsstellen aufgerückt. Zum Beispiel ist General Said Haleg zum stellvertretenden Minister für Staatssicherheit ernannt worden und befehligt die HAD-Organisation. Andere dagegen haben sich den Partisanen angeschlossen und sind zu Führern des Widerstands geworden. Zum Beispiel einer der höchstrangigen afghanischen Polizisten, Golam Niraki. Er ist jetzt der Anführer der Kabuler Stadtpartisanen. Beide Seiten haben ein weitverzweigtes Agentennetz in Afghanistan aufgebaut. Auf meine Bitte hin setzte sich Schukow mit General Said Haleg wie auch mit Golam Niraki in

Verbindung und erhielt nicht nur wertvolle Informationen, sondern er ermöglichte mir auch, in Aktion zu treten.
Mit Hilfe von Schukows Agenten verschaffte ich mir in der Kaserne der Spezialtruppe einen Einblick in Oberleutnant Iwonins Schrank und konfiszierte dort ein Paar amerikanische Stiefel, die er während des Mordes an Kim Lagina getragen hat. (Der Abdruck dieser Stiefel wurde am Tatort gefunden und seiner Akte als Beweismittel hinzugefügt.)
General Haleg ist ein persönlicher Freund vom Befehlshaber der Spezialtruppe, Generalmajor Serij. Sie verbringen ihre Freizeit gemeinsam in Restaurants, aber auch in obskuren Spelunken. Dieser Freundschaft mit Serij verdankt Haleg wertvolle Informationen auch über Vorgänge in Moskau, die er im Austausch gegen Sondergenehmigungen für private Bauvorhaben an Schukow weitergab. Insbesondere handelt es sich um Mitteilungen über eine Auswechslung der «Ordonnanzen» des Politbüros bzw. Zentralkomitees. Marschall Agarkin hat demnach den Generalsekretär des Zentralkomitees der KPdSU von der Unzuverlässigkeit seiner Leibwächter überzeugt, die wie üblich von KGBlern gestellt wurden. Agarkin behauptete, daß die KGBler an ihre Vorgesetzten Informationen über die Privatsphäre des Genossen Generalsekretärs weitergeleitet hätten. Vor zwei Monaten wurde daraufhin eine neue Ordonnanzenriege aus Spezialtruppen-Offizieren aufgestellt, die in Afghanistan ausgebildet worden sind. Zur Zeit ist Major Eduard Trojan, der ehemalige Kommandeur von Iwonins Bataillon, Chef der Leibwächter des Generalsekretärs. Trojan und Iwonin sind – bzw. waren – enge Freunde, und Trojan hat sich für die Abkommandierung Iwonins zur Leibwache des Generalsekretärs eingesetzt.
Des weiteren möchte ich berichten, daß es Schukow, Major Bunin und mir mit Hilfe von Golam Niraki und seinen Partisanen gelungen ist, das Leben des Untersuchungsrichters

Turezkij zu retten, der von Mitgliedern der Spezialtruppe entführt worden war. Als diese versuchten, Turezkij zu beseitigen, weil er General Serijs Forderung, die Ermittlung gegen Iwonin einzustellen, nicht nachgekommen ist, waren wir gezwungen, Wladimir Iwonin und seinen Mitverschwörer Zegojew in Notwehr zu töten.
Da ein weiteres Verbleiben in Afghanistan für alle Beteiligten lebensgefährlich war, beschlossen wir, nach Moskau zurückzukehren.
Ich bitte, diesen Bericht nach Kenntnisnahme zu vernichten.
23. Juni 1985

Oberinspektor Griasnow

Dieser Bericht behagte mir nicht so ganz. Erstens erweckte er den Anschein, als seien nur Griasnow, Bunin und Schukow in Kabul *aktiv* gewesen, ich dagegen *passiv*, denn mich Pechvogel hatte man angeblich nur aus den Händen der Iwonin-Leute befreien müssen. Zweitens war es unser Auftrag, den Mord an Kim Lagina aufzuklären, aber nicht, das Politbüro aus den Angeln zu heben und die Afghanistan-Mafia gegen uns aufzuhetzen. Schlimm genug, daß sie auch in Moskau schon Fuß gefaßt hatte.

«Ob dieser Major Trojan auch zu diesen schwarzen Schafen gehört?» fragte ich Griasnow, nur um irgendeinen Kommentar zu seinem Rapport abzugeben, worauf er sehnsüchtig wartete.

«Ich hoffe, wir klären das, wenn wir die Fotos entwickelt haben, die Schenja im Büro des Krankenhauschefs gemacht hat.»

Schukow war von dem «Geheimbericht» begeistert. «Das ist ein taktisches Papier, wie es im Buche steht. Je geheimer deklariert, desto sicherer ist es, daß er weitergereicht wird, natürlich unter der Hand, wie Schwarzmarktware. Bis in den Kreml, könnte ich mir denken... Schade, daß harte Getränke an Bord verboten sind, sonst würde ich jetzt eine Flasche vom besten spendieren.»

«Wir könnten zwei Flaschen Riesling bestellen.» Bunin war plötzlich hellwach, als hätte er nicht noch vor einer Minute wie ein Bär in seiner Höhle geschnarcht.

Mit Hilfe der Stewardeß organisierten wir ein regelrechtes Picknick, mit reichlich Wein, vier Portionen Huhn und Salami.

Während wir in Luftlöcher sackten und in dicke Wolken eintauchten, arbeiteten wir einen Plan für unsere weiteren Ermittlungen aus. Nach einer Stunde standen zwei Dinge fest: Wir brauchten noch zwei weitere Flaschen Riesling, und ich sollte sofort zu Merkulow eilen, um ihm mündlich Bericht zu erstatten und dabei ein paar Andeutungen bezüglich der Ordonnanzen-Krise bei Agarkin machen. Je nachdem, wie er auf diese Neuigkeiten reagierte, würde Griasnow seine Briefbombe an meinen Chef abschicken – oder aber darauf verzichten, weil Merkulow kein Interesse bekundet hatte.

Ich wertete dieses demokratische Ergebnis unserer Viererrunde als 1:0-Sieg für mich und schlief bis zur Landung in Moskau den Schlaf des Weinseligen und Gerechten.

Merkulow reagierte, wie ich erwartet hatte, nämlich wie ein Vater, der froh ist, daß sein Sohn mit buchstäblich einem blauen Auge davongekommen ist. Er begriff, daß der beinahe Exekutierte noch unter der Schockwirkung dieser ungewohnten Strapaze stand und schickte ihn fürsorglich erst einmal nach Hause und ins Bett.

«Aber morgen krieg ich dann einen genauen Bericht von Ihnen, und Sie werden mir Ihre Vorstellungen unterbreiten, Sascha, wie Sie damit klarzukommen gedenken: Der mordverdächtige Held der Sowjetunion wurde in Notwehr erschossen, die Beweise für seine Täterschaft sind samt Ihrer Aktentasche und Ihrer Handgranate in Händen von Generalmajor Serij, und sein Schuldgeständnis machte Iwonin Ihnen schlauerweise unter vier Augen. Eine unerfreuliche Bilanz einer so teuren Flugreise in ein so fürchterliches Land, finden Sie nicht auch, mein Lieber?»

Mit diesem Resümee entließ mich Merkulow, eher bekümmert als verärgert. Ich zuckte nur mit den Schultern. Was sollte ich sonst sagen? Er hatte ja in allen Punkten recht.

«Wie war er?» fragte Griasnow draußen neugierig.

Ich sagte: «Er war ganz in Ordnung, wir dagegen wohl weniger. Verschieben Sie Ihre Sensationsmeldung auf später, würde ich Ihnen raten.»

Griasnow nickte nur verdrossen.

Ich knipste das Licht nicht an, sondern durchquerte im Dunklen mein Zimmer und stellte sofort die Stereoanlage an. Ich war wieder zu Hause. Wie lange war ich nicht mehr hier gewesen? Einen Monat? Ein Jahr? Werd nicht sentimental, Turezkij! Nur zwei Tage. Eine dünne Staubschicht lag auf den polierten Holzarmlehnen. Zwei Tage? Sollte ich meine Mutter anrufen? Ihr sagen, daß ich noch lebte? Sie wußte nicht einmal, daß ich fort gewesen war. Ich griff zum Hörer – doch es lag schon eine andere Hand drauf.

Eine leise, kehlige Stimme sagte: «Da bist du ja endlich!»

«Mein Gott, Lana! Hast du mich erschreckt. Ich wollte dich gerade anrufen. Hatte plötzlich wegmüssen, dienstlich, versteht sich. Geheimauftrag. Aber jetzt bin ich wieder da, und ich freue mich, daß du hier auf mich gewartet hast. Einen schöneren Empfang hätte ich mir gar nicht denken können...» Ich schwatzte daher, was mir gerade so einfiel, bis Lana ihre Lippen auf meine drückte und mir weitere Erklärungen ersparte.

Ich hätte ihr gern von meinem afghanischen Abenteuer erzählt, ich wollte, daß sie Mitleid mit mir hätte wie eine Soldatenfrau mit ihrem verwundeten Ehemann. Griasnow hatte behauptet, sie sei unterkühlt, und ich hatte geantwortet: «Nein, eher zurückhaltend.» War sie vielleicht beides? Ich war mir nicht sicher, wußte nur, daß ihre Umarmung fordernd, verheißungsvoll, und sie die schönste Frau der Welt war.

Ich zündete eine Zigarette an, Lana ließ ihre Hände auf meiner Schulter: «Jetzt weiß ich, warum du das Licht nicht angedreht hast.» Sie blickte auf den großen blauen Fleck, der mein Gesicht zierte.

«Ich denke, diese Dekoration war nicht zu teuer bezahlt für die Informationen, die ich Merkulow morgen präsentieren werde.»

«Morgen ist aber Sonntag.»

«So ist es, dennoch treffen wir uns morgen um zwölf im Büro. Du weißt, es handelt sich um Kims Tod.»

Ich fühlte, wie ihr Körper sich anspannte.

«Habt ihr den Mörder gefunden?»

Nein, sie war nicht kühl und unbeteiligt, ich konnte im Dunkeln ihre Smaragdaugen glitzern sehen.

«Einen haben wir erwischt.»

«Und wie viele sind es gewesen?»

«Das ist eine lange Geschichte...»

«Ich verstehe – höchste Geheimstufe.»

Ich nickte.

Lana legte sich auf der Couch zurück und schloß die Augen. Sie war wieder so unerreichbar für mich wie an jenem ersten Tag, als ich sie auf der Straße gesehen hatte und sie im Eingang der Untergrundbahn verschwunden war wie auf Nimmerwiedersehen... Ich wartete voller Angst, daß sie gleich sagen würde: «Ich muß gehen.»

Tatsächlich blickte sie im nächsten Augenblick auf ihre Uhr und entwand sich meinen Armen: «Ich muß gehen. Bis bald!»

Sie schlich sich geräuschlos davon. Wie eine Schlange, dachte ich verärgert, aber nur einen Augenblick lang. Bist selbst schuld, hättest ja versuchen können, sie zu halten. Statt sie zu fragen, fragte ich mich nur selbst: Warum *mußte* sie gehen? Wer erwartete sie zu dieser späten Stunde? Aus der Nachbarwohnung hörte ich die Nationalhymne. Mitternacht!

Ich fürchtete mich davor einzuschlafen und den afghanischen Alptraum weiterzuträumen. Doch dann füllte sich die Leere in meinem gehirnerschütterten Kopf mit belanglosem Unsinn auf. Ich träumte, das Telefon klingelte, und ich rief Bunin zu, er solle auf keinen Fall rangehen, ich würde ohnehin gleich wieder aufwachen und das Gespräch selber entgegennehmen.

Es war aber die Klingel der Haustür. Halb eins! Der Gedanke, Lana käme zurück, ließ mich vom Sofa aufspringen. Ich riß die Wohnungstür auf, hatte die Arme schon ausgebreitet, da erkannte ich im dunklen Hausflur Irka.

«Sascha, ich hab beobachtet, wie jemand in Ihr Auto eingebrochen ist. Deshalb bin ich raufgerannt. Verzeihen Sie, aber ich dachte, es sei sehr wichtig...»

Barfuß, in Hemd und Shorts, lief ich hinter Irka her die Treppe herunter. (Nachts ist der Fahrstuhl nicht in Betrieb.) Der «Moskwitsch» war nur etwa fünfzig Meter vom Hauseingang entfernt am Frunse-Kai geparkt.

«Schade, sie haben sich schon davongemacht», sagte Irka atemlos. «Die Diebe müssen so einen Draht mit Schlinge zwischen Fensterglas und Rahmen gesteckt haben.»

Keine Spur von Gewaltanwendung an den Fenstern und Türen. Ich inspizierte das Innere des Wagens. Alles war noch vorhanden: Radio, das kostbare Sicherheits-Zündschloß, Handschuhe, Autoatlas. Ich öffnete die Kühlerhaube – alles schien noch da zu sein.

«Vermutlich wollten die Diebe nicht Zubehör stehlen, sondern das ganze Auto», meinte Irka und wurde verlegen. «Oder denken Sie etwa, ich hätte mir das nur ausgedacht?»

«Natürlich nicht, Irka. Wie käme ich auf so eine Idee.

Trotzdem würde es mich interessieren, was Sie zu nächtlicher Stunde in dieser Gegend zu suchen haben.»

«Oh, ich . . . ich bin zufällig vorbeigegangen.»

«Das klingt nicht sehr überzeugend. Schließlich wohnen Sie nicht in der Nähe.»

«Genauer gesagt, ich bin hier entlanggegangen und habe mich plötzlich entschlossen, mich auf eine der Bänke zu setzen.»

«Irka, erzählen Sie mir keine Märchen. Nach Mitternacht spazieren Sie an der Moskwa entlang und beschließen, sich dort auf eine Bank zu setzen. Obendrein noch allein – oder?»

«Natürlich allein.» Plötzlich wurde mir bewußt, daß ich halbnackt mitten auf der Straße stand. «Kommen Sie, Irka, gehen wir in meine Wohnung. Dort können Sie mir alles erzählen.»

Irka brachte kein Wort heraus, sie machte den Eindruck, als hätte sie geweint. Ein vager Verdacht schoß mir durch den Kopf, ich nahm sie fest bei der Hand. «Gehen wir, Sie zittern ja vor Aufregung.»

Oben angekommen, setzten wir uns aufs Sofa, das ich hastig hergerichtet hatte, während Irka Kaffee kochte. Dann begann ich, so rücksichtsvoll ich konnte, mein Verhör, aber ich wußte, daß ich dennoch hartnäckig sein mußte.

«Halten Sie sich oft in der Nähe meines Hauses auf?»

«Nein, nicht sehr oft.»

«Seit wann tun Sie das?»

«Oh, schon seit einiger Zeit.»

«Und wie lange wollen Sie es noch tun?»

«Ich weiß nicht, bis . . . bis es vorbei ist.»

«Was meinen Sie mit ‹vorbei›?»

Irka zog an ihrer Zigarette und trank hastig ihren Kaffee. «Falls es Sie stört, werde ich es sein lassen. Wenn das mit dem Auto nicht passiert wäre, hätten Sie es nie erfahren.»

«Irka, Irka . . . Ich bin nicht der einzige Fisch im Meer.»

«Doch, das sind Sie. Jedenfalls für mich.»

Das war in der Tat eine peinliche Situation, doch zu meinem Erstaunen war ich von Irkas Worten sehr berührt. Sie stellte die Tasse ab, nahm noch einen tiefen Zug aus ihrer Zigarette, dann sprudelten die Worte nur so aus ihrem Mund: «Sie sind auch nicht der einzige Fisch für diese Frau. Sie ist eiskalt. Sie spielt mit Ihnen. Ich weiß es, und ich wollte herausbekommen, um was es ihr geht. Ich weiß, ich habe kein Recht dazu, mich in Ihre Privatangelegenheit einzumischen. Rita ... Das war etwas anderes, Rita hat Sie geliebt. Solange sie lebte, sollten Sie nichts von meinen Gefühlen erfahren. Sie hätten auch jetzt nichts davon erfahren, wenn nicht ... Ich muß einfach warten, bis es vorüber ist.»

«Irka, ich hatte keine Ahnung ...»

«Und selbst wenn Sie es gewußt hätten, nichts hätte sich geändert.»

«Irka ...»

«Bitte, trösten Sie mich nicht, sonst fange ich noch an, vor Selbstmitleid zu heulen. So, und jetzt geh ich.»

«Nein, bleiben Sie, Irka! Ich kann dieses ‹Ich muß gehen› oder ‹Jetzt gehe ich› wirklich nicht mehr hören.»

Irka begriff nicht – wie sollte sie auch! Sie sah mich zugleich fragend, traurig und unschlüssig an.

Ich war ihr im Grunde keine Erklärung schuldig, gewiß nicht. Was hatte sie sich dabei gedacht, Lana und mir hinterherzuspionieren? Andererseits sprachen zwei wichtige Punkte für sie: Sie war, das wußte ich, eine gute Zuhörerin, und ich war bei ihr vor ein paar Tagen genauso überraschend hereingeschneit.

«Neulich haben Sie mir Asyl gewährt, heute revanchiere ich mich, einverstanden? Ich kann Sie doch jetzt nicht so in die Nacht hinauslaufen lassen.»

Sie sagte nicht ja und nicht nein, aber sie blieb und hörte mir zu. Ich erzählte ihr den ganzen Fall Kim Lagina, von meinem

Abstecher nach Afghanistan, bei dem ich beinahe buchstäblich ins Gras gebissen hätte, und sogar das rätselhafte «Faust»-Elixier erwähnte ich. Es war mir klar, daß ich damit gegen die selbstverständliche Vorschrift der Geheimhaltung von kriminalistischer Ermittlungsarbeit verstieß, aber ich spürte keine Skrupel. Ich wußte meine Berufsgeheimnisse bei Irka sicher aufgehoben. Warum? Weil sie mich liebte . . . Nur über Lana sprach ich nicht.

Gegen drei Uhr wurde es empfindlich kühl, und ich schloß das Fenster. Die Sterne waren nicht mehr zu sehen, die kurze Juninacht ging zu Ende.

«Es wird Zeit, Irka, daß Sie sich ausstrecken und ein wenig schlafen. In der Frühe bring ich Sie nach Hause.»

Irka protestierte schwach, aber ich breitete schon eine Wolldecke über sie. Nach fünf Minuten schlief sie ein, zusammengerollt wie ein Igel.

Mir schien, ich wäre eben erst eingedöst, als es an der Tür klingelte, doch es war schon halb neun.

«Wer ist da?»

«Ich bin's, Bunin.»

Ich öffnete die Tür, Bunin kam hereingestürmt. Irka blickte verwirrt um sich, ihre Haare waren zerzaust, auf der Backe hatte sie ein rotes Dreieck vom Muster eines Sofakissens. Bunin starrte sie an.

«Mein Gott, Sascha, Sie haben einen guten Geschmack.»

«Und was verschafft mir die Ehre Ihres Besuchs?»

«Ihr Telefon ist kaputt. Merkulow konnte Sie nicht erreichen.»

Ich hob den Hörer auf und hörte das übliche Summen. «Es ist völlig in Ordnung! Wie kommen Sie auf die Idee . . .»

«Ich denke, es bleibt keine Zeit für Erklärungen über das, was bei Ihnen in Ordnung ist und was nicht . . .» Bunin zwinkerte Irka bedeutungsvoll zu. «Merkulow erwartet uns alle in seinem Büro. Es ist eilig.»

«Uns? Wer sind ‹alle›?»

Er antwortete nicht, und so fragte ich nicht weiter. Er sagte bloß, Merkulow erwarte uns um neun Uhr. «Machen Sie sich fertig, ich gehe inzwischen schon nach unten.» Bunin warf Irka eine Kußhand zu und ging zur Tür.

«Moment, Wanja, hier sind die Autoschlüssel. Setzen Sie sich ruhig schon in den Wagen. Ich komme in ein paar Minuten.»

«Was für ein merkwürdiger Typ», sagte Irka lachend, als Bunin weg war.

Ich blickte sie an und vermeinte ihre Gedanken lesen zu können: «Wollen wir uns wiedersehen?»

Ich kam nicht dazu, über die Antwort nachzudenken, denn in diesem Moment hörten wir eine Explosion. Der ohrenbetäubende Knall hallte in der Straße wider. Irka und ich stürzten zum Fenster. An der Stelle, wo mein Moskwitsch gestanden hatte, schossen gelbblaue Flammen empor.

12

Eine Stunde später war meine Wohnung so etwas wie ein Haus der offenen Tür. Wie in Trance ließ ich das Eindringen von einem Dutzend Beamter aller möglichen Dienststellen über mich ergehen. Man war sich darüber einig, daß das Attentat mir gegolten hatte, gratulierte mir, davongekommen zu sein, und einer wollte sogar wissen, «wie man sich dabei so fühlt». Die meisten aber stellten zweckdienlichere Fragen. Sie interessierten sich in erster Linie dafür, warum Major Bunin mich aufgesucht und wieso ich ihn zu meinem Wagen geschickt hatte.

Der Einfachheit halber wurden alle Zeugen des Explosionsvorgangs in meiner Küche verhört. Leider ergab sich aus den

Aussagen nicht der geringste Hinweis auf den oder die Täter. Keiner konnte mehr beschreiben als die Detonation und ihre Folgen, die Stichflamme, die den Wagen im Nu lichterloh in Brand setzte, und das Herumfliegen von einzelnen Autoteilen, durch die Sachschaden an anderen geparkten Fahrzeugen entstand. Verletzt wurde zum Glück niemand, der gute Iwan Alexejewitsch Bunin indessen bis zur Unkenntlichkeit zerfetzt oder von den Flammen verbrannt. Man hatte die Überreste ins Leichenschauhaus des Medizinischen Instituts gebracht. Es war entweder nicht möglich oder nicht nötig, ihn zu identifizieren.

Ich war ein zweites Mal innerhalb weniger Tage mit knapper Not dem Tod entronnen und fühlte mich dementsprechend – nämlich innerlich wie tot. Ich dankte dem Schicksal und haderte zugleich mit ihm. Denn man überlebt in solchen Fällen ja gewissermaßen nicht umsonst. Ein anderer mußte an deiner Statt dran glauben, das allein ist schon ein deprimierender Gedanke, aber noch viel schlimmer ist der, daß man es vielleicht hätte verhindern können.

Weil Irka und ich, wie das Vorschrift ist, getrennt voneinander vernommen wurden und weil wir zuvor keine Gelegenheit mehr hatten, eine übereinstimmende Darstellung der Vorgänge abzusprechen, beging ich bei meiner Befragung einen großen Fehler. Ich sagte die Wahrheit, das heißt, ich schilderte Irkas Auftauchen mitten in der Nacht, nachdem sie bemerkt hatte, daß sich jemand an meinem Wagen zu schaffen gemacht hatte, und erklärte, daß ich das Auto daraufhin sofort inspiziert, aber keinerlei Veränderung, überhaupt nichts Auffälliges bemerkt hätte.

Wie zu erwarten, wurde mir vorgehalten, daß ich die Beobachtung der Zeugin Frolowskaja als erfahrener Kriminalist hätte ernster nehmen müssen. Schließlich habe jeder Untersuchungsrichter Feinde und müsse mit Racheakten rechnen. Ich sagte zu dem Ermittlungsoffizier der Militärjustiz, die den Fall übernommen hatte, weil das Opfer aus ihrem Amt stammte:

«Erstens ging ich von der Annahme aus, daß die von der Bürgerin Frolowskaja beobachteten Diebe durch sie, die nächtliche Spaziergängerin, gestört worden seien und unverrichteter Dinge das Weite gesucht hatten. Zweitens hatte ich, nachdem ich am Auto keinerlei Spuren für einen Eingriff bemerken konnte, so ein bißchen den Verdacht, daß die Zeugin nur einen Anlaß gesucht hatte, mir einen Besuch abzustatten. Frauen, zumal intelligente, sind mindestens ebenso einfallsreich wie Männer, wenn es darum geht, etwas zu erreichen, was sie sich in den Kopf gesetzt haben. Das ist jedenfalls meine private Meinung, und sie deckt sich mit meiner beruflichen Erfahrung.»

«Nun, dann wird uns das von Ihnen als so intelligent eingeschätzte Fräulein hoffentlich auch eine Beschreibung der von ihr angeblich observierten Täter geben können», war die Antwort. Dann fing der Kollege an, mir mit süffisantem Gesichtsausdruck impertinente Fragen zu stellen, die absolut nicht zur Aufklärung des Falls beitragen konnten: Wie ich, bei einem Gehalt von schätzungsweise zweihundert Rubel, zu einem achttausend Rubel teuren Wagen käme. Warum die Zeugin Frolowskaja, die mich auf eine mögliche Manipulation an meinem Fahrzeug aufmerksam machen wollte, die ganze Nacht bei mir geblieben sei. Ob es Absicht gewesen sei, Major Bunin als ersten zum Wagen zu schicken, sozusagen als Vorkoster. Er meinte, wie die Feudalherren früherer Zeiten ihre Speisen erst von einem Diener probieren ließen oder einem ihrer Hunde, ehe sie selbst zulangten.

Ich konnte es mir leisten, mir solche Unterstellungen zu verbitten, denn endlich erschien Merkulow, auf den ich seit zwei Stunden vergeblich gewartet hatte. Er sprach ein paar Worte mit dem Offizier der Militärjustiz und den KGBlern, woraufhin die ganze Bande meine Wohnung fluchtartig verließ. Merkulow musterte Irka und mich mit besorgtem Vaterblick, dann führte er uns wortlos zu seinem Dienstwagen und flüsterte dem

Chauffeur etwas zu, der daraufhin durch die Moskauer Straßen auf die Chaussee in Richtung des Vororts Udelnoje fuhr.

Die kleine Terrasse von Merkulows Datscha lag gebadet im Sonnenlicht, das sommerliche Mittagessen mit Fischfrikadellen, die fröhlichen Stimmen, die vom Strand des Sees zu uns herüberhallten, die ganze heitere Atmosphäre dieser sommerlichen Szenerie, war mir unerträglich, weil Iwan Bunin dieser Welt nicht mehr angehörte. Wir gingen ein Stück am Ufer entlang und nahmen dann wieder auf der Terrasse Platz, tranken Tee, probierten Erdbeermarmelade, die Lelja, Merkulows Frau, heute morgen erst gekocht hatte, und sprachen über nichts Besonderes: über das Projekt, ein Gewächshaus zu bauen, über die verschiedenen Pilzarten, die hier gediehen, über die dreizehnjährige Enkelin Lidoschka, die dank Irkas Unterricht angeblich schöne Fortschritte im Klavierspielen machte. Nur das schreckliche Ereignis des Morgens wurde nicht erwähnt, bis sich endlich die Dunkelheit über Udelnoje senkte. Irka und ich begleiteten Merkulow zur Promenade, wo wir uns auf einer Bank niederließen, die von der Tageshitze noch warm war. Stille umgab uns, im Wasser spiegelten sich die Sterne.

Ich fing an, von dem Tag zu sprechen, an dem ich Bunin kennengelernt hatte – den Mann, der so schnell seine Stimme verlor, Bunin, den Schürzenjäger, den Riesen und Durchschnittsmenschen, Bunin, meinen Lebensretter.

Merkulow hörte mir schweigend zu. Ich drehte zuweilen meinen Kopf zur Seite, um mich zu vergewissern, ob er noch da war und nicht eingeschlafen. Dann sah ich sein bleiches Profil und die zusammengekniffenen Lippen, aus denen ein langer Grashalm heraushing, auf dem er herumkaute. Ich ließ nichts aus, es fiel mir nicht schwer, mich an jede Einzelheit zu erinnern. Es war, als sähe ich einen Film «Dreißig Stunden in Afghanistan» vor mir ablaufen und gäbe den Inhalt Merkulow wieder,

der die Leinwand nicht sehen konnte. Irka mußte sich vieles schon zum zweiten Mal anhören. Ob sie aber diesmal zuhörte? Sie blickte starr auf den See hinaus, wie ins Leere.

Merkulow unterbrach meinen Bericht nur einmal, als ich von den Dokumenten sprach, die der afghanische Rechtsoffizier dem guten Bunin mitgegeben hatte.

«Haben Sie diese Papiere?»

«Mein Gott, sie sind im Auto verbrannt. Bunin hatte sie bei sich . . . Aber wir haben noch Schukows Filme aus dem Kabuler Krankenhaus», fügte ich schnell hinzu.

Ich erzählte ihm alles. Das einzige, was ich verschwieg, war mein Rendezvous mit Swetlana Belowa. Es hatte mit der ganzen Sache nicht das geringste zu tun.

Am Ende meines Berichts sagte Merkulow: «In der *Prawda* ist ein kurzer Artikel über den ‹gefährlichen Rückfallverbrecher Faust A. Geworkjan› erschienen. Es heißt da, er sei in das U-Bahn-Attentat verwickelt. Die Ermittlungen sind überraschend schnell abgeschlossen worden, und der Fall ist an den Obersten Gerichtshof gegangen. Wie Sie wissen, muß ein Staatsanwalt, bevor Anklage erhoben wird, die Gründe der Beschuldigung noch einmal überprüfen. In diesem Fall ich. Zweifel an der Stichhaltigkeit des Verdachts kamen mir in dem Moment, als ich erfuhr, daß Geworkjan am Tag des Bombenattentats in Eriwan war. Er hat gesagt: ‹Das einzige, dessen ich mich schuldig mache, ist, meine Kinder als Waisen zurückzulassen. Man wird mich für ein Verbrechen hinrichten, das ich nicht begangen habe.› Es gibt offenbar eine ganze Reihe vertrauenswürdiger Personen, die Geworkjans Unschuld bezeugen können.»

Merkulow blickte zu dem tiefblauen Himmel auf, als lese er von dort seine Worte ab.

«1978, als Geworkjan ein Student am Polytechnischen Institut war, gründete er die NUPA, die Nationale Unabhängigkeitspartei Armeniens. Ihr Ziel war es, größere Autonomie für seine

Heimat zu erreichen, aber innerhalb des sowjetischen Republikenverbands und durch friedliche, konstitutionelle Methoden. Dafür bekam er vier Jahre. Laut der Mehrheit der Zeugenaussagen war er gegen Gewalttätigkeit; insbesondere verurteilte er die Aktionen seiner Kameraden, die Feuer an das Lenin-Denkmal in Eriwan gelegt hatten. Seinen reaktionären Ansichten blieb Geworkjan aber auch nach seiner Entlassung treu. Aufgrund dieser negativen Einstellung zum Sowjetregime durfte er nicht weiterstudieren. So fing er an, in einem Zirkus zu arbeiten, zuerst als Manegearbeiter, später als Partner in einem Jonglierakt... Es wird allmählich feucht hier, Sascha, wenn es Ihnen recht ist, gehen wir ins Haus. Die Damen werden sich langweilen, und überdies habe ich einen recht genießbaren armenischen Kognak...»

Wir saßen wieder auf der Terrasse, wo Irka, Lelja und Lidoschka jetzt «Mensch, ärgere dich nicht» spielten. Eine Zumutung für Irka, nach allem, was an diesem Tag geschehen war. Aber sie spielte in der Familie Merkulow offenbar die Rolle der Zofe oder Gesellschafterin in einem zaristischen Adelshaus und wußte, was sie dieser Stellung schuldig war.

Ich begriff noch immer nicht, warum mein Chef mich für diesen Tag aus dem Verkehr gezogen und zu seiner Datscha mitgenommen hatte. Ich wurde in meinem Büro erwartet, und ich sollte mich für die Ermittlungsoffiziere der Militärjustiz zur Verfügung halten. Mit Irka hatte ich seit der Explosion noch kein Wort unter vier Augen sprechen können. Erst jetzt fiel mir das auf. War das ein Grund, uns hierher zu lotsen? Wollte Merkulow uns gemeinsam beobachten, sich ein Bild von unserem «Verhältnis» machen? Was, zum Teufel, versprach er sich davon? Da war er doch auf dem hölzernsten aller Holzwege.

Merkulow starrte nachdenklich in sein Glas, dann fing er wieder zu reden an: «Am Tag der U-Bahn-Explosion wurden noch zwei andere Bomben entdeckt, die aber nicht hochgegangen waren: eine in einer Mülltonne im GUM-Warenhaus, die andere in einem Abfallbehälter auf dem Roten Platz. Das wurde aus naheliegenden Gründen geheimgehalten. Zuerst schien es so, als ob Geworkjan für alle diese Bomben verantwortlich sei. Erstens befand sich innen auf dem Glas des Glory-Weckers, der für die U-Bahn-Bombe benutzt wurde, der Fingerabdruck von Geworkjans linkem Mittelfinger, und auch auf den Uhren, die für die Sprengladungen in der Mülltonne und im Abfallbehälter herhalten mußten, waren seine Fingerabdrücke. Zweitens wurden in seiner Wohnung Zeichnungen von Stromkreisen für selbstgebastelte Bomben entdeckt, dazu Anmerkungen auf armenisch und zwar, laut Aussagen von Graphologen, in Geworkjans Handschrift. Ich bat Semjon Semjonowitsch Moissejew, die Aussagen der Experten zu überprüfen. Wie ich erwartet hatte, waren die ‹unwiderlegbaren› Beweise gefälscht: Die armenische Schrift war mit Hilfe von Pauspapier auf das Blatt übertragen worden, nach einzelnen Worten von der Hand Geworkjans aus Briefen an seine Kinder. Das Glas des Glory-Weckers an der U-Bahn-Bombe war zersplittert und ein kompletter Fingerabdruck daher nicht zu identifizieren. Was die Fingerabdrücke an der Mülltonne und am Abfalleimer betrifft, so stammten sie nicht direkt von seinen Fingern, sondern sie waren von seinen bereits existierenden Fingerabdrücken abfotografiert worden.»

Merkulow setzte eine betrübte Miene auf, bevor er unsere Gläser wieder füllte.

«Sie werden sich fragen, warum ich Ihnen diese unglaubliche Geschichte erzähle, mit der Sie nur ganz am Rande zu tun haben. Für Sie gibt es einen dringenderen Fall, das ist mir klar. Aber der eine, Sascha, hängt mit dem anderen zusammen. Es hängt in diesen Tagen soviel miteinander zusammen, daß man sich besorgt fragen muß: Wo ist das gemeinsame Ende aller Zusammenhänge? Ich versuche, mir darüber ein Bild zu machen, ein Phantombild, zugegeben – und ich bin froh, daß Sie mir zuhören, denn ich spreche nicht gern allein vor mich hin... Unsere Damen aber sollten sich jetzt zu Bett begeben, denn in der Frühe geht's nach Moskau zurück, und die Weiblichkeit braucht mit der Morgentoilette gewöhnlich viel mehr Zeit als wir.»

«Ich habe versprochen, in Lidoschkas Zimmer zu schlafen. Ist Ihnen das recht?» fragte Irka.

Merkulow nickte zustimmend, und wir blieben allein zurück.

«Also weiter im Text! Ich verhörte drei Zeugen, die ich aufs Geratewohl unter jenen auswählte, die wegen ihrer Zugehörigkeit zur NUPA verurteilt worden waren. Sie waren vom KGB aus einem Lager nach Moskau gebracht worden und hatten ausgesagt, daß Geworkjan schon im Lager seine Absicht verkündet habe, nach seiner Entlassung neue Terroraktionen zu starten. Mir gegenüber gaben sie nun zu, daß sie unter Druck ausgesagt hätten. Der Druck wurde, wie Sie sich vorstellen können, vom KGB ausgeübt, aber auch – halten Sie sich fest! – von Ihrem Kollegen Greschannik, der den Burschen versprach, auf ihre Begnadigung einzuwirken. Einen der Zeugen, Babajan, fand ich besonders interessant. Seine Aussagen schienen mir ein wenig *zu* umfassend. Er hatte sich in Geworkjans Schwester verliebt, aber die Familie hatte ihr verboten, ihn zu heiraten. Warum? Babajan war ein notorischer Glücksspieler, und die NUPA hat ihn wegen ständiger Schwindeleien hinausgeworfen. Er will eine der Bomben-Uhren in Geworkjans Wohnung gesehen haben und beschreibt sie so genau, als habe er sie selber hergestellt. Ich vermute, daß Babajan ein KGB-Spitzel ist. Sie erinnern sich doch an den mysteriösen Anrufer, der Greschannik informierte, die U-Bahn-Bombe sei von ‹Faust› gelegt worden? Nun, meinen Experten ist es gelungen, den im Lärm untergegangenen Teil des Telefongesprächs zu rekonstruieren, der mit den Worten begann: ‹Die U-Bahn-Bombe wurde von Faust Geworkjan gelegt, dem Anführer der Nationalen Unabhängigkeitspartei von Armenien.› Machen Sie nicht gleich so ein enttäuschtes Gesicht, Sascha. Den Jungens von der Technik ist es darüber hinaus gelungen, akustisch zu klären, daß die Geräusche, die die letzten Worte unverständlich machten, von einem Preßluftbohrer stammten, der den Asphalt aufbrach. Danach machte es nicht viel Mühe festzustellen, daß sich in der Nähe vom Häuserblock Nr. 3 an der Friedensallee, wo Babajan einige Zeit wohnte, eine Telefonzelle befindet, und daß zur fraglichen Zeit dort Straßenarbeiten ausgeführt wurden. Die Preßluftbohrer fingen ihre Arbeit am Tag nach der Explosion genau um acht Uhr früh an. Der Vorarbeiter erklärte, daß es sieben bis acht Minuten dauerte, den Generator anzuwärmen. Ich zeigte dem Vorarbeiter ein Foto von Babajan und fragte ihn, ob er diesen Mann zufällig an jenem Morgen gesehen hätte. Ich machte mir keine großen Hoffnungen, aber es stellte sich heraus, daß der Vorarbeiter ihn sehr wohl wiedererkannte. ‹Gewiß›, sagte er, ‹so'n orientalischer Typ. Er hat meine Leute aus der Telefonzelle heraus angebrüllt, er könne sein eigenes Wort nicht verstehen.› Ich weiß, was Sie jetzt denken, Sascha, nämlich: ‹Mir war von vornherein klar, daß die ganze Sache ein KGB-Komplott ist.› Aber falsch gedacht, lieber Freund, ich habe herausgefunden – wie, das ist eine andere Geschichte –, daß Babajan ein Agent des militärischen Sicherheitsdienstes und nicht des KGB ist. Er ist also ein GRU-Mann. Sein Deckname: Serschik. Ihre Schlußfolgerung, Sascha, in einem Satz?»

«Ich kann es nur in einem Satz sagen, wenn ich mehrere Kommas und Semikolons benutzen darf.»

Merkulow lächelte: «Ich seh schon, Sie sind in Fahrt. Das bedeutet, daß Sie sich wieder besser fühlen. Also?»

«Die U-Bahn-Bombe wurde von Mitgliedern der Spezialtruppe gelegt; das Attentat sollte die autonomistische Bewegung der Armenier in den Augen unseres Volkes und der Weltmeinung diskreditieren; KGB oder GRU wollten demonstrieren, daß alle Unabhängigkeitsbewegungen unvermeidlich von Terrorakten begleitet werden, die gegen die Zivilbevölkerung gerichtet sind, und zu diesem Zweck wurde die Anklage gegen Geworkjan zusammengebraut.»

Merkulow nahm meine brillante Zusammenfassung wortlos zur Kenntnis und fuhr fort: «Nun der Epilog. Auf meinen reichlich negativen Bericht über die Schuldbeweis-Ermittlungen im Fall Geworkjan erhielt ich vom GRU-Chef folgende Antwort: ‹Meine Leute haben bewiesen, daß Geworkjan ein Feind unseres Systems ist. Sie haben unwiderlegbare Beweise geliefert, daß die Explosion das Werk einer feindlichen Organisation war. Die *Prawda* hat diesen Tatbestand bereits publiziert, und das Politbüro ist informiert worden. Finden Sie mir einen Schuldigen, dann werde ich Geworkjan freilassen.›»

Wir rauchten eine Weile schweigend. Es dämmerte mir jetzt, warum Merkulow mir den Fall Geworkjan so ausführlich dargestellt hatte. Er hatte die Ermittlungen der Staatssicherheitsdienste angezweifelt und war nun in Zugzwang: Entweder er schwieg, was einem Rückzieher und einer Blamage gleichkam, oder er setzte seinen Ehrgeiz darein, seinen Verdacht, daß KGB und GRU sich – gelinde gesagt – irrten, zu erhärten und zu beweisen.

«Sie meinen also», begann ich vorsichtig, «wir sollten alles Erdenkliche versuchen, um den wirklich Schuldigen zu finden, den wahren ‹Faust›?»

Merkulow stand auf und nahm die vollen Aschenbecher vom Tisch.

«Der ‹Faust› von Meister Goethe hat sich mit seinem Grundsatz ‹Wer immer strebend sich bemüht› um ein Haar in die Hölle manövriert. Ich fürchte, wir könnten dabei weniger Glück haben als der große Magier. Wenn meine Lidoschka beim ‹Mensch, ärgere dich nicht› in Wut gerät, weil sie sieht, daß sie drauf und dran ist zu verlieren, dann fegt sie die Steine vom Brett. Wenn der KGB oder GRU erkennt, daß er ins Hintertreffen gerät, fegt er uns hinweg. Sollen wir ein solches Spielchen wirklich wagen? – Genug für heute. Der Morgen bringt helleren Rat als die Nacht, sagt man wohl.»

«Noch eine letzte Frage, Kostja. Warum haben Sie uns heute früh plötzlich schon um neun Uhr zu sich bestellt? Wir waren doch ursprünglich erst für zwölf Uhr verabredet.»

«Was – wieso?» Er blieb vor dem Abfalleimer stehen, und ein Teil der Zigarettenasche rieselte auf den Boden. «Ich hätte Sie und Bunin statt um zwölf schon um neun Uhr erwartet?»

«Haben Sie mich etwa nicht durch Bunin abholen lassen, weil mein Telefon mal wieder nicht funktionierte?»

Es war nur noch eine rhetorische Frage, da ich bereits die Antwort wußte. Unsere Gegner hatten beschlossen, Bunin und mich gemeinsam umzubringen! Der Mordanschlag hatte nicht nur mir gegolten, wir sollten beide in Stücke gerissen werden, bevor wir die Informationen, die wir in Afghanistan gesammelt hatten, weitergeben konnten.

«Wer sonst wußte noch, daß wir uns um zwölf Uhr treffen wollten, Kostja?»

«Die ganze Runde: Greschannik, Griasnow, die Romanowa und Moissejew. Wir wollten doch großen Rat halten. Halt, Parkomenko hab ich noch vergessen.»

Mir stieg das Blut in den Kopf. «Das würde heißen: Jemand aus unserem Büro, unserem Kreis steht mit diesen Leuten in Verbindung und hat uns hochgehen lassen wollen.»

Merkulow sah jetzt aus wie ein Veteran des Ersten Weltkriegs. Die beiden Aschenbecher klirrten in seiner zitternden Rechten. «Den kauf ich mir», sagte er mit ebenso bebender Stimme. «Das Schwein bring ich zur Strecke. Morgen gehen wir als erstes zu Gornij. Wir kondolieren ihm zum Verlust einer seiner besten Mitarbeiter – und fordern den alten Bojaren auf, sich an der Jagd nach Bunins Mörder zu beteiligen.»

13

«Sie wollen Generaloberst Gornij sprechen? Bedaure, Sie können sich höchstens noch in das Kondolenzbuch eintragen.» Der diensthabende Leutnant am Haupteingang der Militärjustizverwaltung deutete in die Empfangshalle. In der Mitte stand auf einer Art Staffelei das Porträtfoto von Artjom Grigorjewitsch Gornij mit einem Trauerflor und den Lebensdaten 1912–1985.

Fassungslos und mechanisch schrieben wir unsere Namen auf eine schwarzumrandete Seite.

«Wann ist er gestorben? War es die Lunge, wie er neulich andeutete, als er uns bat, in seinem Büro nicht zu rauchen?» wollte Merkulow von dem jungen Leutnant wissen.

Er wußte nur, daß es am Tag zuvor in Gornijs Datscha passiert war, in Gegenwart seines Stellvertreters, Generalleutnant Popkow.

«Melden Sie uns an. Wir müssen ihn dringend sprechen», verlangte Merkulow.

Fünf Minuten später standen wir vor ihm. Da ich ihn nie zuvor gesehen hatte, wußte ich nicht, ob er die dunkle Brille nur heute trug, um zu verbergen, daß er Tränen in den Augen hatte, oder ob sie zu seinem ständigen Habitus gehörte.

«Ich bin froh, daß Sie gekommen sind, Genossen», empfing er uns mit bewegter Stimme. «Artjom Grigorjewitsch hat sich in den letzten Tagen große Sorgen um Sie – um Ihre afghanische Aktion gemacht. Ein großes Unglück für uns alle, daß er nicht mehr da ist.»

«Hat er noch vom Tod seines Mitarbeiters Bunin erfahren?» fragte Merkulow frei heraus.

Popkow nickte betrübt. «Das ist es ja! Sein Adjutant hat Artjom Grigorjewitsch auf der Datscha von dem Mißgeschick informiert. Die Nachricht hat ihn verständlicherweise sehr aufgeregt, und er wünschte, daß ich sofort zu ihm nach Barvik hinauskäme. Artjom Grigorjewitsch hatte sich schon seit Tagen nicht wohl gefühlt, und als ich ankam, sagte er, entscheidende Gespräche über Vorgänge in Afghanistan stünden bevor. Er hätte auf wichtige Dokumente vom Rechtsoffizier der dort stationierten 40. Armee gewartet, aber diese Dokumente wären offenbar mit Bunin in die Luft gesprengt worden. Artjom Grigorjewitsch hatte einen schweren Asthmaanfall und schluckte verschiedene Mittel. Ich empfahl, einen Arzt vom Kreml-Krankenhaus kommen zu lassen, aber er erwiderte, es gäbe Wichtigeres zu tun. Er erwarte einen Telefonanruf aus Kabul, und danach würde er mir alles erklären. Aber das Gespräch mit dem Rechtsoffizier Bodak kam nicht mehr zustande. Dessen Wagen, hieß es, sei auf dem Weg zum Büro auf eine Rebellenmine gefahren und in Stücke gerissen worden. Die zweite Todesnachricht verkraftete Artjom Grigorjewitsch nun nicht mehr. Er bekam plötzlich keine Luft mehr und sank vornüber.»

Popkow setzte wieder seine Trauermiene auf, aber ich kaufte sie ihm jetzt noch weniger ab als zuvor. Weder trauerte er über den Tod von Bunin und Bodak, noch um den Tod seines Chefs Gornij. Im Gegenteil, es war viel wahrscheinlicher, daß er scharf darauf war, die Nachfolge des letzteren anzutreten – ein Posten, auf den er vermutlich seit zehn Jahren gewartet hatte. Ich warf einen Seitenblick auf Merkulow, um zu sehen, ob er meine Gedanken teilte, und sein kühler Blick verriet mir, daß es so war.

«Ich bin froh, daß wenigstens Ihnen nichts geschehen ist, Genosse Turezkij ... Jetzt muß ich mich wieder um die Bestattungsfeierlichkeiten kümmern. Entschuldigen Sie mich.»

Es war heiß im Auto, ich zog meine Jacke aus und legte sie über die Knie.

«Gute Idee», sagte Merkulow, der neben mir im Fond seines Dienstwagens saß, und tat es mir gleich.

Moskau genoß den kurzen Sommer, ohne sich viel um die Tragödien zu kümmern, die sich in diesen Tagen abspielten. Merkulow und ich schwiegen lange Zeit, verloren in unseren eigenen Überlegungen.

Der Chef fand zuerst die Sprache wieder: «Ich werde die Romanowa bitten, Sie mit einem Revolver auszustatten. Und zwar sofort, ohne erst den müden Amtsschimmel in Bewegung zu setzen.»

«Warum das?» Mein Protest war völlig ernst gemeint. «Jetzt bin ich doch keinen Mordanschlägen mehr ausgesetzt.»

«Sind Sie so sicher?»

«Absolut. Von dem Moment an, wo ich hier alles über Afghanistan berichtet habe, bin ich doch ohne Interesse für diese Burschen. Sie, Kostja, brauchen eine Waffe notwendiger als ich und dazu Leibwächter. Ich meine das ganz im Ernst. Nicht nur, daß Sie seit gestern im Besitz von Informationen sind, die *denen* gefährlich werden können, sondern weil Sie obendrein Vollzugsgewalt haben – und Zugang zu den höchsten Stellen.»

«Aber wer sind unsere Gegenspieler eigentlich? Oder genauer gesagt, gegen wen richten sich unsere Operationen? Gegen den KGB? Gegen den militärischen Sicherheitsdienst? Gegen die Spezialtruppe? Oder nur gegen die verrückte ‹Afghanische Bruderschaft›, von der dieser Iwonin Ihnen etwas vorgefaselt hat?» Merkulow fischte eine Zigarette aus der Tasche und zündete sie an. Er war zu seiner üblichen Rauchgewohnheit zurückgekehrt und brach die Zigaretten zum Glück nicht mehr in der Mitte durch. «Wir müssen unsere Ziele klar definieren . . .»

«Ich weiß nur dies: Es sind Mörder, gegen die sich unsere Ermittlungen richten – und zugleich raffiniert gelenkte Irre. Auf keinen Fall ist es die Nationale Unabhängigkeitspartei Armeniens. Die ist dagegen ein friedlicher Gesangsverein. Wir könnten unsere Erkenntnisse der *Prawda* zuspielen und abwarten, was geschieht. Schließlich ist Glasnost angesagt. Und was tun wir statt dessen? Fahren ins Kriminalamt, um uns einen achtschüssigen Revolver zu holen. Als wenn wir auf eigene Faust . . . Schon wieder ‹Faust›, verdammt noch mal! Wo ist Ihre ‹neue heuristische Denkweise› geblieben, die Sie Ihren Mitarbeitern immer einbleuen?«

«Ich sehe keinen Widerspruch zwischen meiner heuristischen Denkweise und dem pragmatischen Vorgehen in einer gegebenen konkreten Situation. Im Moment scheint mir nur das folgende erwiesen: Die Mitglieder der ‹Afghanischen Bruderschaft› haben die U-Bahn-Bombe gelegt, sie haben zweifellos Kim Lagina ermordet, den Ermittlungsbeamten Turezkij entführt und versucht, ihn umzubringen. Vermutlich haben sie auch Major Bunin und den Rechtsoffizier Bodak getötet. Aber es ist Ihnen wohl klar, daß die Spezialtruppe eine Regierungstruppe ist und keine Terrororganisation. Welche Rolle mag die ‹Afghanische Bruderschaft› im Rahmen der Spezialtruppe spielen? Wie groß ist sie, wie mächtig? Falls wir beweisen können, daß die Bruderschaft tatsächlich all diese Verbrechen begangen hat, retten wir zwar möglicherweise einen Unschuldigen, den Geworkjan, vor der Hinrichtung – aber wer rettet uns vor der Rache der Enttarnten?»

Ich schwieg. Merkulow hatte recht. Um das Thema zu wechseln, sagte ich: «Wissen Sie, Kostja, dieser Popkow hat mir gar nicht gefallen.»

«Ich war auch nicht gerade von ihm hingerissen, und seine Krokodilstränen waren sehr unglaubwürdig. Aber jetzt sind wir auf dem Weg zu einem Menschen, dem ich vertraue, grenzenlos vertraue, möchte ich sagen . . .»

Ganz in der Nähe vom Büro der Polizeiobristin Schura Romanowa befand sich ein winziges Zimmer mit einem niedrigen

Tisch, zwei Stühlen und einer Stehlampe. Auf einem dieser Stühle saß Schenja Schukow, er sah aus wie ein armer Verwandter, den man in eine Besenkammer verbannt hatte.

Bei unserem Anblick sprang er vom Stuhl hoch und umarmte Merkulow. Sie schlugen einander mehrmals auf die Schultern, wie Russen es tun, die sich lange nicht gesehen haben.

«Jetzt hat's auch Wanja Bunin erwischt», sagte Schukow an mich gewandt. «Was für ein Wahnsinn!»

«Warum sitzen Sie hier wie bestellt und nicht abgeholt?»

«Nun, ich . . . Die Alte ist schlechter Laune und Griasnow im Labor. Wo soll ich hin? Bin ja nicht mehr einer von euch. Die Fotos, die ich im Krankenhaus gemacht habe, sind bald fertig. Sehr scharf werden sie nicht sein, ich habe nur einen ganz primitiven Apparat. Schura hat mich nicht zu sich hereingelassen. Sie nimmt mir diese Geschichte, wegen der man mich rausgeschmissen hat, noch immer übel. So als hätte ich ihr persönlich schaden wollen.»

«Wäre das wirklich Ihre Absicht gewesen, Schenja, hätte ich Sie eigenhändig erwürgt.»

Die Romanowa stand an der Tür zu ihrem Büro; sie trug ein unbeschreibliches Gebilde auf dem Kopf, das aus Metall und Plastik zusammengesetzt war. Außerdem hatte sie ihre graue Polizeiuniform gegen ein elegantes silbern changierendes Kleid ausgetauscht, dessen tiefes Dekolleté ihren majestätischen Busen voll zur Geltung brachte.

«Kommt schon rein . . . Ja, Sie auch, Schukow.» Nach diesen Worten setzte sie sich wieder unter die Trockenhaube. Wir tauschten verblüffte Blicke aus. Ihr Büro hatte sich in einen Schönheitssalon verwandelt. Zwei exotisch aussehende Püppchen, zweifellos die Friseuse und die Kosmetikerin, eilten in engen Lederhosen hüftenwedelnd herum unter der Regie eines Jünglings, der Gregory Peck in seiner Blütezeit zum Verwechseln ähnlich sah.

«Alexandra Iwanowana, wenn Sie Ihr Haar nicht ordentlich trocknen lassen, wird aus der Frisur nichts.»

«Ich verspreche Ihnen, Wsewolod, ich sitze von nun an ganz still», sagte Schura gehorsam und fing sogleich an, sich laut bei Merkulow zu beschweren: «Die Arbeit steht mir bis zum Hals, Morde und Einbrüche, und nun ist auch noch eine amerikanische Juristendelegation unter Führung von Professor Hazard eingetrudelt, und wir haben die Weisung erhalten, sie gastfreundlich zu empfangen und ihnen ein Diner zu geben – mit Gattinnen, so wie es im Westen üblich ist. Aber wo sollen wir die Gattinnen hernehmen? Entweder sind sie in ihren Datschen draußen, oder sie müssen arbeiten. Deshalb hat der Gerichtspräsident entschieden: ‹Schura›, hat er gesagt, ‹für heute abend sind Sie meine Frau!› Ausgerechnet ich! Ich bin seit Jahren nicht aus meiner Uniform rausgekommen und habe vergessen, was eine Dauerwelle ist. Ich fühle mich mit meinen hohen Absätzen wie eine Kuh auf der Eisbahn. Jetzt verstehen Sie meine schlechte Laune. Schukow hat darunter schon zu leiden gehabt. Geschieht ihm recht. Was ich ihm wirklich nicht verzeihen kann, ist, daß er damals dem Professor Sidorow eine geklebt hat, und zwar am Tag nach seiner Sauftour, als er total nüchtern war.»

«Weil er unseren Polizeiwachtmeister einen Esel genannt hat, Alexandra Iwanowana», verteidigte sich Schukow.

«So nennt man uns zehnmal am Tag. Sollen wir deswegen ständig Ohrfeigen verteilen?»

«Wenn einen das Gesindel so nennt, stört's mich nicht. Aber der war ein richtiger Professor.»

Merkulow und ich lachten laut über Schukows zwingende Logik, während Gregory Peck Schuras Haar den letzten Schwung gab.

«Schura», sagte Merkulow ehrlich erstaunt, «man wird Sie zur Ballkönigin küren. Niemand würde denken, daß sie schon ... Nun, ich will keine Zahlen nennen.»

«Na, sagen Sie ruhig mein Alter, Kostja, sonst denken noch alle, ich sei an die sechzig.»

Schura betrachtete sich zufrieden im Spiegel. «Sie sind wirklich ein Zauberkünstler, Wsewolod. Und Sie sind überpünktlich fertig, das Diner fängt erst in einer Stunde an.»

Ich hätte Schura auch gern ein Kompliment gemacht, sie sah tatsächlich nicht wie achtundvierzig aus. Aber bevor ich den Mund aufmachen konnte, fuhr sie wie eine Furie auf mich los. «Und Sie laufen noch frei auf der Straße herum? Es genügt Ihnen wohl nicht, daß man Ihnen fast den Schädel eingeschlagen und Ihr teures Auto in die Luft gejagt hat? Wollen Sie vielleicht auch noch erschossen werden? Kostja, warum haben Sie ihm keine dunkle Sonnenbrille verpaßt? Dieses blaue Auge...»

«Der Grund meines Kommens, Schura...»

«Warten Sie einen Moment, Kostja, ich verabschiede erst mal diesen Haarkünstler. Danach können wir reden.»

Merkulow rieb sich die Backen, als ob ihm kalt wäre, dabei war es schweißtreibend heiß im Büro. Er sagte: «Genossin Romanowa, rüsten Sie den Ermittlungsbeamten Turezkij bitte umgehend mit einem Revolver aus.»

«Bin schon dabei. Wie Sie sehen, habe ich bereits den Hörer in der Hand... Sind Sie es, Michailow? Romanowa hier... Verschaffen Sie mir einen ordentlichen Makarow-Revolver, einen, der einigermaßen geradeaus schießt.»

In diesem Moment betrat ein strahlender Griasnow das Zimmer mit einem noch feuchten Filmstreifen in der Hand, den er auf Schuras Tisch legte.

«Sie scheinen recht gut gelungen zu sein», sagte Schukow und stieß einen Seufzer der Erleichterung aus.

«Was heißt ‹recht gut›?»

«Reden Sie nicht so laut, Griasnow. Sie sehen doch, ich bin am Telefon», fuhr Romanowa ihn an und ließ ihre Blicke über die Fotos gleiten.

Griasnow fuhr im Flüsterton fort: «Ihre Aufnahmen, Schenja, sind großartig, genau, was wir brauchen. Wie Sie das in der kurzen Zeit, die Ihnen zur Verfügung stand, geschafft haben, ist mir ein Rätsel.»

Merkulow betrachtete die Fotos lange und eingehend. Wir lenkten ihn nicht ab, obwohl Schura hin und wieder auf die Uhr sah. Schließlich zündete er sich eine Zigarette an und sagte langsam: «Ich möchte Sie bitten, Alexandra Iwanowana, Ihre Leute zusammenzutrommeln und ihnen diese Liste zu zeigen. Sie enthält die Namen von Soldaten, die den Verstand verloren haben, weil ihnen stimulierende Mittel injiziert wurden, und die seitdem im Zentralkrankenhaus von Kabul in Behandlung sind – genauer gesagt, dort auf ihren Tod warten. Wir können ihnen nicht mehr helfen – leider. Die folgenden Namen sind die von Offizieren, die obendrein den sogenannten Stabilisator bekommen haben, der die Nebenwirkungen der Droge bremst oder ganz ausschaltet. Die Mehrzahl von ihnen verrichten weiterhin ihren Dienst in Afghanistan. Einige wurden nach Moskau, in die DDR und nach Ungarn versetzt. Andere wiederum sind entlassen worden und befinden sich vermutlich wieder in ihren Heimatorten. Diese interessieren uns am meisten. Weiterhin gibt es Männer, die an Kursen teilnehmen oder an Akademien und Militärschulen studieren. Diese Leute sollten auf Herz und Nieren überprüft werden. Aber das ist noch nicht alles. Ich entnehme dem Bericht von Alexander Borissowitsch und dem mir bereits bekannten Material, daß die Mitglieder der ‹Afghanischen Bruderschaft› psychisch gestört sind. Diese Art von Menschen haben übermächtige Phantasien, unter deren Einfluß sie extreme Verbrechen verüben. Wie Sie wissen, existiert eine Unterwelt, die Routine-Verbrechen begeht, und eine Art Gegen-Unterwelt, die sich höchst seltsamer Vergehen schuldig macht. Es ist diese Gegen-Unterwelt, über die ich mit Ihren Leuten reden möchte...»

Schura unterbrach ihn. «Kostja, lassen Sie uns noch einmal genau diese Liste ansehen. Sie wissen ja, ich behaupte, so scharfe Augen zu haben wie ein Adler, und mir scheint, daß mir einer der Namen so beim Durchblättern eben bekannt vorkam.»

Die Romanowa nahm wieder die Liste und die Fotos zur Hand, ihr Basiliskenblick glänzte vor Aufregung. Sie drückte auf die Taste der Sprechanlage: «Pogorelow, bitte kommen Sie mal.»

Der untersetzte Major Pogorelow, ein alter Bekannter von uns, trat ein. Er begrüßte Merkulow und mich, zwinkerte Schukow zu und sagte etwas atemlos: «Drückend heiß hier, wie kurz vor einem Gewitter.»

Romanowa deutete auf eines der Fotos: «Valentin, sagt Ihnen der Name Gudinas was?»

Pogorelow sah sie an, runzelte die Stirn und fuhr sich mit der Hand durch sein spärliches Haar am Hinterkopf. «Wenn es derselbe Gudinas ist, der in der Tretjakow-Galerie Amok lief, dann ja. Wie hieß er doch mit Vornamen? Jurgenas?»

Romanowa ging in der Liste die Namen, die mit G anfingen, durch. «Gudinas Jurgenas, 27 Jahre alt . . . So, Kinder, jetzt muß ich zu meinem Pseudogatten eilen. Wenn ich nicht pünktlich bin, verhaut er mich womöglich in Gegenwart der gesamten amerikanischen Delegation. Laßt euch in der Zwischenzeit von Pogorelow Näheres über diese Gegen-Unterwelt erzählen. Valentin kennt sich da bestens aus.»

«Es ist verdammt heiß. Wie wär's mit einem Bier?», schlug Pogorelow vor, nachdem sich die Tür hinter der Romanowa geschlossen hatte.

«Mit größtem Vergnügen», sagte Merkulow. «Gehen Sie in die Kantine, Sascha, und bringen Sie auch gleich ein paar Pasteten und Geräuchertes mit.» Er suchte in seiner Tasche nach Geld.

«Geht auf meine Kosten!» verkündete Schukow. «Ich habe noch etwas westliche Währung, dafür sollten wir doch roten

Kaviar bekommen, was? Oder hat sich das seit meiner Zeit geändert?»

«Luxus und Prassen!» Griasnow schüttelte mißbilligend den Kopf, protestierte aber nicht weiter.

Das Büro von Schura Romanowa erfuhr an diesem Tag seine zweite Verwandlung, diesmal in eine Kneipe. Pogorelow, Räucheraal kauend, begann seine Erzählung: «So wie Menschen haben auch Kunstwerke ein Schicksal, sie erleben aufregende Zeiten und Dramen. Im Januar 1913 zog in der Tretjakow-Galerie . . .»

«Valentin, haben Sie den Verstand verloren? Wer will schon etwas aus dem Jahr 1913 hören», unterbrach ihn Griasnow.

«Sie brauchen ja nicht zuzuhören, Slawa», erwiderte der Polizeimajor friedfertig, strich sich den Bierschaum von den Lippen und fuhr unbeirrt fort: «Also, im Jahre 1913 zog ein Irrer namens Balaschow in der Tretjakow-Galerie ein Messer und stürzte sich auf Ilja Repins Gemälde ‹Iwan der Schreckliche und sein von ihm tödlich verwundeter Sohn›. Zweiundsiebzig Jahre später geschah das gleiche. Sie haben alle davon gehört: Am dreizehnten Mai 1985 um zwölf Uhr rief ein Kind im Repin-Saal: ‹Schau Mama, der Mann macht den Zar tot!› Der diensthabende Wärter kam auf das Rufen hin sofort angerannt, leider zu spät. Quer über Iwans des Schrecklichen Hüfte klaffte eine tiefe Wunde und eine scharfriechende, klumpige Masse bildete Blasen auf seinem Kopf. Ein Mann mit Brandnarben im Gesicht stand unnatürlich verkrümmt vor dem Bild. Er trug eine Lederjacke. Mit seiner rechten Hand preßte er ein Einmachglas gegen die Brust, in der linken hielt er ein Messer. Der Wärter überwältigte ihn nach kurzem Kampf. Der Typ mit den Brandnarben schrie immer wieder: ‹Ich habe es General Serij heimgezahlt!›»

Stimmt, auch mir war aufgefallen, daß Serij eine gewisse Ähnlichkeit mit Repins Iwan hatte. Zumindest würde er als alter Mann genau wie «der Schreckliche» aussehen... das heißt, wenn er lang genug am Leben bliebe.

«Wir fanden folgendes heraus», fuhr Pogorelow fort. «Einen Monat vor diesem Zwischenfall war der Litauer Gudinas Jurgenas aus Afghanistan zurückgekehrt. Die Brandwunden hatte er sich dort zugezogen, ‹aus Unachtsamkeit›, wie es im Arztbericht kurz hieß. ‹Auf Befehl von diesem Serij›, wie der Bilderstürmer behauptete. Er lebte nun bei seiner Tante in Moskau, war aber nicht registriert. Wir stellten Erkundigungen an bei der Militärbehörde in Wilna, an die das Verteidigungsministerium seine Papiere geschickt hatte. Es stellte sich heraus, daß Gudinas Offizier bei der Spezialtruppe gewesen war. Ein erstklassiger Soldat anscheinend. Er stand in dem Ruf, belesen zu sein und ein Kunstliebhaber... Die psychiatrische Untersuchung ergab: ein astheno-hypochondrisches Syndrom, hervorgerufen durch tiefsitzende Traumata, vielleicht weil er Folterungen mit angesehen hatte. Erlebnisse dieser Art führen bei gewissen Personen zur Zerstörung geistiger und moralischer Werte und fördern bösartige Emotionen und Triebe. Folterszenen sind besonders für junge Männer gefährlich. Gudinas litt augenscheinlich an einer paralogischen Schizophrenie, die ihn der Fähigkeit beraubte, seine Handlungen logisch zu begründen.»

«Haben Sie noch die Unterlagen über diesen Fall zur Hand?»

«Zum Glück ja, Konstantin Dimitrijewitsch. Bin sofort wieder da.»

Merkulow nutzte die Gelegenheit zu einer Zwischenbilanz, die ganz hoffnungsvoll ausfiel: «Auf riesigen, quasi historischen Umwegen scheinen wir der Magie unseres afghanischen Faust ein Schrittchen näherzukommen», sagte er und hob darauf sein Bierglas zu einem «Nasdarowje!»

Pogorelow kam mit einem schwarzen Karton zurück, der wie ein altmodischer Zauberkasten aussah. Er ließ seine Hand darin verschwinden und zog dann eine Anzahl Gegenstände unterschiedlicher Art und Größe hervor.

«Kann Ihnen dies weiterhelfen?» fragte er mit einem Blick auf das Corpus delicti «Einmachglas mit Säure». Danach legte er ein Jagdmesser auf den Tisch.

«Haben wir einen Expertenbericht über das Messer?» fragte Schukow.

Pogorelows Antwort war so präzise, als lese er sie von einem Stück Papier ab: «Die stereoskopische Analyse der Messerscheide hat ergeben, daß an ihr Fragmente von Ölfarbe und Leinwand haften, sonst nichts. Kein Blut, wenn Sie das meinen. Hier ist eine Kopie der Untersuchungsergebnisse – fünfundzwanzig Seiten plus sechzehn Fotos.»

Merkulow sah sich jedes einzelne genauestens an, bevor er sie an uns weiterreichte. Ein Blatt legte er gleich beiseite – einen Zettel von einem Notizblock: «Bruder, wir müssen uns treffen. Ruf heute abend 319-85-58 an. Anatolij», las ich.

«Hat er einen Bruder?»

«Nein, er ist der einzige Sohn.»

Pogorelow bemerkte nicht, daß Merkulow und ich uns bedeutungsvoll ansahen. Stand «Bruder» wohl in einer Beziehung zur «Afghanischen Bruderschaft»?

«Stellen Sie bitte gleich fest, wem diese Telefonnummer gehört», beauftragte der Chef Griasnow, der schon die Nummer der Geheimauskunft wählte.

«Dieses Papier ist auch sehr seltsam. Irgend was steht dort auf litauisch geschrieben, aber es ist kein Eigenname. Die Telefonnummer jedoch ist eine Moskauer, 225-23-44 – und überdies noch eine Regierungsnummer.»

Pogorelow zog sein letztes «Pfand» hervor, ein Schulheft mit einem grauen Deckel. «Es ist sein Tagebuch, auf einigen Seiten steht ein Datum. Aber es ist ebenfalls auf litauisch geschrieben.»

«Sascha, treiben Sie möglichst schnell einen Litauer auf. Wir werden alle Unterlagen von Valentin mitnehmen. Schreiben Sie ein Beschlagnahme-Formular aus.»

Griasnow legte den Hörer auf. «Das Telefon gehört Anatolij Andrejewitsch Tumanow, er wohnt in der Tschertanowska-Straße, Block 118, Sektion 3, Wohnung 102. Ich habe die zuständige Polizeistation eingeschaltet. Sie wird uns unverzüglich alles Wissenswerte über den ‹Bruder› mitteilen.»

Schukow nahm die Liste und überprüfte den Buchstaben T. Einen Tumanow gab es nicht.

«Wir müssen herausfinden, mit wem der Ex-Spezialtruppenoffizier Gudinas sonst noch in Kontakt stand», sagte Merkulow. Alle Namen und Telefonnummern müssen überprüft werden.»

«Wenn es Moskauer Nummern sind, ist das ziemlich einfach.»

Merkulow, Griasnow und ich sahen Dutzende von Aktenordnern durch. Wir suchten nach Verbrechern, deren Arbeitsmethoden denen des jungen Mannes in der Lederjacke glichen, der Iwonin bei seinen «Jobs» begleitet hatte. Aber wir fanden nichts. Dann wandten wir unsere Aufmerksamkeit besonders unverfrorenen Verbrechen zu, die im letzten Monat begangen worden waren. Da hatte beispielsweise in dem weißrussischen Dorf Marusino eine Terroristengruppe einen Polizisten und zwei Frauen entführt und Lösegeld verlangt. In Leningrad hatten zwei junge Burschen mit Bürstenschnitt einen Kassierer ermordet. Eine Bombe war in der Hafengegend hochgegangen.

Nach all dem ging ich in die Waffenkammer und holte mir einen hübschen, nagelneuen Makarow-Revolver plus Schultertasche ab. Merkulow stellte derweil zehn Fragen für Romanowas Leute zusammen, mit der Anweisung, sie innerhalb der nächsten Tage zu beantworten.

Die Bedienerin in der Kantine klaubte Reste von noch genießbaren Essensportionen zusammen. Ich versuchte, den schlechten

Geschmack mit Kompott fortzuspülen, als Merkulows Sekretärin hereinstürzte: «Turezkij! Konstantin Dimitrijewitsch möchte Sie sprechen.»

«Was treiben Sie um diese Zeit noch in der Kantine?» fragte Merkulow, ohne die Augen von seinen Akten zu heben. «Ein Kassenbote ist vor einer Stunde ermordet worden, und eine große Geldsumme wurde gestohlen. Den Zeugen zufolge waren die beiden Verbrecher kurzhaarige junge Männer in schwarzen Lederjacken. Einer sah Kims Mörder ähnlich.»

Ich wählte Griasnows Nummer.

«Dann mal los!» sagte Slawa aufmunternd. «Endlich nahet sich die Stunde ... Der Dienstwagen ist schon auf dem Weg zu Ihnen.»

«Wissen Sie bereits Näheres?»

«Nur soviel wie in der polizeilichen Meldung steht. Hören Sie zu:

Heute um 17 Uhr 30 überfielen vor der Moskauer Sparkassenfiliale 1558, unmittelbar neben der U-Bahnstation Preobraschenskij, drei unbekannte Personen den Kassenboten Igor Alexandrowitsch Garusow und den Chauffeur Peter Petrowitsch Schmelew. Beide zogen ihre Waffen. Die Verbrecher eröffneten das Feuer und töteten Garusow; Schmelew wurde schwer verwundet. Die drei Unbekannten ergriffen den Geldsack, der 234500 Rubel enthielt und verschwanden vom Tatort in dem Wagen, der den Kassenboten zur Bank gebracht hatte. Die Befragung der Zeugen erbrachte folgendes: Die Bürgerin Iwana Borissowna Pimowa sah zwei Männer, die sich dem Auto näherten; der Bürger Anton Wladimirowitsch Mokow hörte Schüsse von seinem Balkon; der Bürger Ossip Alexejewitsch Filtschenko hörte, wie einer der Verbrecher dem anderen das Wort «Bube» zurief. Der Chauffeur Schmelew hat eine detaillierte Beschreibung der drei Räuber gegeben. Er berichtete dem diensthabenden Polizisten Agapow, daß alle drei schwarze Jacken trugen und kurze Haare hatten. Der erste war 27–29 Jahre alt, der zweite 25–27 und der dritte 22–23. Die Überprüfung des Tatorts wurde von einer Polizeiermittlungsgruppe vorgenommen. Die Leiche des ermordeten Kassenboten wurde ins Leichenschauhaus des Stadtkrankenhauses Nr. 1 überführt, der verletzte Chauffeur wurde im Rettungswagen in die Chirurgische Universitätsklinik transportiert. Die Arbeitsgruppe des Moskauer Kriminalamts leitet Polizeimajor Valentin Pogorelow.»

«Wo ist Pogorelow jetzt? Am Tatort?» fragte ich.

Griasnow schnappte sich mein Feuerzeug.

«Das nehme ich nicht an. Er ist, trotz seiner Korpulenz, ein ganz scharfer Bluthund. Vermutlich hat er bereits Witterung aufgenommen und jagt den Verbrechern hinterher, und wir müssen jetzt *ihm* hinterherjagen. Sobald wir im Auto sitzen, erzähle ich Ihnen was Interessantes.»

Kaum war er, zehn Minuten später, zu mir in den Dienstwagen gestiegen, fragte mich Griasnow: «Sagen Sie, Sascha, waren Sie nicht an Anatolij Andrejewitsch Tumanow interessiert?»

«Wer soll das sein?»

Er lehnte sich vom Rücksitz zu mir herüber. «Sie haben ein Gedächtnis wie ein Sieb. Ich rede von der Telefonnummer, die Sie und Merkulow unter Gudinas Papieren gefunden haben. Erinnern Sie sich jetzt? Ein interessanter Typ: afghanischer Kriegsinvalide, hat beide Beine verloren. Bewegt sich aber auf seinen Prothesen flott voran. Pensionierter Major, Brust voller Orden, führt ein offenes Haus für alle Offiziere, die aus Afghanistan zurückkommen. Engster Freund von unserem geschätzten Kameraden Serij. Jedesmal wenn der nach Moskau kommt, besucht er Tumanow. Können Sie sich jetzt einen Begriff machen?»

«Kann ich. Dieser beinlose Held paßt ausgezeichnet in die tragische Mär von der ‹Afghanischen Bruderschaft›. Und was hat er mit dem Geldraub zu tun?»

«Möglicherweise nichts. Aber wir sollten ihn uns näher ansehen.»

Wir hielten am Tatort, nur um unseren geistigen Horizont etwas zu erweitern. Die Menschenmenge hatte sich noch immer nicht zerstreut. Wenn man Zeugen braucht, bekommt keiner den Mund auf. Aber Gerüchte verbreiten, das tun sie ungefragt. Was wir nicht alles zu hören bekamen! Das war die Tat der «Schwarzen Katze». Nein, es waren die Amerikaner, die eine Panik in der Bevölkerung anzetteln wollen. Iwo, es waren Chinesen – wenn nicht ausgebrochene Patienten aus der Irrenanstalt.

Ein rauflustig aussehender kleiner Bursche lief auf Griasnow zu, stellte sich auf seine Zehenspitzen und flüsterte ihm etwas ins Ohr. Dann verkrümelte er sich sofort wieder.

«Einer Ihrer Spitzel?»

Griasnow grinste. «Nein, das war Oberst Tschernow. Er hat mir gesagt, Pogorelow habe etwas Neues herausgefunden! Als diese Halunken in ihren eigenen Wagen umstiegen, ganz in der Nähe der Poteschna-Straße, verloren sie einen Strafzettel wegen Geschwindigkeitsüberschreitung. Der ‹Moskwitsch› gehört dem ‹Roman-Theater›, der Name des Theater-Chauffeurs ist Birjukow, Igor Stepanowitsch.»

Wir fuhren ins Kriminalamt zurück. Ballistik interessierte uns im Moment sehr. Kugeln können einem ohne Zweifel viel mehr erzählen als redselige Zeugen.

«Haben Sie schon Erkenntnisse bezüglich der Waffe?»

Der Waffenspezialist Koslow rieb seine ohnehin schon rote Nase: «Sie sind 'n Komiker, Slawa. Es muß an Ihrem Umgang liegen – all diese verrückten Galgenvögel. Ballistik funktioniert nicht auf Anhieb wie eine Bahnhofshure. Ist Ihnen klar, wann der Mord geschah? Vor zwei Stündchen. Und wie lange hatte ich Zeit, die Kugel zu überprüfen? Pogorelow gab sie mir vor exakt zwanzig Minuten. Kommen Sie morgen wieder, Slawa, dann können wir reden...»

«Alter Freund, ich kenn Sie doch. Sie haben sie bereits geprüft, so ganz privat und oberflächlich. Na, spucken Sie schon Ihre Meinung aus. Wenn nicht, spendiere ich Ihnen nie wieder ein Bier.»

«Es ist natürlich regelwidrig», sagte Koslow und blickte um sich, um sicherzugehen, daß keiner der Chefs in der Nähe war. «Natürlich hab ich mir die Kugeln angesehen, sie wurden aus zwei Pistolen abgefeuert. Eine ist eine ‹Walther›, ausländisches Fabrikat, die andere ist eine von unseren TK, und zwar die gleiche Waffe, mit der in Leningrad ein Kassierer umgelegt wurde. Morgen kann ich Ihnen mehr sagen, Slawa.»

Wir saßen in Griasnows Büro und warteten auf Pogorelow, der die ganze Stadt nach dem Autofahrer Igor Birjukow absuchte. Schenja Schukow rief an und trug uns eine ausgefallene Idee vor: Wir drei sollten zusammen einen «Aktionsplan» ausarbeiten. Wir nahmen uns abwechselnd den Telefonhörer aus der Hand, um mitzukriegen, wie er sich die Sache vorstellte.

Während wir damit beschäftigt waren, kam Merkulow herein: «Griasnow, hören Sie endlich auf zu quasseln. Man kommt überhaupt nicht zu Ihnen durch. Ich habe jemand von der Leitung der Luftwaffenschule in Rjasan am Apparat. Er will dringend mit Ihnen sprechen. Die Leiche von Unteroffizier Albert Morosow ist in einem flachen Graben halb versteckt unter einem Nadelbaum gefunden worden.»

«Auf nach Rjasan!» sagte Griasnow und legte den Hörer auf, ohne sich von Schenja zu verabschieden.

14

Das Rjasaner Polizeiteam hatte geduldig auf uns gewartet und mit seinen Nachforschungen noch nicht angefangen. Als der Chef des Teams, ein serviler Inspektor, uns erblickte, rief er seinen Fahrern zu: «Schaltet die Scheinwerfer ein, Jungens!»

Die Scheinwerfer erleuchteten den flachen Graben, und der Inspektor machte eine Handbewegung wie ein Startzeichen, um anzuzeigen, daß die Ermittlungen beginnen konnten. Die Rjasan-Gruppe, bestehend aus dem Inspektor, einer Gerichtsmedizinerin und ein paar Spurensicherungsspezialisten, ging auf die Leiche zu.

Morosow lag auf der Seite. Seine rechte Hand – eine große Bauernhand – war in die Erde verkrallt. Warum Bauernhand? Ich überprüfte meine Reaktion. Ich war wohl noch immer von den bäuerlich linkischen Sätzen in Kims Brief beeinflußt. Ich kam mir irgendwie fehl am Platz vor, weil ich an den Untersuchungen nicht selbst teilnahm, sondern nur zusah. Das Gras wirkte im Scheinwerferlicht blau, die violetten Baumäste schwangen sanft im Wind.

«Ich habe versucht, einige Zeugen ausfindig zu machen, bin wie zufällig in den Dorfladen hereingegangen und habe mit den Kindern und den alten Leuten geplaudert. Es gibt hier in der Gegend eine Menge Rentner, ihre bescheidenen Datschen sind nur im Sommer bewohnbar.» Es war einer der örtlichen Fahndungsbeamten, der mir diese Auskunft gab. Wir saßen zusammen auf einem umgestürzten Baum, während Griasnow sich dem Ermittlungsteam angeschlossen hatte, das mit einer Taschenlampe im Gras herumkroch. «Ich sprach mit einem alten Mann, seine Name ist Warawa. Der hat gesagt, er glaube, er habe unseren Mann mal in Begleitung eines Mädchens gesehen. Keine Hiesige, er hat sie nie zuvor bemerkt. Sie trug ein grünes Kopftuch. Es war am Tag, bevor Morosow verschwand...

Ich schrieb Warawas Adresse in mein Notizbuch.

Der Fahnder fuhr fort: «Ich bin jetzt hinter einem Kameraden von Morosow her. Er teilte ein Zimmer mit ihm und fuhr am Tag nach Morosows Verschwinden zu seiner Familie. Ich habe es überprüft. Er bestieg den Zug um sieben Uhr abends, als Morosow noch am Leben war. Er soll morgen wiederkommen.»

Ich notierte mir gerade den Namen des Studenten, als ich Griasnows Stimme hörte: «Genosse Inspektor, ich glaube, ich habe die Kugel entdeckt. Oder was glänzt dort unter dem Polizeiauto?»

Ich konnte vom Gesicht des Fahnders ablesen, daß er noch nicht fertig war mit seinem Bericht. Also blieb ich noch bei ihm sitzen.

«Wir haben zwei Jungens hier – Zwillingsbrüder, die stecken ihre Nase in alles hinein, und in diesem Fall kann es uns nur recht sein. Gestern abend, als man die Leiche fand, ging das Getratsche natürlich los. Die Zwillinge behaupten, sie hätten das Mädchen mit dem grünen Kopftuch gesehen, aber mit zwei anderen ‹Opas›. Sie sagen, sie sei eine ‹fremde Tante› gewesen. Nun, Sie wissen ja, für zehnjährige Bengels ist jeder über sechzehn eine ‹Tante› oder ein ‹Opa›. Nun, das wär's.»

Eine kleine Frau mittleren Alters, die Gerichtsmedizinerin, meldete die ersten Erkenntnisse: Eine Kugel war durch die Schläfe in den Schädel eingedrungen. Der Schuß erfolgte aus nächster Nähe. Das Haar und die Haut um das Einschußloch waren versengt. Der Tod muß bereits vor mehreren Tagen eingetreten sein.

Ich ging zum Fundort der Leiche und prüfte Meter für Meter die kaum sichtbare Spur, die der Tote hinterlassen hatte, als man ihn in den Graben schleppte. Die Spur führte zu einer Lichtung zurück, wo eine leere Weinflasche und zwei Papierbecher lagen.

«Wer hat ihn gefunden?» fragte ich den Inspektor, der auf den Gipsabdruck eines Fußes wartete.

«Ein Rentner, der seinen Hund spazierenführte.» Der Hund zerrte eine Jacke unter den Büschen hervor, in der Morosows Ausweispapiere steckten. Der Rentner brachte die Jacke auf die Polizeistation, und dort lag Ihre Anfrage vor. Wir machten uns auf den Weg und fanden die Leiche im Graben und riefen Sie an – genaugenommen ist es Ihr Fall, Genosse Turezkij. Vier Stunden haben wir auf Sie gewartet. Warum, ist mir schleierhaft.»

Ich verstand seinen Unmut. Es war mir inzwischen völlig klar, daß die örtliche Polizei die Nachforschungen ebensogut ohne uns hätte durchführen können. Aber aus der Ferne gesehen fürchtet man immer, daß die Kollegen – zumal die in der Provinz – irgendwelche gravierende Fehler machen könnten.

«Morgen früh, bei Tageslicht, werden wir unsere Nachforschungen fortsetzen», sagte der Inspektor. «Sollten Sie über Nacht bleiben wollen, könnte ich Sie bei mir einquartieren. Ich habe zwei Dachzimmer mit Gästebetten.»

Gegen vier Uhr morgens packte das Ermittlungsteam seine Sachen zusammen.

«Gute Heimfahrt», sagte ich zu Griasnow. «Sie können gern fahren. Ich nehme morgen den Zug. Es gibt ein paar Dinge, die ich gern überprüfen möchte.»

«Kommt nicht in Frage. Wenn ich Sie allein lasse, werden Sie mir vielleicht noch einmal entführt. Ich habe gehört, daß der Inspektor uns Betten in seinem Haus angeboten hat. Abgesehen von allem anderen ist unser Fahrer müde. Wir bleiben alle drei hier und passen aufeinander auf. Einverstanden?»

Griasnow nahm sich der Zwillinge und des Rentners Warawa an. Ich sprach mit Albert Morosows Zimmergenossen im Fallschirmtruppenheim. Ich stellte ihm mehrmals die gleichen Fragen, und er beantwortete sie ohne zu zögern und ohne sich zu widersprechen. Dann durchsuchten wir gemeinsam den Schrank und schüttelten die Bettwäsche aus. Anschließend interviewte ich den Kursleiter, die Telefonistin, die Ausbilder, den technischen wie den politischen Direktor der Offiziersschule und danach abermals Morosows Zimmergenossen. Später gingen Griasnow und ich in den Dorfladen und in den Klub. Auf der Rückfahrt nach Moskau tauschten wir die Antworten aus, die wir auf unsere Fragen erhalten hatten, und versuchten, uns ein Bild von Morosows Schicksal zu machen.

Am Dienstag, den 18. Juni, ungefähr um ein Uhr, war Morosow ans Telefon gerufen worden. Die Anruferin war eine Frau, jung, vermutlich mit einem Moskauer Akzent. Von wo sie anrief, war nicht festzustellen. Der Kursleiter teilte ihr mit, daß Morosow «im Kurs» sei, aber die Frau bestand darauf, daß er ans Telefon käme, sie sagte, es sei sehr dringend. Morosow wurde aus der Unterrichtsstunde über Elektronik herausgerufen. Nach dem Anruf war er sehr aufgeregt und bat den Kursleiter um Erlaubnis, in die Stadt gehen zu dürfen, da er dort eine gewisse Person treffen müsse. Es handle sich nicht um eine rein persönliche Angelegenheit, aber er könne im Moment nichts Näheres sagen. Morosow war erst kurz bei dem Lehrgang, aber er hatte bis dahin einen guten Eindruck gemacht. Seine Dienstzeugnisse aus Afghanistan waren ausgezeichnet, und seine Kameraden fanden ihn sympathisch. Der Kursleiter stellte all dies in Rechnung und gab ihm Sonderurlaub.

Morosow hatte seinem Mitbewohner erzählt, daß um fünf Uhr ein Mädchen aus Moskau ankäme, die die Freundin eines Freundes von ihm sei, der in Afghanistan gefallen wäre. Um zwanzig Minuten vor fünf ging er fort und kam um halb sechs zurück und fing in erregtem Zustand an, nach irgendwelchen Papieren zu suchen. Auf die Frage, ob was Unangenehmes passiert sei, winkte er nur mit der Hand ab und suchte weiter. Dann sagte er, die Freundin seines Freundes sei nicht gekommen, aber er müsse einen bestimmten Brief finden. Er hätte ihn irgendwo aufgehoben und in ihm stünde eine wichtige Telefonnummer. Ungefähr um sechs ging er wieder weg, und seitdem sei er verschwunden.

Der Rentner Warawa bestätigte die Aussage des Zimmergenossen. Morosow habe an der Omnibushaltestelle, die ganz in der Nähe des Häuserblocks war, wo Warawa wohnte, wenige Minuten nach sieben in der Begleitung eines hosentragenden Mädchens mit einem grünen Kopftuch und einer Sonnenbrille gestanden. Er, Warawa, hätte einen Blick auf ihr Gesicht geworfen, sie wäre ihm als ein gutsituiertes Mädchen vorgekommen. Morosow hätte eine in Zeitungspapier eingewickelte Flasche oder etwas von dieser Form in den Händen gehalten, das Mädchen eine weiße Tasche und zwei Päckchen.

Die Verkäuferin im Dorfladen dicht bei der Omnibusstation berichtete, daß der junge Mann am Dienstag, den 18., eine Flasche Wein, Wurst und andere Kleinigkeiten bei ihr gekauft habe. Sie erinnerte sich daran so genau, weil es bereits sieben Uhr gewesen war und zu dieser Stunde der Verkauf von Alkohol eigentlich verboten ist. Aber der junge Mann hätte gesagt, das Mädchen sei extra aus Moskau gekommen, und er möchte mit ihr so gern eine Flasche Wein trinken.

Auch der Chauffeur vom Linienbus Nummer sechs erinnerte sich an das Paar. Der junge Mann, ungefähr dreiundzwanzig Jahre alt, und das Mädchen mit der Sonnenbrille und dem grünen Kopftuch hätten ihn gebeten, vor dem Klub abgesetzt zu werden, also ungefähr sechs Meilen außerhalb von Rjasan. – Zweihundert Meter vom Klubgebäude entfernt wurde Morosows Leiche gefunden.

Das Personal des Klubs hatte weder ein Mädchen mit einem grünen Kopftuch noch den jungen Mann, von dem man ein gutes Foto vorzeigen konnte, bemerkt. Dagegen hätten sie zwei junge Männer in schwarzen Jacken gesehen. Sie hätten neben einem roten «Moskwitsch» mit Moskauer Nummernschild (MOG oder MOE) gestanden.

Die Zwillinge hatten die «fremde Tante» mit dem grünen Tuch um den Kopf und der Sonnenbrille um halb fünf nicht weit vom Klub gesehen. Sie war aus einem roten «Moskwitsch» mit zwei «ollen Kerlen» in Motorradjacken gestiegen.

«Sie haben den Jungen umgelegt, die Schweine», sagte Griasnow nach langem Schweigen. «Die ‹Afghanische Bruderschaft› wußte also, daß Morosow über die Umstände von Dubows Tod und über ‹Faust› informiert war.»

«Aber warum haben sie sich seiner nicht sofort entledigt, Slawa? Iwonin war einer von denjenigen, der seine Abkommandierung nach Rjasan empfohlen hat. Das heißt, er hatte ihn nicht im Verdacht, sonst hätte er ihn doch nicht ziehen lassen.»

«Mag sein, Sascha, aber was hilft uns das? Hier haben wir einen jungen Mann, der in einem Taigadorf lebte. Seine Eltern gaben ihm einen westlichen Vornamen, Albert – er sollte etwas Besonderes werden...»

Diesmal war ich es, der sagte: «Mag sein, aber was hilft uns das?» Und wir kehrten wieder zu den ermittelten Tatsachen zurück: Am Sonntag, den 16. Juni, hatten Moissejew und ich den Briefkasten der Lagins geöffnet. Wir saßen bis tief in der Nacht in seiner Wohnung. Am nächsten Morgen hatte mir Merkulow die Zeitungsausschnitte zu lesen gegeben. Bevor ich zum Büro des Chefs der Militärjustiz ging, hatte ich Merkulows Sekretärin die Instruktionen für Griasnow zum Abtippen gegeben.

«Slawa, erinnern Sie sich, wann Sie von mir die Instruktionen erhielten, nach Halilow, Smirnow und Morosow zu fahnden? Die genaue Zeit, meine ich?»

«Der Umschlag von der Staatsanwaltschaft kam mit dem Kurier gleich nach dem Mittagessen, einige Minuten nach zwei Uhr an. Er war versiegelt und trug den Stempel ‹Geheim!›. Alles ganz nach Vorschrift.»

Morosow war um ein Uhr angerufen worden, noch bevor Griasnow die Namen der Gesuchten kannte.

«Warum sagen Sie übrigens ‹von mir›, Sascha? Die Instruktionen waren doch von Greschannik unterschrieben.»

«Greschannik, richtig! Merkulow und ich waren in Eile gewesen, und er hatte gesagt: ‹Geben Sie Sonja die Instruktionen zum Schreiben, Greschannik kann sie dann unterzeichnen.›»

Mein Intimfeind Greschannik sah beunruhigt aus, als er am Telefon sprach. Ich beobachtete die Bewegungen seiner dicken Lippen und die hochgezogenen Augenbrauen. Mir schien, als handele es sich um irgendeine Medizin, die er haben wollte – zumindest klang es so. Als er schließlich den Hörer auflegte, erklärte er mir, daß in der DDR ein phantastisches Mittel entdeckt worden sei, aber man könne es leider nicht bekommen.

«Und für was soll das gut sein?»

«Es ist eine tolle Tinktur. Man kann sie morgens und abends benutzen, sie duftet köstlich, stärkt die Haarwurzeln und verzögert die Bildung einer Glatze. Viel besser als unsere Brillantine ‹Goldener Hahn›.»

Ich konnte seine Begeisterung nicht so recht teilen, da ich noch nie ein Haarwasser benutzt habe. Greschannik ging mir wie immer rasend auf die Nerven, und so fragte ich ohne Umschweife:

«Letzten Dienstag hast du auf Merkulows Bitte hin eine an Griasnow adressierte Instruktion unterzeichnet. Merkulows Sonja hat sie dir vorgelegt, stimmt's?»

Greschanniks Gesicht verzog sich, er zischte wütend: «Blödsinn, Turezkij! Du hast die Instruktion verfaßt, also hast du sie auch unterschrieben. Du versuchst ständig, mich in schiefe Sachen zu verwickeln, und schiebst deine Fehler anderen in die Schuhe.»

«Aber Greschannik, was für ein Fehler denn?»

Er hatte die Instruktionen offenbar gar nicht durchgelesen!

«Über was meckerst du dann?»

«Ich habe dir eine Frage gestellt, und du hast dich darüber unnötig aufgeregt, so war's!»

Ich schloß die Tür hinter mir und ging zu Merkulows Büro. Sonja saß am Schreibtisch und trug blaue Wimperntusche auf. Nachdem sie damit fertig war, kramte sie in ihrer Handtasche, zog eine andere Dose hervor und stäubte Silberpuder auf ihre Augenbrauen. Danach stellte sie den Spiegel an den Rand des Schreibtischs – und erblickte mich.

«Oh, Alexander Borissowitsch . . .»

«Sehr hübsch. Steht Ihnen wirklich gut. Warum tun Sie das nicht immer?»

«Konstantin Dimitrijewitsch kommt heute nicht ins Büro. Ich habe das Gefühl, es gefällt ihm nicht, wenn ich mich ein bißchen zurechtmache. Er wird dann immer gleich schlechter Laune und mäkelt bei jeder Kleinigkeit an mir herum.»

«Ach, wissen Sie, Sonja, ich schminke mich nie, und trotzdem hat er oft etwas an mir auszusetzen. Ich glaube nicht, daß Schminken etwas damit zu tun hat. Übrigens, was ich Sie fragen wollte: Erinnern Sie sich zufällig an einen gewissen Vorgang. Es bleibt natürlich unter uns beiden.»

Ich versuchte, eine komisch-konspirative Miene aufzusetzen. «Letzten Dienstag habe ich Sie gebeten, eine kurze Instruktion fürs Kriminalamt zu tippen und den Kollegen Greschannik zu bitten, sie zu unterschreiben, weil ich weg mußte. Können Sie sich erinnern, wann er sie unterschrieben hat? Ich meine an die genaue Zeit?»

«Warum? Habe ich etwas falsch gemacht?»

«Aber Sonja, Sie sind doch die personifizierte Unfehlbarkeit. Ich möchte nur möglichst genau die Uhrzeit wissen, das ist alles.»

«Lassen Sie mich nachdenken . . . Sie und Konstantin Dimitrijewitsch sind fortgegangen, und ich bin rüber zu Greschannik... Er war beim Mittagessen. Dann kam er zurück, war sehr in Eile... Oh, Alexander Borissowitsch, ich kann Ihnen genau sagen, wann es war. Um 13 Uhr 50 Minuten. Der Kurier, der die Post für die Militärjustiz mitnimmt, war gerade im Weggehen. Ich habe Greschannik noch gerade rechtzeitig erwischt. Er hatte nicht einmal mehr Zeit, sich das von mir Geschriebene durchzulesen.»

Trotz der Hitze atmete ich auf. Obwohl ich Greschannik nicht leiden kann, war ich froh, daß diesmal mein Mißtrauen unbegründet war. Was mir jedoch weiterhin gar nicht gefiel, war das seltsame Zusammentreffen: Albert Morosow war von einer Frau angerufen worden, die offensichtlich behauptet hatte, Kim Lagina zu sein, und zwar sofort, nachdem ich Sonja meine Instruktionen für Griasnow zu tippen gegeben hatte.

Ich hätte sie fragen sollen, ob jemand außer ihr meine Anweisungen gelesen hatte. Aber als mir das einfiel, saß ich schon in der U-Bahn auf dem Weg zu Pogorelow, der seit zwei Tagen Nachforschungen über Igor Birjukow einzog, dem Fahrer des roten «Moskwitsch» – und möglichem Mitschuldigen an den Morden an Kim und Morosow.

Major Pogorelow saß in seinem Büro und verging vor Hitze trotz summender Ventilatoren und einer Batterie Limonadenflaschen. Sein Oberhemd lag über dem Stuhl, er saß in einem Unterhemd von undefinierbarer Farbe da und bewegte die Zehen seiner nackten Füße. Seine Zeigefinger hackten mit maschinengewehrartiger Schnelligkeit auf seine Schreibmaschine ein.

«Hallo, Valentin.»

«Hallo, wollen Sie ein Glas Limonade?» fragte er, ohne mit seinem rapiden Geklapper aufzuhören.

«Gern.»

Er zog den Bogen aus der Schreibmaschine und goß mir ein Glas Limonade ein.

«Gräßlich, dieser Papierkram. Tagelang habe ich mit meinen Füßen gearbeitet, nun sind die Hände dran. Ich konnte über diesen Fall gar nicht richtig nachdenken. Immer nur Verhöre – Protokolle, Verhöre – Protokolle.» Er saß jetzt in der Haltung von Rodins «Denker» da und hielt seine Schuhe in der Hand, stellte sie aber kurzerhand beiseite und zog sich sein Hemd an.

«Werfen Sie inzwischen einen Blick darauf», sagte er und wies auf den Schreibtisch.

Ich nahm das getippte Blatt zur Hand und fing zu lesen an:

Protokoll 37

Gemäß Paragraph 77 habe ich heute eines der drei Mitglieder der Bande, die für den Tod des Kassenboten Garusow verantwortlich ist, festgenommen. Sein Name lautet Igor Birjukow, 23 Jahre alt.

Biographische Details: normaler Bildungsgang, 18 Monate dienstverpflichtet in Afghanistan, in den letzten sechs Monaten im Quartiermeisteramt des Verteidigungsministeriums. Nach der Demobilisation bekam er eine Stellung in Triokgorka, dann arbeitete er für eine Fahrbereitschaft. Im Moment ist er als Chauffeur bei dem ‹Roman›-Zigeunertheater beschäftigt. Wohnt in der Wohnung eines Schauspielers, der auf Tournee ist. Nicht vorbestraft.

Ein Polizist führte einen großen, braungebrannten, gutaussehenden blonden Mann ins Büro. Er hatte kurzgeschorenes Haar und hellblaue Augen. Ich verglich ihn im stillen mit dem Bild, das ich mir von Kims Mörder gemacht hatte. Gut möglich, daß er es war. Allerdings schwul sah er, weiß Gott, nicht aus: Ein völlig normal wirkender Bursche stand vor mir.

Pogorelow begann, Fragen zu stellen, aber es zeigte sich schnell, daß Birjukow keine Absicht hatte, sie zu beantworten.

Ich fuhr fort, Pogorelows Bericht zu lesen. Zuweilen hielt ich inne, aber alles, was ich hörte, war: «Keine Ahnung ... war nie dort ... nie was gestohlen ... nirgends hingefahren ...»

Birjukow wurde gestern abend in der Wohnung des Theaterdirektors I. I. Iwanow, dessen Chauffeur er ist, festgenommen. Er leistete keinen Widerstand, weigerte sich jedoch, Fragen zu beantworten. Eine Durchsuchung seiner Wohnung ergab nichts. Im Kofferraum des «Moskwitsch» wurde eine Lederjacke gefunden, in deren einer Tasche sich ein unaufgebrochenes Banknotenbündel (10 000 Rubel in Hundertrubelscheinen) befand. In der Garage des Theaters unter dem großen Wagenheber wurde eine Walther-9-mm-Pistole mit zwei Ladestreifen, eingewickelt in ein Turnhemd, entdeckt.

«Die Zigeuner haben mir das untergeschoben. Die Leute vom Theater!»

«Warum sollten Schauspieler Ihnen Geld unterschieben? Haben die denn Zaster im Überfluß?»

«Weiß nicht.»

Birjukow wurde den Zeugen des Mordes an Garusow gegenübergestellt. Die Zeugin Rimowa sagte aus, daß einer der zwei Männer, die sich dem Wagen genähert hätten, Birjukow gewesen sei. Der Zeuge Filtschenko erkannte Birjukow ebenfalls wieder und erklärte, daß einer der Verbrecher Birjukow mit «Bube» angeredet habe ...

Pogorelow versuchte sein Bestes, Birjukow bei einer Lüge zu ertappen, aber der «Bube» blieb stur. Er verhielt sich genauso wie Iwonin. «Ich glaube nicht ...», «Ich kann mich nicht erinnern», «Sie irren sich vollkommen», waren seine Antworten. Nein, mit dieser Fragemethode kamen wir nicht weiter. Man konnte mit ihm nicht vernünftig reden. Entscheidend war, daß mehrere Zeugen ihn wiedererkannt hatten. Außerdem waren seine Fingerabdrücke auf der Pistole. Es war damit absolut sicher, daß man Birjukow in einem Prozeß das Verbrechen nachweisen konnte. Was Merkulow und ich dagegen noch brauchten, war ein hieb- und stichfester Beweis, daß eine Terroristenorganisation hinter der Mordserie steckte, und wir brauchten diesen Beweis *jetzt* – nämlich bevor Geworkjan für das Legen der U-Bahn-Bombe erschossen würde. Und dieser Birjukow war der einzige Anhaltspunkt, den wir zur Zeit hatten.

Ich gab Pogorelow ein diskretes Zeichen, und er verließ das Büro.

Ich setzte mich in Pogorelows Stuhl und bereitete mich auf eine Schau vor. Eine Ein-Mann-Schau für eine Ein-Mann-Zuhörerschaft, aber der Zuhörer mußte zum Mitspielen gebracht werden. Ich mußte ihn davon überzeugen, daß ich auf seiner Seite war, insgeheim zu Serijs und Iwonins Zirkel gehörte, daß ich ein «Bruder» war so wie er, Igor Birjukow, genannt «Bube». Ich wußte noch nicht, was ich sagen würde, aber irgendwie müßte ich mich in mein Gegenteil verwandeln – der Kriminalist mußte zum Kriminellen werden.

Ich sah Birjukow nicht an. Ich konzentrierte mich auf den Quatsch, den Iwonin gefaselt hatte, kurz bevor er mich zu meiner «Richtstätte» gebracht hatte. Ich begann daher sehr langsam und ruhig zu reden und wiederholte meine Sätze mehrere Male: «Der Intellektuelle ist der Sklave der Theorie, der Soldat ist der Herr des Lebens. Der Kult des Soldaten muß zu neuem Leben erweckt werden, es ist der einzige Weg zur Unsterblichkeit. Der Kult des Soldaten muß . . .»

Das wichtigste war, nicht aufzuhören, monoton weiterzusprechen, das Tempo zu erhöhen, ein wenig lauter zu werden.

«Der Soldat, der durch das Feuer von Afghanistan gegangen ist, trägt die Fackel der Zukunft . . .»

Ich spürte mehr, als ich es sah, daß Birjukows Gesicht zuckte. Noch ein wenig schneller, ein bißchen lauter...

«Wir müssen den Pöbel vernichten. Wir werden dem Befehl folgen. Ein neuer Stalin wird kommen und uns den Befehl geben. Macht euch bereit...»

Jetzt blickte ich Birjukow direkt in die Augen und leierte all diesen Blödsinn herunter über die Bevölkerung, die von den Schlacken befreit werden müsse, über die Wiedererrichtung des Lebensraums, und der Teufel weiß, was noch. Er wußte nicht, wie ihm geschah. Er war völlig durcheinander. Ich dagegen konnte nur eins denken: Wie halte ich diesen Irrsinn durch? Mir fiel nichts anderes ein, als wieder von neuem zu beginnen, mit provozierenden Variationen.

«Wir werden die Anweisungen des Statuts Wort für Wort ausführen, du, mein Bruder, und ich. Ja, wir sind Brüder! Niemand wird unsere ‹Afghanische Bruderschaft› besiegen! Wir werden den Pöbel zusammentreiben und dann ratatata – alle mausetot. Fort mit den kleinmütigen Denkern!»

Birjukow sah mich wie hypnotisiert an. Seine Augen weiteten sich, und er blickte unverwandt auf einen Punkt.

«Wir werden diese Welt in die Luft jagen, sie in Stücke reißen, so wie wir die Bombe in der U-Bahn-Station haben hochgehen lassen. Wir werden unsere Widersacher töten, so wie wir den Verräter getötet haben, den Mann in Rjasan! Eine Pistole an die Schläfe, und er war tot. Ein Messer in den Rücken – erledigt. Die Verräterin Kim Lagina starb so. Sie war gegen die Bruderschaft. Und wir werden alle vernichten, die gegen sie sind. Wir sind die Herren des Lebens, wir werden siegen!»

Birjukow vergrub den Kopf in seine Arme und wand sich im Stuhl, als würde er von einem Dämon heimgesucht. Die Komödie war fast beendet.

«Auch du, Bube, bist unwürdig! Du hast dich erwischen lassen! Ein Schuß in die Schläfe und – peng, du bist aus dem

Spiel. Bist nur noch im Weg. Wir werden nicht mal eine Kugel an dich verschwenden. Eine Flasche über deinen Schädel – das steht dir bevor.»

Birjukow stieß einen heulenden Schrei aus, sein Kopf sank auf den Schreibtisch.

Pogorelow stürzte ins Zimmer, gefolgt von einem seiner Männer mit gezogener Pistole. Ich machte eine müde Handbewegung, ich fühlte mich schwach und elend. Hätte Merkulow meiner Schau beigewohnt, wäre ich keine Minute länger im Staatsanwaltschaftsbüro geblieben. Das Prinzip «Der Zweck heiligt die Mittel» existierte nicht für ihn. Moralische Kompromisse waren für ihn im privaten wie im juristischen Bereich unzulässig, und taktische Manöver, die sich an die niedrigen Instinkte des Angeklagten wendeten, waren im zuwider. In seinen Augen hatte ich unmoralisch und rechtswidrig gehandelt. Aber ich hatte es trotzdem tun müssen, denn ich wußte, nur wenn wir die wahren Täter fanden und ihre Schuld beweisen konnten, würden wir Geworkjan retten. Aber das war für mich nicht das wichtigste. Kims zweiter Mörder war noch frei, und ihn zu überführen, rechtfertigte mein Vorgehen gegenüber meinem Gewissen.

Pogorelow stellte das Tonbandgerät an und hörte Birjukow zu, ohne ihn zu unterbrechen. Nur zweimal, als er die Kassetten auswechseln mußte, versuchte er Birjukows Redefluß zu stoppen, aber umsonst. Er wandte sich ausschließlich an mich, «an seinen Bruder». Ich hörte ihm zu und lenkte behutsam seine Aussagen. Ich mußte aus diesem Wahnsinnigen alle Informationen herauslocken über die «Afghanische Bruderschaft», über Morosows und Kims Tod. Den Überfall auf den Kassenboten überließ ich gern meinem Kollegen Pogorelow.

«Für meinen Ausbilder tu ich alles. Er macht mir Mut und gibt mir Sicherheit, mein Bruder Caesar.»

«Wer ist Caesar? Wie heißt er mit Nachnamen?»

«Für mich ist er nur Caesar, aber ich glaube, sein Nachname ist Kurkin, Valerij Kurkin. Er war mein erster Kommandant bei der Spezialtruppe in Afghanistan. Caesar führte mich in die Bruderschaft ein. Er war der Führer unserer Dreiergruppe. Er trank das erste Glas Champagner mit mir . . . mit meinem Blut darin. Wir schworen, wir würden immer zusammenbleiben. Zusammen würden wir den Sieg erringen über . . . die Denker und den Pöbel.»

«Und wer hat dich von Afghanistan nach Moskau geschickt? Du hast doch sechs Monate im Quartiermeisteramt des Verteidigungsministeriums gearbeitet, bevor du vom Militär entlassen wurdest.»

«Caesar natürlich. Zuerst hat man ihn auf die Militärakademie geschickt, und dann hat er mich nach Moskau geholt. Es war nicht leicht, aber er ist eben mein Bruder, er liebt mich!»

Ich hatte nicht übel Lust, ihm zu sagen, daß dieser Valerij Kurkin vermutlich genauso ein Idiot war wie er selbst. Zweifellos hielt auch er es für eine großartige Idee, achtzig Prozent der Bevölkerung zu liquidieren. Aber eine solche Bemerkung in diesem Moment hätte alles verdorben. Daher fragte ich: «Auf welcher Militärakademie ist Caesar jetzt?»

«Auf der Dserschinskij-Spezialakademie für Geheimdienst und Sonderaufgaben.»

«Ich weiß, daß Caesar dabei war, als du den Verräter Morosow erledigt hast», sagte ich, innerlich vor Aufregung zitternd.

«O ja, Caesar ist immer bei mir. Der Verräter in Rjasan hatte anderen Leuten von unserem Statut erzählt. Das durfte er natürlich nicht, das Statut ist unser Geheimnis.»

«Klar. Und wer ist das Mädchen? Das Mädchen mit dem grünen Kopftuch, die mit dir nach Rjasan kam?»

«Die mit dem grünen Kopftuch?» Die hat unser Chef geschickt. Ich kannte sie nicht.»

«Und wer ist der Chef?»

«Du weißt doch, wie es funktioniert. Wir arbeiten in Dreiergruppen. Der Chef ist Maljuta Skuratow, als nächster kommt Caesar und dann ich, Bube.»

«Und du weißt nichts über dieses Mädchen? Woher kommt sie? Wie heißt sie? Wo wohnt sie?»

«Ich . . . ich weiß nicht. Ich darf es auch nicht wissen. Ich halte mich ans Statut. Dann werde ich der Chef in der nächsten Dreiergruppe.»

«Was weißt du über Maljuta Skuratow?» Das war selbstverständlich wieder nur ein hochtrabender Deckname.

«Nichts. Er gibt nur die Anweisungen.»

«Sie haben dir Injektionen gegeben in Afghanistan, nicht wahr?»

«Die Mutdroge, ja. Tolle Sache! Als Junge war ich ein richtiger Hasenfuß. Ich konnte kein Blut sehen und weinte, wenn die anderen auf unserem Hof Katzen und Hunde quälten. Aber das kannst du dir in Afghanistan nicht leisten. Dort mußt du mutig sein, deshalb bekamen wir die Injektionen.»

«Und nach der Injektion, wart ihr da mutig?»

«Was für eine Frage! Natürlich waren wir das.»

Er lächelte so überheblich wie Iwonin und rollte dabei die Augen. «Ich habe viel trainiert. Habe alle Mutproben bestanden. Um ein ‹ehrenhafter Soldat› der Bruderschaft zu sein, mußt du 36 Meter in 25 Sekunden kriechen, beim Pistolenschießen darfst du nur ins Schwarze treffen und beim Messerwerfen ins Herz der Schießfigur.»

«Warst du in der U-Bahn, als sie die Bombe legten?» fragte ich und kratzte mir aus Nervosität das Kinn blutig.

Birjukow schüttelte bedauernd den Kopf und sagte: «Caesar war da. Aber mich haben sie nicht mitgenommen. Sie hatten Sprengstoffexperten dabei.»

«Sag mir, Bruder, wo habt ihr euch denn getroffen? Ich meine, eure Gruppe der Bruderschaft mit den anderen.»

«Kann ich dir nicht genau sagen. In Katakomben irgendwo unter der Erde. Ich bin immer an der Moskwa-Station ausgestiegen, wo mich Caesar erwartet hat. Ich stieg in sein Auto, er legte mir eine Augenbinde um und fuhr mich irgendwohin. Diese Vorsichtsmaßnahmen sind notwendig, solange wir noch ein Geheimbund sind. Später dann, wenn wir gewonnen haben, können wir an die Öffentlichkeit treten. Im Moment sind wir noch im Untergrund. Wir sitzen in den Katakomben im Dunkeln, damit wir gegenseitig unsere Gesichter nicht sehen können.»

«Was hat man euch in den Katakomben gesagt? Wurde über den Zeitpunkt gesprochen, an dem Stalin euch den wichtigsten aller Befehle geben würde?»

«Es hat nur geheißen, es würde bald losgehen, vielleicht sogar schon diesen Monat.»

«Und was wird dann ganz konkret geschehen?»

«Konkret? Ich weiß nicht. Das einzige, was ich weiß, ist: Wir sollen den Pöbel und die Denker liquidieren! Eine neue Revolution anzetteln! Konkret werden Stalins Befehle erst einen Tag vor der neuen Revolution bekanntgegeben.»

Ich starrte Birjukow an und schrie ihn an: «Bruder, blick mir in die Augen!»

Er tat es.

«Antworte mir! Antworte mir ehrlich, wie es sich für einen Soldaten geziemt. Wann wird Stalin der Bruderschaft den Befehl geben? Antworte!»

«Ich weiß nicht, ich weiß es wirklich nicht.»

«Du lügst.»

«Nein, ich weiß es nicht. Es wird ein Zeichen geben. Mehr weiß ich nicht.»

«Gut, ich glaub dir. Sag mir, wem hast du den Sack des Kassenboten mit dem Geld gegeben?»

«Ich kenne seinen Decknamen nicht. Kurz nach der Preobraschenskij-U-Bahnstation sind wir in meinen ‹Moskwitsch› umgestiegen und haben den geklauten Wagen stehengelassen. Dann sind die Brüder und ich zur Warschau-U-Bahnstation gefahren, wo Maljuta den Koffer mit dem Geld einem Mann übergab. Wir hatten das Geld in einen Koffer umgepackt. Den Sack haben wir fortgeworfen. Ich habe das Gesicht des Mannes, der das Geld in Empfang nahm, nicht sehen können. Er nahm jedenfalls den Koffer und trug ihn zu einem Auto.»

«Was für ein Typ war er? Was fiel dir an ihm auf?»

«Er hatte einen komischen Gang, als ob er betrunken sei. Das ist das einzige, woran ich mich erinnere.»

«Wieso hast du gedacht, er sei betrunken?»

«Er schwankte beim Gehen, aber irgendwie sehr regelmäßig. Sehr seltsam.»

«Letzte Frage!» Ich spannte mich innerlich an und starrte in seine erweiterten Pupillen. «Wer hat Kim Lagina umgebracht?»

«Kim? Ich kenne niemand mit so einem Namen.»

«Du warst in der Nacht vom dreizehnten zum vierzehnten Juni in einem bestimmten Haus am Gagarin-Platz, und zwar zusammen mit Iwonin. Einer von euch beiden hat das Mädchen Kim erstochen.»

«Ich kenne keinen Iwonin, ich war nie am Gagarin-Platz.»

«Denk nach! Was hast du an diesem Donnerstag, den dreizehnten Juni gemacht?»

«Ich weiß nicht, erinnere mich nicht!»

«Beruhige dich, Bruder. Es ist erst zehn Tage her, und du kannst dich nicht erinnern?»

«Ich war in Leningrad. Wir sind dort am zwölften Juni nachts angekommen. Am dreizehnten haben wir einen Kassierer überfallen. Danach haben wir den Nachtzug nach Moskau genommen.»

Ich sagte freundlich: «Jetzt wirst du etwas zu essen bekommen. Danach wiederholst du dem Genossen Pogorelow alles, was du mir erzählt hast mit allen Einzelheiten.»

«Und wann kann ich zu Caesar zurück?» fragte Birjukow naiv.

«Wenn du Pogorelow brav Bericht erstattet hast. Er gibt alles an den Chef weiter – und noch höher hinauf.» Es war nicht einmal geschwindelt, nur meinte ich nicht den Chef der Bruderschaft, sondern meinen Chef Merkulow. Doch das bekam der mit «Faust» präparierte Bursche nicht mit. Der rechnete weiterhin fest mit dem Endsieg seiner Bruderschaft und ihres neuen Stalin.

Mir war nach einer Zigarette und einer Stunde ruhigen Nachdenkens zumute, statt dessen ging ich zur Romanowa, um sie zu bitten, ihre Leute zusammenzutrommeln, am besten ihre ganze Polizeimannschaft, um die zwei anderen Mitglieder von Birjukows Troika aufzuspüren – Caesar und Maljuta Skuratow.

Die gute Schura hörte mir aufmerksam zu, ohne ihre üblichen Scherze. Sie machte sich Notizen und ging schnurstracks zu ihrem Chef Kotow.

«Genosse Turezkij!» rief der diensthabende Polizeibeamte. «Irgendein hohes Tier von der GRU will Sie am Telefon sprechen. Er sagt, der stellvertretende Generalsstaatsanwalt Parkomenko hätte ihm gesagt, Sie seien hier. Soll ich durchstellen?»

«Tun Sie das», antwortete ich, ohne zu wissen, wer mich sprechen wollte. Vermutlich handelte es sich um Bunins Tod in meinem Auto.»

«Lieber Turezkij. Ein Glück, daß ich Sie gefunden habe! Hier spricht Rogow. Erinnern Sie sich an unser Gespräch?»

«Ich habe es nicht vergessen», sagte ich kühl.

«Ich muß Sie dringend sehen. Es ist wichtig. Wir bereiten einen Bericht über die Tätigkeit unserer Sonderabteilung in Afghanistan vor. Sie wurde erst vor sechs Monaten eingerichtet, und die Parteileitung möchte wissen, ob sie sich bewährt hat.»

«Und was hat das mit mir zu tun?»

«Eine Menge. Wir haben von Ihrer Reise nach Kabul erfahren, von dem Mordanschlag auf Sie und dem Tod Bunins. Dazu kommt noch der plötzliche Tod von Generaloberst Gornij und der Unfall des Rechtsoffiziers Bodak. Es wäre daher äußerst wertvoll für uns, Ihre Meinung zu hören, und nicht nur für uns, sondern auch für das Zentralkomitee. Wenn Sie wollen, komme ich zu Ihnen, oder wenn es Ihnen recht ist, kommen Sie besser hierher. Ich schicke Ihnen einen Dienstwagen. Soll ich das tun?»

«Warum diese Eile?» fragte ich herausfordernd.

Rogow war hörbar verwirrt. «Ich sagte Ihnen doch schon, daß Ihre Meinung uns äußerst wichtig ist.»

«Ich habe keine Zeit, ich kann mich vor Arbeit nicht retten. Ich bin mitten in einer Ermittlung, die, wenn ich das hinzufügen darf, auch für das Zentralkomitee von allergrößter Bedeutung ist.»

«Alexander Borissowitsch, ich verstehe, daß Sie im Moment keine Zeit haben. Aber sobald Sie sich freimachen können, rufen Sie mich bitte an. Die Sache ist nicht nur für uns wichtig, sondern auch für Sie! Auf bald, Alexander Borissowitsch.»

Ich ging hinunter in die Kantine, eine der besten in ganz Moskau. Die Polizei überwacht alle Restaurants der Hauptstadt, um zu verhindern, daß die dort Beschäftigten wie auch die Zulieferer zuviel für sich abzweigen. Oft drückt sie aber beide Augen zu, und dafür zeigen die anderen sich erkenntlich, indem sie die Polizeikantine mit erstklassigen Lebensmitteln versorgen.

Als ich ins Büro zurückkehrte, hörte ich Schura Romanowas Bericht an. Der von uns gesuchte Hauptmann Kurkin hatte sich höchst geheimnisvoll in Luft aufgelöst – ein Manöver, das unsere Streitkräfte immer wieder meisterhaft durchführen. Im Wohnheim hieß es, Kurkin sei beim Unterricht, während der Kursdirektor uns mehr oder weniger direkt zu verstehen gab, daß in der vorangegangenen Nacht ein Befehl von oben gekommen sei und die gesamte Ausbildungsgruppe, zu der Kurkin gehörte, sofort nach Alabino in Marsch gesetzt wurde. In Alabino gab es einen militärischen Flughafen. Was mit der Gruppe danach passiert wäre, wußte in der Dserschinskij-Akademie niemand.

«Eine höchst seltsame Angelegenheit», sagte die Romanowa und fing an zu husten. War sie etwa erkältet – bei der Hitze?

Nach der Festnahme von Birjukow hatte offensichtlich irgendeiner Caesar aus der Stadt geschmuggelt und alle Spuren verwischt, zweifellos weil Birjukow alles über Caesar Kurkin wußte. Aber er wußte nichts über das nächste Glied in der Kette, nichts über Maljuta Skuratow und weniger als nichts über den, der hinter ihm stand.

Der historische Maljuta Skuratow, der Anführer von Iwans des Schrecklichen Leibgarde, war die rechte Hand des Zaren gewesen ... wenn man daraus die logische Folgerung zog – logisch im Sinn der Gegen-Unterwelt –, dann konnte das nur bedeuten, daß Skuratow in der Hierarchie der «Afghanischen Bruderschaft» ganz oben rangierte ... Moment ... Was hatte dieser verrückte Gudinas gesagt? Er habe mit seinem Messer auf das Herz von Repins Iwan gezielt. Und dabei hatte er ausgerufen: «Ich habe General Serij getötet!» Das konnte doch nur bedeuten, daß «Iwan der Schreckliche» General Serij ist. Demnach wäre er der oberste Chef der ganzen Organisation und Maljuta Skuratow sein Gefolgsmann. Aber Serij war nicht nur der oberste Chef der «Afghanischen Bruderschaft», er war auch Generalmajor und Kommandeur der Spezialtruppen, also der GRU-Sondereinheiten und Mitglied des Zentralkomitees. Das wiederum hieß, daß Generaloberst Rogow Bescheid wissen mußte – oder hintergangen wurde. Rogow, der Mann, der mich so dringend um ein Zusammentreffen gebeten hatte! Was für ein Labyrinth! Nun, Ariadnes Faden, um aus diesem Labyrinth herauszukommen, lief offensichtlich durch Rogows Büro.

Ich wählte seine Nummer. «Turezkij hier. Sie können Ihren Dienstwagen schicken. Ich habe mir eine Stunde freigenommen. In zwanzig Minuten stehe ich vor dem Haupteingang.»

«Sehr vernünftig von Ihnen», sagte Rogow hochzufrieden.

Rogow musterte mich von Kopf bis Fuß, während er seinen Kognak trank, und redete ohne Unterlaß: über Atomwaffen, den zunehmenden Streß im Amt, den Problemen der sowjetischen Streitkräfte, besonders der Spezialtruppen...

«Ich war der erste, und ich sage das ohne falsche Bescheidenheit, der darauf hingewiesen hat, daß das Verhalten eines Menschen – eines Soldaten – nicht durch sein Bewußtsein reguliert wird, sondern auch durch die unbewußte Sphäre seiner Psyche, in erster Linie durch seinen Selbsterhaltungstrieb. Diese negativen Aspekte der menschlichen Psyche können unter modernen Kriegsbedingungen sehr hinderlich sein. Und das wäre das Ende unserer sozialistischen... Eroberungen. Das Ende!»

Rogow goß sich Mineralwasser in sein Kristallglas und rückte seine schwarze Augenklappe zurecht.

«Es gibt drei Möglichkeiten der psychologischen Vorbereitung auf zukünftige Konflikte: die erste ist, ein System der Gegenpropaganda zu entwickeln, die Information von feindlichen Sendern zu diffamieren; die zweite ist, Informationen auszuwerten über das Verhalten der Menschen unter Bedingungen, die mit der modernen Kriegsführung vergleichbar sind, etwa Erdbeben, Atomreaktorunfällen, die Atombomben auf Nagasaki und Hiroshima, der afghanische Krieg. Die dritte Möglichkeit ist die Ausbildung unserer Spezialtruppe. Ich werde Ihnen ein kleines Geheimnis verraten: In einem Atomkrieg wird es die Spezialtruppe sein, die alle entscheidenden Operationen durchführt. Sie muß in totaler Isolation agieren. Daher müssen diese Einheiten hundertprozentig zuverlässig sein. Es wäre unsinnig, die Auswahl für diese Einheiten an bestimmte Voraussetzungen zu knüpfen – es gibt keine Übermenschen auf dieser Welt. Und aus diesem Grund sahen wir uns zu extremen Maßnahmen gezwungen. Ist Ihnen das Elixier der Jugend ein Begriff, das Goethe in seinem *Faust* erwähnt? Wir haben angefangen, Injektionen zu geben von einem Mittel, das in unseren Laboratorien entwickelt wurde. Wir nennen sie ‹Faust-Injektionen›. Diese Droge bewirkt hemmungslosen Mut, sie tötet die Furcht ab, die jeder normale Mensch empfindet. Aber, wie Sie wohl wissen, hat jede Medaille zwei Seiten. Als wir die Droge in Afghanistan ausprobierten, stellten sich negative Nebenwirkungen ein, wie zum Beispiel unkontrollierbare Grausamkeit und ein Hang zur Kriminalität, wenn die Soldaten ins Zivilleben zurückkehrten. Ich wurde gebeten, Ihnen zu erklären, daß sich die Droge indessen nicht nur negativ auswirkt, wie es für einen Kriminalisten aussehen könnte, sie ist von enormer nationaler Bedeutung. Informationen über ‹Faust› dürfen keinesfalls in unsere Bevölkerung und besonders nicht ins Ausland durchsickern. Das wäre ein nicht wiedergutzumachender politischer Fehler! Sie haben mich gefragt, was ich von Ihnen will. Nur das eine: Legen Sie den Komplex Kim Lagina – Albert Morosow und so weiter ad acta, wenn Sie nicht eine *uns* zufriedenstellende Lösung finden. Sie sehen, wir verlangen nichts Unmögliches. Wir verstehen, daß Ihnen wie jedem Menschen Grenzen gesetzt sind.»

«Wer sind ‹wir›?»

«Der Verteidigungsrat der UdSSR, also quasi das höchste Gremium der Sowjetunion», sagte Rogow grinsend.

Ich ignorierte die Übertreibung des Generals, ich hatte keine Lust, ihn zu belehren, daß laut unserer Verfassung das höchste Organ der Staatsgewalt der Oberste Sowjet der UdSSR ist. Mich beunruhigte etwas ganz anderes: Meine Hoffnung, von meinem Gegenüber irgendwelche Informationen zu erhalten, war geplatzt wie eine Seifenblase. Ich war wütend auf mich selbst, auf meine eigene Naivität. Ich hätte nicht erst herkommen sollen! Ich wollte seine Erklärungen, seine Entschuldigungen für die Morde an Kim, an Wanja Bunin, Dubow und Morosow nicht hören. Er besaß doch tatsächlich die Unverschämtheit, mich zu bitten, auch die Mörder des kleinen, von der U-Bahn-Bombe in Stücke gerissenen Jungen straffrei ausgehen zu lassen!

«Sagen Sie mir, Genosse Generaloberst, wie würden Sie reagieren, wenn man von Ihnen verlangen würde, Kapitalverbrechen unter den Teppich zu kehren?»

«Versuchen Sie, mir eine Falle zu stellen?» fragte Rogow ärgerlich.

«Nein, ich versuche es nicht, ich tue es. Ich kann mir vorstellen, daß es Marschall Agarkin interessieren würde zu erfahren, daß sein Stellvertreter die Bluttaten einer Terroristengruppe zu vertuschen versucht, und überdies zuläßt, daß unseren Soldaten Drogen verabreicht werden – Drogen, die unheilbare Gehirnschäden hervorrufen und zuweilen zum Tode führen.»

Rogow verwandelte sich wieder in einen biederen Bürger, er kreuzte seine Arme über dem Bauch und drehte Däumchen, dreimal rechts herum, dreimal links herum. Ich hatte ihm nichts mehr zu sagen und packte meine Papiere zusammen.

Rogow sagte in einem sanften Tonfall: «Und ich kann mir vorstellen, daß es Marschall Agarkin interessieren würde...»

Er sprach so leise, daß ich ihn kaum verstand.

«... ja, sogar sehr interessieren würde zu erfahren, daß Sie, Turezkij, mit seiner Frau schlafen...»

Er brach in ein hämisches Lachen aus.

Eine Sekunde lang war ich wie gelähmt, mein Herz schlug mir bis zum Hals. Was hatte er gerade gesagt? Es war absurd, aus der Luft gegriffen, unsinniges Gerede: Turezkij schläft mit Agarkins Frau? Ich kannte sie ja überhaupt nicht!

«Würden Sie mir das bitte erklären?»

«Das soll Ihnen ... ha, ha ... Ihre Dame selber erklären ... ha, ha, ha ...»

Ich brachte genug Selbstbeherrschung auf, um Rogows Büro ohne Eile und nur mit einem kurzen Nicken zu verlassen. Der Mann mußte übergeschnappt sein. Aber was bezweckte er mit einem solchen Unsinn?

Ich ging die Horoschewka-Straße entlang. Als ich an der Kreuzung mit der Begowa-Straße stand, blieb ich wie gebannt stehen und sagte halblaut vor mich hin: «Dann müßte ja Swetlana die Frau von Marschall Agarkin sein!» Alles in mir sträubte sich gegen diesen Verdacht. Nein, es war unmöglich. Ich sagte es sogar laut: «Natürlich ist sie es nicht!» Sie heißt doch Belowa mit Nachnamen. Ich rannte energisch die Rolltreppe der U-Bahnstation hinunter und wiederholte im Takt meiner Schritte: «Natürlich ist sie es nicht, natürlich ist sie es nicht ...» Ich versuchte, mich selbst davon zu überzeugen, aber ich wußte mit jeder Faser meines Wesens, daß sie es war. Ich drängte mich in den überfüllten Zug und fuhr bis Gorki-Park. Ich versuchte, meine Gedanken zu ordnen: Angenommen, sie war die Frau des Marschalls? Nun, dann hatte er Pech gehabt, denn offensichtlich zog sie mich ihm vor. Er war der betrogene Ehemann und ich der glückliche Liebhaber. Aber das waren nur Worte, ich fühlte mich alles andere als glücklich. Ich mußte die Wahrheit herausfinden.

Der einäugige Trottel Rogow hatte vorgeschlagen, Lana selbst zu fragen. Nein, er hatte gesagt «Ihre Dame». Womöglich war sie es doch nicht? Wie wäre es, wenn ich sie direkt fragte: «Bist du mit Marschall Agarkin verheiratet?» Angenommen, sie sagte ja? Dann müßte ich ihr sagen, daß wir beide uns in größter Gefahr befinden. Der Marschall könnte uns glatt erschießen, brutal genug dazu sah er aus. Er hatte das Gesicht eines Scharfrichters. (Ich hatte vergessen, daß ich vor kurzem noch seine energischen Züge bewundert hatte.) Aber wenn sie nun «Quatsch!» sagte? Dann stünde ich ganz schön blöd da.

Ich stieg auf die Arbat-Pokrowska-Linie um. Warum wollte ich eigentlich nach Hause fahren? Es war erst drei Uhr nachmittags, und ich hatte Berge von Arbeit im Büro. Trotzdem befand ich mich auf dem Heimweg. Eine nasale Stimme verkündete durch den Lautsprecher: «Dieser Zug fährt nur bis zur Station ‹Universität›.»

Ich faßte einen Entschluß: Ich würde meinen offiziellen Status für private Zwecke benutzen. Selbst wenn niemand es herausfände, war es möglicherweise schändlich von mir. Egal! Ich würde zur Juristischen Fakultät der Universität gehen... und was sagen? Wir haben verschiedene Studenten, die ihr Praktikum im Büro der Staatsanwaltschaft absolvieren, und die Personalabteilung hat mich beauftragt, den Studiengang der Praktikanten zu protokollieren... Ja, das klang überzeugend.

Ich hätte mir keine Gedanken zu machen brauchen. Am Empfang der Juristischen Fakultät saß Galka Malakowa, eine ehemalige Kommilitonin von mir und jetzt die Sekretärin des Dekans. Sie war eine treue Seele und völlig harmlos. Was uns zusammengebracht hatte, war ihr Verhältnis mit meinem Freund Borja Nemirowskij, der jetzt irgendwo ein Fotoatelier betrieb. Das ergab genug Gesprächsstoff. Ich hätte aber auch gleich sagen können: «Gib mir die Akte der Swetlana Belowa.» Doch sicherheitshalber bat ich zuerst um Nikolai Stepanjuks Akte und machte mir ein paar Notizen. Dann warf ich einen Blick in mein Notizbuch und sagte beiläufig: «Belowa, Swetlana Nikolajewna Belowa – könnte ich die Akte mal sehen?»

«Belowa, Belowa... Ich kann sie nicht finden. Ah, doch ich habe sie noch unter ‹A›.»

«Warum unter ‹A›?»

«Belowa ist ihr verheirateter Name.»

Verheiratet! Sie ist es also doch nicht!

«Ihr Mädchenname war Aralowa.»

Ein Gesicht mit einem fast knabenhaften Haarschnitt blickte mich aus dem kleinen Paßbild an, ein Gesicht, das mir dennoch vertraut war. Ich blätterte langsam die Seiten um: Vater, Landesminister für Wirtschaft; Mutter, Hausfrau. Nationale Silbermedaille für Athletik, zweiter Platz im Fünfkampf UdSSR – USA...

«Was ist los, Sascha? Was haben Sie denn entdeckt, ihr Gesicht ist ja wie entgeistert.»

«Ich habe nicht gewußt, daß die Aralowa Tochter eines Ministers ist und ein Sportchampion...»

«Sie kam zu uns vom Institut für Internationale Beziehungen, im dritten Jahr. Dann passierte irgendeine dunkle Geschichte, und sie verschwand für ein ganzes Jahr. Da schau, hier ist ihre Urlaubsbescheinigung. Ich kann mich an die Sache nicht genau erinnern, ich glaube, sie hatte irgendeine schwere Krankheit.»

«Ist sie immer noch mit diesem Below verheiratet?»

«Es scheint so... Habe sie aus den Augen verloren, und den Sport hat sie anscheinend auch aufgegeben. Aber nun ist sie, wie ich höre, bei euch gelandet.»

Die alte Adresse, Sadowskiweg, Block 5, Wohnung 8, war durchgestrichen. Ein Antrag in Lanas Handschrift war angeheftet. «Ich bitte hiermit, meinen Nachnamen zu ändern, da ich den Bürger Jurij M. Below geheiratet habe.» Neue Adresse und Telefonnummer folgten.

Ich stand in der Eingangshalle der Universität und betrachtete gedankenabwesend die Fotos am schwarzen Brett. Nach einer Weile raffte ich mich auf, ging in die Telefonzelle und wählte die in der Akte zuletzt angegebene Nummer.

«Hallo...»

Die Stimme war vulgär süßlich, sie mußte einer Frau gehören in einem bunten Morgenrock mit einer Gesichtspackung. Ich verstellte meine Stimme und quiekte:

«Swetlana Nikolajewna, bitte.»

Nach einer kurzen Pause antwortete dieselbe Stimme nicht mehr honigsüß, sondern barsch und betonte jede Silbe: «Swet-lana Ni-ko-la-jew-na wohnt hier nicht.» Schluß.

Es hatte keinen Sinn, die Dame im Morgenrock noch einmal anzurufen, sie war offensichtlich einem Gespräch abgeneigt. Ich räusperte mich mehrmals und ging langsam zur U-Bahnstation.

Vielleicht hatte Rogow jemand anderen gemeint. Im Geist ging ich die Liste meiner Freundinnen durch. Keine von meinen intimen Bekanntschaften konnte die Frau eines Marschalls sein. Auch Kim nicht. Halt, da war doch diese blonde Schönheit am Strand von Riga gewesen. Sie wurde allgemein «die Frau des Generals» genannt. War Agarkin zu dieser Zeit noch General? Nein. Dennoch wählte ich in der U-Bahn-Eingangshalle die Nummer der blonden Viktoria aus meinem Notizbuch.

«Ist das Marschall Agarkins Wohnung?»

Eine verschlafene Männerstimme brummte: «W-a-s – Marschall? Ich habe es nur bis zum Feldwebel gebracht. Tut mir leid, Freundchen.»

Ich stellte mich unter die Dusche, dann las ich die Zeitung von Anfang bis zu Ende, ohne auch nur ein Wort aufzunehmen. Ich versuchte, eine Schachpartie mit mir selbst zu spielen, kam aber nicht über den zweiten Zug hinaus. Ich konnte nur an das eine denken: Ich muß mir Sicherheit verschaffen. Ich wählte nochmals Belows Nummer. Diesmal antwortete eine helle Knabenstimme.

«Kann ich Jurij sprechen?»

«Nein, mein Bruder ist nicht da.»

«Und Swetlana?»

«Was, Swetlana? Die sind doch geschieden. Er hat jetzt die Natascha.»

«Welche Natascha?»

«Na, die Tochter von Michail Sergejewitsch.»

«Und was macht Swetlana?»

«Weiß ich doch nicht!»

Also könnte sie inzwischen doch mit Agarkin verheiratet sein. Dann hätte ich möglicherweise doch mit der Marschallsgattin... Vielleicht hatte Lana diesen Below Agarkins wegen verlassen. Ich hatte bei der ganzen Geschichte noch mehr als zuvor ein ungutes Gefühl und befürchtete irgendeine Katastrophe.

Ich blätterte in meinem Notizbuch, eine Menge Namen, alle nutzlos für mein Vorhaben... Ah, wie wär's mit dem? Mischa Golikow, Judo-Lehrer vom Institut für Internationale Beziehungen! Vor einigen Jahren pflegten wir uns im Wissenschaftssportklub zu treffen. Wir hatten noch eine Weile per Telefon unsere Beziehungen aufrechterhalten.

«Ob ich mich an Swetlana Aralowa erinnere? Das will ich wohl meinen. Sie war wirklich erste Klasse... Ja, natürlich habe ich sie gekannt, nicht sehr gut, sie kam für mich nicht in Frage, gehörte zur Parteielite. Ihr Vater war schließlich Minister, zwar kein Staats-, sondern nur Landesminister, aber immerhin. Ich war übrigens im gleichen Kurs wie ihr zukünftiger Mann Jurij Below. Das war so ein richtiger Streber, aber daran knüpft sich eine lange Geschichte. Irgendwas ist der Swetlana zugestoßen, ich glaube, sie wurde krank, sogar schwer krank – ein Nervenleiden, wenn ich mich nicht irre. Als ihr Vater seines Postens enthoben wurde, hat Jurij geweint. Da hatte er sich 'ne Ministertochter geangelt und gedacht, er sei ein gemachter Mann, und nun war der Vater in Ungnade gefallen und die Tochter in Schwermut. Er hat dann auch prompt die Swetlana verlassen, und weißt du, wen er geheiratet hat? Die Tochter von unserem neuen Generalsekretär!» Die Stimme des Knaben klang mir im Ohr: «Er hat jetzt Natascha geheiratet. Die Tochter von Michail Sergejewitsch.»

Und ich hatte gedacht: Halt irgendein hergelaufener Michail Sergejewitsch.

«Jurij», fuhr Mischa fort, «hat mir unter dem Siegel der Verschwiegenheit anvertraut, daß er fürchte, Swetlana werde ihn umbringen.»

Mischa lachte laut. «Statt dessen hat sie Marschall Agarkin geheiratet.»

Fast wäre mir der Hörer aus der Hand gefallen. Jetzt wußte ich, was ich wissen wollte – und fühlte mich beschissener als zuvor. Ich hegte einen gräßlichen Verdacht...

15

Merkulows Sekretärin Sonja war schlechter Launa. Sie spannte mit unnötigem Kraftaufwand den Papierbogen in die Schreibmaschine, und als ich ihr «Guten Morgen!» wünschte, keifte sie zurück: «Vielleicht gut für Sie!» Ihre schlechte Laune, überhaupt alles auf der Welt war mir indessen schnurzegal. Ich wollte nur eins, ich wollte mir beweisen, daß Lana unschuldig war. Ich wollte meinen Verdacht loswerden.

«Sonja, bitte denken Sie noch einmal nach, ob wirklich niemand außer Ihnen die Instruktionen, die ich neulich für Griasnow geschrieben habe, gelesen haben könnte.»

«Meine Güte, Alexander Borissowitsch, ich habe Ihnen doch schon mehrmals gesagt, ich habe sie dem Kollegen Greschannik gegeben.»

«Sonja», unterbrach ich sie, «bitte überlegen Sie, wer könnte die Instruktionen noch gelesen, vielleicht nur überflogen haben? Vielleicht war jemand in Ihrem Zimmer, und Sie sind kurz hinausgegangen...»

«Nein, ich bin nicht hinausgegangen, was haben Sie bloß?» Sonja hielt inne, als sie meinen Gesichtsausdruck sah. «Also, wenn Sie es unbedingt wissen wollen... Es war so: Parkomenko kam herein, sofort nachdem Sie und Konstantin Dimitrijewitsch fortgegangen waren. Er hat mir einen Bericht für das städtische Parteikomitee gegeben und gesagt, es sei eilig ... und Sie haben gesagt, Ihre Sache sei eilig ... Deshalb habe ich eine von den Praktikantinnen gebeten, Ihr Zeug zu tippen.»

«Und welche?»

«Die Belowa. Sie kommt immer in mein Büro, wenn Konstantin Dimitrijewitsch fort ist. Und an dem Tag war sie auch da. Sie tippte Ihre Instruktionen, gab mir die Seiten und ging gleich darauf fort. Sagte, sie hätte furchtbare Kopfschmerzen.

Moissejew saß allein in seinem Büro und ordnete seine Karthothek. Er tat das immer, wenn er deprimiert war. Es sei wie Patience legen, beruhige die Nerven.

«Was gibt's Neues auf dem Gebiet der Kriminalstatistik, Semjon Semjonowitsch?»

Er nahm seine Brille ab und blinzelte. «Um das zu erfahren, sind Sie wohl kaum zu mir gekommen, Alexander Borissowitsch. Haben Sie irgendwelche Fragen, die sich zu erörtern lohnen? Beeilen Sie sich, ich werde in Kürze pensioniert.»

Das konnte nur bedeuten, daß Parkomenko mit ihm über seine Pension gesprochen hatte. Parkomenko war ein Vollidiot, wenn er nicht begriff, daß dem erfahrenen und fleißigen Moissejew kein noch so kluger Neuling das Wasser reichen konnte.

«Semjon Semjonowitsch, warum beklagen Sie sich nicht beim Generalstaatsanwalt. Merkulow wird Sie bestimmt unterstützen.»

«Ich soll mich beklagen ... mit meiner jüdischen Abstammung? Vergessen Sie es, Alexander Borissowitsch. Es ist kein Gesprächsthema.»

Ich nahm mir vor, mit Merkulow zu reden. Laut sagte ich: «Semjon Semjonowitsch bitte begleiten Sie mich auf die Toilette.»

Moissejew zeigte keinerlei Erstaunen über meine seltsame Bitte, sondern folgte mir schweigend.

Nachdem ich mich versichert hatte, daß wir im Pissoir allein waren, sagte ich: «Ich brauche dringend Fotos unserer vier Praktikantinnen. Es müssen alle vier sein. Erfinden Sie irgendeine Ausrede.»

«Ich brauche keine Ausrede, Alexander Borrisowitsch, ich habe mehrere Fotos von allen. Ich habe sie am ersten Tag ihres Praktikums aufgenommen. Sie waren nicht da, erinnern Sie sich . . . und die kleine Kim war noch am Leben. Kommen Sie mit mir, ich werde sie Ihnen geben, aber bitte erzählen Sie mir nicht, daß es nur zwischen Ihnen und mir bleibt.»

Merkulow besprach einen Fall mit einer jungen Ermittlungsbeamtin. Sie saß neben ihm, ihr kurzer Uniformrock war über ihr Knie gerutscht.

«Entschuldigen Sie, Konstantin Dimitrijewitsch», sagte ich. «Aber ich habe gerade einen Anruf des Stadtkomitees bekommen. Sie wollen uns sofort sehen. Es sei dringend. Es handelt sich um diese Kontrolle . . . Sie wissen schon.»

Die Ermittlungsbeamtin sah mich empört an. Merkulow warf hastig ein: «Nelli Fjodorowna, bitte entschuldigen Sie mich. Wir müssen unsere Unterhaltung auf später verschieben.»

Die Ermittlungsbeamtin nahm ihre Akte, warf ihre Locken zurück und stolzierte aus dem Büro. Als sich die Tür hinter ihr geschlossen hatte, fragte Merkulow kaum hörbar: «Was ist geschehen?»

Ich beugte mich dicht an sein Ohr. «Der Fall ‹Faust› nähert sich seinem Ende zu.» Und laut, falls jemand lauschte, fügte ich mürrisch hinzu: «Sie haben mich gebeten, Sie beim Friseur anzumelden. Er hat gerade angerufen, er hätte jetzt Zeit.»

Merkulow rieb sein stoppliges Kinn: «Ja, ich habe mich heute nicht rasiert.»

Wir verließen das Büro. Moskau sah weiterhin sommerlich aus. Der klare, wolkenlose Himmel schien die Fortdauer des Lebens zu versprechen.

Auf dem Weg zum Friseur gab ich Kostja einen Lagebericht und erzählte ihm von meinem Besuch beim stellvertretenden GRU-Chef, Generaloberst Rogow. Nur eine Sache erwähnte ich nicht: die Unterhaltung über Marschall Agarkins Ehefrau.

«Setzen Sie sich schon mal in den Stuhl», sagte der Friseur zu Merkulow. «Ich geh bloß mal schnell hinaus und schau nach meinem Wagen und nehm die neuen Scheibenwischer mit rein. Denn sonst . . . Na ja, Sie wissen, wie es ist. Alles wird geklaut, sogar am hellichten Tag.»

Uns war es nur recht, allein zu sein. Der Friseurladen war ein Ein-Mann-Betrieb, und wir waren die einzigen Kunden. Kostja und ich gingen den Lagina-Fall noch einmal durch, so weit, wie wir bisher gekommen waren.

«Was sollen wir tun, Kostja? Durchhalten oder aufgeben?»

«Durchhalten natürlich.»

«In dem Fall habe ich einen Plan: Lassen Sie uns ein Kettenglied ergreifen und an diesem die ganze Kette herausziehen. Ich schlage vor, daß wir uns zunächst auf *einen* Mann konzentrieren, aber das ist Agentenarbeit.»

«Haben wir denn diesen Mann?»

«O ja.»

«Wer?»

«Tumanow. Erinnern Sie sich an Birjukows Aussage? Er hat gesagt, sie hätten das Geld in einen Koffer umgepackt und es einem ihm unbekannten Mann übergeben, der bei der U-Bahnstation ‹Warschau› vorfuhr. Birjukow sah den Mann nur von hinten. Der nahm Maljuta Skuratow den Koffer ab und trug ihn zu seinem Wagen. Birjukow sagte, er hätte einen merkwürdigen Gang gehabt. Sei hin und her geschwankt. Ich bin gern bereit, jedem Betrunkenen dreißig Kopeken zu geben, aber ich kenne keinen Säufer, dem ich eine Viertel Million Rubel anvertrauen würde. Nein, mein Lieber, das ist nicht drin. Nach meiner Meinung hatte der Mann Beinprothesen. Aber das ist nicht alles. Tumanow wohnt in der Nähe der U-Bahnstation ‹Warschau›, und er fährt diesen Kleinwagentyp, den Birjukow und Zeugen beschrieben haben.»

Merkulow sagte ernst: «Wollen Sie, daß ich Ihnen einen Haft- und Durchsuchungsbefehl ausstelle?»

«Zuerst hielt ich das fürs beste, aber dann habe ich mir überlegt, daß es der falsche Weg ist. Man sollte einen Fisch, den man angeln will, nicht erschrecken. Es ist besser, ihn mit einem Köder anzulocken. Ich würde folgendes vorschlagen: Setzen Sie eine Wanze in sein Telefon und lassen Sie ihn beschatten. Dann müssen wir ihn irgendwie mit Schukow zusammenbringen. Er ist der Geeignetste für den Job. Er kommt aus Afghanistan und war jahrelang nicht in Moskau.»

«Alexander Borissowitsch, Privatdetektive sind in diesem Land nicht zugelassen», sagte Merkulow und lehnte sich im Friseurstuhl zurück. Das betonte «nicht» zeigte mir, daß er diese Beschränkung zutiefst bedauerte. «Ich muß nachdenken», fügte er hinzu.

«Über was, Kostja? Der Staatsanwalt muß sich ja nicht einverstanden erklären. Sie tragen also keine Verantwortung.»

«Sascha, ich spreche über die Befolgung der Gesetze, nicht über Verantwortung.»

«Die Verfassung verbietet uns auch, Spitzel einzusetzen, aber alle Polizeidirektionen verfügen über ein weitverzweigtes Spitzelnetz.»

«Ja, aber dafür braucht man die Genehmigung der höchsten Polizeichefs.»

«Darüber machen Sie sich keine Sorgen. Unsere Schura verschafft uns so eine Genehmigung im Handumdrehen, das wissen Sie so gut wie ich.»

Der Friseur kam zurück und seifte Merkulows Wangen und Kinn ein. Merkulow schloß die Augen.

Ich saß geduldig auf einem Stühlchen und beobachtete das emsige Hantieren des Friseurs. Als Merkulow wieder die Augen öffnete, fragte ich: «Haben Sie nachgedacht?»

Merkulow lachte leise. «Ihr Programm ist akzeptiert. Keine Abstriche.»

Ich steckte zwei Kopeken in den Telefonautomaten und wählte Schura Romanowas Nummer: «Merkulow hat grünes Licht gegeben. Setzen Sie das Unternehmen in Gang, natürlich unter Einhaltung aller Regeln und Vorschriften. Das ist kein Befehl, sondern eine Bitte von Konstantin und mir.»

«Keine Bange, Sascha. Es wird alles wie am Schnürchen über die Bühne gehen, wie in den besten Theatern Londons», sagte Schura in ihrem ruhigen, bestimmten Tonfall.

Ich legte den Hörer auf. Über die besten Theater Londons war ich nicht sehr genau informiert, aber *unsere* besten Theater – das Polizeipräsidium und der KGB – von denen wußte ich, daß sie im Abhören von Telefonen und dem Fotografieren von geheimen Zusammenkünften unschlagbar waren.

Ich saß in Griasnows Büro und rauchte. Ich war ganz ruhig, inhalierte und beobachtete das Glimmen der Zigarette. Griasnow fummelte an seinem Tonbandgerät herum.

«Hört mal zu, was unsere Leute aufgenommen haben. Hier ist das erste Telefongespräch für Nummer 225-23-44. Sagt euch das was?»

«Ja, es ist die Nummer, die wir von dem verrückten Gudinas bekamen.»

«Übrigens steht sie nicht im Telefonbuch, Sascha.»

«KGB oder GRU?»

«Spitzt die Ohren, wie Schura zu sagen pflegt.»

Griasnow schaltete das Band an.

«Tumanow hier. Sechsundzwanzig und sechs, guten Tag, Edward Nikitsch.»

Antwort: «Sechs und sechsundzwanzig. Was ist los?»

Tumanow: «Ich muß Sie dringend sehen. Wegen der Füllung der festlichen Fleischpastete.»

Antwort: «Das Fest findet noch lange nicht statt. Wir haben viel Zeit.»

Tumanow: «Ich habe schlechte Nachrichten bekommen.»

Antwort: «Nun gut. Üblicher Treffpunkt in einer Stunde.»

Griasnow drückte auf die Stoptaste.

«Sechsundzwanzig und sechs? Ist das eine Nebenstelle?»

«Das glaub ich nicht, Sascha. Ein Losungswort vermutlich. Die Antwort ist die Umstellung – sechs und sechsundzwanzig.»

«Heute ist der sechsundzwanzigste des sechsten Monats des Jahres – Juni.»

«Ein bißchen primitiv.»

«Wissen Sie, gelegentlich passieren völlig alltägliche Dinge im Leben, die genau das sind, was sie vorgeben zu sein. Warum lachen Sie? Glauben Sie etwa, philosophische Betrachtungen wären nur Ihnen und dem Fürsten Merkulow vorbehalten? Nun, gut, hören wir uns ein anderes Gespräch an. Unsere Jungens trotteten natürlich hinter diesem Tumanow her. Er stieg in sein Behindertenauto, und raten Sie mal, wo er hinfuhr? Zum Ilinskij-Tor, direkt gegenüber vom Gebäude des Zentralkomitees. Tumanow setzte sich auf eine Bank in der Nähe des Plewna-Heldendenkmals und fütterte die Tauben. Dann kam ein Mann Ende Dreißig in einem modisch geschnittenen Sommeranzug, setzte sich neben ihn und schlug die Zeitung auf. Die Detektive haben natürlich einige Fotos von ihm gemacht.»

Griasnow drückte wieder auf den Knopf.

Unbekannter: «Ich habe Sie doch gewarnt, Tamerlan, nur zur verabredeten Zeit anzurufen.»

Tumanow: «Sie haben Bube erwischt, Maljuta. Was ist, wenn er auspackt?»

Maljuta: «Was weiß er schon? Wir haben Caesar weggebracht. Die Katakomben sind geräumt. Alle Spuren verwischt.»

Tumanow: «Mir ist nicht wohl zumute.»

Maljuta: «Haben Sie mich deshalb hergebeten?»

Tumanow: «Wir müssen uns beeilen. Die Füllung reicht nicht. Wir brauchen mehr.»

Maljuta: «Ich werde mich morgen darum kümmern.»

Tumanow: «Besser heute.»

Maljuta: «Heute ist es unmöglich. Lesen Sie keine Zeitung?»

Tumanow: «Meistens nur die Sportseite.»

Maljuta: «Wissen Sie, wer nach Moskau kommt?»

Tumanow: Muhamed Nangar, nicht wahr? Großes Tier jetzt. Er fing bei mir an, als ich die HAD anführte. Kein schlechter Mann, aber er redet zuviel.»

Maljuta: «Das gleiche trifft auf Sie zu, Tamerlan. Die Afghanische Botschaft gibt heute einen Empfang für Nangar. Aber morgen kümmere ich mich um alles. Ich rufe Sie an.»

Griasnow drehte die Spule zurück und fragte: «Können Sie erraten, wohin Maljuta Skuratow nach dem Gespräch ging?»

«Zum Gebäude des Parteizentralkomitees.»

«Richtig! Wir haben die Fotos sofort entwickelt. Es ist Major Edward Nikititsch Trojan, der Chef der Leibwache des Generalsekretärs. Wir haben Schenja beauftragt, sich mit ihm bekannt zu machen. Es ist schon alles organisiert. Schenja verträgt sich gut mit den Afghanen, alle seine Freunde aus Kabul werden auch auf dem Botschaftsempfang sein. Wir müssen uns also unbedingt gleich diesen Trojan vornehmen. Tumanow ist nur ein kleiner Fisch. Sie und ich werden zu Schenjas Sicherheit draußen warten. Schenja muß Trojan vormachen, daß er auf seiner Seite ist, und es irgendwie schaffen, herauszukriegen, was sie unter der ‹festlichen Fleischpastete› verstehen.»

«Und was, wenn es ihm mißlingt? Angenommen, Trojan schüttet ihm Zyankali in den Krimsekt?»

Griasnow fragte: «Haben Sie einen besseren Vorschlag? Wir haben keine Zeit zu verlieren. Es könnte doch sein, daß ‹das Fest› schon morgen stattfindet? Die Katakomben sind uns durch die Lappen gegangen. Was meinen Sie, haben sie von dort entfernt? Sprengstoff vermutlich – die Füllung der festlichen Fleischpastete. Sie brauchten mehr Geld. Deshalb überfielen sie den Kassenboten. Jemand kauft hintenherum Dynamit von den Militärdepots. Die KGBler überprüfen gerade ein Arsenal. Sie haben ein Defizit von zwölftausend Schuß Munition, fünfhundert Handgranaten, anderthalb Tonnen Sprengstoff, fünf kleinkalibrige Raketenabschußgeräte entdeckt. All das ist irgendwo hingebracht worden. Der KGB versucht, eine Verbindung zu der U-Bahn-Explosion und den afghanischen Terroristen herzustellen. Ich habe mir Einblick in Greschanniks Unterlagen verschafft ... Warum sehen Sie auf die Uhr? Ihr Stelldichein können Sie vergessen. Sie werden heute erst sehr spät zu Hause sein.»

«Wann kommt Schukow?»

«Um sieben. Der Botschaftsempfang fängt um acht Uhr an.»

«Dann habe ich noch eine Stunde Zeit. Ich muß ins Untersuchungsgefängnis, mit Birjukow sprechen.»

«Bleiben Sie nicht zu lange. Wir müssen unbedingt Signale vereinbaren. Zwei von unseren Leuten werden mit Schenja in die Botschaft gehen. Sie müssen auf dem laufenden bleiben.»

«Welche Signale?»

«Wenn ich mit einer Hand meine Haarpracht glattstreiche, dann heißt das: Folgen Sie mir. Wenn ich aber so mache, heißt das: Pfeifen Sie die Spürhunde zurück.»

«Geht in Ordnung. Bin bald wieder da.»

«Hallo, Bube.»

«Sie werden mich erschießen, sie haben es mir in der Zelle gesagt.»

«Das ist nicht wahr, Bube. Ich sag dir, du wirst am Leben bleiben.»

Er würde am Leben bleiben – so wie Halilow, die drei Smirnows und die anderen zweihundert Soldaten im Zentralkrankenhaus von Kabul. Wenn man das «Leben» nennen will. Birjukow hatte die Injektion offensichtlich ohne Stabilisator bekommen. Sein Verstand funktionierte noch, aber nicht mehr lange, die unabänderliche Auflösung seiner Persönlichkeit würde in Kürze einsetzen.

«Schau dir mal diese Fotos an, erkennst du jemand?»

Birjukow richtete sich auf, dann fiel er in sich zusammen. «Das Mädchen saß bei uns im Wagen, als wir nach Rjasan fuhren. Dann stieg sie in einen Omnibus und kam anderthalb Stunden später mit Morosow anspaziert. Caesar und Maljuta Skuratow folgten ihnen. Eine halbe Stunde später gingen wir in den Wald. Dort tötete Caesar den Verräter. Das Mädchen sieht auf dem Foto schöner aus als in Wirklichkeit. Sie trug ein Kopftuch, und ich konnte ihr Haar nicht sehen. Sie sagte jedem, was er zu tun hatte. Sogar Maljuta folgte ihren Befehlen. Ihre Stimme hatte etwas . . . Drohendes.»

Innerhalb unserer Ermittlungsorganisationen – KGB, Polizei, Staatsanwaltschaft – gibt es die Möglichkeit, eine Sonderarbeitsgruppe zusammenzustellen, genannt: Interner Untersuchungsausschuß. Seine Aufgabe ist es, Gesetzesübertretungen oder Verbrechen, begangen vom eigenen Personal, aufzuklären. Ich beschloß, eine solche Arbeitsgruppe einzusetzen mit nur einem Mitarbeiter – mir. Die Aufgabe dieser neugegründeten Einheit würde darin bestehen, die Gesetzesübertretungen und kriminellen Vergehen einer gewissen Kriminal-Praktikantin zu beweisen. Ihr Name war Swetlana Nikolajewna Aralowa-Belowa, Ehefrau des Marschalls der Sowjetunion Agarkin, meine Geliebte...

Nichts auf der Welt wäre mir lieber gewesen, als diese Ermittlung wegen Mangels an Beweisen einzustellen, aber ich wußte, dies lag nicht mehr im Bereich des Wahrscheinlichen, mehr noch, ich mußte mich auf ein Todesstrafen-Delikt einstellen. Mein Kopf zersprang fast vor Qual bei dem Gedanken. Die Welt verdunkelte sich für mich, und als ich den Korridor entlangging, hallten meine Schritte in meinem Kopf wieder wie Hammerschläge auf einem Amboß.

Eine ärgerliche Stimme und ein Wutschrei drang durch die Tür von Griasnows Büro. Ich öffnete die Tür und ging hinein. Mein Kopf saß grotesk schwer auf meinem Hals, aber ich versuchte, mich auf Griasnows Worte zu konzentrieren.

«Aber Sie haben kein Recht, diesen Mann einzusperren. Ich gebe einen Dreck auf das Gerichtsurteil. Sie verhindern die Aufklärung eines Falls von nationaler Bedeutung. Ich übergebe jetzt dem Ermittlungsbeamten der Staatsanwaltschaft Turezkij den Hörer. Er wird alles aufklären.»

Griasnow legte seine Hand über die Sprechmuschel. «Es ist die Gerichtsvollzieherin Koscheljowa vom Tscherjomuschkij-Bezirk. Sie haben Schukow wegen Nichtbezahlung von Alimenten verhaftet.»

«Wa-a-as?»

Meine Kopfschmerzen ließen etwas nach. Ich kannte diese Koscheljowa, ein Butterberg mit dem Gesicht eines Landarbeiters. Es war nutzlos, mit ihr zu diskutieren. Sie war dumm und verbohrt.

«Hallo, Genossin Koscheljowa, können Sie mir sagen, was passiert ist?»

«Fortgesetzte Vernachlässigung der Unterhaltszahlungen für eine Minderjährige seitens des Vaters. Ein Jahr Gefängnis oder drei Jahre Verbannung», rasselte die Koscheljowa herunter. «Ich habe heute Ihren ‹Bürger von nationaler Bedeutung› aufgrund einer Klage seiner geschiedenen Ehefrau vorgeladen. Der Beschuldigte war für länger als ein Jahr verschwunden ohne Hinterlassung einer Adresse und hat keine Unterhaltszahlung für seine zwölfjährige Tochter geleistet. Ihr ‹Mann von nationaler Bedeutung› hat anstatt sich schuldig zu bekennen und Reue zu zeigen, wie ein Verrückter in aller Öffentlichkeit zu schreien angefangen und behauptet, er hätte alles bezahlt. Unterbrechen Sie mich nicht. Ich lasse mir so etwas nicht bieten! Es ist nur gut, daß die Polizei und der Gerichtshof im gleichen Gebäude sind. Ein Beamter ist gekommen und hat ihn in eine Zelle gesperrt, und dort sitzt er jetzt.»

«Genossin Koscheljowa, ich werde den Justizminister anrufen...»

«Meinetwegen können Sie den Generalsekretär anrufen. Solange wir kein Geld sehen, lassen wir ihn nicht frei.»

«Wie hoch ist die Summe?»

«Eintausend einhundert und vierzehn Rubel und dreiundsiebzig Kopeken. Sobald er zahlt, lassen wir ihn frei.»

«Wie zum Teufel kann er das Geld auftreiben, wenn ihr ihn einsperrt?»

«Das ist seine Sache. Er hätte früher daran denken sollen.»

«Genossin Koscheljowa, ich werde Ihnen das Geld bringen.»

«Wie ich sagte, wenn ich das Geld habe, lasse ich ihn frei. Wenn Sie vor acht Uhr kommen, können Sie Ihren für die Nation wichtigen, vorsätzlichen Nichtzahler von Alimenten...»

Griasnow und ich starrten uns sekundenlang verzweifelt an.

«Wo wollen Sie eine solche Summe innerhalb von neunzig Minuten auftreiben, Sascha?»

«Das weiß der Himmel. Haben Sie eine gute Idee?»

«Ich könnte das Geld vielleicht bei meinen ‹Kunden› auftreiben, aber sie haben es sicher nicht bar unter der Matratze. Es liegt alles auf der Bank oder im Safe. Aber sogar dann würden sie Angst haben, daß die Polizei ihnen ihre unrechtmäßig erworbenen Gewinne vorrechnet. Das Schlimme ist, wir stehen unter Zeitdruck.»

«Können Sie mir einen Dienstwagen organisieren, Slawa. Ich will mal was probieren.»

Irka hatte mir erzählt, daß sie meine alten Bücher für mich aufgehoben hatte. Sie hatten meinem verstorbenen Vater und vor ihm meinem Großvater gehört. Ein mir bekannter Buchantiquar hatte mir versichert, daß die in Leder gebundenen Lyrikbände viel Geld wert seien. Sein Laden lag zwei Minuten zu Fuß von meiner ehemaligen Wohnung entfernt.

Ich klingelte fünf Minuten lang ohne Erfolg – niemand war zu Hause. Das war eine unerwartete Schwierigkeit. In der Gemeinschaftswohnung schwatzten sonst immer drei oder vier Frauen gleichzeitig herum. Ich ging zur Rückseite des Häuserblocks. In meiner Jugendblüte war ich oft aus dem kleinen Korridorfenster der Wohnung aufs Dach des nächsten Hauses gestiegen, wenn ich mich unbemerkt davonmachen wollte. Dieses Mal war es der umgekehrte Weg. Und diesen bei hellem Tageslicht zu riskieren, eröffnete unangenehme Perspektiven. Man könnte mich für einen Einbrecher halten. Diese Überlegung ließ mich fünf Minuten lang zögern. Doch dann stieg ich entschlossen die Feuerleiter hoch bis zum obersten Stock, von dort aus balancierte ich auf dem Dach entlang und tat mein Bestes, nicht auf der schrägen Fläche auszurutschen. Ich erreichte die Dachluke, sie gab unter dem Druck meiner Knie sofort nach.

Irka hatte das Türschloß nicht erneuert, und ich wußte, wie man es ohne Schlüssel öffnen konnte. Ich benutzte den Stil eines Löffels, den ich in der Spüle der Gemeinschaftsküche inmitten unabgewaschenen Geschirrs gefunden hatte. Ich sah sofort die von Irka sorgsam aufgestapelten Bücher meines Vaters. Zwischen zwei Bänden hing ein Zettel mit der Aufschrift: Saschas Eigentum. Ich zog das Bündel unter einem Haufen von alten Notenblättern hervor, eine Staubwolke stieg auf und dann – sah ich Irka. Sie blickte mich an, ohne jegliches Erstaunen, ihre Katzenaugen glitzerten vergnügt. Und plötzlich hatte ich gar keine Lust mehr, zu dem Buchantiquar zu gehen oder Schukow zu helfen oder sonst was zu tun, außer hier, in diesem Zimmer zu bleiben mit Tante Klawdias altem Klavier. Ich wollte nichts anderes, als mich auf das schmale Sofa setzen und Irka zuhören. Ich ließ den Bücherstapel zu Boden gleiten und setzte mich, ein wenig geniert, aufs Sofa.

«Tut mir leid, Irka, daß ich eingebrochen bin.»

«Mit einem Löffel!» Sie lachte.

Ich nahm ihre Hand und zog sie an mich.

«Sascha ...»

«Nicht Sascha – sag Idiot zu mir! Ich bin die ganze Zeit ein Idiot gewesen.»

Ich küßte ihre weichen, unerfahrenen Lippen, preßte ihren schlanken Körper an mich. Ich hatte nie, nie zuvor einen Menschen so glückselig gesehen wie Irka hier in diesem unordentlichen Zimmer, in dem ich sechs Jahre gelebt hatte, und wo Irka jetzt wohnte – Irka, die mich seit Jahren heimlich liebte.

«Du ... du mußt gehen, Sascha», flüsterte sie. «Ich will nicht, daß du gehst ... Aber du weißt ja, die Nachbarn.»

«Ich bin in einer Klemme, Irka, ich brauche dringend Geld. Die Aufklärung des Falls, von dem ich dir erzählt habe, hängt davon ab.»

«Sagtest du nicht, ihr nennt es ‹Unternehmen Faust›.»

«Das ist Merkulows Erfindung. Es gibt kein ‹Unternehmen Faust›», sagte ich und knüpfte meine Schnürsenkel. «Komm mit mir zu dem Buchantiquar, wenn du Zeit hast.»

Irka hatte immer Zeit für mich.

«Ja, also dieses Buch bringt siebenhundert», sagte der Buchhändler und legte Garns *Konstruktivisten* beiseite. «Und diese Bücher über die Imaginisten . . . also hundert Rubel pro Band. *Alkonsta*, Petrograd 1921, Gedichte von Kusikow, ja, die sind sehr gesucht. Wenn Sie die privat verkaufen, bekommen Sie eine Menge Geld. Ich kann Ihnen für das Ganze nicht mehr als siebzehnhundert zahlen. Kommen Sie am Montag, und ich gebe Ihnen das Geld.»

«Montag! Ich brauche das Geld heute, sofort!»

«Ich habe Sie ehrlich gern, Alexander, aber ich kann Ihnen heute nichts geben. Mein Angestellter hat das Geld bereits auf die Bank gebracht. Ich habe nichts Bares mehr im Laden.»

Ein totaler Reinfall. Es wäre besser gewesen, wenn Griasnow sich an seine «Kunden» gewandt hätte.

«Und wie wäre es, wenn der Genosse noch etwas Westliches drauflegte – viel gesuchter noch, könnte ich mir denken, als Kusikow?» fragte Irka verschmitzt.

Ich verstand nicht recht, und der Antiquar auch nicht, aber er spitzte die Ohren.

«Was haben Sie denn da Kostbares? Etwa Erotisches?»

Irka zog unter ihrer Jacke meine beiden Henry-Miller-Bände hervor, zerlesen und auf englisch, aber der Buchhändler griff begierig zu. Er wollte gleich anfangen zu lesen, schien es mir. Und ich hatte diese Schätze aus der Zeit, als ich mir ab und zu ein verbotenes amerikanisches Buch auf dem Schwarzmarkt geleistet hatte, längst vergessen!

«Wenn Sie die beiden Dinger noch dazugeben, zum selben Preis, werd ich sehen, was ich noch zusammenkratzen kann.»

«Oh, das wird Ihnen bestimmt gelingen», sagte Irka vertrauensvoll. Und sie behielt recht.

16

«Sie brauchen sich keine Sorgen zu machen, Schenja!» sagte die Romanowa, als sie Schukow für das «afghanische Unternehmen» ausstattete. «Meine Jungens haben in jeder Tasche ein Mikrofon eingenäht. Slawa und Sascha sitzen vor der Botschaft in einem ‹Fernsehwagen›. Sie können alles abhören, was in Ihrer Nähe gesprochen wird. Im übrigen muß ich mich allerdings völlig auf eure Improvisationsgabe verlassen. Mein Ratschlag ist: Laßt euch Zeit...»

Als wir zur Afghanischen Botschaft fuhren, trennte sich Schenja von uns und schloß sich der Delegation seines zuständigen Ministeriums für das Bauwesen an, das sich um den Wiederaufbau Kabuls bemühte und daher auf der Gästeliste des Botschafters ziemlich weit oben rangierte. Griasnow und ich hingegen schmuggelten uns in die Gruppe der Kontrollabteilung des Moskauer Stadtrats ein, um der Wachsamkeit der KGBler zu entgehen. Der Chef der Kontrollabteilung hatte erklärt, daß eine Spezialbrigade, die eine Antiterrorismus-Ausbildung erhalten hatte, in der Nähe der Botschaft Dienst tun würde. Ihre Aufgabe sei nicht nur, Unruhen im Keim zu ersticken, sondern auch ganz normal Wache zu halten, während unser Generalsekretär auf dem Empfang war, und überdies natürlich unseren verehrten Gast, den Generalsekretär der Demokratischen Partei Afghanistans, zu beschützen.

Die rührende Sorge um die beiden Generalsekretäre versetzte die KGBler in höchste Aufregung. Ein KGB-General, der offensichtlich für die Sicherheit der Botschaft verantwortlich war, streckte seinen Vogelkopf durchs Fenster unseres «Fernsehwagens» und sagte: «Nett von euch Polizeileuten, uns so brav zu unterstützen.»

Der afghanische Empfang verlief wie am Schnürchen. Wenige Minuten nach acht Uhr fuhren ein Dutzend schwarzer Staatslimousinen vor: unser Generalsekretär mit seinem Gefolge. Das gesellschaftliche Geplauder dauerte ungefähr eine Stunde, dann zogen sich die beiden Generalsekretäre zu einem Gespräch unter vier Augen zurück. Während dieser wenigen Minuten kam ein alter afghanischer Bekannter Trojans, ein pensionierter KGB-General und jetziger Chef der Sonderabteilung Restaurierung des Ministeriums für Bauwesen, auf Tojan zu und stellte ihm Schukow vor – um die beiden dann programmgemäß gleich wieder zu verlassen, da er noch andere Verpflichtungen hatte.

Wir konnten Schukows Stimme klar und laut vernehmen: «Guten Abend, Genosse Trojan, pardon, Bruder Maljuta. Sechsundzwanzig und sechs.»

«Was meinen Sie? Wer sind Sie?»

«Haben Sie das Losungswort vergessen?»

Langes Schweigen – oder vielleicht kam uns das nur so vor.

«Sechs und sechsundzwanzig.»

«Kein Grund zur Beunruhigung. Mein Name ist Schukow, pardon, Taras Bulba.»

Ihre Stimmen verloren sich im Lärm, waren aber nach ungefähr zwei Minuten wieder hörbar.

«Er hat mir befohlen, Ihnen bei dem Transport zu helfen. Ich weiß, Sie haben Schwierigkeiten, aber ich habe eine Lösung. Morgen kann ich Ihnen zwei Lastwagen zur Verfügung stellen.»

«Gut...»

«Sie brauchen nur zu sagen, wohin es gehen soll.»

«Ich muß gehen. Wir können das hier nicht besprechen. Wir sollten uns morgen treffen. Der Generalsekretär will zur Datscha raus. Wie wär's am Abend in der ‹Manège›. Dort ist eine Glasunow-Ausstellung. Viele Besucher, was die Sache erleichtert. Wir können uns um sieben Uhr in der Vorhalle treffen.»

Schukow verließ die Botschaft mit «seinen Leuten» vom

Ministerium. Nachdem er sich von ihnen verabschiedet hatte, blickte er schnell um sich, um sich zu vergewissern, daß er nicht beschattet wurde, dann huschte er in unseren Wagen.

Anschließend saßen wir in unserem fahrbaren Monitor-Zentrum und aßen recht wohlschmeckende Pasteten. Griasnows neueste Flamme war Produktionsleiterin in irgendeinem Lebensmittelkonzern und versorgte ihn mit Delikatessen.

Schukow analysierte sein Gespräch mit Trojan: «Wißt ihr, Freunde, ich hatte das Gefühl, er traute mir nicht. Er tat zwar so, als traue er mir, aber er hat, fürchte ich, Lunte gerochen. Ich gehe jede Wette ein, daß er meine Geschichte überprüft, sich bei seinen ‹Brüdern› erkundigt oder bei meinen Leuten im Ministerium. Wir müssen darauf gefaßt sein, daß er mir auf die Schliche kommt.»

«Bloß keine Panik, Junge», unterbrach ihn Griasnow. «Vielleicht hast du dir nur eingebildet, daß er dich durchschaut hat.»

«Nein, ich bin sicher.»

«Nun, was dann? Sollen wir das ganze Unternehmen, ich meine, Schenja in die Bruderschaft einzuschleusen, aufgeben?› fragte ich und blickte in die Runde.

«Wissen Sie, Sascha», sagte Schukow und aß das letzte Stück seiner Pastete, «es macht überhaupt keinen Unterschied, ob er mir geglaubt hat oder nicht. Daß ich mit euch von früher her bekannt bin, ist kein Geheimnis und unverdächtig. Aber niemand wird vermuten, daß ich noch für die Polizei arbeite. Im Gegenteil, da ich gefeuert worden bin, ist es naheliegend, daß ich auf Rache aus bin. Es könnte durchaus sein, daß ich in die Bruderschaft von einer hier in Moskau nicht bekannten Person eingeführt wurde. Ich vermute, sie haben wie die frühe Kommunistische Partei kleine Zellen gegründet, die nichts voneinander wissen. In diesem Fall kann Maljuta kaum herausfinden, ob ich ein ‹Bruder› bin, bevor Serij von seiner Pakistan-Reise nach Kabul zurückgekehrt ist.»

«Und wann wird das sein?» fragte Griasnow.

«Nicht vor Freitag, wie man mir sagte.»

«Also haben wir vierundzwanzig Stunden Zeit und sogar etwas mehr...»

«Was ist, wenn Serij eher als erwartet zurückkommt? Oder von, ich weiß nicht, wo, Moskau anruft? Schenja, es ist und bleibt ein gefährliches Unternehmen», sagte ich abschließend. «Sie können Sie in ein Auto setzen, Sie aus der Stadt rausfahren und dann...»

«Volkommene Sicherheit gibt es nie und nirgendwo im Leben. Es ist auch gefährlich, mit einer Puppe zu schlafen, die man nicht kennt», erwiderte Schukow lachend.

Griasnow goß den Rest aus der Sektflasche in die Pappbecher: «Schluß mit dem Gerede! Trinken wir darauf, daß wir die Sache in den Griff bekommen – und am Leben bleiben. Alles hängt davon ab, ob Trojan Schukows Auftauchen mit der Verhaftung Birjukows in Verbindung bringt.»

Schenja nickte mit seinem krauslockigen Kopf, dann leerte er den Becher in einem Zug.

Ich sagte zu Griasnow: «Kümmern Sie sich um Trojan so lange, bis wir Schenja ins feindliche Lager eingeschleust haben. Bleiben Sie am Ball – genau gesagt, an der Bombe. Sie darf auf keinen losgehen.»

Griasnow stimmte trinkend zu.

«Irka, bist du schon im Bett? Ich wollte dir nur eine gute Nacht wünschen.»

«Warst du rechtzeitig da?»

«Wo?»

«Mit dem Geld. Um Schukow freizukaufen.»

«Ja, es hat geklappt. Was machst du am Sonnabend?»

«Lelja, Lidoschka und ich gehen zu den Festspielen im Lenin-Stadion. Danach bin ich frei.»

«Ruf mich an, sobald du Zeit hast.»

«Dann zieh nicht das Telefon heraus», sagte Irka lachend. «Und grüß mir ‹Faust›.»

«Zieh nicht das Telefon heraus.» – Und was hatte der arme Bunin an jenem Morgen gesagt? «Ihr Telefon funktioniert nicht.» Jemand hatte ihn angerufen und ihm gesagt: ‹Turezkijs Telefon muß kaputt sein!› Aber es war wieder eingestöpselt, als Irka mitten in der Nacht hereingestürmt war ... Davor, als Lana gekommen war, hatte ich den Stecker aus der Steckdose herausgezogen, wie jedesmal, wenn Lana bei mir war. Sie wußte das. Aber sie konnte nicht wissen, daß ich ihn wieder reingesteckt hatte. Sie hatte auch Kenntnis davon, daß wir uns anderentags um zwölf in Merkulows Büro treffen wollten. *Sie* war es also gewesen, schon wieder sie ... Hatte sie mich wirklich zusammen mit Wanja Bunin in die Luft sprengen wollen? Vielleicht wußte sie aber auch nicht, daß man uns umbringen wollte? Vielleicht hatte sie einfach einen Befehl ausgeführt und nur weitergegeben, daß wir um zwölf Uhr in der Staatsanwaltschaft verabredet seien? Ich hätte nur zu gern an diese Version geglaubt, aber es gelang mir nicht. Ich war mir sicher, sie hatte das Ganze *mit* den anderen geplant, sie hatte meinen Tod vorbereitet.

Was hatte Irka noch gesagt? «Grüß mir ‹Faust›.» Wir denken immer, Faust müsse ein Mann sein. Aber im Deutschen ist die Faust weiblich ... was hatte noch Ljuda Korabelnikowa gesagt? «Ich glaube, der andere Mann war homosexuell ...» und die Schauspielerin Lala Istomina: «Es hätte einer sein können» ... Und wenn er nun kein Schwuler war – und auch kein Mann? Wir denken immer, Faust sei ein Mann, und wir reden immer von dem zweiten Mörder. Laut Zeugen hatten zwei junge Männer in schwarzen Jacken bei den Lagins geklingelt, einer von ihnen hatte einen Regenschirm in der Hand. Aber hatte es denn geregnet in der Nacht? Ljuda Korabelnikowa behauptet: «Ja, es hatte gerade angefangen ...» Ich mußte nachts auf die Uhr sehen, weil Lana mich gefragt hatte, wie spät es sei. Es war kurz nach zwei Uhr. Ich hatte gehört, wie der Regen draußen im Laub zu rauschen begann, und an der Kreuzung hatten die Bremsen der Autos auf dem feuchten Asphalt gequietscht. Vielleicht hatte es am Lenin-Prospekt früher zu regnen angefangen?

Ich hätte nicht gedacht, daß der Meteorologische Dienst so präzise arbeitet:

«Starke Regenfälle wurden in der Nacht vom 13. zum 14. Juni im Groß-Moskauer Raum überall registriert von 23.50 bis 00.25 Uhr, dann von 7 Uhr früh anhaltender Nieselregen...

«Sind Sie sicher, daß um 2 Uhr früh oder kurz danach am Frunse-Kai kein Regen gefallen ist?»

«Ich wiederhole: In der Zeit von 00.25 und 7 Uhr früh fiel im Moskauer Raum kein Regen.»

Vielleicht hatten sie sich geirrt, dachte ich und versuchte, mich an diesen Strohhalm zu klammern. Gleichzeitig fühlte ich, wie die Furcht wie eine Kralle nach meinem Herzen griff.

Ich schaltete das Licht aus und saß mit geschlossenen Augen bewegungslos in meinem Sessel. Ich mußte mir alles genau ins Gedächtnis zurückrufen – und wollte es nicht. Ich hatte Angst, mich an etwas zu erinnern, mit dem zu leben mir unerträglich schien. Aber ich mußte es tun. Kim, ich werde deine Mörder finden...

Ich war von einem rätselhaften Geräusch aufgeweckt worden, rätselhaft weil so vertraut, aber völlig unpassend in diesem Augenblick. Lana hatte neben mir gelegen, draußen hatte es geregnet. Lana hatte geflüstert: «Wieviel Uhr ist es?» Ich hatte gedacht ungefähr Mitternacht, und daß ich nur kurz geschlafen hätte. Als ich das Licht anknipste, war ich erstaunt: Die Wanduhr zeigte kurz nach zwei Uhr.

Nun wußte ich, was das für ein seltsames Geräusch gewesen war: tack-tack-tack. Es entsteht, wenn man den Uhrzeiger mit dem Finger verstellt. Lana hatte sich ein Alibi geschaffen! Was hatte sie ausgesagt? «Ich bin ungefähr um drei Uhr nach Hause gekommen. Wenn nötig, kann diese Tatsache bestätigt werden von . . .» Dann hatte sie sich angezogen, und ich war wieder eingeschlafen.

Am Tag nach meiner Rückkehr aus Kabul war sie bereits fort, als ich um Mitternacht die Nationalhymne durch die dünne Wand in der Nachbarwohnung hörte. Ich hatte umsonst versucht, mich zu erinnern, wann das schon einmal passiert war, daß Lana fortging, während gerade die Nationalhymne gespielt wurde. Jetzt fiel es mir ein: in der Nacht von Kims Ermordung.

Ich knipste das Licht wieder an und blickte auf das Phantombild von Kims zweitem Mörder. Ich griff zu einem gelben Farbstift und zeichnete mit ungeübter Hand eine Frauenfrisur: eine Welle, die bis zu den Augenbrauen über die Stirn fiel, bedeckte Ohren, eine fast schulterlange Mähne. Wir denken immer, Faust sei ein Mann . . . Ich fand einen grünen Farbstift und gab den Augen einen leicht grünen Schimmer: Zum Schluß placierte ich eine kleine grüne Schleife in den Nacken . . .

17

Am nächsten Morgen kam Merkulow in mein Zimmer – was er selten tat. «Sascha, Sie waren gestern nicht da. Wir haben die Übersetzung des litauischen Tagebuchs bekommen. Ich überflog den Text, aber er ist mir völlig unverständlich. Die Gedanken dieses Verrückten sind ziemlich langweilig für normale Menschen. Aber lesen Sie es selbst, vielleicht ergibt es für Sie einen Sinn.»

Er gab mir einen leichten Schlag auf die Schulter und ging wieder. Ich machte keine Anstalten, ihn zurückzuhalten und ihm von meinen «internen Ermittlungen» in Sachen Aralowa – Belowa – Agarkina zu berichten. Mein Kopf war voller Gedanken, die denen von Iwonin und Gudinas erschreckend verwandt waren. Auch ich wollte die Hälfte der mich umgebenden Menschheit von der Erdoberfläche verschwinden lassen.

Ich nahm mir die Übersetzung aus dem Litauischen vor. Je länger ich las, desto mehr wurde mir bewußt, daß es sich nicht um übliche Tagebucheintragungen handelte, sondern tatsächlich um den Monolog eines Wahnsinnigen.

«. . . Die Welt erwartet eine Neue Sintflut, mächtiger, brutaler und reinigender als die erste. Die Neue Sintflut wird bald kommen – schon in ein paar Tagen. Wir, die neuen Zentaurier der Neuen Sintflut werden sie herbeiführen! Wir sind nicht nur Brüder, wir sind die Söhne der Neuen Sintflut, der Neuen Zeit! Wir werden die Fackel anzünden, und das Feuer wird die alte Welt vernichten. Aus welchem Grund errichten wir unsere neue Arche? Die alte ist morsch, voller Ratten, Schlangen und Ameisen. Es ist sinnlos, in einem derartigen Chaos der Gier, der Feindschaft und des Verrats zu leben . . . Wir sind Brüder, wir sind Helden, wir sind die Träger der Zukunft, wir werden die Sklaverei in einem Tag, einer Stunde, einer Sekunde ausrotten – mit einer einzigen titanischen Explosion. Auf der Erde ist die Sklaverei in die Poren, in den Schweiß, ins Blut der Menschheit eingedrungen. Sie ermöglicht es, daß das Böse hundertmal schneller getan wird als je zuvor, sie erlaubt keine Zeit zum Nachdenken. Entweder du folgst dem Befehl, oder du fährst zur Hölle! Erst nach der Revolution, wenn wir den Pöbel und die Denker vernichtet haben, werden die Überlebenden die Wahrheit erkennen: Nur Helden überleben, und nur die Welt der Helden ist schön!»

Es gab weitere dreißig Seiten, im gleichen Geist geschrieben. Dennoch war ich nicht Merkulows Meinung, daß es totaler Irrsinn war. Ich vermeinte eine gewisse Ideologie darin zu erkennen. Der Irrsinn besaß seine eigene Logik. Merkulow verstand zu wenig von Wahnsinn, ich beinahe zuviel. Ich war an diesem Morgen selbst dem Wahnsinn nah.

Dieser Gudinas war offensichtlich ein Mitglied der Bruderschaft und vermutlich war ihm die Methode, mit der die Menschheit zerstört werden sollte, bekannt. Er hatte dieses mystische Zeug nicht selbst erdacht. Diese Explosion von titanischer Kraft... Nun, dazu mußten erst mal die Sprengstoffe beschafft und transportiert werden, und deshalb war der Transport für Tamerlan und Maljuta so wichtig. Die Frage war nur, wo und wann wollten sie diese Explosion zünden?

Auf diese Frage gab das Tagebuch keine Antwort. Dennoch las ich den ausschweifenden Unsinn bis zu Ende durch und wollte ihn gerade analysieren, als Griasnow hereinkam.

Slawa beginnt eine Unterhaltung immer mit einer scheinbar abwegigen Frage, entweder, weil er das von den Verhören so gewohnt ist, oder weil er versucht, seine Phantasie jemand anderem zu oktroyieren – und Phantasie hat er im höchsten Maße.

Diesmal begann er nachdenklich: «Sagen Sie, Sascha, erinnern Sie sich, was Sie zum Frühstück gegessen haben? Schauen Sie mich nicht so erstaunt an. Die meisten Menschen erinnern sich nicht, was sie zum Frühstück gehabt haben oder am Tag zuvor zum Abendessen. Aber das heutige Frühstück wird mir bis zu meinem Lebensende im Gedächtnis bleiben. Raten Sie mal, mit wem ich gefrühstückt habe?»

«Mit Jack the Ripper?»

«Ich habe im Café ‹Prag› gefrühstückt. Ich aß ein Schnitzel und meine Dame ein köstliches Käseomelette. Danach Kuchen und türkischen Kaffee.»

«Griasnow, Sie spinnen. Ich meine, es ist eine wirklich faszinierende Unterhaltung, aber ich...»

«Die Dame trug eine weiße Jacke mit Spitzenbesatz und einen schwarzen Rock. Und sie ist sehr schön. Alle Augen waren auf sie gerichtet. Aber sie interessierte sich für niemand, denn es stellte sich heraus, daß sie nur einen liebt.»

«Slawa, genug der Rätsel!»

Griasnow lächelte und gab mir ein blaues Polizeiformular, auf das die Fotos von drei jungen Männern und eine Notiz geheftet waren.

«Was soll das?»

«Lesen Sie!»

«Ich, Frolowskaja, Irina Genrichowna erkenne unter den mir vorgelegten Fotografien den Mann auf Foto Nr. 2 als jenen wieder, der spät abends am 28. Juni 1985 auf den ‹Moskwitsch› des Genossen Turezkij zuging, also in der Nacht vor der Explosion, die den Major Iwan Bunin tötete.»

«Und wer war es?» fragte ich.

«Caesar. Oder genauer gesagt, Hauptmann Kurkin von der Dserschinskij-Akademie. Derselbe Mann, den die Spezialtruppe zu einem vorgeblichen Geheimauftrag abkommandierte», erwiderte Griasnow. «Aber ich seh schon, Sie sind schlechter Laune.»

«Nein, Slawa, das bin ich nicht. Ich höre Ihnen zu und versuche, mich zu konzentrieren.»

Griasnow gab mir einige Sekunden Zeit, die Neuigkeit zu verdauen, dann reichte er mir ein anderes Papier. Es war der Lebenslauf von Trojan.

Trojan, Eduard Nikititsch, 38, geboren in Moskau, früher wohnhaft Sadowskij-Weg, Block 5, Wohnung 8. Absolvierte die Moskauer Suworow-Militärschule, später mit Auszeichnung die Dserschinskij-Akademie. Nach Studienabschluß Arbeit im Ausland, wurde mit anderen Sowjetdiplomaten aus Frankreich ausgewiesen. Wurde zum Stab des 17. Regiments der Spezialtruppe versetzt. Erreichte den Rang eines Majors, kommandierte zuerst eine Kompanie, anschließend ein Bataillon. Erhielt den Titel ‹Held der Sowjetunion› für die Durchführung geheimer Operationen von höchster nationaler Wichtigkeit. Abkommandiert nach Moskau, zugeteilt einer GRU-Sonderabteilung als Chef der Leibwache des Generalsekretärs des Zentralkomitees. Jetziger Wohnsitz: Kutusow-Prospekt, Block 36, Fügel 2, Wohnung 39...»

«Sascha, was ist los mit Ihnen?» fragte Griasnow, als er sah, daß ich meine Augen nicht von dem Papier wenden konnte.

«Die Adresse kommt mir irgendwie bekannt vor.»

«Kutusow-Prospekt? Es ist dieses massive, zwölf Stockwerke hohe, rosa Ziegelgebäude.»

«Nein, der Sadowskij-Weg.»

«Der geht von der Gorki-Straße ab, an einer Ecke Lebensmittelgeschäfte, an der anderen das Bolschoi-Theater, früher war dort eine Augenklinik.»

Ich hörte Griasnow nicht mehr zu, denn just in diesem Augenblick fiel mir ein, daß am Sadowskij-Weg, Block 5, Wohnung 8 Swetlana Belowa, geborene Aralowa, gewohnt hatte.

«Wo laufen Sie denn hin?»

«Slawa, ich muß persönliche Ermittlungen fortsetzen.»

Griasnow sah mich an, als hätte er eine Spinne auf meiner Stirn gesehen, und sagte kühl: «Vergessen Sie nicht, unser Trojan-Unternehmen geht heute weiter.»

Der Häuserblock Nr. 5 am Sadowskij-Weg existierte nicht mehr, das heißt, er stand noch, aber diente einer befreundeten Macht als Botschaft. Ich ging ums ganze Karree, sah aber kein Hausverwalterbüro. Ich zündete eine Zigarette an und warf das leere Paket auf die Straße. Ein Mann, Typ «besserer alter Herr» hob es schweigend auf und warf es in einen Mülleimer.

«Tut mir leid», rief ich hinter ihm her.

Der alte Herr drehte sich um, sah mich über seine Brille hinweg an und sagte freundlich: «Andere Leute entschuldigen sich nicht einmal. Wissen Sie, in Riga standen früher Abfalleimer in allen Straßen. Die Sauberkeit war erstaunlich. Jetzt werfen die Leute ihren Unrat überallhin.»

Der alte Mann sah aus wie Tschechow: adrettes Bärtchen, Kneifer, Leinenjacke.

«Suchen Sie jemand, oder gehen Sie nur spazieren?»

«Man hat mir eine Adresse gegeben, aber es muß die falsche sein. Es gibt dort in dem Haus nur eine Botschaft.»

«Die Botschaft existiert erst seit fünf Jahren, früher war es ein Wohnblock. Ich habe genau fünfzig Jahre in Wohnung sieben gewohnt, allerdings mit einer Unterbrechung von acht Jahren.»

«Während des Krieges?»

«Nein, danach. Sechsundvierzig bis vierundfünfzig. Aber warum stehen wir hier? Dort drüben gibt es eine Bank, ich streiche sie jedes Jahr selbst an. Ich wohne jetzt gegenüber. Gestatten Sie, daß ich mich vorstelle: Polonskij, Semjon Jakowlewitsch, Rentner und Stückeschreiber. Ich habe fürs Volkstheater geschrieben. Und mit wem habe ich die Ehre zu reden?»

«Turezkij, Alexander Borissowitsch, Jurist.»

«Nun denn, Herr Jurist, kann ich Ihnen irgendwelche Informationen über die ehemaligen Bewohner dieses Hauses geben?»

«Ich suche einen Klassenkameraden, Juri Wassiliew», log ich ungehemmt. «Er wohnte in Nummer acht, meine ich.»

«Wassiliew in Nummer acht? Nein, in diesem Haus gab es seit 1935 keine Wassiliews. Der Akademiker Tjomkin wohnte an die fünfzehn Jahre lang dort, und nach seinem Tod zog eine ganz außergewöhnliche Frau ein. Trojan, Nina Tarassowna.»

«Doch nicht *die* Trojan – die Heldin? Die berühmte Scharfschützin während des Krieges?»

«Nein, die nicht, aber eine Scharfschützin war sie auch, eine von ganz besonderer Art. Sie werden es nie erraten, mein Freund. Wenn es Sie interessiert, werde ich Ihnen eine erstaunliche Geschichte über eine bemerkenswerte und einzigartige Frau erzählen. Oder haben Sie keine Zeit? Ich habe viel Zeit, doch Sie sind sicherlich in Eile. Junge Menschen sind so ungeduldig ...»

Polonskij gehörte offensichtlich zu jenen, die gern reden und sich an alte Zeiten erinnern – jetzt, wo es nicht mehr so arg gefährlich ist. Und sie haben viel zu erzählen, diese alten Leute. Sie haben viel durchgemacht. Leider ist die Jugend wenig erpicht auf die Geschichten aus der Vergangenheit, aber in mir hatte Semjon Jakowlewitsch Polonskij einen dankbaren Zuhörer gefunden, obwohl ich nicht annahm, daß seine Erinnerungen an die Trojan-Familie für meine Ermittlungen wichtig sein könnten.

«Semjon Jakowlewitsch, ich bin nicht in allzu großer Eile, erzählen Sie!»

«Was bedeutet die Liebe für einen Mann? Ein kurzer Sprung von einem weichen Bett in ein noch weicheres? Und für eine Frau? Zu erobern, anzulocken, zu verführen – ein wildes Pferd in einen braven Packesel zu verwandeln? Sie folgen meinem Gedankengang, Alexander Borissowitsch? Ich will sagen, alles beruht auf primitiven Instinkten – ob Mann, ob Frau. Fang sie, zähme sie, beherrsch sie! Opfere dich nicht auf dem Altar der Liebe, wie man uns vor langer Zeit gepredigt hat. Nein, nimm dir, was dir gefällt. Opfere nicht dich! Opfere die anderen. Diese harte Wahrheit hatte ein unerfahrenes Mädchen aus der Provinz schon früh begriffen. Sie war hinreißend schön, das muß ich sagen, diese Nina Trojan, die aus der Ukraine kam, um Moskau zu erobern. Sie hatte naturblondes Haar und tiefblaue Augen, tiefblau wie die See. Sie arbeitete als Stewardeß in einem Flugzeug, das unsere höchsten Führer beförderte. Sie wurde von einem Regierungspiloten verführt und dieser stellte sie Nikita Sergejewitsch vor. Ich sehe, Sie überlegen, welcher Nikita Sergejewitsch. Er kann doch nicht Nikita Chruschtschow meinen? Aber genau den meine ich. Er war so entzückt von der jungen Stewardeß, daß er schier ein Verhältnis mit dieser Nina anfing. Sie bezog ein Zimmer in der Wohnung Nummer acht, genau mir gegenüber – wo sie einen

Sohn gebar. Ein netter, kleiner Bub, und sie nannten ihn Eduard. Warum Nikita Sergejewitsch dieser Name so gefiel, ist mir unverständlich.»

Ich hörte dieser abenteuerlichen Geschichte zu und wußte nicht recht, ob der Bühnenschriftsteller seiner Phantasie freien Lauf ließ oder die Wahrheit sprach.

Polonskij schob seinen Kneifer hoch: «Ich sehe an Ihrem Gesicht, daß Sie glauben: ‹Der alte Mann erzählt mir Märchen›.»

«Es ist in der Tat eine phantastische Geschichte. Aber fahren Sie fort, Semjon Jakowlewitsch. Also Nina Trojan hatte nur das eine Kind von Nikita Sergejewitsch.»

«Seien Sie nicht so ungeduldig. Ja, von Nikita Sergejewitsch hatte sie nur diesen einen Sohn, Eduard Nikititsch Trojan. Er behielt den Namen seiner Mutter. Er ist jetzt in der Armee. Aber Nina Trojan hatte auch eine Tochter – Swetlana. Nikita Sergejewitsch hatte einen Adjutanten namens Aralow, ein unbedeutender, langweiliger Kerl. Aber Nikita Sergejewitsch bestand darauf, daß Nina Trojan ihn heiratete. Anfangs war es nur eine Scheinehe, aber wie so oft wurde die Fiktion zu einem Faktum. Sie wurden Mann und Frau. Aralow machte Karriere, er wurde Landesminister, und die beiden zogen fort.»

«Sehen Sie diese Nina Trojan noch gelegentlich?»

«Nicht oft. Nur wenn sie in Schwierigkeiten ist. Dann ruft sie mich an und schüttet mir ihr Herz aus. So wie kürzlich, als ihr Mann seinen Ministerposten verlor. Übrigens war er nicht der einzige. Neue Besen kehren gut. Und die Trojan und ihre Familie sind auf den neuen Generalsekretär entsprechend schlecht zu sprechen. Es ist interessant, sich mit Ihnen zu unterhalten, Genosse Jurist, geben Sie mir Ihre Telefonnummer, ich würde Sie gern wiedersehen.»

«Natürlich, Semjon Jakowlewitsch, mit größtem Vergnügen.»

Entzückt schrieb Polonskij meine Privatnummer auf und verabschiedete sich.

So, so, Lana war also Trojans Halbschwester, und Trojan ein Nebenprodukt des einstigen Parteichefs. Und Lana war die Tochter eines in Ungnade gefallenen Ministers, obendrein noch sitzengelassen von ihrem Ehemann, der die Tochter des neuen Generalsekretärs geheiratet hatte.

Mein Freund Mischa Golikow, der Judo-Lehrer, hatte gesagt: «Sie wollte Below umbringen, aber statt dessen hat sie Marschall Agarkin geheiratet.» Nein, nicht statt dessen. Sie wollte sich an ihrem Mann und an dessen neuer Familie rächen. Eine Allianz der Rache und der Machtgier. Agarkin war als GRU-Chef einer der höchsten Befehlshaber – und möglicherweise identisch mit dem «neuen Stalin». Trojan war sein Maulwurf im Kreml, Lana Gattin, Komplizin und Rachegöttin in einer Person. Dieser Zusammenprall menschlicher Schicksale, der sich mir gerade enthüllt hatte, ließ mich völlig ungerührt. Sollen sie sich doch gegenseitig zerfleischen. Was ging es mich an, wer an der Spitze stand? Nichts würde sich für mich, nichts für meine Mutter oder Irka und all meine gewöhnlich sterblichen Landsleute ändern. Die Pflicht befahl mir nur, daß ich Verbrechen aufdecken mußte, egal, ob sie aus verletztem Stolz, blinder Eitelkeit, Machtgier oder Größenwahn begangen wurden. Und aus diesem Grund würde ich Schenja Schukow heute abend, wenn er Trojan in der «Manège» träfe, nach Kräften unterstützen. Inzwischen mußte ich aber noch den Schlußpunkt hinter meine «privaten Ermittlungen» setzen. In dieser Absicht ging ich zum Puschkin-Platz, wo ich in einer öffentlichen Telefonzelle die Nummer einer Dame nachsah, die europäische und Weltrekorde errungen hatte.

Anna Tschudnowas Wohnung war angefüllt mit Preisen und Medaillen. Die Schwerathletin machte mir Kaffee in der Küche und murrte mit ihrer tiefen Stimme: «Diese Kaffeemühle ist hundertfünfzig Jahre alt. Im Grunde ist es Zeit, sie fortzuwerfen, andererseits wäre es schade. Schauen Sie sich die Kurbel an – echt antik. Hier, drehen Sie mal weiter, ich setze inzwischen das Wasser auf.»

Ich nahm den vorsintflutlichen Apparat und setzte mich wieder in den Sessel. Anna gab mir das Gefühl von körperlicher Unzulänglichkeit, sie war zehn Zentimeter größer als ich und mochte das Doppelte wiegen. Wir hatten uns erst vor zehn Minuten kennengelernt, aber waren bereits gute Freunde. Anna war das, was man eine «ehrliche Haut» nennt.

«Zucker? Können Sie haben. Milch? Hoffentlich nicht, da ich keine im Haus habe. Ich kann nicht kochen. Wozu auch? Aber das interessiert Sie wohl nicht, Sie sind ja dienstlich hier.»

Die Tschudnowa hatte kein hübsches Gesicht, zuviel rote Flecke, doch freundliche, wenn auch traurige Augen. Ihre Triumphe waren ihr offensichtlich nicht zu Kopf gestiegen.

«Ja, die Swetlana Aralowa. Schöne Frau, tolle Figur. Alle Männer sind scharf auf sie. Aber kalt ist sie, fast zynisch, möcht ich sagen. Und eifersüchtig. Mich haßt sie. Starrt jeden mit ihren grünen Augen an, spricht so überheblich, läßt ihre Worte wie seltene Perlen fallen. Eine Freundin hat mir mal gesagt: ‹Anna, die vergiftet dich eines Tages, glaub mir.› Aber was sollte ich tun? Außer Sport gab es nichts in meinem Leben. Wer würde schon so'n Mordstrumm wie mich heiraten? Bei den Olympischen Spielen 1980 in Moskau kam die Aralowa nicht mal unter die ersten Zehn. Daraufhin bekam sie irgendeine Nervenkrankheit. Sie verbrachte einige Monate im Krankenhaus. Wir haben sie alle besucht, aber sie schien nicht besonders erfreut, uns zu sehen. Dann kriegte sie Schuppenflechte am ganzen Körper, besonders am Kopf. Ihr Vater war damals noch Minister. Sie wurde von den besten Ärzten behandelt, ständig mit einer Quarzlampe bestrahlt, sah immer schön gebräunt aus. Dann hat sie geheiratet, und seitdem habe ich nie wieder was von ihr gehört.»

«In welchem Krankenhaus lag sie?»

«Oh, warten Sie einen Moment. Gleich fällt's mir wieder ein... Ja, natürlich im Botkin-Krankenhaus.»

Die Oberärztin prüfte eingehend meinen Dienstausweis. Sie hätte durchaus das Recht gehabt, meine Bitte abzulehnen, da ich kein offizielles Schreiben von der Staatsanwaltschaft vorweisen konnte. Aber nachdem sie mich lange gemustert hatte, schrieb sie irgendwas auf einen Zettel und rief eine Sekretärin herbei.

«Sie können die Krankengeschichte der Aralowa einsehen.»

Die Sekretärin holte die Krankengeschichte. Ich blätterte sie durch. Sie strotzte vor lateinischen Ausdrücken.

«Könnten Sie mir nicht in kurzen Worten erklären, an was die Bürgerin Aralowa gelitten hat?»

«An einer schweren Ringwurm-Infektion», sagte die Ärztin. «Sie führte zu einem fast totalen Haarverlust. Ich erinnere mich, sie war sehr deprimiert und wollte niemand sehen. Nur wenn ihr Bruder kam, wurde sie lebhaft, ansonsten sprach sie kaum... Sie war eine ausgesprochen schwierige Patientin. Nun, vielleicht verständlich, es ist eine scheußliche Krankheit für ein junges, hübsches Mädchen. Ich würde sogar sagen, eine Tragödie. Ich selbst habe eine Perücke für sie bestellt, bevor sie das Krankenhaus verließ.»

Der Omnibus kroch vorwärts wie ein Leichenwagen. Es war stickig im Inneren, und der Schweiß lief wie Regen über mein Gesicht. Mir war übel, mein afghanisch erschüttertes Gehirn brachte sich in Erinnerung. Ich versuchte, nicht an die Unterhaltung mit der Ärztin zu denken, aber umsonst...

18

Die Romanowa legte die Hand über die Sprechmuschel des Telefons und sagte zu Griasnow: «Sind Sie sicher, daß Sie heute abend keine Unterstützung brauchen?»

«Nein, es würde nur alles gefährden. Ich habe Schenja alle Mikrofone abgenommen, auch das im Hintern. Er ist ‹sauber› wie ein frischgewaschenes Baby. Er nimmt den Omnibus, Turezkij und ich fahren im Wagen.»

«Hat er einen Revolver? Den zumindest hättet ihr ihm lassen sollen.» Die Romanowa versuchte, ihre Besorgnis mit einer untypisch ruhigen Stimme zu kaschieren. «Selbst wenn sie ihn durchsuchen, kann doch nichts Schlimmeres passieren, als daß sie ihm die Dienstwaffe abnehmen.»

«Alexandra Iwanowna, er darf als Bauexperte nicht einen einzigen verdächtigen Gegenstand bei sich tragen, und Sie wollen ihm ein Schießeisen verschreiben?»

«Ich habe halt Angst um ihn. Ich geb euch Wasja als Fahrer mit. Macht's gut, Kinder! Ich werde jedenfalls hier mit Pogorelow sitzen, bis ich von euch Entwarnung bekomme.»

Wir blieben eine Minute vor sieben an der Kreuzung vor dem «Moskau»-Hotel stecken und mußten noch den Manège-Platz überqueren. Endlich konnten wir weiterfahren und hielten an der Ecke Herzen-Straße. Ich sah sofort Schukows einsame Gestalt unter der Normaluhr. Zwei Minuten nach sieben. Er blickte auf die Uhr über seinem Kopf und ging in die Halle.

«Sascha, bleiben Sie bei Wasja und schalten Sie den Sprechfunk an.» Griasnow stieg aus dem Wagen, und wenige Minuten später war sein karottenfarbiger Haarschopf in der langen Warteschlange zu sehen, die sich vor der «Manège» wand. Es war bereits fünf nach sieben. In diesem Moment fuhr höchst verkehrswidrig ein eleganter Mercedes vor. Ein großer Soldat stieg aus, und ich hörte Griasnows Flüsterstimme: «Bereitmachen!» Wasja legte den Gang ein, Griasnow meldete: «Wartet. Sie haben einen eigenen Beschatter.» Ich behielt Trojan im Auge. Er ging die Treppe zur «Manège» hinauf, ein sportlich aussehender Junge mit einem gelben T-Shirt stand neben dem diensthabenden Polizisten und wies mit einer Kopfbewegung auf die Tür. Schon zwei Minuten später kamen Trojan und Schukow aus der Eingangshalle heraus. Ich war sicher, Schenja hatte Griasnow entdeckt, obwohl er keinen Blick in seine Richtung geworfen hatte. Trojan öffnete Schukow zuvorkommend die Tür, beide stiegen ein, und der Mercedes fuhr erst geradeaus und bog dann links in den Alexandrow-Garten ein. «Achtung! Folgt kirschrotem Schiguli auf der Herzen-Straße. Beeilt euch!» Ich verlor Griasnow aus den Augen, alles, was ich sah, war der rote Wagen, der aus der Herzen-Straße herausschoß. Wasja machte im Schutz eines Omnibusses eine Kehrtwendung über den Manège-Platz, und Griasnow sprang im Fahren zu uns rein.

«Verlieren Sie nicht den Schiguli», rief er Wasja zu, dann sagte er zu mir: «Sie wollen sich die Nase begießen, Schenja weiß aber offenbar nicht, wo.»

Wir fuhren um den Revolutionsplatz herum und kehrten wieder auf den Manège-Platz zurück, immer noch in respektvollem Abstand hinter dem kirschroten Schiguli her. Der Mercedes war weit vor uns.

«Bravo, Wasja. Er ist von der Verkehrspolizei zu uns gekommen. Unsere Schura hat schon gewußt, warum sie ihn uns heute zugeteilt hat. Den schüttelt so leicht keiner ab. Hab ich recht, Wasja?»

«Das will ich meinen», erwiderte Wasja geschmeichelt.

Der Schiguli führte uns zum Comecon-Gebäude, wo der leere Mercedes bereits parkte. Wir warteten, bis der Schiguli kehrtmachte und wieder fortfuhr. Dann stellten wir unseren

Wagen an einem unauffälligen Platz ab und machten uns auf eine längere Wartezeit gefaßt. Wasja lief in einen Laden, holte zwei Flaschen Milch und Brot.

«Schenja ißt vermutlich Stör in Aspik», murmelte Griasnow, während er ein trockenes Stück Brot kaute.

Zwei Stunden später verließen vier Menschen das Comecon-Restaurant: Trojan, Schukow und zwei Fremde. Schenja schwankte ein wenig und ruderte mit den Armen. Ich sah Griasnow besorgt an.

«Keine Sorge, er spielt nur den Betrunkenen...» Plötzlich brüllte er: «Gib Gas, Wasja, wir müssen noch vor ihnen zum Kutusow-Prospekt.»

«Wieso?»

«Das Rudern mit den Armen war ein Signal. Es bedeutet, daß sie zu Trojans Haus fahren.»

Wir warteten wieder, diesmal vor Trojans Haus. Um halb zwölf kamen drei Leute heraus – und zu meinem Entsetzen ein Schukow, den zwei von Trojans Gehilfen wie eine Schnapsleiche abschleppten.

«Reg dich nicht auf, Sascha. Das ist einprogrammiert», sagte Griasnow beruhigend, dann zu Wasja gewandt: «Zur Krischanawoskij-Straße, Block zehn.»

Wir hielten auf der Seite der ungeraden Hausnummern und beobachteten, wie die beiden Schukow aus dem Wagen zerrten und ihn auf eine Bank setzten. Seinen Bewegungen nach zu schließen, sang er eine Opernarie. Die beiden Gehilfen setzten sich in ein Auto und fuhren ungefähr hundert Meter, dann blieben sie stehen. Schukow war von der Bank gerutscht und versuchte, sich wieder aufzurappeln. Ich konnte beim besten Willen nicht glauben, daß er das alles nur spielte.

«Also mir wird das unheimlich», sagte ich. «Wasja bleibt im Auto und paßt auf. Wir gehen zu Schenja – ich meine, nicht zu der Bank, sondern in seine Wohnung.»

Dort warteten wir gut anderthalb Stunden auf dem Treppenabsatz, bis Schenja endlich aus dem Fahrstuhl trat.

«Es war nicht leicht, Trojans schwere Jungens hinters Licht zu führen. Laßt uns nur schnell einige Dinge klären, und dann marsch, zurück zum Kutusow-Prospekt.»

Wir gingen in Schukows Junggesellenwohnung, wo er sich einen grauen Trainingsanzug anzog.

«Die Lage ist folgendermaßen: Slawa, hol mir eine Flasche Mineralwasser aus dem Kühlschrank. Mir ist wirklich ganz übel. Alles war nicht markiert. Ich werde Trojan den Lastwagenzug übergeben. Die Burschen haben ein ganz großes Ding vor. Insgesamt sieben Lastwagen sollen den Sprengstoff transportieren. Ich habe Eduard – meinen Bruder Caesar – betrunken gemacht, und er hat mir ein neues Modell von einem automatischen Gewehr gezeigt, man kann es in neun Sekunden auseinandernehmen und zusammensetzen. Das ist wirklich ein Rekord! Nun, wie dem auch sei. Er hat dieses Gewehr aus einem verborgenen Safe hervorgeholt. Und den, Freunde, müssen wir öffnen, denn vermutlich liegen auch Geheimdokumente über ‹Faust› in diesem Safe.»

Schukow holte aus einem Wandschrank eine Bergsteigerausrüstung hervor und prüfte die Steigeisen.

«Was haben Sie vor?» fragten Griasnow und ich gleichzeitig.

«Sie geben mir auf dem Dach Deckung. Ich lasse mich zum Fenster hinunter und versuche, den Safe zu öffnen. Polizisten brauchen wir nicht. Geben Sie mir den Fotoapparat.»

«Sind Sie verrückt, Schenja? Ein Gewitter zieht auf. Sie werden auf dem nassen Dach abrutschen.»

«Wie man in Bulgarien sagt: In Zeiten wie diesen ist das schlechte Wetter noch immer das beste. Und Eduard Nikititsch wird noch mindestens für zwei Stunden fest schlafen. Ich habe ihm eine von Schuras Schlafpillen verpaßt. Sie haben mich bis auf die Haut gefilzt, schlimmer noch als unsere Zollbeamten, aber die präparierten Zigaretten haben sie nicht einzeln untersucht.»

Wasja blieb im Auto sitzen und behielt den Kutusow-Prospekt im Auge, während Griasnow und ich in strömendem Regen im Hof von Block 36 Wache standen. Schukow ließ sich an einem Seil aus der Dachluke herunter. Wir konnten ihn an der grauschwarzen Mauer fast nicht ausmachen. Er glitt an zwei, drei Stockwerken vorbei, dann hielt er inne, stieß sich mit seinen Füßen von der Wand ab, schwang seinen geschmeidigen Körper in Richtung eines schmalen offenen Fensters und verschwand im dunklen Inneren. Einige Sekunden später erschien er wieder am Fenster, winkte und warf ein kleines Bündel herunter – das Seil und die Steigeisen. Sie landeten genau im Sandkasten des Kinderspielplatzes.

«Jetzt aber die Treppe rauf, und zwar schnell», flüsterte Griasnow.

Ich nahm meinen Revolver aus dem Halfter und preßte mein Ohr an die Tür. Griasnow ging zur gegenüberliegenden Wohnungstür und kniete sich, den Revolver in der Hand, auf den Boden, bereit, auf ein Zeichen von mir die Tür aus den Angeln zu schießen. Vollkommene Stille umgab uns. Würde es Schenja gelingen, den Safe zu öffnen? Die Minuten vergingen entsetzlich langsam. Ich straffte mich, hob den Revolver. Ich hatte nichts gehört, aber gesehen, daß die Mitte des Schlosses sich drehte. Und dann, als sei es die natürlichste Sache der Welt, trat Schenja Schukow aus Trojans Wohnungstür.

«Pascha, wachen Sie auf und machen Sie sich an die Arbeit. Wir brauchen die Fotos so schnell wie möglich», sagte Griasnow zu dem nachtdiensthabenden Laboranten.

Ich hatte Griasnow in das Fotolabor begleitet, wo das von Schukow in der Trojan-Wohnung fotografierte Material entwikkelt wurde.

Eine Stunde später hatten wir die Fotos in der Hand und gingen die leeren, widerhallenden Korridore des Moskauer Kriminalamts entlang zu Griasnows Büro, wo der Fassadenkletterer Schukow auf einem Sofa den Schlaf des Gerechten schlief.

Ich schob die Aktendeckel mit Kriminalfällen zur Seite und breitete auf dem großen Schreibtisch die Fotos aus. Auf dem ersten Abzugsbogen, der noch nicht ganz trocken war, stand ein Text in einer großen, klaren Handschrift geschrieben mit der Überschrift: Memorandum: Konferenzen mit Stalin. Über den Verfasser bestand kein Zweifel: Hinter jeder Notiz stand wichtigtuerisch «Caesar».

Heute, am 1. Mai, beschloß Stalin, in Kürze einen Staatsstreich durchzuführen, den Generalsekretär zu liquidieren und sich zum Chef eines neuen Politbüros zu erklären. Stalin wird das genaue Datum so bald wie möglich bekanntgeben. Der Marschall wird nicht nur den Posten des Generalsekretärs übernehmen, sondern auch den des Präsidenten des Obersten Sowjets und des Vorsitzenden des Ministerrats. Die demütigende Periode der Schwäche und des schlaffen Liberalismus wird damit zu Ende gehen.

Ich habe den Befehl erhalten, Lager für die entmachteten Weichlinge vorzubereiten. Nicht weniger als zehn Millionen Menschen sind für die Verschickung vorgesehen. Stalin schätzt, daß die Feinde des neuen Politbüros sich ungefähr auf diese Zahl beläuft.

Stalin hat meine Anregung gutgeheißen, den Eisernen Vorhang wieder heruntergehen zu lassen, dem Tourismus einen Riegel vorzuschieben und jeglichen Austausch von Wissenschaftlern und Studenten und selbstverständlich die Emigration zu unterbinden. Caesar.

9. Mai. Stalin hat das Datum des Staatsstreichs bekanntgegeben. Es ist nur mir, General Serij und seinem Adjutanten

Gudinas, der für den Transport des Sprengstoffs verantwortlich ist, bekannt. Günstige Voraussetzungen: a) Der Marine-Chef ist im Krankenhaus wegen einer Operation, b) der Verteidigungsminister und seine Stellvertreter nehmen als Beobachter an den Manövern in der DDR teil, c) der Luftwaffen-Chef hat Ärger mit dem alten Generalsekretär und wird den neuen unterstützen, d) der Innenminister hat als Gegenleistung für seine zusätzliche Ernennung zum KGB-Chef zugesagt, daß er den Notstand verkünden lassen wird, damit die Panzereinheit der Spezialtruppe ungehindert Moskau besetzen kann – und den Kreml.

Der Vorwand der Machtergreifung wird ein Unglück von nie gekanntem Ausmaß sein, dem 100 000 Menschen zum Opfer fallen werden. Diejenigen Mitglieder des Politbüros, die am Leben bleiben und sich nicht für den neuen Stalin erklären, werden angeklagt, die Katastrophe organisiert und den Generalsekretär ermordet zu haben. Caesar.

10. Mai. Als Mindestprogramm ist folgendes festgelegt:

Hochverratsprozesse (nach dem Vorbild der Trotzkij- und Bucharin-Prozesse) für Minister und Ressortleiter. Die Anklage: Versuch der Wiedereinführung des Kapitalismus unter dem Deckmantel ökonomischer Reformen.

Rigorose Strafen für alle, die die korrupten Maßnahmen des bisherigen Politbüros unterstützt haben.

Privilegien für die Spezialtruppe (bessere Besoldung, Verpflegung, Unterkunft). Angehörige der Spezialtruppe besetzen und bewachen alle staatlichen Schlüsselpositionen.

11. Mai. Streit zwischen Serij und Gudinas arrangieren. Gudinas ist zu liquidieren. Caesar.

14. Mai. Gudinas verhaftet. Verbindung mit unserer Gruppe nicht bewiesen. Die Frage des Transports des Sprengstoffs noch nicht vollständig gelöst. Caesar.

27. Mai. Stalin verkündet sein volles Programm. Das Wesent-

liche des neuen Kurses in der internationalen Politik kann wie folgt zusammengefaßt werden: Totale Sowjetisierung Afghanistans und Herunterlassen des Eisernen Vorhangs. Interne Politik: Eheschließungen mit Ausländern verboten, desgleichen alle religiösen und völkisch-nationalen Bewegungen. Arbeiter müssen für mindestens fünf Jahre am gleichen Arbeitsplatz bleiben. Undisziplinierte Elemente werden für staatswichtige Projekte zwangsrekrutiert. Ein strenges ideologisches Aktionsprogramm für die literarische Intelligentsia wird eingeführt – Kaltstellung, Bestechung, Liquidierung. Das Abhören ausländischer Sender gilt als Straftat und wird mit Lagerstrafe geahndet. Caesar.

Das Ganze lief auf eine detaillierte Variante von Gudinas' Tagebuch hinaus. Marschall Agarkin beabsichtigte demnach, Chaos über unser Land zu bringen und sich dann als Retter aufzuspielen, indem er schlau die Macht einsetzte, die ihm gesetzlich zustand. Aber was war das wohl für eine Katastrophe, bei der mehr als 100 000 Menschen umkommen würden? Wo wollten Agarkins Komplizen, die mit dem Elixier Injizierten es ausführen – und wann?

«Wir haben eine kolossale Verschwörung aufgedeckt, Sascha. Meinen Sie nicht, daß wir uns eine Belohnung verdient haben?»

Ich sah Griasnow an: «Noch nicht, Slawa. Wir brauchen mehr Informationen, wohin die Lastwagen mit dem Sprengstoff fahren sollen. Wir müssen Schenja wecken.»

«Sie brauchen mich nicht zu wecken», brummte Schenja und drehte sich auf dem Sofa um. «Lesen Sie den Rest.»

Griasnow und ich lasen aufmerksam Seite für Seite: Listen der Einheiten, die an diesem Staatsstreich beteiligt waren, die Namen der Kommandeure, die Sofortmaßnahmen nach der Machtübernahme durch den neuen Stalin, die Erklärungen für die ausländischen Regierungen.

«Das sind natürlich alles nur Kopien», sagte Slawa. «Der Marschall hat die Originale – vermutlich.»

«Natürlich sind es Kopien», murmelte Schenja.

«Ah, da ist das, was wir brauchen. Schauen Sie her, Sascha!»

Ich blickte über Griasnows Schulter. Er las vor:

Ziel Nr. 0 – Die grüne Schale
Ziel Nr. 1 – Lomonossow-Universität, Moskau
Ziel Nr. 2 – Mosfilm Studios
Ziel Nr. 3 – Andrejewskij-Brücke
Ziel Nr. 4 – Trubezkoi-Park
Ziel Nr. 5 – Nowediewitschij-Kloster.
Jedes Ziel muß am angegebenen Tag von einem von unseren Leuten bewacht werden. Alle uns zur Verfügung stehenden Kräfte müssen jedoch aufs Ziel 0 konzentriert werden.

«Was soll das bedeuten, Sascha? Wollen sie all diese Gebäude in die Luft jagen? Und was soll ‹Die grüne Schale› bedeuten? Etwa die grüne Schale eines Apfels?»

«Keine Ahnung. Warum und wie wollen sie den Trubezkoi-Park hochgehen lassen?»

«Heißt das etwa, Sie verstehen, warum die Universität zerstört werden muß?»

«Bitte sparen Sie sich Ihre Ironie, Slawa. Die Uni ist voller junger Menschen, es würde die gewünschte Panik verursachen. Trotzdem, ich glaube, sie wollen diese fünf Ziele nicht in die Luft jagen. Lassen Sie uns einen Blick auf den Moskauer Stadtplan werfen und sehen, was die Ziele miteinander verbindet. Aber morgen früh erst. Da haben wir ohnehin eine Besprechung im Büro der Staatsanwaltschaft.»

«Was, Sie wollen jetzt doch nicht etwa nach Hause fahren? Legen Sie sich hier auf irgendein Sofa.»

«Ich möchte lieber ein bißchen durch die Gegend fahren.

Können Sie mir Ihren Wagen leihen, Slawa? Ich kann am Steuer besser nachdenken.»

Ich fuhr durch das menschenleere Moskau der Morgendämmerung. Es roch nach dem Sturm sauber und frisch gewaschen. Ich wollte nachdenken – aber über was? Ob wir den Dingen von jetzt an lieber ihren Lauf lassen sollten? Der Mordfall Kim Lagina war so gut wie geklärt. Wir hatten in diesem Zusammenhang unverhofft eine hirnverbrannte Verschwörung gegen die Partei und die Regierung aufgedeckt. Wir könnten in Eile einen Geheimbericht über den Endstand unserer Ermittlungen schreiben und an Merkulow übergeben. Dann wäre der Schwarze Peter bei ihm. Sollte er damit machen, was er für richtig hielt. Immerhin, eine Beförderung war da schon fällig: Ich würde endlich Chef der Ermittlungsabteilung werden und Griasnow mindestens Polizeimajor. Schukow müßten sie beim Kriminalamt wieder in Gnaden, nein, in Ehren aufnehmen. Für jeden von unserem Team mußte was dabei herausspringen. Und der arme Geworkjan würde nicht erschossen werden. Ich fuhr an der U-Bahnstation vorbei, wo ich Lana zum ersten Mal gesehen hatte. Was würde aus ihr werden? Ihre Rolle in dem Komplott konnte nicht verheimlicht werden, sie war ein Teil der Agarkin-Trojan-Verschwörung. Und was würde meine Rolle sein, in dem bevorstehenden Prozeß? Ich würde Zeuge der Anklage sein gegen Swetlana Agarkina. Aber ich war unwissentlich mitschuldig geworden! Ich hatte Kim nicht zuhören wollen, ich hatte sie feige aus dem Büro hinauskomplimentiert und zu Hause mein Telefon aus dem Stecker gezogen. Sie hatte meinen Schutz erfleht, und ich hatte sie zurückgewiesen wie ein lästiges Ding. Ich hatte in Gegenwart einer Verbrecherin geheime Nachrichten ausgeplaudert, ich hatte Lana erzählt, daß ich Informationen von nationaler Bedeutung besaß – und deswegen mußte Wanja Bunin sterben. Ich hatte der ahnungslosen Sonja geheime

Instruktionen zum Tippen gegeben, die Lana lesen konnte – und daraufhin wurde Morosow ermordet. Ich hatte drei Menschenleben auf dem Gewissen! Aber kein Gericht würde mich schuldig sprechen. Ich hatte nicht gegen die Gesetze verstoßen, ich hatte ihnen zum Sieg verholfen. Aber wie konnte ich mich vor mir selbst rechtfertigen?

Es war schon hell, als ich zu Hause ankam. Ich schaltete den Motor aus und zündete mir eine Zigarette an. Ein Junge und ein Mädchen schlenderten umschlungen am Ufer entlang. Ein Straßenfeger besprengte den Vorhof mit Wasser – ein reichlich sinnloses Unterfangen nach dem stundenlangen Regen. Mein Revolver lag neben mir auf dem Sitz. Was wäre, wenn ich ihn abfeuern würde? Ein Schuß in die Schläfe, und alles wäre vorbei. Nicht daß ich sterben wollte. Es war nur, daß das Leben mir so hassenswert erschien; ohne eine glückliche Kim und eine ehrliche Lana hatte es für mich jede Bedeutung verloren. Mir war wie einer Ratte zumute, die darauf trainiert ist, einen Ausweg aus einem Labyrinth zu finden und sich plötzlich in einem Irrgarten ohne Ausgang sieht, so daß sie sich nur hinlegen und an ihren Pfoten kauen kann. Ich blickte in den schwarzen Lauf des Revolvers, dann legte ich ihn in seine Tasche zurück und atmete erleichtert auf. Nein, ich wollte – im Prinzip – nicht sterben, ich wollte nur meine Ruhe haben, komme, was da wolle.

Morgen war Sonnabend. Ich hatte monatelang keinen freien Tag mehr gehabt. Heute war viel zu tun, aber der morgige Tag würde mir gehören. Vielleicht könnte ich mit Irka ins Lenin-Stadion gehen, mich unter die zigtausend Menschen mischen. Ich haßte diese propagandistischen Massenunternehmungen in einem Stadion, das für Sportwettkämpfe gebaut war, ich haßte es, den Parolen der Funktionäre: «Ehre der Sowjetunion!», «Frieden der Welt!» zu applaudieren. Nach den Reden würden die Kinder mit Blumen zu der Regierungstribüne rennen und

Hunderte von weißen Tauben aus der riesigen grünen Schale des olympischen Feuers in die Höhe flattern.

Die grüne Schale! Warum kam ich erst jetzt darauf! Slawa, ich denke wirklich besser nach, wenn ich hinterm Steuer sitze. Mein Gott, sie wollen morgen das Lenin-Stadion in die Luft jagen!

Ich öffnete das Handschuhfach und fand einen Stadtplan von Moskau. Morgen würden sie Sprengstoff an fünf Stellen um das Stadion herum anbringen. Trojan würde sich um die Legung des Dynamits kümmern unter dem Vorwand, die Sicherheitsmaßnahmen für den Generalsekretär zu überprüfen. Alles übrige Sprengmaterial würde zum eigentlichen Ziel o gebracht werden. o war nicht nur das eigentliche Ziel, sondern auch das graphische Symbol der ovalen Arena. Eine Katastrophe von in unserem Land noch nie dagewesenen Ausmaßen stand bevor: die Zerstörung des Lenin-Stadions mit circa hunderttausend Menschen darin. Und Irka, Lidoschka und Lelja Merkulowa und Tausende von anderen Irkas, Lidoschkas und Leljas, die nichts mit Machtkämpfen oder irgendwelchen Wahnideen zu tun hatten...

Der starke Motor des Polizeiautos kam schnell auf Touren. Schon nach zehn Minuten fuhr ich den Friedensprospekt entlang in Richtung auf Merkulows Haus.

19

Merkulow rasierte sich vor dem Spiegel, ich saß auf dem Badewannenrand. Ich hatte nur wenige Minuten gebraucht, um ihn zu informieren. Merkulows Nasenspitze war vor Aufregung so weiß wie der Rasierschaum auf seinen Wangen.

Er beendete seine Rasur, wischte sein Gesicht ab und rubbelte es mit einem Handtuch. «Sascha, wir fahren zu Moissejew.»

«Was hat denn der damit zu tun? Wir müssen die Leute ins Bild setzen, die dieses Komplott am meisten betrifft.»

«Da müßten wir den Instanzenweg gehen, und der scheint mir zu lang. Und wer weiß, ob wir nicht auf lauter ‹Faust›-Brüder stoßen, die unsere Informationen nicht weiterleiten. Nein, der direkteste Weg zum Generalsekretär führt über unseren Genossen Moissejew. Semjon Semjonowitsch war fünf Jahre an der Moskauer Universität in der gleichen Arbeitsgruppe wie unser derzeitiger Generalsekretär. 1952 hat er Michail Sergejewitsch der Partei empfohlen. Solche Dinge vergißt man nicht. Daher wird Moissejew seinen ‹Schützling› sofort anrufen und ihn bitten, ihn zu empfangen – und wenn es nur für fünf Minuten ist. Trotz seiner enormen Arbeitslast wird der Generalsekretär wohl fünf Minuten von seiner kostbaren Zeit abknapsen, um sein kostbares Leben zu retten.»

«Semjon Semjonowitsch, es tut mir leid, Sie so früh zu stören», sagte Merkulow, als Moissejew die Tür öffnete.

«Was meinen Sie mit früh, Konstantin Dimitrijewitsch? Ich bin schon seit Stunden auf. Ich bereite Käsegebäck für meine Jungens vor. Für uns ist heute ein großer Festtag. Sie bekommen ihre Jugendausweise, und deshalb habe ich beschlossen, sie ein wenig zu verwöhnen – so wie Muttern es getan hätte. Sie hat zu Festtagen immer Käsegebäck gemacht.»

Es war schwer, Luft zu bekommen in der Wohnung. Nach Fett, Öl und Käse roch es, und der Rauch war höllisch. Ein Uneingeweihter hätte die Feuerwehr alarmiert. Anstatt Moissejew gehörig auf seinen Besuch im Kreml vorzubereiten, verbrachten wir die nächste halbe Stunde damit, seine kulinarischen Bemühungen zu einem guten Ende zu führen. Während Semjon Semjonowitsch und ich das Käsegebäck in alle nur erdenklichen Behälter füllten, sprach Merkulow am Telefon mit dem Generalstaatsanwalt der Russischen Republik, Jemeljanow. Er war ein übervorsichtiger Mann, aber Merkulow vertraute er rückhaltlos.

Das Büro der Generalstaatsanwaltschaft der Russischen Republik lag in der Nähe: fünf Minuten, wenn man normal geht, acht Minuten, wenn man auf Semjon Semjonowitschs Hinken Rücksicht nehmen muß.

Einer der Assistenten des Generalstaatsanwalts geleitete uns zu Jemeljanows Büro und gab Merkulow ein Heft mit der Aufschrift «Vertraulich!», in dem alle Partei- und Regierungstelefonnummern verzeichnet waren. Im Zimmer standen mehrere Telefone. Das Kreml-Telefon stand auf einem Extratisch, ein roter Apparat, der die Verbindung zu jedem Mitglied des Zentralkomitees herstellte, sogar der Generalsekretär war über diesen Apparat direkt erreichbar. Jemeljanow war in einer Konferenz, aber sein Assistent war äußerst zuvorkommend, er erklärte uns, wie die Kremlleitung funktionierte, und verschwand.

Moissejew betätigte die Drehscheibe und mußte dreimal von vorn anfangen, so sehr zitterten ihm die Finger.

«Hallo ... Hallo ... ist da die Wohnung von Michail Sergejewitsch? Guten Morgen, hier spricht Moissejew, Semjon Semjonowitsch. Ich spreche vom Büro des Generalstaatsanwalts. Bitte sagen Sie ihm, daß ich mit ihm reden muß. Er kennt mich ... Michail Sergejewitsch, ach, Sie sind es selbst? Ich muß Sie sehen. Es ist wirklich außerordentlich dringend ...»

Semjon Semjonowitsch wischte sich mit der freien Hand die Schweißperlen von der Stirn.

«Wer ich bin? Semjon ... Semjon Moissejew. Erinnern Sie sich nicht an mich ... Mischa? Neunzehnhundertzweiundfünfzig ... Ich schlug Sie zur Aufnahme in die Partei vor ...»

Semjon Semjonowitsch flüsterte uns zu: «Jetzt erinnert er sich.»

Dann sprach er wieder ins Telefon: «Es handelt sich um eine

äußerst ernste Angelegenheit, Michail Sergejewitsch. Es betrifft Ihre Sicherheit, die Sicherheit der gesamten Sowjetunion, sonst würde ich es nicht wagen, Sie anzurufen. Ja, ja, gut, ich kann sofort kommen. Ich bin ganz in der Nähe. 9.30 Uhr am Spasskij-Tor. Ja, ich verstehe... Bis gleich, Michail Sergejewitsch.»

Moissejew legte den Hörer auf. Schweiß rann ihm über Stirn und Wangen. Er stützte sich aufs Telefon und zitierte feierlich: «Morituri te salutant! Das ist ein lateinischer Ausspruch, und er bedeutet: Die dem Tod Geweihten begrüßen dich!»

Merkulow schenkte schweigend ein Glas Wasser ein und zog eine Schachtel mit Tabletten aus der Tasche. «Nehmen Sie eine Beruhigungspille, Semjon Semjonowitsch. Und nun hören Sie mir zu! Das wichtigste ist die Agarkin-Verschwörung und der geplante Terrorakt im Lenin-Stadion. Vergessen Sie die Beweisunterlagen nicht. Als zweites kommt die U-Bahn-Explosion und die Freilassung von Geworkjan. Geben Sie eine kurze Definition der ‹Afghanischen Bruderschaft› und nennen Sie die Zusammensetzung der ‹Faust-Droge›. Am besten, Sie schreiben sich das alles auf.» Merkulow gab noch ein paar weitere Ratschläge, während ich von Moissejews schon etwas abgewetzter Uniform die Schuppen entfernte und ihm Merkulows Krawatte umband.

Wir parkten den Dienstwagen vor dem Hotel «Rossija» und warteten auf Moissejews Rückkehr aus dem Kreml.

«Agarkin wollte mit dieser ‹Afghanischen Bruderschaft› offensichtlich eine Terroristenorganisation aufbauen», sagte Merkulow.

«Warum brauchte Agarkin gedopte Fanatiker, nachdem ihm ohnehin die ganze Spezialtruppe zur Verfügung steht?»

«Vergessen Sie nicht, Sascha, daß Agarkin nicht nur der Chef der Spezialtruppe ist, sondern auch Präsident des Verteidigungsrats. Er ist der erste Militär, der eine so hohe Position bekleidet. Seit dieser Rat 1964 gegründet wurde, haben nur Parteifunktionäre den Vorsitz geführt.»

«Wenn er so viel Autorität besitzt, warum gibt er sich dann mit einer Bande verrückter Terroristen ab?»

«Weil Marschall Agarkin wirkliche Macht anstrebt, nicht nur nominelle Autorität. Er will der erste Mann im Staat sein. Er war es schließlich, der die Spezialtruppe ins Leben gerufen hat, er hat gutausgebildete Einheiten zusammengelegt, die früher auf verschiedene Armeekorps verteilt waren, und sie unter seinem Kommando vereinigt. Aber um dies zu bewerkstelligen, brauchte er einen offiziellen Vorwand. Und daher hat Marschall Agarkin laut verkündet: Die Spezialtruppe ist die Stoßtruppe der Partei! Ein geschickter Köder, und der Generalsekretär hat angebissen. Agarkin mußte sich unabhängig machen vom KGB, vom Innen- und Verteidigungsministerium.»

«Sie meinen also, Agarkin hat den Generalsekretär reingelegt?»

Merkulow runzelte die Stirn. «Natürlich hat er ihn reingelegt. Die Spezialtruppe ist alles andere als die Stoßtruppe der Partei. Sie ist die Sturmtruppe des Marschalls Agarkin, und der Garant seiner ungeheuren Machtentfaltung; ihre Einheiten sind über die ganze Sowjetunion verteilt und sogar im Ausland.»

«Ich habe ihren wachsenden Einfluß in Afghanistan beobachtet», murmelte ich. «Dennoch kann ich nicht verstehen, warum Agarkin zusätzlich zu seinen Bataillonen so etwas wie die ‹Afghanische Bruderschaft› brauchte.»

Merkulow senkte den Kopf und sah mich von unten herauf an. «Im Prinzip habe ich nichts gegen die Armee. Im Gegenteil, ich habe viel Sympathie für Soldaten. In unserer Armee heute besteht ein großer Teil aus Technikern und Wissenschaftlern, Absolventen von verschiedenen Akademien und Instituten. Wenn es darum ginge, daß diese Leute mehr Macht gewönnen – ich weiß nicht, vielleicht würde ich sie sogar unterstützen. Aber über die reden wir im Moment nicht. Wir reden über die beabsichtigte Machtergreifung eines einzigen Mannes. Wie wir alle wissen, hat der Verteidigungsrat, falls im Land Unruhen entstehen, das Recht, den Ausnahmezustand zu erklären, was bedeutet, daß alle Macht unserer Troika Politbüro, Präsidium, Ministerrat auf den Verteidigungsrat übergeht! Aber der Verteidigungsrat besteht nicht aus intelligenten, patriotischen Technikern und Akademikern wie die Armee. Der Verteidigungsrat ist Marschall Agarkin! Und nur er allein. Die ganze Macht geht also auf *ihn* über. Nun, was muß passieren, bevor er den Ausnahmezustand erklären kann? Allgemeine Verunsicherung, Aufruhr! Das ganze Land muß sich in Not und Gefahr befinden! Und wie ist das zu bewerkstelligen?

Ich richtete mich im Sitz auf. «Durch die Explosion in der U-Bahnstation, ein Massaker im Stadion, Bomben in der Universität, auf öffentlichen Plätzen, in Kirchen, Sprengung eines Atomreaktors ... Es gibt viele Möglichkeiten.»

«So ist es! Aber jetzt stellt sich die wichtige Frage: Wer ist imstand, solche abnormen Ungeheuerlichkeiten zu begehen?»

«Eine Terrororganisation.»

«Armenische Patrioten, ukrainische Separatisten? Nein, die wären für Agarkins Zwecke absolut untauglich. Er zog sich seine Terroristen sicherheitshalber selber heran. Er kreierte sie sozusagen aus der Retorte – drogenabhängige Kreml-Stürmer – die ‹Afghanische Bruderschaft›. Sie brechen, durch die Droge zu allem befähigt, mutwillig Aufstände vom Zaun, die dann von der braven Spezialtruppe niedergeworfen werden. Das Resultat dieser Perversion der klugen Taktik ‹Getrennt marschieren, vereint schlagen› ist, daß Agarkin in den Genuß unbeschränkter Befugnisse kommt. Er wird den Teufel mit Beelzebub austreiben. Die Spezialtruppe und die ‹Bruderschaft› sind zwei Seiten derselben Medaille. Die für morgen geplante Explosion im Lenin-Stadion ist der beste Beweis für meine Theorie.»

Der sonst so gelassene Merkulow war sichtlich erregt, er zündete sich nervös eine Zigarette an, die Flamme des Feuerzeugs erhellte seine hohe Stirn und sein energisches Kinn. Er hielt mir das Zigarettenpaket hin und fuhr fort: «Agarkin hat ‹Faust› geschickt für sich eingesetzt, indem er den Selbsterhaltungstrieb seiner Untergebenen abtötete. Um den Gebrauch von ‹Faust› durchzusetzen, hat er dem Politbüro weisgemacht, daß man das Mittel für einen zukünftigen Atomkrieg benötige, ansonsten würden Offiziere wie Mannschaften möglicherweise ihre Stellungen oder Raketen im Stich lassen. Und das Politbüro ist auf diesen haarsträubenden Unsinn hereingefallen. Und so übt Agarkin mit der Hilfe von ‹Faust› nicht nur Kontrolle über die Soldaten in Afghanistan aus, sondern auch über die Politiker in Moskau. Ja, die Droge soll letzten Endes vor allem im Kreml ihre Wirkung tun. So gesehen, ist die ‹Afghanische Bruderschaft› ein wunderbar vielseitiges ‹Auf-Putschmittel›.»

«Gut, Kostja, das heißt, gar nicht gut. Nun, nehmen wir an, Agarkin ergreift die Macht, dann besetzt er offensichtlich alle Schlüsselpositionen mit seinen Leuten. Die Spezialtruppe gehorcht ihm bedenkenlos. Aber was macht er mit der ‹Afghanischen Bruderschaft›?»

«Erinnern Sie sich, was Rogow Ihnen über die Kehrseite der Medaille gesagt hat? ‹Neigung zu Kriminalität, übermäßige Grausamkeit.› Agarkin hat vor, mit der Hilfe von Wahnsinnigen die Macht an sich zu reißen. Danach wird er sie vernichten, als Verbrecher liquidieren. Er und sein Stab haben die Listen aller Offiziere, die Injektionen erhalten haben. Darüber hinaus vergessen Sie nicht die Soldaten, die die Spritze ohne den sogenannten Stabilisator bekommen haben. Die sind sowieso alle schon verrückt. Daher wird es Agarkin nicht schwerfallen, seine Helfer loszuwerden, sobald er an der Macht ist. Nach meiner Meinung haben Griasnow, Schukow und Sie rechtzeitig ein gigantisches Verbrechen aufgedeckt. Nun können wir nur hoffen, daß der Generalsekretär unserem Semjon Semjonowitsch Glauben schenkt.»

Merkulow hielt kurz inne, dann fuhr er mit einem für ihn unüblichen Nachdruck fort: «Ich zweifle nicht an der Integrität des Generalsekretärs. Er wird den Staatsstreich und die Explosion im Stadion nicht nur verhindern, er wird auch eine öffentliche Untersuchung anordnen und danach den Angeklagten den Prozeß machen. Ich bin fest überzeugt davon, daß er sich an die Gesetze des Landes hält und die Schuldigen bestraft, und die Unschuldigen rehabilitiert.»

Ich erkannte Semjon Semjonowitsch nicht wieder. Er hatte uns als alter, kranker Mann verlassen, nun kehrte er zurück als Volkstribun mit blitzenden Augen und geröteten Wangen.

«Nun, wie war's?» fragte ich, als er die Wagentür öffnete.

Merkulow war direkter: «Hat er Ihnen geglaubt, Semjon Semjonowitsch?»

Moissejew sank mit einem Siegerlächeln auf den Rücksitz. «Ja, er hat mir geglaubt. Der gute Mischa hat mir geglaubt. Er dankte mir – uns allen! Er ist ein Mensch geblieben. Er war vollauf beschäftigt, aber er hat mich empfangen. Und wie er mich empfangen hat! Ich wünschte, Ihr hättet es gesehen. Er hat eine Besprechung mit dem Außenminister um eine Stunde verschoben. Und er war so liebenswürdig zu mir, stellte mir sogar persönliche Fragen! Er erinnerte sich noch gut an mich. Was für ein Gedächtnis!»

Semjon Semjonowitsch war offensichtlich euphorisch. Euphorie, laut Wörterbuch, ist ein zeitweilig übersteigert heiterer Gemütszustand ohne hinreichenden Grund und von begrenzter Dauer.

«Entschuldigen Sie, Semjon Semjonowitsch, aber was hat er nun konkret gesagt?» wollte Merkulow wissen.

Moissejew rieb sich die Nase. «Wir haben nicht konkret darüber gesprochen. Er hat gesagt, er würde sich um die Angelegenheit kümmern. Er hat gesagt, unsere Informationen über das Komplott wären ‹einfach phantastisch›. Er hat vor, sofort eine außerordentliche Sitzung des Politbüros einzuberufen. Es ist alles in bester Ordnung, Konstantin Dimitrijewitsch. Ich kenne meinen Mischa. Er wird die richtigen Entscheidungen treffen. Man wird Geworkjan schon morgen aus dem Gefängnis entlassen.»

Ich saß in meinem Büro und tat nichts. Ich saß nur so da und dachte an nichts. Mehrmals ergriff ich den Telefonhörer und legte ihn wieder auf. Schließlich rief ich Greschanniks Nummer an und erfuhr, daß Lana heute im Lefortowo-Gefängnis arbeite.

«Warum hast du mich gerade in dieses Café bestellt?» fragte Lana zwei Stunden später lächelnd. «Es ist nicht gerade ein gemütliches Plätzchen.»

Wir saßen im Garten des «Ermitage»-Cafés, wo Kims Mörder am Morgen nach der Tat gesessen hatten. Ich hatte nicht viel Zeit zum Plaudern, aber ich konnte mich einfach nicht dazu aufraffen, mit dem letzten Akt meiner Ermittlungen zu beginnen. Die Kellnerin brachte uns Kaffee und Likör, ich verfolgte gespannt, wie die Schaumblasen auf dem Kaffee nach und nach platzten.

«Wenn du mir einen Heiratsantrag machen willst, dann mußt du dich beeilen», sagte Lana lachend, während ich langsam den Likör in meinen Kaffee schüttete. Lana würde sich vor Gericht für die Mittäterschaft an mindestens drei Morden zu verantworten haben. Ich wollte Angst in ihren grünen Augen sehen, ich wollte ihr alles sagen, was ich über sie wußte, und den Triumph des Siegers auskosten.

Ein Windstoß blies das Zucker-Einwickelpapier vom Tisch. Lana preßte ihre Hände an die Schläfen, ihre Gesichtszüge spannten sich an. Der Wind war ihr Feind. Er zerstörte ihr die schöne Lockenpracht. Ich erinnerte mich, wie sie im Auto, als der Wind durch das offene Fenster geweht hatte, ihr Kopftuch fest unter dem Kinn verknotet hatte. Wie lange war das her! Damals waren Kim und Bunin noch am Leben.

«Ich weiß, wem Kim die Tür geöffnet hat, bevor sie erstochen wurde. Zwei junge Männer in Lederjacken sind zu Lagins Wohnung hinaufgegangen. Sie haben nicht sofort geklingelt, weil einer von ihnen einige Sekunden Zeit brauchte – warum wohl, Lana?»

Sie sah mich interessiert an, als ob ich ihr den Inhalt eines Kriminalfilms erzählen würde.

«Warum wohl, Lana?»

«Du scheinst eine Antwort von mir zu erwarten.» Sie ließ ihre Worte wie immer langsam und sorgsam fallen. «Ich weiß nicht, sag du mir, warum.»

«Um eine prächtige Perücke aufzusetzen, die die Ärztin des Botkin-Krankenhauses für ihre Patientin speziell anfertigen ließ.»

Ich streckte den Arm aus, als wollte ich ihr eine Locke aus der Stirn streichen. Und wieder, wie damals im Auto, schlug sie mit zornblitzenden Augen heftig meine Hand zurück. Doch ihr Gesicht war so nervös verzerrt, als hätte sie gerade eine Hornisse fortgescheucht.

«Keine Angst», sagte ich. «Ich habe nicht vor, dir deine Haarpracht vom Kopf zu ziehen. Sonst würde man dich ja hier erkennen. Es war in diesem Café, wo du mit Iwonin nach Kims Mord gesessen hast. In der Nacht davor hattest du meine Uhr zwei Stunden vorgestellt. Das war wirklich schlau von dir. Der Untersuchungsrichter persönlich konnte bezeugen, daß du zur Zeit des Mordes in seinem Bett lagst. Ein grünes Kopftuch und eine Sonnenbrille haben dich auf der Fahrt nach Rjasan unkenntlich gemacht. Und wenn das Haupträtsel entschlüsselt ist, lösen sich schnell auch all die anderen Ungereimtheiten auf. Aber so viel Blut, Lana, so viele Leben – für was? Nur um sich an einem untreuen Ehemann zu rächen?»

Bei diesen Worten zuckte sie zusammen und blickte mich mit unverhohlenem Haß an.

«Es tut dir jetzt leid, nicht wahr, daß ich nicht mit Bunin im Auto saß? Das war ebenfalls ein raffinierter Plan. Turezkij hat Informationen, die er an Merkulow weitergeben will, also jage man ihn zuvor samt seinen Informationen im eigenen Auto in die Luft.»

Sie stand auf, öffnete ihre Handtasche, nahm drei Rubel heraus, legte sie neben die Tasse, dann wandte sie sich kühl ab und ging zum Ausgang.

Ich empfand kein Triumphgefühl.

Und wieder saß ich in meinem Büro und tat nichts. Ich hatte Kopfschmerzen und Ohrensausen. Dunkle Vorahnungen peinigten mich. Ich hatte keine Lust, mit jemand zu reden, ich wollte niemand sehen. Mir stand der Sinn nur nach einem – aufstehen, fortgehen und nie wiederkehren.

Um fünf Uhr kam Merkulow herein und sagte niedergedrückt, daß er, Moissejew und ich zur Romanowa bestellt seien. Es interessierte mich nicht, ich fragte nicht einmal, warum. Doch dann sagte ich: «Warten Sie eine Minute, Kostja.»

Merkulow setzte sich auf den Besucherstuhl.

«Kostja, ich werde meine Entlassung einreichen.»

«Ich verstehe Ihre Gefühle, Sascha. Sie sind übermüdet, abgespannt, enttäuscht. Es wird vorübergehen. Entschuldigen Sie, wenn ich den weisen Ratgeber spiele, aber Sie sind der geborene Ermittlungsbeamte.»

«Nein, Kostja, sehr persönliche Dinge bewegen mich zu diesem Entschluß. Sehen Sie sich das mal an.»

Ich nahm meine Aktentasche und zog das Phantombild von Kims zweitem Mörder hervor mit meiner amateurhaft dazu gezeichneten Frisur und der grünen Schleife im Nacken.

Merkulow musterte das Bild eine Weile mit versteinerter Miene.

«Ich habe mir bereits etwas Ähnliches gedacht, aber das . . .»

«. . . ist noch nicht alles. Swetlana Nikolajewna Belowa ist die Frau von Marschall Agarkin und die Halbschwester Trojans mütterlicherseits. Und Trojan ist der uneheliche Sohn von Nikita Chruschtschow.»

Merkulow bekam einen Hustenanfall, er wurde puterrot im Gesicht, so daß ich Angst hatte, er würde ersticken. Ich griff zur Wasserkaraffe, aber er hielt mich zurück und wies auf seine Jacke. Ich zog aus der Innentasche eine Pillenschachtel hervor. Merkulow schüttete mindestens fünf Tabletten in seine Hand und schluckte sie.

Als er sich wieder erholt hatte, erzählte ich ihm alles. Angefangen von meiner ersten Autofahrt mit Lana bis zu unserem letzten Gespräch.

Er hörte mich schweigend an, dann sagte er ruhig und bestimmt: «Ich stimme Ihnen zu, an Ihrer Stelle würde ich auch um meine Entlassung ersuchen.»

Ich nahm einen Bogen Papier, schrieb einen Bericht an die Moskauer Staatsanwaltschaft, gab ihn Merkulow und sagte kaum hörbar: «Bitte, zeichnen Sie das gegen.»

«Das werde ich tun, Sascha, aber nicht gleich. Ihnen steht noch Urlaub vom letzten Jahr zu. Fahren Sie für zwei Monate irgendwohin. Sie müssen sich sowieso ausruhen. Und wenn Sie nach Ihrer Rückkehr immer noch den Dienst quittieren wollen, setze ich meine Befürwortung unter Ihr Gesuch und leite es weiter.»

Ich blickte in Kostjas bekümmertes Gesicht.

«Sie schlagen mir eine Bedenkzeit von zwei Monaten vor?»

«Ich schlage gar nichts vor, ich spreche eine Bitte aus. Die Entscheidung liegt bei Ihnen, aber geben Sie sich selbst zwei Monate Zeit. Übrigens, die Tante meiner Frau hat ein Ferienhaus an der Ostseeküste bei Riga. Es steht zur Zeit leer.» Er sah auf die Uhr. «Wir müssen gehen.»

Unsere ganze Gruppe hatte sich in Schura Romanowas Büro versammelt. Sogar Schukow und Wasja, der Chauffeur, waren anwesend. Auf Schuras Stuhl saß ein untersetzter Mann mit einer Hakennase und schütterem Haar. Hervorquellende Augen beobachteten uns aufmerksam durch dicke Brillengläser. Es war der KGB-Chef Tschebrikow.

«Sie sind Merkulow? Sie Moissejew? Und Sie Turezkij?» Er nahm jeden von uns mit einem kurzen Kopfnicken zur Kenntnis.

Als wir uns gesetzt hatten, blickte er die Romanowa an und fragte: «Sind alle hier?»

Schura nickte: «Ja, Viktor Michailowitsch.»

«Dann wollen wir die ganze Angelegenheit Punkt für Punkt durchgehen. Das Politbüro hat Ihre Berichte genau überprüft und beschlossen, entsprechend zu handeln. Wir werden die ‹Afghanische Bruderschaft› innerhalb der nächsten vierundzwanzig Stunden ausschalten, desgleichen den Kommandeur der Spezialtruppe sowie die anderen Verschwörer.»

Ich musterte Tschebrikow, aber sein Gesicht verriet keine Regung. Er hob nur drohend einen Zeigefinger, stieß einen Seufzer aus und fuhr fort: «Der Generalsekretär hat mich beauftragt, alle an der Aufklärung dieser Angelegenheit Beteiligten zusammenzurufen und ihnen das folgende mitzuteilen: Das Politbüro hat mich zum Chef der militärischen Operation ernannt, dessen Ziel es ist, die Verschwörer unschädlich zu machen. Alle Informationen, die sich auf das Komplott, die Verschwörung und die geplante Explosion im Lenin-Stadion beziehen, müssen streng geheim bleiben. Sie werden eine dementsprechende Verpflichtung unterzeichnen. Wenn nicht . . . und dies ist keine Drohung, nur eine Warnung . . . wird man Sie ebenfalls zur Rechenschaft ziehen. Bitte bleiben Sie sitzen. Wir sind natürlich von Ihrer Integrität überzeugt. Darüber hinaus möchte ich Sie bitten, meine Leute zu unterstützen. Sie wissen weitaus mehr über die Sache als jeder andere, und Ihre Erfahrung wird uns von großem Nutzen sein. Nachdem das Unternehmen dann abgeschlossen ist, müssen Sie alles, was damit zu tun hatte, vergessen. Bitte verstehen Sie mich recht. In diesem schwierigen Augenblick unserer Geschichte, da unser Land sich dank den Initiativen des Generalsekretärs an einem Wendepunkt befindet, dürfen wir uns nicht erlauben, daß irgend jemand etwas über die ungeheuerliche Verschwörung von Marschall – ich meine, des ehemaligen Marschalls Agarkin erfährt. Es würde dem Erfolg unserer neuen Politik empfindlich schaden. Das ist alles. Wenn Sie noch Fragen haben, bin ich bereit, sie zu beantworten.»

«Ich habe eine Frage.» Kostja hob wie ein Schüler beflissen die Hand.

«Ja, bitte.»

«Welche Entscheidung wurde bezüglich des Armeniers Geworkjan getroffen? Ich habe den Fall genau überprüft. Er ist für die U-Bahn-Explosion nicht verantwortlich.»

«Meine Antwort, Genosse Merkulow, ist: Das Politbüro hat beschlossen, den Fall Geworkjan innerhalb der nächsten zwei Wochen zu überprüfen. Zu welcher Entscheidung das Gericht kommt, wissen wir nicht. Wir haben keinen Einfluß auf die Justiz. Ich persönlich glaube jedoch, daß die sowjetischen Richter diesem Terroristen nicht gerade freundlich auf die Schulter klopfen werden ...»

«Entschuldigen Sie», Moissejew war sichtlich empört, «noch vor wenigen Stunden hat Michail Sergejewitsch mir persönlich versichert, daß er den Fall persönlich überprüfen wird. Michail Sergejewitsch ist Jurist. Er kennt die Gesetze! Wir waren zusammen auf der Universität.»

Tschebrikow war vor Wut rot angelaufen. «Hören Sie auf mit diesem Unsinn: ‹Wir waren zusammen auf der Universität› – nun gut. Aber das ist kein Grund, nach -zig Jahren damit anzugeben. Sie fürchten, daß diesem Mann keine Gerechtigkeit widerfährt. Ich wiederhole Ihnen: Die Entscheidung liegt bei den Richtern. Ist das alles?»

«Nein, das ist nicht alles», sagte ich. «Ich nehme doch an, daß den Verschwörern der Spezialtruppe und den Terroristen der ‹Afghanischen Bruderschaft› ein öffentlicher Prozeß gemacht wird. Habe ich recht?»

Tschebrikow nahm seine Brille ab und legte sie vor sich hin. Er hatte seine Augen zusammengekniffen wie eine Maus: «Denken Sie je nach, bevor Sie den Mund aufmachen? Verstehen Sie kein Russisch, Genosse Turezkij? Müssen wir Sie in die Schule zurückschicken? Ich habe doch deutlich genug gesagt, daß Sie die ganze Angelegenheit vergessen sollen. Was wir tun und lassen werden, geht Sie einen Dreck an!»

Ich zuckte zusammen, als hätte man mir einen Schlag in die Magengrube versetzt.

«Alle weiteren Fragen erübrigen sich», sagte Tschebrikow und setzte sich seine Brille wieder auf. Dann erhob er sich schwerfällig, stopfte die Papiere mit unseren Unterschriften in die Tasche und verließ uns mit einem wolfsartigen Grinsen.

20

Griasnow war der erste, der sich von dem Schreck erholte: «Also, das war ja ein tolles Ding! Nicht mal ein Dankeschön! Sascha zweimal fast 'ne Leiche, Schenja riskiert Kopf und Kragen ... Die Oberbonzen sind allesamt Saukerle!»

«Tja, was soll man da sagen», murmelte Merkulow, stand auf und ging im Büro auf und ab. Als er an meinem Stuhl vorbeiging, berührte er leicht meine Schulter.

«Ein trauriges Ende unserer erfolgreichen Fahndung», resümierte Schukow bitter. Dann wurde er plötzlich wieder lebhaft. «Schura, von nun an würde ich keine Kopeke mehr für unsere Leben geben. Aber wenn ich schon aus dieser Welt verschwinden muß, dann mit Wein und Musik. Soll ich nicht was aus dem ‹Ermitage›-Café holen? Vielleicht haben wir wenigstens noch lange genug zu leben, um eine Flasche Wein zu leeren.»

«Also ich weiß nicht, Freunde», sagte die Romanowa. Sie sah plötzlich zehn Jahre älter aus. «Ich muß mich für Tschebrikows Leute zur Verfügung halten. Aber ihr könnt ja gehen. Warum wollt ihr hier die ganze Nacht herumsitzen ... wie in einem Gefängnis? Und wenn ihr geht, paßt auf, daß ihr nicht unter ein Auto kommt. Überprüft das Schloß, bevor ihr die Wohnungstür öffnet. Schließt die Vorhänge vor den Fenstern ...»

Die Unterstützung, um die Tschebrikow uns gebeten hatte, bestand in stundenlangen Verhören. Sie fanden im Kriminalamt statt, zwei Generale und drei Obersten des KGB quetschten uns aus. Ich war der erste, der aufgerufen wurde.

«Sagen Sie, Turezkij, glauben Sie an die Einheit des Volkes und der Partei?» fragte mich ein General und legte seine Hand wohlwollend auf meine Schulter.

«Selbstverständlich, aber was hat das mit diesem Fall zu tun?»

Der KGBler reagierte nicht.

«Würden Sie der Meinung zustimmen, daß es Volksfeinde unter dem Sowjetvolk gibt?»

«Eine solche Meinung ist mir nie zu Ohren gekommen, Genosse General.»

Auf diese Antwort hin tauschten die KGBler flüchtige Blicke untereinander aus, dann kam die nächste Frage, die sich jedoch mehr wie eine Feststellung anhörte: «Wenn man jahrelang die gleiche Sache eingebleut bekommt, einem beigebracht wird, nicht das zu sagen, was man denkt, sondern nur das, was die anderen hören wollen, ist das eine Gewohnheit, die man nicht von einem Augenblick zum anderen abzulegen vermag, nicht wahr?»

Eine durchsichtige Provokation, zu der ich schwieg. Ich hatte nicht die geringste Lust zu antworten, aber jetzt prasselten die Fragen erst richtig auf mich herein, abwechselnd sachbezogene und private.

«Wer außer Ihnen wußte noch von dem Komplott gegen die Regierung?»

«Woher stammte das Geld für Ihren Luxuswagen?»

«An wen gaben Sie die Informationen über das geplante Attentat im Lenin-Stadion weiter? Und über die ‹Afghanische Bruderschaft› und die Spezialtruppe?»

«Hören Sie die ‹Stimme Amerikas›, den Sender ‹Freies Europa›? Lesen Sie Emigrantenliteratur?»

Diese Fragen öffneten mir die Augen. Die Generale und Obersten wußten nur zu gut, daß ich log. Seit Jahren glaubt niemand mehr an die Einheit von Volk und Partei. Sogar diese zweihundertprozentigen KGBler nicht. Sie wollten nur meine Reaktion auf solche Fragen prüfen. Die Antworten waren unwichtig. Sie wollten nur herausfinden, ob ich aus der Haut fahren und mir eine Blöße, eine Gesinnungsblöße geben würde.

Fehlanzeige! Ich log, daß sich die Balken bogen – und die Herren waren es zufrieden. Denn nur wer die Wahrheit sagt, ist gefährlich.

Am Ende des Verhörs mußte ich wieder so eine Geheimhaltungsverpflichtung unterschreiben. Ich las mir den Text schon gar nicht mehr durch. Nur soviel war mir klar: daß dieses Verhör ebensowenig stattgefunden hatte wie die «Operation Faust». Glasnost, ade! Ich unterschrieb's.

«Machen Sie nicht so ein verdrießliches Gesicht», rügte mich die Romanowa am nächsten Tag. «Die Hauptsache, das Leben geht weiter – zumindest für uns. Ein paar unserer ‹Kunden› haben allerdings dran glauben müssen: Caesar Trojan hat sich heute nacht eine Kugel in den Kopf geschossen. Generaloberst Rogow wurde tot in seiner Badewanne gefunden – Herzschlag durch Stromschlag. Und Marschall Agarkin – aber das muß ich Ihnen wortwörtlich aus dem Polizeibericht vorlesen: ‹Um dreiundzwanzig Uhr fünf stieß auf der Simferopoler Chaussee nahe dem Kilometerstein 23,5 ein schnellfahrendes Regierungsfahrzeug mit einer auf der Straße stehengelassenen Dampfwalze zusammen. Die Insassen der Limousine, Marschall Nikolai Agarkin und seine Gattin, erlitten tödliche Verletzungen. Sie waren vermutlich bereits tot, bevor der Wagen in Flammen aufging.› Auch aus Kabul werden plötzliche Todesfälle gemeldet. Generalmajor Serij ...»

Ich hörte nicht mehr zu und fühlte auch nichts mehr. Weder Triumph noch Gewissensbisse. Nichts vermochte die eisige Leere in meiner Brust auszufüllen als der Gedanke, daß meine Bedenkzeit abgelaufen war und ich Merkulow bitten würde – wenn es sein mußte, auf Knien –, mein Entlassungsgesuch zu unterzeichnen, egal, was kommen mag.

Ich schlenderte an der Moskwa entlang und dachte immer nur das eine: Geh zu Bett und schlaf durch bis zu dem Augenblick, wo du das letzte Mal dein Büro in der Staatsanwaltschaft betreten mußt, um deine Habseligkeiten einzupacken. Ich würde, statt Urlaub zu nehmen, Geld kassieren und dann bei der Redaktion der Zeitschrift *Bürger und Gesetz* vorbeischauen. Vielleicht konnten sie einen freien Mitarbeiter gebrauchen.

Als ich den Frunse-Kai überqueren wollte, kam in blödsinnigem Tempo eine «Wolga»-Limousine auf mich zugerast. Noch vor dem Quietschen der Bremsen versuchte ich, mich mit einem Sprung nach rückwärts zu retten, und prallte gegen das Eisengeländer des Bürgersteigs. Mein Kreuz krachte, und der Hosenboden riß. Ich hatte nicht die Kraft aufzustehen, lag auf den Knien und wartete apathisch darauf, daß der Wagen wendete und mich ein zweites Mal attackierte.

Statt dessen sprang ein junger Mann aus dem Auto, lief auf mich zu und hob mich auf.

«Sie sind doch nicht etwa verletzt? Ich hab Sie ja gar nicht angefahren. Sie sind nur hingefallen. Oje, Sie haben sich Ihre Hose zerrissen. Bitte rufen Sie nicht die Polizei. Noch einmal in die Tüte blasen, und ich bin meinen Führerschein los. Schreiben Sie sich bitte meinen Namen auf, und ich werde für die Hose zahlen.»

Der junge Mann hielt mir seinen Führerschein hin.

«Ich brauche Ihren Namen nicht. Verschwinden Sie! Man fängt schon an, uns anzustarren!» sagte ich und rieb mein Kreuz.

«Ich bin schon weg!» rief der junge Mann beglückt und sprang in seinen Wagen.

Ich wankte zu einer Telefonzelle und wählte Irkas Nummer.

«Wie geht's, Irka? Ich muß dir eine ernste Frage stellen: Kannst du Hosen flicken?»

Irka gab irgendeine Antwort, aber ich hörte gar nicht zu, weil mir schon eine weitere Frage eingefallen war: «Wann fangen deine Ferien an? Was, sie haben gerade angefangen? Gut, dann fahren wir beide an die See. Abgemacht? Ich werde mich um die Billetts und um ein hübsches Quartier kümmern.»